Andrea Cremer
David Levithan

INVISIBILITÉ

Traduit de l'anglais (États-Unis)
par Philippe Mothe

Michel LAFON

Titre original : Invisibility

Première publication en langue originale par Philomel Books,
une filiale de Penguin Young Readers Group,
une division de Penguin Random House LLC, 2013

118, avenue Achille-Peretti CS 70024
92521 Neuilly-sur-Seine Cedex
www.lire-en-serie.com

Pour Casey Jarrin
(qui me voit malgré l'obscurité)

A.C.

Pour Jen Bodner
(jamais invisible à mes yeux)

D.L.

Les auteurs remercient particulièrement leurs familles, amis, consœurs, confrères et agents ainsi que la formidable équipe de Penguin, tout spécialement leur éditrice, Jill Santopolo.

CHAPITRE 1

JE SUIS NÉ INVISIBLE.

J'ignore comment s'est déroulée ma naissance. Ma mère est-elle allée à la maternité, pensant que je serais un bébé comme les autres, normal, visible ? Ou croyait-elle à la malédiction et, consciente de ce qui l'attendait, a-t-elle accouché en secret ? C'est très bizarre, même pour moi, de se représenter la venue au monde d'un bébé invisible. À quoi ressembla ce premier instant où l'on me montra à ma mère et où, incapable de me voir, elle ne put que me toucher ? Elle ne me l'a jamais dit. Pour elle, le passé était aussi invisible que je l'étais. Un jour, elle a révélé sans le vouloir l'existence d'une malédiction – des mots échangés voilà bien longtemps lors d'une dispute avec mon père et que je n'aurais pas dû entendre. Mais ce fut tout. Il n'y eut pas d'autre pourquoi. Il n'y eut pas d'autre comment. Il n'y avait que cette réalité, et cette réalité, c'était ma vie.

Invisible. Je suis invisible.

J'aimerais demander à mes parents pourquoi. J'aimerais leur demander comment. Mais c'est impossible désormais. Ils ne sont plus là.

Mon père est parti quand j'étais petit. Il n'a pas supporté ce fardeau.

Ma mère a tenu autant qu'elle a pu. Quinze ans. Puis son corps a cédé. Un AVC.

Je suis seul depuis presque un an.

Malgré toute ma bonne volonté, nul ne peut me voir. On peut me toucher, mais à condition que je me concentre. Et si j'ai envie de parler, on peut parfaitement m'entendre. Voilà en résumé les règles de cette malédiction. Je m'y suis habitué, à défaut de les comprendre. Bébé, sans même que je le sache, mon corps avait son propre poids, mais plus ma conscience se développait, plus je devais me concentrer pour qu'on puisse me porter. Pourtant, je ne m'évapore pas – une partie de moi demeure présente et m'évite de traverser les planchers et les murs. Mais toucher me demande un effort. Si je n'ai pas de consistance pour le monde qui m'entoure, lui en a une pour moi. La malédiction possède sa propre logique, complexe et souvent contradictoire, dans laquelle je suis tombé en naissant. Elle m'impose des contraintes qui m'échappent.

New York est une ville particulièrement commode quand on est invisible, pour peu qu'on ait un père absent qui alimente périodiquement notre compte en banque. Tout – épicerie, films, livres, meubles – peut se commander en ligne, sans qu'aucun échange d'argent liquide soit nécessaire. Les livraisons sont déposées devant ma porte.

Je suis souvent chez moi, mais pas tout le temps.

J'habite à quatre rues de Central Park et j'y passe la plupart de mes après-midi. C'est là que j'ai choisi de mener mon existence sans traces ni ombres. Je me fonds dans ce vaste paysage. Dans les arbres, dans l'air, dans les rives des plans d'eau. Tantôt je reste assis sur un banc plusieurs heures d'affilée. Tantôt je me promène. À chaque instant, j'observe. Les touristes et les habitués. Les gens qui sortent leur chien tous les jours à midi pile. Les bandes d'adolescents où chacun cherche bruyamment à attirer l'attention des autres. Les personnes âgées qui demeurent assises elles aussi, l'œil aux aguets, comme si elles avaient tout leur temps alors qu'au fond elle savent qu'il n'en est rien. Tous, je les vois. J'entends leurs conversations, je suis le témoin de leurs ruminations intimes. Je ne prononce jamais une parole. Leur esprit est accaparé par les oiseaux, les écureuils, le vent.

Je n'existe pas. Et pourtant j'existe.

Ma mère me manque. Lorsque j'étais enfant, elle m'a appris à me concentrer, à m'inventer un poids quand l'instinct commençait à fléchir. Ainsi, elle pouvait encore me porter sur son dos, m'exhorter à ne pas flancher. Elle tenait à ce que je vive parmi les autres et non en marge. Elle ne me passait rien, n'aurait pas toléré que je vole, que j'espionne ou que je profite de quelque autre façon de ma situation. Ma malédiction, personne n'avait à la subir. J'étais différent, certes, mais pas moins humain qu'un autre. Et même si, à mes yeux, je n'avais rien d'un être humain, je devais me comporter comme tel.

Elle m'aimait, ce qui est peut-être l'essentiel. Je ne me suis jamais posé la moindre question. Enfin, des questions, je m'en suis posé beaucoup, mais aucune à ce sujet.

Elle m'a appris à lire, même si elle devait souvent tourner les pages à ma place. À écrire, même si le simple fait de taper sur un clavier peut m'épuiser. À parler, mais uniquement en sa présence. À me taire quand nous n'étions pas seuls. Elle m'a enseigné les sciences naturelles, les maths et l'histoire, m'a montré comment me couper les cheveux ou les ongles. Elle m'a raconté les histoires du quartier et celles de son temps, aussi à l'aise pour me parler du XVIe siècle que d'une émission de télé. L'année de ma naissance est la seule période dont je n'aie jamais rien su. Avec celle qui l'a immédiatement précédée. Et celle qui l'a immédiatement suivie.

Ma mère ne s'en est jamais ouverte à personne. Du coup, elle se sentait seule elle aussi – seule avec moi. Telle mère, tel fils. J'ai grandi avec d'autres enfants, mais uniquement parce que je les côtoyais. Je finissais par les connaître en les observant, surtout ceux de mon immeuble. Alex, du 7A – je me souviens peut-être d'abord de lui pour ses cheveux roux, peut-être aussi à cause de ses caprices permanents : à six ans, il réclamait les jouets dernier cri ; à seize, il voulait sortir le soir, avoir plus d'argent de poche et demandait à ses parents de lui « foutre la paix ». Je me suis lassé de lui comme de Greta la méchante du 6C, et de Sean du 5C qui a toujours été taciturne. Je crois que s'il me savait invisible, il m'envierait. Mais comme il ne se doute de rien, il a fait d'autres choix, ceux d'une invisibilité plus volontaire. Il se cache derrière ses livres. Comme il ne vous regarde jamais en face, il a une vision décalée du monde. Il traverse la vie en parlant entre ses dents.

Et puis il y a eu Ben, qui est parti à présent. Ben, le seul ami que j'aie eu, ou presque. Quand il a eu cinq ans et moi dix, il s'est mis en tête d'avoir un ami imaginaire. Il l'a appelé Stuart, un prénom suffisamment proche du mien, Stephen, pour que je me prenne au jeu. Il m'invitait à dîner et j'accourais. Au parc, il s'approchait pour me prendre par la main et je me laissais faire. Il m'emmenait à la maternelle pour parler de moi en classe et je patientais tandis que la maîtresse tombait sous le charme de ses chimères, hochant la tête à tout ce qu'il pouvait raconter à mon sujet. La seule chose qui m'était interdite était de parler, car je savais que s'il entendait ma voix, l'illusion serait rompue. Un jour, sûr qu'il n'écoutait pas, j'ai chuchoté son nom. Juste pour l'entendre. Et il n'a rien remarqué. Mais quand il a eu six ans, ce jeu ne l'a plus intéressé. Je ne pouvais pas lui en vouloir. N'empêche que quand il a déménagé, j'étais triste.

Mes journées se suivent et se ressemblent. Je me réveille à l'heure que je veux. Je prends une douche, bien que je me salisse peu. C'est surtout pour faire exister mon corps par la concentration, et sentir alors l'eau frapper ma peau. Il y a dans ce rituel quelque chose d'humain, une communion avec la vie ordinaire dont j'ai besoin chaque matin. Inutile de me sécher ; je me contente de disparaître et le peu d'eau qui subsiste sur moi tombe aussitôt à terre. Je retourne dans ma chambre et passe quelques vêtements pour avoir chaud. Ils disparaissent dès que je les enfile – encore une des subtilités de la malédiction. Puis je mets de la musique et lis pendant quelques heures. Je déjeune, en général vers midi – ça touche aussi tout ce que j'avale, ce qui, par bonheur, m'évite le spectacle de mon système digestif en pleine action. Après le repas, je me rends au parc.

J'appuie sur le bouton de l'ascenseur, mais, pour pouvoir sortir de l'immeuble, je dois attendre dans le hall que le concierge ouvre la porte à quelqu'un d'autre. Ou, s'il n'y a personne en vue, je l'ouvre moi-même en me disant que si on l'a vue bouger, on pensera qu'elle était mal fermée ou que le vent l'a poussée. Je choisis un banc où personne ne viendra s'asseoir, celui dont les oiseaux ont pris possession, celui auquel il manque une latte. Ou je déambule à travers le Ramble. Les bassins ne me renvoient aucun reflet. Devant le kiosque à musique, je peux me déhancher sans que personne ne le remarque. Près des étangs, je peux soudain pousser un cri pour faire s'envoler les canards. Autour de moi, personne ne comprend ce qui s'est passé.

Rentré à la nuit tombée, je lis encore un peu. Regarde la télé. Surfe sur le Net. Là encore, j'ai du mal à appuyer sur les touches. Mais, de temps en temps, je compose laborieusement quelques phrases. C'est ma façon à moi de prendre part aux échanges entre vivants. Je peux parler à des inconnus, laisser des commentaires. Je peux proposer mon aide à qui en a besoin. Personne n'a à savoir qu'à l'autre bout du réseau les mains qui tapent sur le clavier sont invisibles. Personne n'a à connaître ma vérité.

Voilà comment le temps passe. Je ne vais pas à l'école. Je n'ai pas de famille. Le propriétaire sait que ma mère est partie – j'avais dû appeler l'ambulance, j'avais dû assister à son départ sur un brancard –, mais il croit que mon père est encore là. Lui, je lui reconnais ceci : il ne m'a jamais renié. Simplement, il ne veut plus entendre parler de moi. Je ne sais même pas où il habite. Pour moi, il est une adresse mail. Un numéro de portable.

À la mort de ma mère, attisés par le chagrin, tous les pourquoi et les comment sont revenus. L'incertitude m'a replongé dans mon passé. Pour la première fois de ma vie, sans son amour pour amortir les chocs, j'ai pleinement ressenti ma malédiction. Mon alternative était simple : la suivre ou rester. Je suis resté, à contrecœur. Je me suis immergé dans les mots des autres, dans le parc, acharné à tisser un nid pour mon avenir avec des brins épars qui traînaient dans ma vie. Après un moment, j'ai cessé de me demander pourquoi. De me demander comment. Ce qui me reste, c'est simplement ma vie, et je la mène simplement.

Je suis comme un fantôme qui ne serait jamais mort.

Tout commence avec l'ancien appartement de Ben, le 3B. À deux portes du mien, le 3D. La famille de Ben est partie quand j'avais douze ans. Depuis, ce logement a connu deux vagues d'occupants. Les Crane formaient un couple épouvantable qui passait son temps à se dire des choses horribles. Ils savouraient trop leur cruauté pour songer au divorce, mais ce n'était pas très drôle d'être leur voisin. Les Tate, eux, avaient quatre enfants et ce fut l'arrivée imminente d'un cinquième qui leur fit prendre conscience que leur deux-pièces ne leur suffirait plus. Quant à Sukie Maxwell, elle ne devait rester à New York qu'un an, le délai accordé par son client pour refaire son nouvel appartement à Manhattan, avant de partir redécorer la maison que ce même client possédait en France. Elle a laissé dans mon univers une empreinte si légère que je n'ai même pas remarqué son départ. Ce n'est qu'en voyant une équipe de déménageurs apporter un vieux canapé usé – un canapé qui jamais n'aurait reçu l'approbation de Sukie Maxwell – que je compris qu'elle avait quitté l'immeuble et qu'une nouvelle famille s'installait dans les lieux.

Je passe devant les déménageurs et me dirige vers le parc sans m'attarder. Mon attention se porte plutôt sur Ivan, mon promeneur canin favori, qui effectue sa tournée de l'après-midi avec Tigrou et Bourriquet (respectivement teckel et basset). D'après ce qu'il a confié à certains de ses collègues, je sais qu'Ivan est arrivé de Russie voici trois ans et qu'il partage une chambre dans le Lower East Side avec trois compatriotes rencontrés sur le Net. L'ambiance n'est pas au beau fixe, surtout parce que Ivan cherche à draguer Karen, la nounou que la famille de Tigrou et Bourriquet héberge pour s'occuper de ses rejetons. Eux aussi, je les ai vus au parc, et je me dis que Karen et Ivan iraient bien ensemble, parce que lui traite les chiens avec douceur et humour, et qu'elle en fait autant avec les enfants. Mais il est hors de question qu'Ivan passe une seule nuit chez ses employeurs, pas plus qu'il ne tient à ramener Karen chez lui pour qu'elle rencontre ses inquiétants colocataires. La situation est dans l'impasse et je me sens parfois aussi impatient qu'Ivan de la voir se dénouer.

Aujourd'hui, elle semble avoir évolué puisque, environ dix minutes après l'arrivée d'Ivan dans le parc, Karen apparaît avec les petits. Chacun semble conscient de la présence de l'autre, mais avec les enfants à leurs côtés, tous deux se montrent hésitants. Ils se dirigent vers la statue d'Alice au pays des merveilles et je les imite, puis me rapproche d'eux lorsque les enfants les laissent pour aller jouer. Ne restent plus que Tigrou et Bourriquet, mais ni Karen ni Ivan ne se décide à faire le premier pas.

C'est plus fort que moi. Je me penche, me concentre de toutes mes forces et pousse les deux chiens dans des directions opposées. Les voilà qui décrivent des cercles à toute allure en entourant Ivan et Karen de leurs laisses. Ceux-ci sont projetés l'un vers l'autre et, malgré la collision initiale, tout se termine avec le sourire. Les animaux aboient à tout rompre et les enfants accourent pour voir ce qui s'est passé. Ivan et Karen, plaqués l'un contre l'autre, tentent de se dégager de leurs liens…

Moi aussi, je souris. Je ne sais pas à quoi je ressemble quand je souris. Mais le sentiment est là.

Rien ne dit que la petite étincelle que j'ai envoyée à Ivan et Karen survivra à cette parenthèse. Pourtant, je me sens bien en rejoignant l'appartement. J'attends que Mme Wylie (4A) entre pour m'engouffrer derrière elle. Puis, ensemble, nous prenons l'ascenseur jusqu'au quatrième et je redescends au troisième. Quand j'en sors, une fille se trouve devant le 3B, lestée de trois sacs IKEA. En cherchant sa clé, elle laisse tomber tout son chargement. Je la contourne avec précaution pour aller me poster devant chez moi – hors de question de sortir ma clé de sa cachette et d'ouvrir la porte tant que cette jeune fille est là. Je la regarde remettre dans un sac une paire de serre-livres et des cadres bon marché. Est-ce à elle ou à ses sacs qu'elle adresse ses jurons, je n'en sais rien. Je me dis que Sukie Maxwell serait morte plutôt que de laisser entrer des objets IKEA dans son intérieur impeccable, sans me préoccuper plus que ça du regard que la nouvelle venue jette vers l'endroit où je me trouve.

– Tu comptes vraiment rester là sans rien faire ? me demande-t-elle. Ça t'amuse ?

La décharge électrique massive qui inonde alors mon corps porte celui-ci à un niveau de conscience jusque-là inconnu. Je me retourne pour regarder derrière moi, pour voir qui s'y trouve.

Mais il n'y a personne.

– Oui, toi ! reprend la fille.

Je ne parviens pas à y croire.

Elle me voit.

CHAPITRE 2

JE PENSAIS QU'À NEW YORK tout changerait. Et pourtant, voilà que de ma bouche jaillissent des mots acérés telles des fléchettes empoisonnées. Comme d'habitude, comme là où j'habitais avant. Pourtant, il n'a rien fait de mal, ce gamin. Ou si peu. Ce n'est pas lui qui m'a fait lâcher ces sacs.

D'ailleurs, ce n'est pas un gamin, on doit avoir à peu près le même âge. Ma mère dirait d'ailleurs que c'est un « jeune de mon âge ». Au moins une fois par heure, dans la voiture qui nous emmenait vers l'Est, elle m'a seriné de me mettre sur leur piste, comme si les « jeunes de mon âge » étaient une espèce menacée et que mon unique mission était de les capturer et de les répertorier sous peine de dépérir suite au parachutage de ma famille dans cette étrange contrée.

Le problème, c'est que j'ai pris l'habitude d'ajouter mentalement dix ans à mon âge. Ce n'est pas pour étaler ma précocité ni rien, mais ça fait un bail que je n'ai pas fréquenté ces fameux « jeunes de mon âge ». Je présume que ce garçon a eu ses seize ans en version « normale », comme tous ses congénères, tandis que moi, je les ai eus avec la mention « mal barrée ».

Et même si je ne considère pas que tout ce qui porte

un pénis doit me tenir la porte ou jeter son manteau sur les flaques d'eau quand je marche sous la pluie, il aurait pu au moins murmurer « Ah, pas de chance ! » ou, du bout du pied, renvoyer le vase Färm dans ma direction. Celui-ci vient quand même de traverser en roulant tout l'espace qui nous sépare pour s'immobiliser contre sa chaussure...

Je suis tentée de lui lancer un « Très bien, garde tout ! » et d'envoyer le reste de mes sacs dans notre appartement en parachevant la scène d'un magistral claquement de porte.

Mais j'ai mieux à faire puisque je suis toujours à genoux au milieu d'une zone jonchée de cadres photo, de coussins dépareillés et de verres à eau baptisés Flukta ou Varmt – noms qui, j'en suis convaincue, sont des gros mots qu'utilisent les Suédois pour se moquer de nous. J'arpente le couloir à tâtons en essayant de savoir où ont atterri mes clés.

Un tiraillement dans la poitrine m'informe que mon éruption épidermique est passée et que je m'en veux maintenant de m'en être prise à ce garçon et, en plus, d'être aussi maladroite.

Lui, il reste là à me regarder sans bouger.

Déjà, la culpabilité et la gêne envahissent ma poitrine, me serrent la gorge, me donnent envie d'être loin de cet immeuble où je ne me sens pas chez moi, bien que j'y sois quand même un peu. Mais je reste tétanisée, les pieds vissés au sol de ce couloir oppressant.

Je voudrais retrouver un air qui ne soit pas saturé de gaz d'échappement. Je voudrais retrouver un horizon.

Comment est-ce possible, un paysage sans horizon ? L'espèce humaine évolue sur une sphère qui tourne dans un univers en constante expansion. La notion d'horizon ne se discute pas. Comme celle de gravité. Et pourtant, ici, sur cet étrange îlot, des gens ont réuni assez d'acier et de béton pour effacer la ligne où le ciel rencontre la terre. Comme pour nous faire croire que la règle commune ne s'appliquait pas à eux. En regardant bien, je constaterais peut-être aussi qu'ils marchent dix centimètres au-dessus des trottoirs.

On aurait pu penser que maman m'en aurait parlé dans son discours sur le thème « New York, c'est quand même autre chose que le Minnesota pour toi qui veux être artiste, etc. », mais non. Son discours, d'ailleurs, j'aurais pu m'en passer. De toute façon, après l'Affaire, je voulais partir. Nous tous, d'ailleurs. Il ne faut pas se mentir, New York, pour nous trois, n'était rien d'autre qu'une issue de secours. N'empêche que ça a été dur de s'en aller. Depuis qu'on est ici, j'ai les dents qui grincent à cause du bruit permanent, tout a une odeur bizarre et j'ai constamment l'impression d'être à deux doigts de la migraine.

Je baisse les yeux vers mon chemisier car la dernière fois qu'un garçon m'a regardée aussi longuement, j'avais malencontreusement fait sauter trois boutons en déplaçant des cartons empilés par maman dans le séjour, ce dont mes seins avaient profité pour faire coucou à tout le monde sans la moindre pudeur.

Or là, mon chemiser est intact et l'hypothèse voyeuriste est donc à écarter. Et si les filles qu'il fréquente ne parlaient pas comme moi ? Avec celles de Blaine, déjà, on n'avait pas le même langage. Pour elles, il valait mieux être gentille que sincère. Sauf que pour elles, le mot « gentillesse » incluait aussi les ragots qui poignardent les gens dans le dos.

Je me disais justement que moi qui étais du genre brut de pomme, je m'intégrerais mieux ici. Mais, apparemment, ma théorie sur la supposée rugosité des New-Yorkaises ne tient pas. J'entends déjà ma mère me reprendre : « Il n'est pas indispensable d'être corrosive, Elizabeth. »

Voilà l'image que ma mère a de moi : sa fille est un produit chimique…

Je tends la main à ce garçon.

– Pardon. Le métro était un vrai sauna et, comme l'ascenseur était occupé, j'ai pris les escaliers. Mauvaise idée. La transpiration me fait oublier la courtoisie.

Il examine mes doigts comme si j'avais la lèpre et je ramène vivement ma main. Il sursaute et lève les yeux vers les miens. Puis, avec d'infinies précautions, il se baisse, enroule l'un après l'autre ses doigts autour du vase et s'approche de moi à pas mesurés.

– Désolé… Je… Désolé.

Il parle encore moins vite qu'il ne marche.

Je le regarde de plus près en me disant qu'il n'est peut-être pas à l'aise avec notre langue. Mais il m'a l'air américain. Ça existe, ça ? Un air américain ? Peut-être est-ce parce qu'il incarne l'idée que je me suis toujours faite de New York en réunissant dans un même corps toutes sortes d'époques et de lieux différents. « Un garçon qui connaît le monde » – c'est l'impression et l'expression qu'il m'inspire. À Blaine, on voit bien que les gens ne sont jamais sortis de leur trou. Et n'en sortiront jamais.

Je déglutis à plusieurs reprises, malgré le paquet d'ouate que j'ai dans la gorge.

– Non, c'est moi, j'ai été un peu vive...

Plutôt que de le regarder dans les yeux, je me concentre sur l'étrange objet en céramique qu'il dépose sur ma paume car, à présent, je me sens garce, bête, voire raciste à cause de tout mon monologue intérieur sur l'« air américain ». Le vase qu'il me tend ressemble à un œuf emmanché d'un long cou. En le mettant sur un coup de tête dans mon chariot IKEA, j'avais ajouté une ligne à la liste des choses saugrenues à faire en explorant ma nouvelle île : « Trouver une fleur sauvage à mettre dans ce vase. N.B. : sauvage, hein ! Pas piquée dans un jardin ni achetée. Flore de trottoir acceptée. »

Je me force à le regarder.

– Je n'aurais pas dû tenter un numéro d'équilibriste réservé aux professionnels. Quand on n'est pas doué pour faire tourner les assiettes...

Naze. Trop naze. Voilà que je rougis, ce qui n'arrange rien. Piquer un fard n'est pas excellent pour mon teint. Chez moi, ça ne fait pas la fille trop sage ou craquante, ça évoque juste un gâteau marbré à moitié raté.

Il sourit et une vraie personne perce alors à travers le masque d'incrédulité qu'il affichait jusque-là. Il est mignon. Mignon tendance langoureux, avec des cheveux bruns que j'ai envie de dégager de ses yeux et des gestes hyper étudiés, comme s'il ne devait surtout pas rencontrer un obstacle en cours de route. Quant à ses yeux... ils sont étranges, mais attirants. D'une couleur qui donnerait du fil à retordre à un peintre, même avec une palette bien fournie. Bleus, mais pas que. De cette teinte que prend un ciel turquoise quand il se dissout dans le fauve et le rose du couchant. Voilà l'horizon qui, depuis le début, me manquait dans cette forêt de gratte-ciel qu'est Manhattan.

Ces yeux, je les dessine déjà dans ma tête et je me force à porter mon regard sur le reste de sa personne. Rien d'extraordinaire, mais rien de déplaisant non plus. Il porte un tee-shirt blanc uni et un jean qu'il met en valeur comme seuls certains garçons savent le faire. Je suis un peu soulagée de voir qu'il transpire autant que moi.

– Non. Tu as raison. C'était idiot de ma part.

Il a l'air navré, un peu tendu aussi.

De nouveau, je baisse les yeux. *Génial.* Certes, mes seins sont restés sagement à leur place, mais toute cette sueur m'a transformée en concours de tee-shirts mouillés à moi toute seule...

À défaut d'excuses, ce sont mes hormones qui parlent. C'est tout moi, ça. C'est toute ma vie.

Je grince des dents parce que j'entends la voix de ma mère, comme si elle barrait le navire de ma conscience. Elle me dit d'être gentille. De me faire des amis. De me présenter aux voisins. Les voisins, à New York, c'est primordial.

Depuis qu'elle nous a annoncé le mois dernier qu'on

déménageait, elle n'arrête pas de nous distiller sa sagesse new-yorkaise. Je ne sais pas d'où elle la sort car sa propre famille a quitté New York quand elle avait cinq ans. J'ai un peu peur que ça vienne des redifs de *Friends* et *Seinfeld*, ce qui ne présage rien de bon pour nous. Mais ça vaut toujours mieux que les marathons de *New York police judiciaire* dont elle est aussi friande. Si c'était là qu'elle pêchait ses infos, Laurie et moi serions lestés de balises GPS grand format dès qu'on mettrait un pied dehors.

Ce garçon me regarde à nouveau en se mordant la lèvre. On dirait qu'un millier de questions bouillonnent derrière ces yeux d'aquarelle, et je jurerais que je ne l'intéresse pas plus que ça.

Il a l'air de plus en plus nerveux. J'entends siffler sa respiration courte et rapide. Son regard est désespéré à présent, comme si l'indécision le paralysait. Quand soudain il s'élance et se retrouve à genoux à mon côté.

– Hé ! m'exclamé-je, tandis que, par de lents mouvements rasants, il ramène la cohorte bariolée d'objets décoratifs dans les sacs IKEA.

Ses gestes sont excessivement réfléchis et appliqués, à croire que cette occupation l'hypnotise. On dirait qu'il va s'emparer de chaque article avec délectation et le soumettre à un examen minutieux avant de le reposer.

Il est bizarre, on est bien d'accord. Mais il a sans doute peur aussi que je lui en veuille encore de m'avoir vue tout flanquer par terre, et que je me mette à hurler si d'aventure il brisait quelque chose en voulant m'aider.

Gênée, je ramasse le reste. Quand j'ai fini de remplir

mon sac, il se relève en prenant les deux autres. Un dans chaque main. Il me regarde encore, sans pratiquement cligner des yeux. Ceux-ci brillent d'une lumière nouvelle, comme s'il ne s'était jamais autant amusé qu'en portant des courses.

Hésitante, je pose un regard gêné sur lui, puis sur le trousseau que je tiens à la main. Lui dois-je d'autres excuses ? Puis-je laisser un inconnu entrer dans notre appartement ? Mais si c'est mon voisin, ce n'est pas un inconnu, hein ? Il doit habiter ici. Maman a choisi cet immeuble à cause de son emplacement et de sa sécurité. Tout compte fait, *New York police judiciaire* a quand même dû laisser des traces... Je pense à maman, déjà à l'hôpital pour enchaîner deux services alors qu'on n'est arrivés qu'hier. « Il faut bien que quelqu'un paie pour ce palace ! », m'a-t-elle lâché avec un grand sourire en passant la tête dans ma chambre à 4 h 30. Malgré mon état léthargique, j'ai répondu à sa boutade par un rire enroué. L'appartement était sympa, mais je dormais sur un matelas pneumatique qui fuyait.

– Tu veux de la limonade ? lui demandé-je.

En période de canicule, je ne vois rien de mieux comme cadeau de réconciliation que la limonade. Mais je m'aperçois qu'on n'en a pas dans le frigo... Je m'apprête à le lui dire, mais me ravise car il est devenu pâle comme s'il allait se trouver mal.

Il ferme les yeux et un phénomène étrange se produit alors. J'ai l'impression d'avoir battu des paupières, alors que je sais bien que non. Lui a disparu, comme s'il était sorti de mon champ de vision. Pourtant, je ne le regarde pas du coin de l'œil, il est juste en face de moi !

J'ai hâte d'entrer dans l'appartement car je vois là le signe d'une insolation. J'aimerais qu'il me dise quelque chose pour que je puisse au moins l'entendre refuser mon invitation et m'éclipser. Je me rends compte alors que je ne me suis pas présentée.

– Je m'appelle Elizabeth, lui dis-je en réussissant à introduire la clé dans la serrure. Mais j'ai envie d'opter pour Jo.

– Elizabeth et Jo.

Il penche la tête et son visage reprend un peu de couleurs. Il parle très doucement :

– Tu n'aimes pas « Elizabeth » ?

Beurk ! La passion de ma génitrice pour *Les Quatre Filles du docteur March* ne me laissera jamais en paix. Je ne suis pas d'humeur à lui exposer le penchant de ma mère pour les hommages littéraires à travers les prénoms de sa progéniture. Ni à élucider avec cet étrange jeune homme pourquoi elle a trouvé malin de me coller d'abord le prénom de la fille qui meurt et de ne mettre celui de l'impétueuse survivante qu'en deuxième position. L'idée de survie lui est venue après coup. Je commence à me dire que si je ne bois pas dans les cinq minutes, je vais me liquéfier tel un sorbet humain.

– Josephine, c'est mon deuxième prénom.

J'ouvre le verrou et lui fais signe de passer devant.

– Et Jo, mon nom de plume.

Il pivote et entre dans l'appartement en marche arrière comme s'il ne voulait pas me quitter des yeux. Je devrais peut-être changer de haut avant de partager une limonade avec lui.

– Ton nom de plume ? Tu écris ?

– Je ne suis pas encore publiée. Mais le milieu où je voudrais entrer reste assez masculin.

– Le journalisme ? demande-t-il.

Je savoure ma réponse par avance :

– La B.D.

– Tu veux écrire des scénarios de B.D. ?

Il est totalement déconcerté – du moins, c'est mon impression... Il se dit peut-être que je lui raconte des blagues. J'ai déjà connu ce genre de réaction.

– Scénarios, dessins, encrages. Tout ou rien.

Je réfrène la pulsion défensive qui monte en moi en lui demandant :

– Alors, tu me le dis ou pas ?

– Je te dis quoi ?

– Ton nom !

Voilà que ça recommence. Ses yeux sont clos, mais j'ai l'impression que ce sont les miens qui voient flou. Puis il soutient mon regard et, je le jure, il m'est impossible de détourner le mien.

– Stephen.

Je dois me pencher pour l'entendre. En plus de son prénom chuchoté, je perçois son souffle sur mon visage. Il est étrangement frais par rapport à la chaleur poisseuse de l'appartement.

– Content de te revoir !

Stephen fait un bond en laissant tomber les sacs. On se croirait revenus à l'épisode du couloir. Mais, là, il ne s'accroupit pas pour ramasser quoi que ce soit. Ses yeux fixent mon frère. Je ne peux guère lui en vouloir.

Laurie est affalé sur le parquet, entouré de petits ventilateurs. Torse nu, bras rejetés au-dessus de la tête, il contemple le plafond.

– Le métro, c'était comment ? Ça pue autant que je l'imagine ? Je me disais que les boîtes de cosmétiques devraient laisser tomber la vente en grandes surfaces et pulvériser leurs échantillons sur les voyageurs dans les rames. Pas mal, non ? Je vais mettre de l'ordre dans cette ville, moi !

Le climatiseur est toujours dans son carton posé derrière Laurie et ses ventilateurs. On dirait que ces derniers s'apprêtent à sacrifier mon jeune frère, telle une horde d'adorateurs à hélices offrant leur victime au dieu Fréon.

Je suis sur le point de l'engueuler pour ne pas avoir installé la clim à la fenêtre, quand j'aperçois près de lui un verre de limonade. J'ai brusquement envie de lui crier tout mon amour.

– J'attendais que le soleil baisse pour m'y mettre, plaide-t-il, ayant évidemment décrypté ma réaction première et s'étant préparé au pire.

– C'est ça, c'est ça… lui dis-je en écartant son excuse d'un revers de main. Tu peux nous donner un peu de cette limonade, à Stephen et à moi ? Et note-moi l'adresse du magasin pour que je puisse aller chercher ce que tu as oublié.

Laurie se redresse sur son séant. Il fait une tête que je n'ai jamais vue chez personne d'autre, il sourit tout en fronçant les sourcils, ce qui lui donne un air à la fois amusé et inquiet.

– Qui ça ?

– Stephen, répété-je. Il m'a aidée à porter les sacs. Enfin, si on veut...

J'adresse un sourire à Stephen, jugeant qu'en partageant une blague sur nos talents respectifs pour le lâcher de sac, une amitié pourrait naître entre nous. Mais celui-ci fixe mon frère et ses mains tremblent.

Le regard de Laurie se déplace vers ma droite, là où Stephen demeure pétrifié. Son front se plisse, puis ses yeux reviennent sur moi.

– Josie, qu'est-ce que tu racontes ?

– Chaque fois que tu m'appelles Josie, c'est mon pseudo que tu assassines, je te signale.

– Oui, bon, ça va, Betty.

Je lui montre mon médius dressé.

– Allez, frangin. En tant qu'aînée, je suis en droit, que dis-je, dans l'obligation de te donner des ordres. Alors deux limonades, et que ça saute !

– Pourquoi deux ? T'as pas passé l'âge de t'inventer des potes ? (Il sourit.) Je sais que tu rêves de me trouver le partenaire idéal maintenant qu'on a atterri dans cette métropole, prétendument le refuge idéal des petits frères gays, mais je ne suis pas aussi en manque que ça... Pas encore. En plus, je sais très bien me servir de mon imagination si nécessaire. T'inquiète, je te tiendrai au courant.

Je ne comprends pas. Mon regard passe de Laurie à Stephen et inversement. Il fait une chaleur infernale dans cet appartement mal aéré, mais j'ai l'impression qu'on vient de me verser un seau d'eau glacée sur les épaules.

– Sur un autre ton, je te prie.

Je me mords la lèvre car je crois entendre ma mère.

– Euh...

À présent, Laurie semble vraiment inquiet.

– Tu es restée longtemps au soleil ?

Il se remet péniblement debout.

– Je vais te la chercher, ta limonade.

Dans ma cage thoracique, mon cœur tambourine telle une boule de flipper tandis que Laurie gagne la cuisine au petit trot.

À mon côté, Stephen me murmure :

– C'est bon, je vais y aller.

CHAPITRE 3

PENDANT LES PREMIÈRES MINUTES, je tente de me convaincre que la malédiction a été brisée. Il existait une date limite et je viens de l'atteindre. Tout aussi aisément que j'ai disparu du monde, j'y réapparais. Personne ne m'avait dit que ce jour viendrait. Peut-être que personne n'était au courant. Mais là, dans ce couloir, pour la toute première fois, quelqu'un me voit.

L'effet est euphorisant, effrayant, déconcertant. Si elle me voit, je suppose que maintenant tout le monde va me voir. C'est tombé sur elle.

Ma malédiction, ma condamnation a pris fin.

Je m'efforce de rester calme. Impossible d'exprimer ce que j'éprouve. À un inconnu que je ne reverrais jamais, je me sentirais peut-être libre de déballer cette histoire. Mais cette fille-là vient d'emménager au même étage que moi. Je dois faire comme si tout était normal. Je ne parle pas de la normalité de ma vie à moi, mais de celle que j'ai vue chez les autres.

Ça y est, me dis-je. *Mon heure a sonné.*

La malédiction est rompue.

Je suis visible.

À mesure que je me fais à cette idée, l'euphorie, l'effroi et la déconcertante banalité de ce qui m'arrive composent ensemble un redoutable cocktail qui parasite mes émotions. Elizabeth ne semble s'apercevoir de rien. Pour elle, je ne suis qu'un voisin de palier.

Incroyable...

Tant bien que mal, j'arrive à tenir la conversation. Tant bien que mal, j'arrive à lui parler.

Elle voit le visage que je n'ai jamais pu voir, puisque aucun miroir ne me renvoie mon image.

Elle m'invite chez elle à prendre une limonade. Je suis curieux de voir jusqu'où je vais pouvoir tenir. J'ai l'impression de ne pas avoir de limite.

Pourtant, soulever les sacs me demande un effort. Je dois me concentrer, donner une matérialité à mon corps. Je comprends que tout ne revient peut-être pas d'un seul coup. Pour l'organisme, c'est un choc. Une complète réorganisation. Il va falloir du temps. Je reprends les sacs et la suis dans son appartement.

Je me dis qu'elle est seule. Qu'on va pouvoir continuer à discuter. Que, peu à peu, je vais me faire à l'idée d'être visible. C'est alors que je découvre son frère allongé par terre... Une personne nouvelle.

Je me prépare.

Je suis prêt à ce qu'il me voie.

Paré.

Mais rien ne se passe.

Il ne me voit pas.

Les parasites qui m'ont envahi emplissent à présent la pièce, l'univers. Je lis la surprise sur le visage d'Elizabeth, mais ce n'est rien par rapport à celle qui me frappe à chaque pensée.

Il ne me voit pas.

Mais elle, si. Elle me voit.

– T'as pas passé l'âge de t'inventer des potes ? lui demande-t-il.

C'est l'image que j'ai de moi : prisonnier de l'imagination du rêve de quelqu'un d'autre. Et ce quelqu'un est sur le point de se réveiller.

Je parviens pourtant à articuler quelques mots.

– C'est bon, lui dis-je, je vais y aller.

Par chance, elle a laissé la porte ouverte. Par chance, elle est trop abasourdie pour me suivre. Je cours jusque chez moi sans que mes pieds fassent le moindre bruit. À moins qu'elle ne les entende. Je ne sais pas. J'ai l'impression de ne plus rien savoir. D'habitude, je regarde au moins quatre fois autour de moi avant d'introduire la clé dans la serrure. Mais là, je m'en fiche. Là, je n'aspire qu'à une chose, être à l'intérieur. Refermer la porte derrière moi. Tourner le verrou. Respirer. Crier. Respirer.

Dans notre entrée se trouve un miroir. Durant toutes ces années, ma mère n'a jamais mesuré son impact sur moi. Ou peut-être estimait-elle qu'il fallait me rafraîchir les idées et que ce n'était pas toujours à elle de le faire.

Je me plante devant.

Je vois le mur derrière moi. Les livres sur les étagères. La lumière qui tombe en oblique de la fenêtre.

C'est tout.

Ça vient sûrement d'elle.

Dans les minutes qui suivent, je comprends que la

malédiction n'est pas brisée. Mais qu'Elizabeth a trouvé un moyen de la contourner. Ça vient d'elle, pas de moi.

Il faut que je vérifie cette hypothèse. J'attends une heure tardive pour être sûr qu'elle dorme. J'écoute le silence du couloir, le silence de l'immeuble, avant de me glisser dehors.

Ça ne vient peut-être pas que d'elle. Je veux en avoir le cœur net.

Je sors de l'immeuble. Le concierge est tellement captivé par les émissions de fin de soirée qu'il ne remarque pas que la porte s'ouvre. Cet homme-là s'est toujours montré coopératif.

La nuit est fraîche en ce début d'été. Quelques rares piétons errent encore dans le Upper West Side. Je me dirige vers la station de métro où j'enjambe facilement le tourniquet. Personne ne m'interpelle.

La rame arrive au moment où je débouche sur le quai. Les portes s'ouvrent et je me retrouve dans un wagon à moitié plein. Je regarde autour de moi, sûr que quelqu'un – n'importe qui – va croiser mon regard. Rien. Je commence donc à bouger. À faire des bonds. Des mouvements en tous sens. À tourner autour d'une barre. À délirer. À agir de façon qu'on pose les yeux sur moi ou qu'on les détourne.

Rien.

Je passe d'un wagon à l'autre. Les portes s'ouvrent, se referment – ça, les passagers le remarquent. Dans le dernier wagon, il y a moins de monde. Quelques personnes seulement, des couples qui voyagent ensemble et un type tout seul. Je m'approche de lui. Il porte un costume. La trentaine peut-être. Il a ôté sa cravate. À ses pieds est posée une bière dans un sac, près de la mallette de son portable. Tout en lui indique que la soirée a été longue.

Me voici face à lui. Je m'agite. Je me penche à deux centimètres de son visage. Je souffle. Il se recule un peu.

– Vous me voyez ? lui demandé-je à haute voix.

Là, il sursaute.

– Où suis-je ?

Il jette des regards en tous sens. Les couples sont trop loin. Il ne comprend pas d'où peut bien venir cette voix.

– Vous ne me voyez pas, hein ?

– C'est quoi, ce truc ? marmonne-t-il en regardant toujours autour de lui.

– Pourtant je suis là, lui assuré-je.

Puis je pose ma main sur son épaule. Et me concentre.

Il pousse un cri.

Je retire ma main. Il est debout à présent. Tout le monde le regarde.

– Je vous demande pardon, murmuré-je.

Nous sommes arrivés à ma station. Je descends.

Je suis au milieu de Times Square. Côté éclairage, on se croirait dans un jeu vidéo. À cette heure-ci, la foule est plus dense, des couples, certes, mais aussi des groupes de dix, vingt, trente personnes. Même après minuit. Des ados se bousculent joyeusement. Des pères portent leurs fillettes endormies dans leurs bras. Des flashes crépitent.

Je voudrais qu'une personne me voie, une seule. Une parmi ces centaines. Une parmi ces milliers. Je voudrais qu'une seule d'entre elles me demande l'heure. Me demande ce que je fais. Me regarde dans les yeux. S'écarte en voyant que j'arrive droit sur elle.

J'étends les bras. Je tourne sur moi-même. J'escalade quatre à quatre l'escalier illuminé de rouge qui se dresse au centre de la place. Je voltige de photo en photo. Je pose avec les touristes. Je me poste devant leurs objectifs. Je crois leur boucher la vue, mais je me trompe. Je crois les gêner, mais je me trompe. Je crois être là, mais je me trompe.

Des interrogations me tiennent éveillé une bonne partie de la nuit.

M'a-t-elle vraiment vu ?

Si oui, qu'a-t-elle vu ?

Sûrement quelqu'un habillé dans son style. Quelqu'un de son âge. Mais quand même.

A-t-elle vu ce qu'elle voulait voir ?

A-t-elle vu ce que moi, je voulais qu'elle voie ?

Est-elle vraiment la seule ?

Pendant de longs jours, je l'évite. J'entends qu'on apporte d'autres meubles dans son appartement. Je l'entends avec son frère dans le couloir. Avec sa mère. Je n'ose pas sortir.

Que faire si elle me voit encore ?

Que faire si elle ne me voit plus ?

Tous mes secrets découlent du premier. Toute ma vie est bâtie autour de secrets.

Je ne suis pas prêt à y renoncer. Je ne suis pas prêt à connaître la suite. Car il est possible que rien ne se passe, et je risquerais de ne pas m'en remettre.

Je me souviens des jours qui ont suivi le décès de ma mère. Où je suis descendu très loin dans le silence, au point d'oublier le son de ma voix, celui de la sienne aussi. Où je ne voyais pas l'intérêt d'entendre l'une si je ne pouvais entendre l'autre.

J'éprouve finalement le besoin de prendre l'air. Je me fais peu à peu l'effet d'un lion en cage. Je vais au parc. Je cherche des yeux Ivan et Karen. Je cherche d'autres habitués. Mais il fait plus chaud que les autres jours et tout le monde est pressé.

Je reviens à la maison. Profitant de ce que personne ne me voit, je jette un coup d'œil sur mon courrier. Je mets le tout à la poubelle pour ne rien avoir à la main.

Je regagne mon étage par l'ascenseur. Quand les portes s'ouvrent, elle se trouve juste devant.

Le doute n'est pas permis : elle me voit. Son visage exprime autant de curiosité que d'amusement.

– Mais ne dirait-on pas notre homme invisible ? s'exclame-t-elle. Je commençais à me demander si tu habitais bien ici.

Je fouille ses yeux à la recherche de mon reflet. J'essaie de savoir à quoi je ressemble.

Mais je ne vois que ses yeux. La lumière de l'ascenseur. Le fond de la cabine.

Les portes se referment et je ne suis pas encore sorti. Elle tend la main pour les rouvrir.

– Merci, lui dis-je.

– Tu étais allé faire un tour ? me demande-t-elle.

– Ouais. Il fait chaud.

– Il paraît.

Que c'est nul comme dialogue ! J'aurais mille questions à lui poser, toutes plus extravagantes les unes que les autres.

Je sors de l'ascenseur et elle y entre.

– À plus ! me dit-elle.

– Ouais.

Les portes se referment.

Elle est partie.

Je ne sais pas si je vais tenir. Tout était sous contrôle. Tout roulait. Et patatras ! J'en oublie de manger. Je ne peux pas lire sans que les phrases semblent me montrer du doigt. À la télé, tout me paraît plat, irréel.

La clé pour pouvoir vivre avec un problème, c'est de ne pas y penser tout le temps.

Or le mien, j'y pense désormais sans arrêt.

Sept jours après qu'elle m'a vu pour la première fois, je romps la promesse que je m'étais faite.

J'envoie un mail à mon père :

« Il y a une fille dans l'immeuble qui peut me voir. Comment est-ce possible ? »

C'est tout ce que je peux écrire. Je ne veux rien connaître de sa vie. Je ne veux pas qu'il connaisse la mienne. Je veux juste une réponse.

– Parle-moi de la malédiction, suppliais-je ma mère. C'est ma vie. J'ai le droit de savoir.

– Je ne peux rien te dire, me répondait-elle. Si je te le disais, ça ne pourrait être que pire. Ça ne pourrait être que bien, bien pire.

– Qu'y a-t-il de pire que ça ? me récriais-je. Dis-le-moi, qu'y a-t-il de pire que ça ?

Elle ne pouvait pas me serrer dans ses bras quand elle le voulait. Elle ne pouvait pas m'embrasser quand elle le voulait. On ne peut pas savoir à quoi ressemble l'amour quand on vous retire ces choses-là. Alors, toute sa tendresse, elle la plaçait dans sa voix, et tout son attachement dans le regard qu'elle portait sur moi.

– Ça pourrait être bien pire que ça, me disait-elle. Tu ne te rends pas compte. Et tant que je vivrai, tu ne t'en rendras pas compte.

Ses phrases s'arrêtaient à ce point final. L'histoire – du moins, ce qu'elle voulait bien m'en dire – s'arrêtait là.

Le huitième jour, je fais mes courses par Internet. D'habitude, je suis livré dans l'après-midi, mais cette fois-ci on frappe à ma porte au bout de deux heures. C'est curieux, car je spécifie toujours qu'on dépose les sacs sur mon paillasson sans frapper.

– Laissez-les là ! lancé-je.

– Laisser quoi ? me répond une voix.

C'est elle.

Je suis coincé. Elle sait que je suis ici. Je sais qu'elle est là.

En regardant par l'œilleton, je vois qu'elle est seule.

– Je t'entends respirer derrière la porte, me dit-elle. Tu peux ouvrir ? Évite-moi de te faire une scène. Mes scènes peuvent être terribles !

Ma décision est prise, je vais la faire entrer. Je vais faire comme si tout était normal. Elle passe me dire bonjour, voilà tout. Bien sûr qu'elle peut me voir. Tout le monde peut me voir. C'est une visite entre voisins, rien de plus. Je peux être un voisin accueillant. D'autant que je n'ai pas le choix.

Je me concentre pour que ma main puisse tourner la poignée.

J'ouvre la porte.

CHAPITRE 4

QU'EST-CE QUE JE VIENS faire ici ?... Ça ne me ressemble pas. Pour moi, c'est le comportement de quelqu'un de désespéré, d'égocentrique. Je ne veux pas faire partie de ces gens-là.

Mais je suis furieuse et déçue... et je me sens seule. Je me sens seule depuis un bon moment. C'est ce qui t'arrive quand tu commences à répondre à chaque « Salut, Liz ! » par un regard noir en attendant la phrase qui va te gifler. Avant de passer aux vraies gifles.

L'année dernière, la plupart de mes amis se sont évaporés au fil des mois. Quand les premières rumeurs sur Laurie sont apparues, certains, qui n'étaient d'ailleurs pas vraiment des amis, ont disparu comme emportés par une avalanche. La surprise n'est pas venue d'eux.

Ce qui m'a fait vraiment mal, c'est de voir s'éloigner peu à peu les quelques-uns en qui j'avais vraiment confiance. Plusieurs filles de mon premier cercle ont bien tenté de me rester fidèles, mais au final, j'ai dû les jeter par-dessus bord et les regarder dériver. Je ne supportais plus leurs regards, certes bien intentionnés, mais apitoyés, ni leurs coups de fil compatissants. Leur compassion, je n'en voulais pas. Je voulais qu'on soit aussi dégoûté que je l'étais.

Mes amis envolés, je me suis raccrochée à Laurie et maman. Et, après l'Affaire, à maman toute seule car nous faisions la navette entre l'hôpital et la maison tout en projetant de nous faire la belle. Mais au-delà de l'évasion en elle-même, nous n'avions rien prévu. Il se révèle que, dans notre planque, je me retrouve le plus souvent seule. Maman est au travail. Laurie suit des cours d'été car, après l'Affaire, il a manqué les huit dernières semaines d'école. Tous deux semblent assez contents de leur sort.

Maman a toujours traité son stress par la boulimie professionnelle. Laurie m'assure, après seulement deux semaines de cours, être certain que deux tiers de ses camarades sont dix fois plus homo que lui. J'ignore totalement comment il est parvenu à ce chiffre. Je me dis que son bonheur de passer son été en cours s'explique moins par l'homosexualité relative de ses condisciples que 1) par le bon fonctionnement de la clim de son école, alors que notre minuscule module extérieur passe plus de temps à crachoter qu'à nous rafraîchir et 2) par le fait que, contrairement aux cours estivaux de notre région d'origine et à leur caractère punitif, le programme suivi par Laurie s'adresse à des élèves à vocation artistique. Musique, théâtre, littérature, tout ça, il adore. S'il n'avait pas dû rester allongé sur le dos plâtré de la tête aux pieds, et suivre une convalescence, il se serait sans doute réjoui de cette fin d'année écourtée puisqu'elle lui a ouvert les portes d'une sorte de Poudlard taillée à ses mesures.

Je regrette un peu de ne pas pouvoir l'accompagner.

En arts visuels, le programme de son école est canon et me serait sûrement bien utile pour constituer mon portfolio. Mais maman n'a pas les moyens de nous y envoyer tous les deux et puis j'ai terminé mon année, moi – avec des poignards à la place des yeux et les poings constamment serrés.

Comme ils le sont en ce moment même. Je me rends compte que ce n'est pas seulement la solitude qui m'a conduite devant la porte de Stephen. J'ai obéi à maman. J'ai été polie. J'ai cherché à me « faire des amis » comme le ferait une personne normale. J'ai même proposé à mon invité de la limonade, breuvage souverain pour prévenir l'insolation, histoire d'engager nos nouvelles négociations amicales. Mais Stephen s'est éclipsé en me laissant expliquer tant bien que mal à Laurie que j'avais rencontré un garçon sur le palier, ce qui m'a valu de me faire chambrer pendant des heures au sujet de ce soupirant invisible. Le fautif, c'est Stephen. Je suis là parce que j'ai les boules et personne sur qui me défouler.

Il met une éternité à ouvrir. Quand je découvre enfin son visage, il tord la bouche comme s'il était effrayé, ennuyé ou agacé. Quoi qu'il en soit, ce n'est pas bon signe. Certes, je ne m'attendais pas qu'il défaille de bonheur à ma vue. De toute évidence, il m'a évitée, ce qui, telle une fraise de dentiste, ne fait que chatouiller mes nerfs déjà soumis à rude épreuve. Mais au moment où je m'apprête à l'engueuler, ma voix reste coincée à mi-hauteur dans mon larynx. Je ne parviens qu'à émettre un lamentable coassement. Un son à la fois misérable et plaintif. Qui lui tire une grimace. Il baisse les yeux.

Je ressaie. Cette fois, c'est bon.

– Salut.

Il bredouille quelque chose. Une formule de bienvenue, sans doute, puisque j'ai affaire à un être humain.

– Alors...

Nouveau bredouillage. Je sens la moutarde me remonter au nez.

– C'est ton truc, hein ?

La question lui fait relever la tête.

– De mal te conduire, complété-je avec un sourire forcé.

Il écarquille les yeux, ce qui n'est pas pour me déplaire.

– Non, dit-il.

Rien d'autre, juste « non ».

Nous nous regardons. Le climat commence à être vraiment pesant.

– Que veux-tu ? me demande-t-il.

– Ne me dis pas que tu t'es bien conduit avec moi, poursuis-je.

Il pousse un soupir profond et terriblement las pour cette heure de la journée. Peut-être est-t-il insomniaque...

– Tu as raison. Excuse-moi.

Je ne m'y attendais pas. Je pensais qu'il allait monter sur ses grands chevaux ou me claquer la porte au nez.

– Veux-tu entrer ?

Il me pose la question comme si je venais de lui demander s'il accepterait de faire un don de moelle osseuse.

Soudain, le malaise me gagne. Pourquoi être venue ici ? Je me rends compte que je m'attendais à une prise de bec sur le seuil, suivie d'un retour au pas de charge chez moi et d'un après-midi passé à maudire l'extrême grossièreté du genre humain. Me voici donc devant le dilemme suivant : ou je fais un scandale car, après tout, c'est moi qui suis venue le trouver, ou j'accepte son invitation.

– D'accord.

Il s'efface et je passe devant lui. Il fait frais chez lui, presque froid, et je me frotte les bras pour chasser une soudaine chair de poule.

Je constate aussitôt que son appartement est plus sympa que le nôtre. La disposition est la même, mais chez nous c'est plein de cartons et de meubles posés n'importe où. Maman m'a chargée d'y mettre bon ordre, ce qui signifie que rien n'a été fait. À mon avis, elle voulait être gentille en me laissant décider de l'agencement de notre nouveau chez-nous. Mais vider des cartons n'a rien d'excitant et nous vivons toujours comme si nous étions arrivés hier.

Tandis qu'ici c'est rangé, même si les meubles sont rares. C'est – comment dit-on déjà ? Fonctionnel (trop forte en vocabulaire, la fille !). Je suppose que sa chambre doit avoir un peu plus de personnalité. L'entrée et le séjour reflètent quelque chose de rigide et d'adulte. Celui ou celle qui s'est chargé de la déco chérissait le sobre et le rudimentaire. Stephen doit avoir un parent, ou les deux, qui habitent ici, mais pour l'instant, nous sommes seuls.

– Je peux t'offrir quelque chose ?

Je saute sur la proposition. Sa voix est plus calme à présent, plus claire.

– Euh, avec plaisir.

– De la limonade ?

Il a un demi-sourire, comme s'il venait de faire une blague.

J'ai envie de le foudroyer du regard, mais je me contente de hocher la tête.

– Si tu en as...

– Installe-toi !

Il me désigne le canapé en suivant des yeux le déplacement de sa propre main comme s'il accomplissait un geste secret, symbolique.

Le coussin sur lequel je me pose est ferme et gratte ma peau nue. Comme il fait toujours chaud chez moi, mon uniforme quotidien se résume à un débardeur et un short. J'espère que sa chambre est mieux équipée parce qu'un canapé pareil, c'est nul pour regarder les films.

Cette pensée m'arrête et mon estomac se noue. Me voilà déjà imaginant des soirées ciné avec un garçon que je ne connais même pas, qui n'avait visiblement aucune envie de me laisser entrer mais s'est senti obligé de le faire. Je ferme très fort les paupières en me maudissant d'être à ce point assoiffée de compagnie. Depuis quand suis-je aussi pitoyable ?

– Ça va ?

Il se tient devant moi, un verre à la main. Dans la transparence pastel de la limonade flottent des glaçons qui tintent contre le bord.

– Oui !

Je prends le verre.

– Juste mal à la tête.

– Une aspirine ?

– Non, merci.

Je m'accorde une généreuse rasade de limonade. Elle n'est pas faite maison, mais elle a gardé sa fraîcheur, son acidité et son bon goût.

– Ça va aller. La limonade, c'est l'élixir universel.

Il s'assied près de moi, mais pas assez près pour que sa jambe frôle la mienne ou que nos épaules se touchent. Je remarque qu'il apporte du soin à tout ce qu'il fait. Sur le canapé, il se tient droit, sans s'affaler comme moi contre le dossier. Je me demande s'il ne me prend pas pour une grosse plouc à forte sudation et je me redresse en croisant mes jambes au niveau des chevilles, d'une façon qui, je pense, plairait à la reine Victoria. C'est très inconfortable. Je ne tarde pas à abandonner pour reprendre mes aises.

Aucun de nous deux ne parle. Le seul bruit audible est celui des gorgées de limonade que nous prenons à intervalles irréguliers. Je n'arrive pas à savoir s'il est bizarre ou s'il me déteste carrément, mais, bon sang, que j'ai besoin de parler à quelqu'un ! Ça fait des jours que je suis chez moi à glander sans m'occuper des cartons ni de la déco.

– Tu es un fantôme ?

Il se tourne lentement en me regardant comme s'il réfléchissait sérieusement à la question. Considérant qu'il est en train d'évaluer mon niveau de dérangement mental, je poursuis :

– Ou un magicien ?

Je respire un peu mieux. Il a l'air intrigué. J'intrigue mon peut-être futur ami. Toute la colère provoquée par son départ précipité de chez moi refait surface tandis que j'enchaîne, soucieuse d'entretenir cette conversation naissante.

– Déjà que mon petit frère a tendance à me prendre pour une folle, alors ta disparition l'autre jour n'a fait que le conforter dans cette idée.

Au mot « disparition », il tressaille.

– Pourquoi n'es-tu pas resté ? lui demandé-je. Je sais qu'un Laurie torse nu a de quoi heurter la vue, mais je te jure qu'il est inoffensif.

Il ne répond rien, se contentant de me regarder.

Je joue nerveusement avec mes doigts.

– Si Laurie me croit folle, je me dis que je dois l'accepter. Cet immeuble est ancien, non ? Tu pourrais être un spectre bienveillant qui accueille les nouveaux arrivants.

Il rit et ses yeux s'éclairent.

– J'ai aussi pensé que tu pourrais être un mirage, lui confié-je avec un grand sourire.

– Un mirage ?

– Il faisait vraiment chaud l'autre jour et tu sais ce qu'on dit : dans le désert, on voit des mirages quand on est sur le point de mourir de soif.

Il confirme d'un signe de tête.

– Je mourais véritablement de soif et c'est alors que tu es apparu.

– Je suis un mirage, dit-il avant de s'interrompe. Et toi, tu es qui ? reprend-il en plissant le front.

– Je suis ta voisine d'à côté. Enfin, d'à côté à côté.

– Elizabeth mais aussi Jo. La fille d'à côté à côté.

Il rit de nouveau. J'aime bien quand il rit. Il fait plus chaleureux d'un seul coup, comme si d'habitude il était aussi raide que son appartement, et que le rire le détendait, le mettait à l'aise. J'apprécie aussi qu'il se souvienne que je tiens à me faire appeler Jo. C'est nouveau car, pour mes « amis » du Minnesota, j'ai toujours été Liz et, pour ma mère, Elizabeth ; quant à Laurie, il invente sans cesse de nouveaux diminutifs dérivés de mon prénom.

– Et ce garçon, c'était ton frère ? me demande-t-il.

C'est à mon tour de me raidir. Il n'y a aucune raison à cela, mais c'est un réflexe que j'ai acquis. Avant, chaque fois que les mots « ton frère » venaient dans la conversation, ça se terminait en dispute ou, même une fois, en pugilat. J'avais découvert à cette occasion que je possédait un uppercut redoutable. Au bal du lycée, Jennifer Norris portait d'ailleurs encore les pansements de la rhinoplastie qu'elle avait dû subir en urgence. Non, je n'y étais pas, mais on me l'a raconté.

Je respire mal tant je me sens oppressée.

– Oui. Laurie est mon frère, mon cadet de dix-huit mois.

– Tu as quel âge ?

– Seize.

– Moi aussi.

Il respire calmement en fixant ses doigts autour de sa limonade.

– Mais tu ne l'as pas amené avec toi ?

– Il suit des cours d'été. Du coup, la plupart du temps, je suis toute seule.

Je m'en veux d'avoir parlé aussi franchement. Ou à la légère. Il ne faut pas dire à un inconnu qu'on est seule chez soi. Mon manque d'amis est-il à ce point aigu ? Il faut croire...

Il se redresse un peu et me regarde en face. Ses yeux, avec leur fascinante nuance bleue qui capte mon regard, se font plus pénétrants, moins fuyants.

– Et tes parents ?

– Ma mère est administratrice à l'hôpital. Il faut croire que son prédécesseur était une catastrophe, car elle passe son temps à essayer de convaincre son équipe qu'elle n'est pas le diable en personne. Elle n'est pas beaucoup à la maison.

Il hoche la tête.

– Et les tiens ?

Il ne répond pas tout de suite, puis se contente d'un :

– Ils ne sont pas là.

– Cool, m'empressé-je de répondre.

J'ignore ce que « ne pas être là » signifie au juste, mais je n'ai pas envie d'insister. Avec les parents, on ne sait pas trop. De toute façon, mon intention n'est pas d'être pote avec sa mère ou son père.

Je me mords la lèvre, impatiente de conclure mon marché avant que la conversation ne prenne un tour plus sérieux et barbant. Je cherche de la compagnie, pas à remuer le passé. Pour moi, mon passé est mort et enterré dans le Minnesota.

– Je suis venue parce que j'ai un service à te demander.

Là, j'improvise. J'étais venue pour l'engueuler, mais mon besoin d'amis m'a rattrapée. Il est mon meilleur et unique candidat.

– Quel genre de service ?

– Tu connais plutôt bien le quartier ?

– Oui.

Parfait. C'est exactement ce que j'espérais.

– J'ai besoin de ton aide, dis-je.

Il pose sur moi un regard où perce la méfiance.

– Je te jure qu'il ne s'agit pas de porter des cartons.

La sonnette retentit. Je me fige.

– Posez-les là ! lance-t-il.

– Qui est-ce ? murmuré-je comme si des cambrioleurs attendaient de l'autre côté de la porte.

– Mes courses.

– Tu te fais livrer tes courses ?

Déjà, je suis debout et traverse la pièce.

– Il faut que je voie ça.

J'ouvre la porte en grand et tombe sur trois sacs de courses posés à mes pieds. Déjà le livreur a repris le chemin de l'ascenseur, mais en entendant la porte s'ouvrir il jette un œil par-dessus son épaule.

Et me dévisage en fronçant les sourcils.

– Ah… Je pensais que vous étiez un garçon…

Je lève les yeux au ciel et attrape les sacs.

– Cuisine ? demandé-je en me dirigeant vers celle-ci.

Je suppose qu'elle se trouve au même endroit que la nôtre. Comme Stephen se lève pour me suivre, je suppose là encore que mon hypothèse est bonne.

Il me regarde déballer ses courses. Il prend les articles à conserver au frais et les range dans le frigo.

– Tu sais, si à l'avenir tu veux éviter de te faire traiter de mal élevé, tu pourrais commencer par ouvrir la porte, suggéré-je en lui tendant une boîte d'œufs.

– J'essaierai de m'en souvenir, dit-il.

– Alors, voilà le marché que je te propose. Je suis nouvelle ici et, comme tu m'as laissée en plan avec mes sacs et que je viens de t'aider à porter les tiens, tu me dois quelque chose.

Il semble vouloir émettre une objection, mais se ravise.

Je soupire en cherchant à être plus aimable qu'exigeante.

– Désolée, je ne suis pas douée pour ça.

– Douée pour quoi ? demande-t-il.

– Pour demander des services.

– Pourquoi ?

Ma gorge se serre. Pourquoi, je n'ai pas envie d'en parler. Pourquoi, je n'ai pas envie d'y penser.

– J'ai des progrès à faire dans mes rapports aux autres.

– J'avais remarqué.

J'éclate de rire et effleure son bras en lui passant un sachet de carottes. Au moment où je le touche, nous nous immobilisons tous les deux. Je ne sais pas trop ce qui s'est passé, mais c'est comme si l'air de la pièce avait été aspiré d'un seul coup et qu'on s'était retrouvés là les yeux dans les yeux. J'ai l'impression que nous avons tous les deux le souffle coupé.

Je me tourne pour plonger les mains dans le sac suivant. Que vient-il de nous arriver ?

– Ça consiste en quoi, ce service ?

Sa voix est douce. Comme je suis incapable de le regarder, je contemple le paquet de céréales que je tiens entre les mains.

– C'est que je n'y comprends rien…

– Pardon ?

Il prend le paquet, mais je continue de ne pas le regarder. Mes yeux fixent le plan de travail.

– … à Manhattan, précisé-je, gênée d'être toute rouge, d'avoir le cœur qui bat à tout rompre et d'être nulle en orientation. Je sais que ça ressemble plus ou moins à un quadrillage, mais je me perds sans arrêt et puis, franchement, c'est un peu intimidant. J'ai peur de me perdre dans New York.

Je lui fais enfin face. Quand je croise son regard, rien n'a changé. La pièce a retrouvé son aspect habituel. Je peux respirer. C'est peut-être mon imagination qui me joue des tours.

– J'ai besoin d'un guide, lui avoué-je enfin.

Il me regarde avec de grands yeux.

– Tu veux que je t'aide ?

– Que tu m'expliques Manhattan. Maintenant que j'y habite, il faut que je comprenne comment ça marche.

Je crois voir son pouls s'accélérer sur une veine de son cou.

– Je…

– On peut commencer modestement. Par un petit tour dans le quartier.

Il détourne le regard.

J'essaie de prendre un ton plus léger.

– Je te promets que si tu me trouves insupportable, je ne t'embêterai plus jamais. Pas même pour te reprocher tes mauvaises manières.

– Tu peux t'y engager par écrit ?

Je me retiens de sourire car je comprends qu'il est sur le point de dire oui.

– Et si j'en étais un ? me demande-t-il.

Je plie le sac vide.

– Pardon ?

– Si j'étais un fantôme ?

Appuyé contre le plan de travail, il me regarde.

– Tu aurais toujours envie d'aller te promener avec moi ?

J'essaie de comprendre sa question. Est-ce une blague ? La formulation m'incite à le penser, mais le ton n'a rien de taquin ni même d'enjoué.

– Si tu décides que tu ne veux plus me voir, j'ai promis de ne plus te déranger, répété-je. Donc si moi, je décide que tu es un fantôme, tu promets de ne pas me hanter. D'accord ?

Il ferme les yeux, et les miens s'emplissent de larmes en brouillant son image. Je frotte mes paupières ; quand je les rouvre, il m'observe et je frissonne devant l'intensité de son regard.

– D'accord.

CHAPITRE 5

JE NE SAIS PAS comment faire. Il doit bien y avoir un moyen de me défiler. Je pourrais dire que je suis tombé brusquement malade. Dire que ma mère va rentrer. Provoquer un incendie dans la cuisine, juste un petit.

Pourtant, ça me tente. J'aime bien quand on parle ensemble. J'aime bien avoir une conversation avec quelqu'un.

J'essaie toujours de comprendre pourquoi je suis le jouet de cette malédiction.

Mais, en attendant, c'est moi qui vais jouer.

– Le parc, ça te dit ? lui demandé-je.

Rien dans la vraie vie ne m'a préparé à ça. Au face-à-face. Certes, j'avais ma mère, et même si j'étais invisible à ses yeux, je pouvais tout le temps parler avec elle. Mais une conversation avec une fille ? Je n'en avais jamais eue.

À la place, j'ai eu des livres. Et des émissions de télé. Et des films. Et des conversations entendues ici et là. Du coup, les rythmes et les usages qui paraissent normaux à tout le monde ne me sont pas étrangers. Ces échanges de paroles, cette danse verbale entre ce qu'on dit et ce qu'on tait, ce donnant-donnant de confidences, je pense pouvoir m'y risquer. Je m'exerce depuis si longtemps dans ma tête, sans même en être conscient. Maintenant, je vais me saisir des mots et de leur prononciation.

Elle ne se doute pas à quel point cette conversation est incroyable pour moi. Elle ne se doute pas de ce que c'est qu'être extérieur au monde extérieur… et d'y être soudain admis.

Je veux continuer à dire bonjour. Car j'ai envie de dire bonjour à tout.

Dans l'ascenseur, nous parlons de l'ascenseur. Elle a déjà fait le voyage avec le type qui pue du sixième, mais par miracle elle n'a pas encore croisé Irma du 2E qui tient à sortir ses chats trois fois par jour. Et en laisse !

Dans le hall, je m'efforce de garder le silence pour ne pas attirer l'attention du concierge. Il ouvre la porte à Elizabeth et je sors sur ses talons.

Ma précipitation ne lui a pas échappé.

– On dirait que tu étais pressé de prendre l'air, me dit-elle une fois dehors. Tu as un contentieux avec le concierge ? Tu avais peur de rester enfermé ?

– Ils veulent tous ma peau, lui expliqué-je. Tous les concierges de New York.

– Pourquoi ?

Pourquoi ? La question est en effet assez légitime, elle s'insère logiquement dans la suite de la conversation. Mais je sèche.

– Euh… peut-être parce qu'un jour j'ai dit du mal de la mère d'un de leurs collègues…

Ma répartie tombe totalement à plat. C'est déjà gênant

de rougir, mais encore plus quand on sait que quelqu'un peut vous voir.

Sans relever, Elizabeth poursuit :

– Tu habites ici depuis combien de temps ?

Ouf, une question facile.

– Depuis toujours. Même appartement. Même immeuble. Même ville.

– Sérieux ?

– Aussi loin que remontent mes souvenirs, et même avant. Depuis ma naissance, en fait. Et toi, tu viens d'où ?

– Du Minnesota.

J'adore sa façon de prononcer ce mot.

– Ça doit pas mal te changer, lui dis-je en désignant les taxis qui passent en trombe, les interminables alignements de buildings, le flot de monde autour de nous.

– Effectivement.

– Pourquoi tu es partie de là-bas ? demandé-je.

Elle détourne le regard.

– C'est une longue histoire.

Je suis sûr qu'il existe une version courte de cette longue histoire, mais je ne me sens pas le droit de la lui réclamer.

– Tu vas dans quel lycée ? me demande-t-elle.

Je me rends compte qu'on commence à la dévisager quand elle me parle. Parce qu'en dehors d'elle, personne ne voit à qui elle s'adresse. Et même dans une ville où il est courant de croiser des gens qui parlent dans des portables microscopiques ou qui soliloquent entre leurs dents, il n'est quand même pas habituel de voir quelqu'un discuter dans le vide.

Je presse le pas.

– À Kellogg, dis-je en inventant un nom de lycée.

Elle est du Minnesota et ne peut donc pas connaître tous les établissements privés de Manhattan.

– C'est de l'autre côté de la ville. C'est tout petit. Et toi ?

– Je vais entrer à Stuyvesant à la rentrée.

– Oh, à Stuy. C'est super !

– Stuy ?

– Ouais, c'est comme ça qu'on dit.

– C'est bon à savoir.

Nous voici au parc. Comme il y a plus de monde, on la dévisage encore plus. Cela dit, je ne pense pas qu'elle s'en aperçoive. Ou alors elle se dit que les gens de la ville sont ainsi, impolis, curieux. Mais cette insouciance ne devrait pas durer.

Pour que ça fonctionne, je vais devoir faire l'essentiel de la conversation. Dans l'immédiat, du moins, car nous sommes entourés de promeneurs. Je parle tout bas pour que ma voix se mêle à toutes les autres.

– Donc tu veux apprendre à connaître cette ville ? lui demandé-je tandis que nous nous engageons sur un des chemins. Je vais avoir du mal à être objectif car je n'ai jamais vécu ailleurs.

En vérité, je n'en suis même jamais sorti. Mais ça, je le garde pour moi.

– Je crois qu'ici on parle un peu une autre langue. Quand tu vis à New York, tu es obligé de connaître des choses que seuls les New-Yorkais connaissent. En général, c'est juste une question d'habitude. Comme le métro.

Presque partout ailleurs dans le monde, l'idée qu'il puisse exister sous terre des centaines de kilomètres de galeries où des rames circulent dans les deux sens sur des rails électrifiés relèverait de la science-fiction. Ici, c'est le quotidien. Tu le prends tous les jours. Tu sais exactement où te mettre sur le quai. Au bout d'un moment, tu commences à reconnaître des visages. On est des millions, mais, peu à peu, tu te fais des voisins. Les New-Yorkais adorent la démesure : les gratte-ciel, la liberté, les illuminations. Mais ils aiment aussi les petites conquêtes : quand le marchand du coin sait quel journal tu prends, quand le serveur a lancé ta commande avant même que tu n'aies ouvert la bouche, quand tu commences à reconnaître les gens qui gravitent autour de toi et que tu sais par exemple que, si tu attends le métro à 8 h 15 pile, il y a des chances pour que la rousse au parapluie rouge soit là aussi.

Elizabeth ouvre des yeux tout ronds.

– Parle-moi un peu de cette rousse au parapluie rouge...

Je hausse les épaules.

– Je ne sais pas grand-chose d'elle. Simplement qu'elle essaie de prendre son métro à 8 h 15 pile. Elle doit avoir la trentaine, un peu plus peut-être. Elle lit toujours des magazines, le *New Yorker*, *Harper's*, ce genre-là. Un jour, il pleuvait à torrents et elle avait un parapluie rouge vif. Je n'ai dû la voir qu'une fois, mais elle m'a marqué, alors maintenant je l'associe toujours à ce parapluie. Tu sais ce que c'est, les inconnus ou les gens qu'on vient juste de rencontrer, on les retient grâce à un détail caractéristique. Lui, par exemple, il a les dents espacées. Elle, un sac violet. Et elle, c'est la rousse au parapluie rouge. Tout le reste, c'est de la pure spéculation.

– Et tu spécules souvent ?

C'est comme si elle me demandait si je respire souvent.

– Tout le temps ! lui dis-je, peut-être avec un petit peu trop d'emphase. Tu te rends compte, avec tous ces gens qui nous entourent, comment ne pas spéculer ?

Je vois qu'elle joue le jeu. Elle désigne un monsieur corpulent assis sur un banc en train de manger un donut.

– Lui, alors ?

– Gastro-entérologue. Sa deuxième femme vient de le quitter. Il ronfle.

– Elle ?

Elle me montre une adolescente délurée qui écoute de la musique à fond au casque tout en examinant son portable d'un œil sombre.

– Espionne russe. Couverture hyper travaillée. Elle recherche les groupes favoris des agents de la CIA sur Facebook et les transmet à la mère patrie.

– Ce type bizarre, là-bas ?

– Poète honoré par l'État du Wyoming, surtout connu pour ses hymnes à l'amour entre les cow-boys et leurs chevaux.

– Entre les cow-boys et leurs chevaux ? Mais que fait la pouliche ?

– Ah, tu connais son œuvre !

Elle donne un petit coup de tête vers la gauche pour attirer mon regard.

– Cette femme avec ses quatre enfants ?

– Comédienne. Travaille le rôle d'une mère de quatre

enfants. Grande découverte pour elle, puisque sa compagne ne supporte même pas un animal à la maison.

– Et cette fille, là ?

Pas facile. Elle se désigne elle-même.

– Celle-là ? Elle m'a tout l'air d'être nouvelle dans le coin. Mais ça ne l'effraie pas. Au contraire. Elle veut tout voir. Et, ah oui, elle fait aussi partie de la mafia du Minnesota. Là-bas, les gangs se sont livré une guerre sans merci autour du fromage.

– Ça, c'est dans le Wisconsin !

– Disons qu'ils se sont déchirés pour savoir qui de Minneapolis et de St Paul était sortie de terre la première.

– C'est dingue, quand on t'écoute, on croirait se voir dans une glace...

La femme aux quatre enfants nous regarde à présent comme si son radar maternel était réglé sur les jeunes filles qui parlent toutes seules et trop fort dans les lieux publics.

– Tiens, il faut que je te montre quelque chose, lui dis-je en détalant à toutes jambes.

Nous avons atteint le sentier qui, en longeant le kiosque, rejoint Bethesda Terrace. Des arbres plusieurs fois centenaires veillent sur nos pas et nous ouvrent le chemin. C'est un de mes endroits préférés dans cette ville, là où la nature recouvre d'un baldaquin toutes les pensées de ses habitants en créant un contact intime avec les feuillages et la lumière, avec les promeneurs qui passent, avec le monde qui se fige. Je cours et elle me suit. Je dévale les marches qui mènent jusqu'à la fontaine

Bethesda et Elizabeth surgit à ma hauteur. La statue de l'ange nous salue, resplendissante de paix, majestueuse sur son piédestal. L'eau de la fontaine lui tire sa révérence tandis que des musiciens l'abreuvent de mélodies. Derrière elle, des amoureux font du canot. Plus loin encore, les arbres poussent dans le plus parfait désordre.

Elizabeth n'est encore jamais venue ici. Il suffit de la regarder. J'ai déjà vu cette expression chez d'autres, ce visage béat d'admiration. J'ai envie de lui dire que ce n'est que la première fois, qu'il y en aura une deuxième, puis une troisième et une quatrième. Qu'elle viendra ici jour après jour, année après année. Car c'est ce que j'ai fait. Et mon plaisir d'être ici, dans le tourbillon de la ville, ne s'émousse pas.

– C'est incroyable ! s'exclame-t-elle.

– Oui, n'est-ce pas ! renchérit un type situé à moins d'un mètre d'elle.

Il présume qu'elle s'adresse à lui. Et à voir sa tête, je peux affirmer qu'il a envie que la conversation se poursuive.

– Et ce n'est pas fini ! interviens-je.

J'attrape Elizabeth par la main avant de me souvenir qu'il ne faut pas. Que je ne dois pas faire ça, sinon sa main va flotter en l'air de manière ridicule, devant tout le monde.

Je la conduis à l'écart des touristes, des musiciens et de l'ange qui les surplombe. Je lui fais franchir un pont de bois et l'emmène vers les bosquets, vers le silence. Nous gagnons le Ramble, là où le parc résiste à la domestication et se mue en un enchevêtrement labyrinthique de sentiers secrets. En cinquante pas, on peut se couper de la ville, du monde.

Elizabeth note le changement de décor.

– C'est le rendez-vous des tueurs en série ? me demande-t-elle.

– Le mercredi seulement. On ne risque rien.

Avec la végétation qui se densifie, nous nous sentons paradoxalement plus à l'aise. Le seul regard sur nous-mêmes qui m'importe à présent est le nôtre.

– J'ai facilement deviné tes liens avec la pègre du Minnesota, mais je me dis que j'ai dû rater un ou deux trucs. Tu pourrais compléter ton portrait ?

– Oh, je suis une fille toute simple, me répond-elle avec un sourire sarcastique, qui s'évertue à compliquer tout ce qu'elle touche. Je suis comme Midas, sauf que moi, ce que je touche se transforme en n'importe quoi. Du moins, c'est ce que mes, ouvrez les guillemets, amies, fermez les guillemets, te diraient. Je n'ai jamais mangé thaï et j'ai longtemps cru, à ma grande honte, que ça se prononçait « tai ». En CE2, j'ai eu une obsession pour les tatouages au point qu'on a dû me cacher tous mes feutres. Je suis allée à la chorale pendant trois ans pour être avec mes, ouvrez les guillemets, amies, fermez les guillemets, mais je n'ai jamais chanté une seule note. En revanche, je suis devenue imbattable en playback, et en particulier en imitations des chanteuses R&B. Ce qui rend Laurie jaloux parce que si quelqu'un dans la famille devrait être drag-queen, c'est bien lui. Sauf que je ne crois pas que ce soit son truc. Mais je ne me rappelle pas le lui avoir demandé.

Nous sommes arrivés devant un banc situé à l'écart.

Il porte une plaque en cuivre : À GRACE ET ARNOLD GOLBER EN HOMMAGE À LEUR GÉNÉROSITÉ.

Je m'attends qu'Elizabeth s'y installe, mais elle se contente de s'arrêter pour lire l'inscription, puis reprend sa marche avant de s'immobiliser et de poser les yeux sur moi.

– Voilà, je pense que tu en sais assez sur mon compte, dit-elle. Je peux jouer aux devinettes à ton sujet aussi ?

– Bien sûr, vas-y.

Elle pose sur moi un regard prolongé, appuyé. Perturbant. Je ne suis pas habitué à être scruté ainsi. Je ne sais quelle tête faire, quelle posture adopter.

– Désolée, poursuit-elle. Pendant un instant, je ne m'y retrouvais plus dans toutes les vies que tu as eues. Concentrons-nous...

Elle me regarde encore. Me sourit.

– Tu adores lire, c'est évident. Tu as peut-être aimé *Les Quatre Filles du docteur March*, mais pas assez pour passer au *Rêve de Jo March*. Pas de problème, je te pardonne. Tu es peut-être fou de Twain. Ou de Vonnegut. Tout au fond de toi sommeille encore quelqu'un qui veut croire à Narnia, à la Chocolaterie et aux chevaliers de la Table ronde. Peut-être pas au *Jardin secret*, mais, pour ça aussi, tu es pardonné. Je chauffe ?

– Tu brûles ! m'écrié-je.

– Super ! Mon petit doigt me dit que tu aimes bien les maths aussi, surtout comme métaphore. Tu jouais d'un instrument – du violon ? Tu as quelque chose d'un violoniste. Mais tu as laissé tombé. Trop de travail. Trop de temps passé entre quatre murs. Tu adores ce parc

– et ça, j'en suis sûre. Évidemment, c'est là que tu les séduis toutes. Ici même. Elles craquent chaque fois.

– Ah oui ?

Elle hoche la tête.

– À cause de cette atmosphère de meurtres en série. C'est aphrodisiaque.

– Comme les huîtres.

– Ouah ! Tu dois être le premier avec qui je fais une petite promenade à connaître le sens du mot « aphrodisiaque ». Ça, en soi, c'est aphrodisiaque.

Faute de savoir quoi répondre, je reviens en arrière.

– Tu appelles ça comme ça ? demandé-je. « Une petite promenade » ?

Elle s'approche un peu.

– Que dire d'autre ?

De nouveau, elle me regarde. M'étudie. Je me prête de bonne grâce à cet examen. Quelle découverte pour moi ! Quel revirement inattendu ! Une question se fait jour dans mon esprit et, avant d'avoir eu le temps de l'intercepter, je me surprends à demander à voix haute :

– Quand tu me regardes, que vois-tu ?

Jamais je n'avais eu l'occasion de la poser. Et le simple fait de la formuler me fait trembler, me donne l'impression d'ouvrir en grand ma poitrine et de montrer ce qui se trouve à l'intérieur. Je ne suis préparé à rien de tout cela, et pourtant, je n'hésite pas.

– Je vois un garçon, me dit-elle. Je vois quelqu'un toujours sur le point de se réfugier dans ses pensées. Je vois des cheveux en bataille et des lèvres pulpeuses. Je vois que tu ne tiens pas en place. Je vois que ton tee-shirt te va bien, que ton jean te va bien. Je vois que tu n'es pas sûr de toi. Et je me retrouve dans tout ça. Sincèrement.

– De quelle couleur sont mes yeux ? demandé-je dans un presque murmure.

Elle se penche vers moi.

– Ils sont bleus. Bleu turquoise avec quelques taches noisette.

Il m'est impossible de décrire mon émotion. Jamais je n'en ai ressenti de pareille. Elle vient de me révéler des choses que j'ignorais totalement.

Nous sommes tout près l'un de l'autre à présent. Aucun de nous deux ne sait quoi faire.

– Et mes yeux à moi, de quelle couleur sont-ils ? me demande-t-elle.

À mon tour de me pencher vers elle. Même si je connais déjà la réponse.

– Marron, dis-je. Marron foncé. Comme le café.

Elle sourit et je ne sais pas quels mots doivent succéder à ces mots, quel moment doit succéder à ce moment.

– J'aime bien me promener avec toi, avoue-t-elle.

Puis elle recule, contemple les arbres alentour.

– Je n'arrive pas à croire qu'on est en plein New York. C'est de la folie, ce parc !

– Eh oui ! lui dis-je en reprenant ma marche.

Je ne sais plus du tout où nous sommes. Elle le remarque aussitôt.

– On est perdus ? Enfin, dans Central Park…

– Non ! Si on continue, on tombe sur le château.

– Comme c'est prince charmant de ta part !

Elle plonge la main dans sa poche.

– Tiens, voilà qui va peut-être nous aider.

Et là, tout va trop vite. Elle sort une boussole et la lance dans ma direction. Mais je tarde à saisir son geste. J'en comprends assez pour tendre les mains, mais pas suffisamment pour me concentrer et leur donner une consistance.

La boussole traverse mes doigts.

Elizabeth la voit traverser mes doigts.

– Pardon, dis-je.

Je me baisse et, très prudemment, très posément, ramasse l'objet.

Je l'examine avec ostentation. Évalue notre position. Puis le lui rends. Quand elle le reprend, nos doigts se touchent. Et la sensation de ce contact irradie dans tout mon être et mes pensées, enflamme mes espérances.

L'a-t-elle remarqué ? me demandé-je. *A-t-elle remarqué que la boussole m'avait traversé ? Ou a-t-elle cru que je l'avais laissée tomber ?*

J'entends un joggeur approcher, le souffle court pour son dernier kilomètre. Je m'écarte d'Elizabeth et reste muet jusqu'à ce qu'il soit passé. Surprise, elle attend qu'il soit parti pour me parler :

– Pourquoi cette tête ?

– Quelle tête ?

– La tête que tu fais. Pourquoi ?

Tous les secrets ramènent au grand secret. En avouer une partie, ce serait tout avouer.

Je dois être prudent.

– Je n'ai pas l'habitude.

– De quoi ?

Je nous désigne l'un et l'autre.

– De *ça*. De dire la vérité et d'avoir quelqu'un pour l'entendre. D'offrir des mots et d'en recevoir. C'est que... je n'ai pas l'habitude, voilà !

Elle m'examine à nouveau.

– Ta compagnie te suffit, c'est ça ?

J'acquiesce d'un signe de tête.

– Effectivement, ma compagnie me suffit. Mais là, non. Je préfère... la tienne. Je préfère ta compagnie à la mienne.

Trop de paroles. Trop de débit. Trop de fièvre. Mon âme de verre vient de tomber par terre et de se fracasser en mille mots. Le garçon invisible devient visible, et tout à coup, ses émotions brillent comme des néons.

– Excuse-moi, dis-je. Ce n'est qu'une promenade. Rien de plus. Je suis ridicule.

– Non, ne dis pas ça.

Elle avance la main et, sur le moment, je me dis qu'elle va me traverser de part en part. Mais je suis bien là. Elle me touche, et je suis là.

Nous sommes au milieu d'une ville, mais l'espace d'un instant, la ville n'existe plus. Nous sommes au milieu des bois, mais l'espace d'un instant, les bois n'existent plus. Nous sommes entourés de gens, mais l'espace d'un instant, nous ne craignons pas d'être dérangés.

– C'est le début de quelque chose, dit-elle. Nous ne savons pas de quoi ni l'un ni l'autre, mais c'est très bien ainsi. L'important, c'est que ce soit le début de quelque chose. Tu le ressens aussi, non ?

Oui. Et ma surprise est tout aussi grande que d'être touché, que d'être vu.

Elle le lit dans mes yeux.

– Tant mieux. N'allons pas plus loin pour le moment. D'autant que tu as encore le reste du parc à me montrer.

La forêt revient. Les promeneurs reviennent. La ville revient. Nous reprenons les chemins qui nous conduisent à d'autres chemins. Nous marchons jusqu'à ce que la nuit tombe et que les lumières s'allument. De temps à autre, je dis quelques mots et, de temps à autre, elle en dit quelques-uns. Mais, le reste du temps, nous observons. Nous spéculons. Nous nous regardons à la dérobée. Nous nous observons l'un l'autre. Nous spéculons l'un sur l'autre. Puis nous reprenons notre déambulation.

Ce n'est qu'en rentrant chez moi que la sensation du poids me revient, du poids de tout ce que je ne peux lui dire, de tout ce que je suis.

CHAPITRE 6

TANDIS QUE JE TOURNE la clé, le rire de Laurie me parvient à travers la porte. Je glisse un unique et ultime regard à Stephen, aux prises avec sa propre serrure. Il m'adresse un geste furtif de la main avant de disparaître chez lui. Je ravale un soupir car, maintenant qu'il est parti, mon cœur se serre.

Mon ami. Plus qu'un ami. L'espoir d'autre chose...

Ma main s'attarde sur la poignée tandis que je lutte contre l'envie de courir le rejoindre et de grappiller encore une heure de solitude à deux. Je me rends compte que je ne suis toujours pas revenue dans l'immeuble. Je suis encore au parc avec lui, à adresser mes vœux à l'ange. Des vœux pour que cette mégapole m'offre la vie qu'au fond de moi j'ai souhaitée. La fontaine de l'ange est l'endroit idéal pour former ces vœux qu'on se défend d'avoir enfermés à double tour, même dans ce bref crépuscule qui prélude au sommeil, là où le cœur s'ouvre comme une fleur nocturne. Là où on peine à faire taire ses désirs. Mais, au côté de Stephen dans ces sous-bois tranquilles et secrets – choses que je croyais impossibles dans cette ville –, mes vœux ont débordé, ne me laissant d'autre choix que de les déposer aux pieds de l'ange en espérant sa pitié.

J'aimerais être encore avec lui, sentir mon cœur frémir de savoir nos doigts enlacés. Mais il est tard et Laurie va s'inquiéter si je ne rentre pas. Je repousse le souvenir insistant du parc et tourne la poignée.

Je jette mes clés sur un carton qui, dans l'entrée, attend d'être vidé. Ils sont nombreux à occuper notre appartement en piles de hauteurs diverses, selon la pièce à laquelle est théoriquement destiné leur contenu. Théoriquement, car celui-ci doit encore être déballé et reprendre du service sous la forme de lampes ou d'œuvres d'art. Théoriquement, car maman et Laurie comptent visiblement sur moi pour m'y coller – après tout, je suis la seule à passer mes journées ici –, mais leurs attentes me pèsent. Tout comme le fait d'être la seule dont l'existence soit mise entre parenthèses, la seule à patauger dans la moiteur caniculaire en attendant l'automne et le moment où l'école me remettra dans le cycle régulier de la vie.

À l'instant où j'expédie un coup de pied dans ce carton, mon humeur s'éclaire à l'idée que l'opération « déballage » pourrait me permettre de passer plus de temps avec Stephen. Je suis sur le point de faire demi-tour pour me ruer chez lui – et je manque m'étouffer en constatant que j'ai littéralement envie de m'y ruer – pour lui demander de venir demain m'aider à déballer nos draps de rechange, quand la voix de Laurie brise mon élan d'écervelée.

– Hé, belle inconnue !

Refoulant cette pulsion, je fais volte-face et trotte jusqu'au séjour où je trouve un Laurie ramassé comme un chat sur le dossier du canapé. Assis à son côté se tient un garçon que je ne connais pas. À mon arrivée, le visage du nouvel arrivant est levé, ouvert, souriant, mais à ma vue il se replie sur lui-même comme une boîte en origami.

– Ah… salut !

J'essaie de lui sourire, mais il évite mon regard.

Laurie se laisse glisser de son perchoir pour s'installer près de son farouche invité.

– Sean, je te présente ma sœur… dit-il en me regardant, la bouche plissée. Comment faut-il t'appeler en ce moment ?

– Jo… Oh, peu importe, appelle-moi Elizabeth.

J'en ai marre de rappeler à tout le monde que j'ai eu envie de changer de nom dès qu'on a changé de maison, l'un et l'autre symbolisant un virage essentiel à notre survie. Je peux être Elizabeth par commodité, mais sur le papier, je me promets d'être toujours Jo.

Le sourire hésitant de Laurie s'élargit.

– Parfait ! Sean, voici Elizabeth. Du moins jusqu'à nouvel ordre…

Je le traite de sale gosse en m'effondrant sur une chaise. Celle-ci se trouve à côté de Sean et, au moment où mes fesses touchent le coussin, il se recule comme s'il était une tortue et que le canapé était une carapace qu'il cherchait à réintégrer. Il marmonne quelque chose. « Bonjour », je suppose.

– Ravie de te rencontrer, moi aussi.

Mon ton est plus sec que nécessaire, mais je suis agacée que Sean fasse comme si j'avais envahi son espace alors que c'est lui qui est assis sur *mon* canapé. Les yeux de Laurie m'envoient des sagaies.

– Sean habite au 5C, m'explique-t-il. Deux étages au-dessus, une porte plus loin. On n'arrêtait pas de se croiser devant les boîtes aux lettres et je me suis dit que je devais faire connaissance avec un de mes voisins.

Il me gratifie d'un sourire dont lui seul a le secret, et Sean se détend un peu.

– Vous devriez bien vous entendre, tous les deux.

Laurie a pris la situation en main et la dirige avec maestria.

– On a engagé la conversation parce qu'il se promenait avec ça.

Je ne m'aperçois que maintenant que Laurie tient à la main une B.D. qu'il agite à présent dans ma direction. Le claquement des pages fait tressaillir Sean, ce qui me le rend un peu plus sympathique. Il arrache le volume des mains impies de mon petit frère.

– *Fables*.

Je tente un nouveau sourire en direction de Sean.

– C'est bien, ça. Chez Vertigo, ils font beaucoup de choses intéressantes.

Il me retourne mon sourire et murmure quelque chose tout en détalant du canapé et en faisant route vers l'entrée. Laurie le suit et je l'entends lui dire au revoir tandis que la porte s'ouvre et se referme.

– Qu'est-ce que ça veut dire ? demandé-je à Laurie qui, de retour dans la pièce, se déroule de tout son long sur le canapé.

– Qu'est-ce que quoi veut dire ? me répond Laurie.

– Pourquoi est-il parti d'un seul coup ?

Je me demande si je lui ai fait une aussi mauvaise impression.

– Il s'est excusé car il devait aller dîner, m'explique Laurie. Tu n'as pas entendu ?

Je n'ai absolument rien entendu de ce qu'a dit Sean et je m'étonne que Laurie se soit déjà fait au langage codé de notre voisin du dessus. Mais Laurie a ce don, il séduit. Pas à tous les coups, cela dit.

– Il est mignon, non ? me demande mon frère en contemplant le plafond, mais son œil pétillant ne m'échappe pas et mon estomac se noue.

Mignon, je ne me souviens pas. Difficile de se rappeler grand-chose au sujet de Sean. Je crois qu'il a les cheveux bruns, qu'il est mince sans être maigre. Il était trop occupé à tenter de fusionner avec le canapé pour que j'aie bien son visage en tête.

– Et il aime lire, précise Laurie. Très bon point pour lui. Je pense que j'irai attendre le facteur un peu plus souvent...

– Arrête, Laurie. Tu ne sais même pas s'il est...

Je voudrais m'arrêter, mais trop tard. Les joues de Laurie, que l'effervescence avait empourprées, blêmissent. Il se rassied, ramène ses jambes sur le devant du canapé et me regarde en face.

– Je voulais dire... Excuse-moi, me forcé-je à articuler malgré ma gorge serrée.

Ce genre de bourde, ça ne me ressemble pas. Je m'en veux de me laisser dominer par la peur. Je réagis comme un chien battu : dès que je vois un balai, je me crispe et montre les crocs.

Il me laisse tranquillement mariner dans ma culpabilité.

– Excuse-moi, répété-je.

– N'en parlons plus.

La porte d'entrée s'ouvre avec force. Laurie et moi nous levons d'un bond. Maman déboule dans le séjour.

– Je suis rentrée ! Et j'ai rapporté de quoi dîner !

Elle brandit des sacs de plats chinois tout préparés. À première vue, elle a acheté tout le restaurant.

Laurie pousse des cris de joie et se précipite vers elle. Nous improvisons un pique-nique à même les barquettes, sur le parquet. Maman regrette de ne jamais être là, mais elle rayonne, ce qui me fait dire qu'elle adore son nouveau poste. Laurie nous fait un laïus sur son école et, quand il évoque Sean, je lui décoche un clin d'œil malicieux. Il tourne vers moi une mine réjouie et je sais que je suis pardonnée. Quand ils m'interrogent sur ma journée, je m'excuse de ne rien avoir déballé et dis avoir exploré le parc. Je m'abstiens de parler de Stephen. Une phrase qu'il a prononcée là-bas court encore dans mes veines au rythme des battements de mon cœur : « Je préfère ta compagnie à la mienne. » J'en veux encore. Ces mots, je les veux pour moi toute seule. Je garde donc le silence en écoutant Laurie et maman discourir en long et en large sur leur existence. Nous ne parlons pas du Minnesota. Nous ne parlons pas de papa. Et là, quelque part entre les raviolis vapeur et le porc mu shu, nous formons, quelques heures durant, une famille.

Il est minuit passé, mais je n'arrive pas à dormir, apprenant à mes dépens que le mapo tofu new-yorkais est infiniment plus relevé que sa version minnesotienne. Malgré mon ventre qui gargouille, ça ne me dérange pas de rester éveillée seule dans ma chambre. Notre appartement est calme, mais, en bas, dans la rue, j'entends encore la ville qui s'affaire. Je pensais que ce serait une des choses qui me gêneraient à Manhattan, l'absence de silence, mais j'aime bien ce bourdonnement perpétuel d'humanité. Il m'évoque une horloge qui n'aurait jamais à être remontée, dont les rouages travailleraient sans relâche pour conserver à la vie l'exact mouvement qui doit être le sien.

Et puis mon insomnie ne me pose pas de problème, car je pense à Stephen. Allongée sur le dos, je contemple le plafond au-dessus de mon lit où j'ai punaisé la carte du ciel achetée au planétarium de Chicago quand j'avais dix ans, lors d'une sortie en famille. Mais je ne regarde pas les étoiles comme je le fais d'habitude quand j'essaie de trouver le sommeil. Je remonte le fil de ma journée, je retrouve le parc, le contact de Stephen qui m'inonde de chaleur, le timbre de sa voix qui calme mon appréhension face à ce cadre de vie nouveau et déroutant. C'était la plus belle journée de ma vie. Je veux retourner là-bas encore et encore et encore.

Je roule sur le côté et, tendant la main sous mon lit, ramène à moi ma boîte à dessin. C'est la première chose que j'ai déballée. Avant les vêtements, avant les oreillers. Je fouille parmi les pinceaux, les tubes de peinture et les boîtes de pastel. Quitte à ne pas dormir, autant m'occuper du mieux que je peux. Je pense d'abord à l'aquarelle. Les taches floues qui se fondent les unes dans les autres exprimeraient bien le côté hésitant de notre relation. Mais j'ai envie de sentir le poids du fusain sous mes doigts quand je touche le papier, de tracer les lignes qui deviendront le visage que j'ai déjà mémorisé. Mémorisé sans même y avoir pensé.

Sur mon bureau, j'attrape un bloc à dessin. Installée sur mon lit, je promène mon doigt sur la surface veloutée du bâton de fusain, je m'en saisis et commence à crayonner. Je dessine pendant des heures, sans avoir le souvenir de céder au sommeil. Pourtant, à mon réveil, la lumière inonde la chambre. Je suis étalée en travers du lit, d'épaisses feuilles de papier éparses autour de moi. Mes doigts sont poudrés de noir, mais j'ai dû sombrer dans mes rêves avant d'ébaucher la moindre esquisse de Stephen ou du parc. Car toutes les feuilles qui m'entourent sont vierges…

Je file prendre mon petit déjeuner et ma douche. Maman et Laurie sont déjà partis pour la journée et je compte bien aller au bout de mon idée de déballage de cartons en duo avec Stephen. Moins d'une heure plus tard, je frappe à la porte du 3D.

– Qui est-ce ?

Au son de sa voix, mes bras sont parcourus de picotements.

– C'est moi.

Contrairement à hier, il ne me fait pas poireauter dehors. La porte s'ouvre presque immédiatement et il me sourit. Je prends le temps de contempler ses cheveux, ses yeux, ses lèvres, ses mains. Mon cœur fait des sauts de cabri.

– Coucou, dit-il tout bas.

Elle m'est intime, cette voix basse, elle n'est rien qu'à moi. Mes orteils se recroquevillent dans mes tongs.

– Salut.

C'est plus fort que moi, je souris comme une idiote.

– Tu veux entrer ?

Il recule, mais je fais non de la tête.

– J'ai un service à te demander, lui dis-je. Et il nécessite ta présence chez moi. Je sais que c'est beaucoup demander, que ça ne se fait pas, etc.

Je ris, pourtant il a l'air mal à l'aise. Je crois savoir pourquoi.

– Maman et Laurie sont absents pour la journée, dis-je dans un souffle. Il n'y a que moi et les cartons.

Il me sourit et je crois entrer en légère lévitation.

– Les cartons ?

– J'aurais besoin d'un coup de main pour les vider.

J'essaie d'y mettre un peu de sensualité :

– Je promets des récompenses…

Il éclate de rire, ce qui me rappelle que la sensualité ne me réussit généralement pas ; ça me donne l'air d'une hystérique. Je rougis en donnant des coups de pied dans le chambranle de sa porte.

– Je peux t'aider à les vider, m'assure-t-il, mais il n'a pas l'air très partant.

Je commence à avoir des doutes sur mon projet. Pourquoi aurait-il envie de déballer des livres et de la vaisselle ? Hier, il m'a montré des endroits magnifiques dans Central Park, et voilà ce que je lui propose en retour ? Je suis nulle.

Je me rattrape comme je peux :

– On n'a pas besoin de tout sortir. Il faut juste prouver que le chantier a avancé. Je suis responsable des cartons, et si je n'en ouvre pas un ou deux aujourd'hui, je risque la porte.

– L'expulsion, c'est ça ?

Il sourit :

– Ce serait terrible.

– Eh oui ! L'immeuble est tellement sympa. Et des bons voisins, ça ne se trouve pas comme ça, paraît-il.

Je commence à rebrousser chemin.

– J'arrive dans une minute, me dit-il en repartant tête baissée dans son appartement.

De retour au 3B, je l'attends sur le seuil. Il réapparaît quelques instants plus tard, verrouille sa porte et me suit chez moi.

Nous nous arrêtons au milieu du séjour. Son regard balaie l'espace.

– Tu es atteinte de cartonite aiguë ! conclut-il. Je crains que ce ne soit grave.

Je ris en me dirigeant vers la cuisine pour prendre un couteau. Quand je reviens, Stephen pousse un carton vers moi.

– Je l'ai trouvé ! s'exclame-t-il. Celui-ci, c'est le carton qu'il nous faut.

– Allez !

Brandissant le couteau, j'entreprends de couper le ruban

adhésif. Ensemble, nous soulevons les rabats. Le carton est empli à ras bord d'objets enveloppés de papier bulle. Je prélève une de ces formes mystérieuses et, après avoir crevé quelques bulles pour le plaisir d'entendre leur minuscule détonation, je déchire le cocon de plastique. Stephen se balance d'avant en arrière en me regardant, comme si rien n'était plus fascinant qu'un individu aux prises avec un papier bulle bardé d'adhésif. Son attention me donne le vertige.

– C'est joli, dit-il après que j'ai retiré la coque protectrice pour mettre au jour une bonbonnière en verre irisé qui appartenait à ma grand-mère.

– À toi de lui trouver sa place, lui ordonné-je en lui tendant l'objet qu'il saisit avec précaution, ce que j'apprécie.

Celui-ci n'a qu'une valeur sentimentale et je trouve charmant de voir Stephen le manipuler avec soin.

– Alors comme ça, quand tu me regardes, tu penses « décorateur d'intérieur », observe-t-il en faisant le tour de la pièce à la recherche d'un nouvel emplacement pour la bonbonnière.

– Je crois que tu as des dons, dis-je en déballant une boîte à musique.

Je la remonte machinalement, tout en sachant à l'avance qu'elle va quelque peu ternir ma bonne humeur. Des notes cristallines s'élèvent dans la pièce.

Il s'arrête, écoute.

– *Send in the Clowns* ?

Je hoche la tête.

– Elle est à Laurie.

– Ah bon ?

– Il l'a depuis ses cinq ans.

– C'est une chanson plutôt grave pour un enfant de cinq ans.

Stephen pose la bonbonnière sur un guéridon. Sans ses friandises aux reflets de pierres précieuses, elle paraît tout esseulée.

– C'est ma grand-mère... dis-je en désignant la coupelle vide. C'est ma grand-mère de la bonbonnière qui la lui a offerte à Noël, car il adorait la musique et les clowns. Je ne pense pas qu'elle ait eu conscience que c'était une chanson triste. Je serais surprise qu'elle sache qui était Stephen Sondheim.

Je me lève, la boîte à musique nichée au creux de mes mains.

– Comment s'adapte ton frère ?

– Mieux que moi, soupiré-je.

Le voyant légèrement tiquer, je me mords la lèvre.

– Enfin... Maintenant, ça va. Quand on est ensemble...

Mon cœur s'affole. Je ne tiens pas à tout gâcher en parlant trop.

– Laurie, lui, il a ses cours et le reste pour s'occuper. Moi, je suis coincée ici avec mes cartons à ouvrir.

– Ah... quelle injustice !

Son sourire est revenu et je me détends.

– N'est-ce pas ? confirmé-je, le dos de la main contre mon front en feignant la souffrance. Il a déjà réussi à prendre quelqu'un de l'immeuble dans ses filets. Un garçon qui habite au-dessus... Au 5C.

– Sean, lâche Stephen.

– Ah… dis-je, étonnée de son expression songeuse. Tu le connais ?

Il esquive.

– Un peu. Je crois qu'il préfère les livres aux gens.

– Je serais la dernière à te dire que c'est un défaut. Cela dit, on ne peut pas considérer qu'il soit bien bavard, hein ? Je n'ai pas compris un traître mot de ce qu'il a dit, mais je suis presque sûre que Laurie en pince pour lui. Je prie pour qu'il ne nous arrive rien…

J'observe sa réaction ou, plutôt, son absence de réaction. Son visage est ouvert, aimable.

– Sean me fait l'effet d'un grand timide. C'est pour ça qu'il parle entre ses dents.

Je serre un peu trop fortement la boîte à musique.

– On va faire une pause. Je vais mettre ça dans la chambre de Laurie.

– Une pause, déjà ? s'étonne Stephen en regardant les autres piles de cartons autour de la pièce. On n'a déballé que deux objets…

– J'ai dit qu'il fallait juste prouver que le chantier avançait.

D'un mouvement de tête, je désigne la bonbonnière.

– Et cette preuve, c'est toi qui l'as fournie.

– Tu es bonne pour prendre la porte, me répond-il avec un haussement d'épaules.

Nous passons du séjour à l'entrée, d'où je fais un crochet pour poser la boîte à musique sur la commode de Laurie. Je constate avec dépit que je grince encore des dents. L'autosabotage comme mécanisme de défense ne donne pourtant jamais de bons résultats.

Stephen réussit tous les tests, mais ça ne veut rien dire. Hier, déjà, il a fait un sans-faute. Je l'avais sondé en douceur, mais sondé quand même. Quand j'avais parlé de Laurie et des drag-queens dans la même phrase, il n'avait pas bronché. Et là, quand j'ai dit que Sean et Laurie étaient copains, ça ne l'a pas ému non plus.

Je ne supporterais pas qu'il soit comme eux, ceux qui essaient de ne rien montrer mais qui montrent quand même ; ceux qui haussent les épaules en disant : « Ils font bien ce qu'ils veulent, mais je ne veux pas en entendre parler. » Ceux qui font des messes basses dans ton dos, qui cherchent des excuses quand tu leur dis que tu ne les vois plus.

Il s'est révélé que mon dernier petit copain faisait partie de ces gens-là. Quand j'ai vu notre relation tourner court, je n'en ai pas fait un drame national. Elle était condamnée, de toute façon. Sa réaction envers mon frère n'a été que le détonateur qui a précipité sa fin.

Robbie ne m'a pas obsédée ces derniers temps, mais en me surprenant à rêvasser devant la porte de ma chambre, je sais pourquoi je pense à lui à cet instant, même si j'ai du mal à l'admettre. Certains rapprochements font mal. Pourtant, ces sensations fugaces, je ne peux pas les nier : la bouffée de chaleur dans le cou conjuguée à la boule au creux de l'estomac – autant d'indices d'un sentiment amoureux naissant –, je les ai ressenties pour la dernière fois en télescopant Robbie, les bras chargés de fournitures que j'apportais dans la salle d'arts plastiques du lycée. Sur le coup, j'ai balancé un torrent d'injures pendant que lui rigolait. Une semaine plus tard, on sortait ensemble. Deux mois plus tard, je le traitais de tous les noms sur le parking de l'école pendant que nos camarades de classe nous regardaient en chuchotant et en ricanant.

– C'est ma chambre, dis-je. Tu veux la voir ?

Je crains d'être trop directive. Je devrais peut-être lui demander s'il veut regarder un film dans le séjour, mais j'ai envie qu'il me voie, moi, et moi, c'est ma chambre.

– Si tu acceptes de me la montrer, me répond-il.

Je respire un bon coup et j'entre. J'avais beau avoir tout anticipé pour l'opération « déballage de cartons avec Stephen », je n'avais pas intégré le rangement de ma chambre. Les reliquats de ma nuit blanche de non-création jonchent encore mon lit. Mon pyjama est suspendu à mon fauteuil de bureau. Dans un panier, du linge propre attend d'être plié.

– Oh ! là là ! m'exclamé-je en évacuant feuilles et fusains du lit. Désolée pour le bazar.

Je fourre mon matériel dans ma boîte et remet celle-ci sous le lit.

– Pas de souci, dit-il. Ça ne sent pas mauvais, c'est déjà ça.

Je m'assieds sur le lit en tapotant la couverture froissée près de moi.

Il prend place à mon côté, mais pas suffisamment près pour me toucher. À mon insu, un marteau s'est introduit dans ma poitrine et pilonne à présent ma cage thoracique. J'ai envie de passer mes doigts sur son avant-bras, du coude au poignet, puis d'emprisonner sa main dans la mienne. Mais je dois d'abord impérativement surmonter ma propre peur.

– Ça me gêne de revenir là-dessus, dis-je, mais hier... quand je t'ai dit qu'il y avait quelque chose entre nous, je le pensais vraiment.

– Je sais bien, me répond-il en posant doucement ses doigts sur les miens.

Je fais pivoter ma main pour enrouler mes doigts autour des siens.

– Mais il me reste quelques dossiers à trier.

– Encore une histoire de cartons ?

Un sourire s'étire lentement sur son visage.

– Si on veut...

Je m'appuie sur mes coudes en regrettant que ma main quitte la sienne, mais je dois faire le point. Car, quand il me touche, j'ai du mal à penser à autre chose.

Il se penche en avant, les bras posés sur ses cuisses. Sa voix devient rauque :

– Tu as laissé quelqu'un derrière toi dans le Minnesota ?

La surprise provoque chez moi un rire nerveux, d'autant que je viens de penser à Robbie.

– Un ex, un pauvre type. Il prétendait que sa vocation était de retaper les motos. Mais je ne l'ai jamais vu à moins de deux mètres d'une moto et je suis certaine que si je lui présentais une clé à molette, une clé à pipe et un marteau, il ne saurait pas me dire lequel est quoi. Bon, le marteau peut-être.

Je suis soulagée de le voir rire.

– Donc pas de fil à la patte ?

– Je les ai tous coupés en avril.

– Alors, ces dossiers, où sont-ils ? demande-t-il.

De nouveau, le malaise me gagne et je commence à regretter d'avoir mis ce sujet sur le tapis.

– Tu m'as demandé pourquoi on était partis.

– Gros dossier ?

Je pince les lèvres en expirant lentement par le nez.

– Oui.

– Alors, il faut m'en parler. C'est ça aussi, faire avancer le chantier.

En entendant cette voix si calme, je suis à deux doigts de me rouler en boule et de poser ma tête sur ses genoux. Au lieu de quoi, je triture les couvertures.

– On est partis à cause de Laurie.

Aucune réaction. Il se contente de se pencher vers moi, attentif.

– Mon frère est homo.

Là encore, rien. Pas un battement de paupière, pas un geste, il m'écoute. Comme je reste muette, il semble se dire que j'ai besoin d'aide. Il hoche la tête.

– Au printemps dernier, six abrutis de mon école lui sont tombés dessus.

Ma voix commence à trembler. Je ne me souviens pas de la dernière fois où j'ai raconté ça.

– Bizutage de l'équipe de base-ball, ont-ils dit. Moi, je parlerais plutôt d'un crime motivé par la haine.

Ma tête commence à tourner. Mon estomac se noue.

– Ils lui ont fait mal ?

– Fractures de la mâchoire, de la clavicule, des côtes, du bras.

J'empoigne le bord du lit.

– Ils avaient des battes.

Je l'entends prendre une brève inspiration.

– Il est resté des semaines à l'hôpital, dis-je.

– Ça a dû être horrible.

– Effectivement. Malgré toutes ses fractures, Laurie l'a mieux pris que nous. Il a toujours été le boute-en-train de la famille. Mes parents, eux, se sont éloignés. Déjà, quand Laurie avait fait son coming out, papa ne l'avait pas bien pris, mais là, sa réaction, personne ne l'avait vue venir. Il a mis l'agression sur le dos de Laurie, il n'arrêtait pas de lui dire qu'il avait dû les provoquer, parlait d'eux comme de « bons petits gars » et refusait l'idée de porter plainte. Maman était verte.

– Je me disais bien que tes parents étaient divorcés, dit Stephen. Puisque tu n'es venue ici qu'avec ta mère.

– Ils le seront quand tous les papiers seront en règle. Du côté de mon père, ils sont très conservateurs, mais lui a toujours prétendu être le libéral du lot. On ne les voyait pas beaucoup. Mais il faut croire que son libéralisme avait ses limites.

– Je suis vraiment navré, me dit Stephen en secouant la tête.

– Il n'y a pas eu que mon père, dis-je. Personne ne savait sur quel pied danser. Mes amis sont devenus bizarres, même ceux qui éprouvaient vraiment de la compassion. Je suis sûre que j'y ai été aussi pour quelque chose, mais j'étais hors de moi. Je ne faisais plus confiance à personne.

Je lève les yeux vers lui.

– Et parfois je me dis que c'est encore le cas.

– Ça se comprend.

– Ce que j'essaie de te dire, c'est que j'ai passé les quatre derniers mois à apprendre la solitude, à éviter les autres, à maudire presque tous ceux qui posaient ne serait-ce qu'un regard sur moi. Mais quand je suis avec toi, je n'ai plus envie d'être cette personne-là.

– Merci, dit-il doucement.

L'ancre de douleur que je traînais avec moi dans Manhattan se détache soudain et s'enfonce dans le passé où, je l'espère, nul ne viendra la déranger. Il sait. Il sait et il est toujours là. J'ai envie de rire et de pleurer. Mais j'ai bien plus envie d'autre chose. Je me rapproche de lui sur le lit. Il ne bouge pas. Je contemple ses lèvres, dessine leur contour avec mes yeux.

Je ferme les paupières et, sans prévenir, bascule vers l'avant. Je sens le frôlement de son souffle sur mon visage. Mais je ne bascule plus, je tombe. Et j'atterris la tête la première sur mes draps où l'odeur familière de notre adoucissant me frappe les narines. En crachotant à travers le tissu, je roule sur le côté. À présent, Stephen est penché au-dessus de moi, les yeux écarquillés. Je le fixe et je sens la nausée monter en moi. Manifestement, il s'est écarté quand j'ai voulu l'embrasser.

Mes joues sont en feu, mais l'humiliation me glace le sang.

Quelle imbécile ! C'était trop tôt.

Je cligne des paupières à toute vitesse pour ne pas pleurer, mais des larmes perlent aux coins de mes yeux. J'ai envie de pleurer car ça m'a fait un bien fou de pouvoir enfin parler de Laurie à quelqu'un. J'ai envie de pleurer car le garçon qui me plaît n'a pas voulu m'embrasser. J'ai envie de pleurer car je suis dans une ville inconnue et que je me sens seule.

– Ça va ? me demande-t-il.

Je suis incapable de bouger la tête, ni pour dire oui ni pour dire non. J'ai peur de faire le moindre geste. Je suis prise de paralysie, étape ultime avant l'implosion.

– Excuse-moi, Elizabeth, mais je dois partir.

Il me surplombe toujours, les mains enfoncées dans le lit de part et d'autre de mon corps.

– Tu n'y es pour rien.

Il plante sur moi un regard qui me coupe la respiration. Les yeux grands ouverts, il se penche. Ses lèvres frôlent alors les miennes, douces comme des plumes.

Tandis qu'il sort de la pièce, s'attarde sur ma bouche l'électricité de son baiser.

Je suis encore allongée quand j'entends la porte d'entrée s'ouvrir et se refermer sur lui. Je suis encore allongée quand je me rends compte que je ne vois pas du tout ce qu'il a voulu dire.

CHAPITRE 7

QUAND JE SUIS AVEC ELLE, j'ai de plus en plus de mal à rester concentré sur moi-même. Si elle m'occupe trop l'esprit – parce que je prends soin d'elle, parce que je me pose des questions à son sujet –, j'en oublie mon propre corps. Je me dissous dans les pensées qu'elle m'inspire.

Ce problème m'était inconnu jusqu'ici. Échapper assez longtemps à ma propre histoire pour me couler dans celle d'une autre personne, jamais je n'avais eu cette tentation. Avec mes parents, je savais toujours à quoi m'en tenir. Tous les rapports qu'ils entretenaient avec moi étaient liés à ma situation particulière. Toutes nos conversations avaient trait, d'une façon ou d'une autre, à moi. Mais avec Elizabeth, j'ai perdu ce lien. Mes pensées sont libres d'aller se poser sur elle, et sur elle seule. Mais si elles vont trop loin, mon corps, réduit à ses seuls mécanismes, devient incapable de toucher, de saisir, de se tenir debout.

Je dois apprendre à être conscient d'elle et conscient de moi en même temps.

Il est si nouveau pour moi, ce sentiment-là, ce sentiment que les autres, je le soupçonne fortement, nomment « amour ».

Je suis de retour chez elle une heure plus tard, après avoir effectué des exercices de concentration.

Par bonheur, elle accepte que je revienne. Par bonheur, son frère et sa mère ne sont pas encore rentrés.

Elle a passé sa colère et son incompréhension sur ses cartons. Sa peau luit de sueur et son salon est un invraisemblable capharnaüm d'objets éparpillés.

– Qu'est-ce qui t'a pris ? me demande-t-elle.

– Je voudrais qu'on aille vite, lui expliqué-je, mais il va falloir se calmer.

Elle me regarde avec attention.

– Pourquoi ?

Si je ne peux pas lui dire *la* vérité, je peux lui dire *une* vérité.

– Parce que je n'ai jamais fait ça avant.

– Jamais ?

– Non, jamais.

– Pas d'ex un peu coquine ?

– Pas d'ex, donc pas d'expérience. Coquine ou pas.

– Comment ça se fait ?

Je secoue la tête.

– Ça ne s'est pas produit, c'est tout.

Je ne peux pas lui dire qu'elle est la première personne pour qui j'éprouve des sentiments – car c'est faux. Mais je ne peux pas lui dire non plus qu'elle est la première personne convaincue de mon existence pour qui j'éprouve des sentiments. Pourtant, c'est vrai. Car il y aurait sûrement de quoi l'effrayer.

– Tu ne peux pas partir comme ça, me dit-elle. Si quelque chose se passe mal ou te déplaît, tu ne peux pas simplement dire « Désolé » et tourner les talons. La prochaine fois que tu me fais ça, la porte restera fermée à double tour derrière toi. Tu m'as comprise ? Je t'apprécie, d'accord ? Mais il faut que j'apprécie aussi les émotions que tu me donnes. Et celle de tout à l'heure… je ne l'ai pas du tout appréciée.

Je lui dis que je le sais.

– Alors parfait.

Elle promène son regard autour de la pièce.

– Bon, qui c'est qui va soulever mes cartons ?

Je souris.

– C'est moi qui vais soulever tes cartons.

– J'ai peur de ne pas avoir bien entendu.

– C'EST MOI QUI VAIS SOULEVER TES CARTONS !

Son sourire revient.

– Beaucoup mieux. Au boulot !

Me voilà concentré. Concentré en arrachant le ruban adhésif. Concentré en aplatissant les cartons vides. Concentré quand elle me montre des livres en me demandant si j'aime tel ou tel auteur. Concentré encore quand leurs piles s'élèvent autour de nous comme des sentinelles et qu'elle me fait signe d'approcher pour écouter son poème préféré de Margaret Atwood. Il se termine ainsi :

J'aimerais être l'air
Qui habite en toi l'espace d'un instant.
J'aimerais être aussi imperceptible,
Aussi indispensable que lui.

Elle se tourne vers moi, et je reste concentré. Sur sa respiration. Ses yeux. Ses lèvres. Elle se blottit contre moi, et je me concentre encore. Sa chaleur. Sa peau. Ses mains. Nous nous embrassons. Concentration, toujours.

Je suis l'air qui habite en toi l'espace d'un instant, me dis-je.

Je suis l'air qui habite en toi.

Je suis l'air.

S'ensuit une semaine presque parfaite.

La météo se dégrade, les orages succèdent aux orages, ce qui se révèle un excellent prétexte pour rester à l'intérieur. Comme le frère d'Elizabeth suit ses cours d'été et que sa mère travaille, nous avons toutes nos journées pour nous. Désormais, nos appartements et le couloir qui les relie sont le seul territoire dont nous ayons besoin, notre « royaume souverain », et nous alternons entre la nouveauté du sien et la longue histoire du mien.

Dans le placard de notre entrée, elle découvre les vieux jeux de société de mes parents, et nous voilà bientôt à tous les tester, parfois deux en même temps. Risk et Monopoly, Scrabble et Trivial Pursuit. Il y a bien longtemps que je n'y ai pas joué et, au début, j'en ai presque les larmes aux yeux.

Percevant mon trouble, Elizabeth me demande :

– Tes parents te manquent ?

Je me fige, un pion en main. Comment le sait-elle ? Et je comprends alors qu'elle croit à mon histoire, qu'elle pense que mes parents sont en voyage d'étude pour l'été.

Elle croit qu'ils me manquent comme peuvent vous manquer des gens dont on sait qu'ils reviendront un jour.

– Un peu... dis-je. C'est à toi de jouer.

Durant ces parties, elle se raconte beaucoup : le Minnesota, Robbie, Laurie, ses parents... Moi, je lui parle de personnes croisées au parc, des résidents de l'immeuble, de choses entendues par hasard ou dont j'ai été témoin ces dernières années. C'est toute la différence entre l'autobiographie et la biographie, et si elle s'en rend compte, elle ne m'en fait aucune remarque. Quand, ici et là, elle m'interroge sur mon lycée, j'invente. Ou quand elle me questionne sur mes parents, j'arrange la vérité. La mère dont je lui parle est une version encore reconnaissable de la mienne : mêmes excentricités, mêmes fous rires, même absence d'histoire familiale. Sauf que celle-là n'est pas morte. Et qu'elle n'a pas de fils invisible.

Mais pour mon père, je pousse l'invention un peu plus loin. Ou peut-être pas. Puisque je ne le connais pour ainsi dire pas, il est toujours possible que ce que je dis soit vrai.

Nous ne nous bornons pourtant pas à papoter, à vider ses cartons et à lancer des dés. Nous connaissons de délicieux moments où ensemble nous nous enlaçons, ensemble nous respirons, ensemble nous échangeons des baisers, ensemble nous vibrons. De temps à autre, il m'arrive de me perdre dans mon petit bonheur à moi et je m'aperçois alors que mon attention s'est relâchée. Dans ces moments-là, je constate pourtant qu'elle garde les yeux clos, qu'elle n'a rien remarqué. Mes lèvres, durant ces parenthèses, lui ont simplement paru plus légères. Ou mon étreinte plus douce, mes caresses, aériennes.

On dirait que ça marche...

La seule source de tension demeure le fait que je n'aie pas encore rencontré son frère ni sa mère.

– Ils vont commencer à se dire que je t'ai inventé, me confie-t-elle.

Je ne peux lui avouer que, pas plus tard qu'hier, j'ai vu Laurie traîner près des boîtes aux lettres en faisant semblant de lire un livre tout en gardant un œil sur la porte. Quand je l'avais rencontré la première fois, le premier jour, j'avais surtout vu quelqu'un qui paradait torse nu. Mais à présent, en y réfléchissant, sachant ce qu'il a subi, je discerne chez lui une vulnérabilité, une ardeur, un mélange de défi affiché et de solitude rentrée. Pendant un quart d'heure il a attendu près de ces boîtes, et pendant un quart d'heure j'ai attendu avec lui. S'il a senti ma présence, il n'en a rien laissé paraître. J'ai vu ses cicatrices – celles qui sont visibles –, j'ai vu aussi que son passage à tabac n'avait en rien altéré sa beauté. Le fait d'en avoir réchappé semblait même l'avoir rendu plus fort. Je lui enviais sincèrement l'aisance avec laquelle il occupait son corps, sa volonté de le défendre coûte que coûte.

Et puis Sean est arrivé. Un livre à la main, lui aussi. Le visage de Laurie a alors été parcouru d'une intense agitation, suivie d'un sursaut déterminé et d'un calme faussement olympien.

– Ah, salut ! lui a-t-il lancé, et Sean a paru ravi de le voir.

À cet instant, je suis parti. Eux se seraient crus seuls, et je ne me sentais aucun droit d'écouter ce qu'ils avaient décidé de se dire.

Cela non plus, je ne me vois pas le raconter à Elizabeth. Ni lui dire que son frère ne m'est désormais plus un étranger, alors que, comme elle le croit, je ne l'ai vu que le temps d'échanger quelques mots le jour de leur emménagement. Elle souhaite que tout ce petit monde se côtoie, que je fasse sa connaissance, mais je ne sais pas trop comment m'y prendre. Un jour, pourtant, l'occasion se présente. Comme à son habitude, Laurie appelle dès la fin de ses cours et je demande à Elizabeth de me le passer.

– Tu es sûr ? me demande-t-elle.

Je lui fais signe que oui et elle me tend le combiné.

– Laurie ?

– Ouais ?

– C'est Stephen.

– C'est pas possible !

– Si, c'est possible !

– C'est pas un acteur engagé par ma sœur pour jouer le rôle d'un petit ami imaginaire ?

– Si c'est le cas, je me régale à entrer dans ce rôle.

– C'est élégant...

– Dis-moi, tu sais quel jour on est aujourd'hui ?

– Le jour des glaces gratuites Ben & Jerry's ?

– Tu n'es pas tombé loin. Dis plutôt un jour de la semaine.

– Si je ne m'abuse, on est mercredi.

– Exact ! Et c'est quoi, le mercredi ?

– Hum... le lendemain du mardi ?

– Non. C'est le jour de sortie des B.D.

– Je suis curieux de savoir où tu veux en venir...

– Moi, nulle part. C'est toi qui vas te bouger. Tu vas aller chez Midtown Comics pour prendre le numéro spécial des *Fugitifs* qui sort aujourd'hui. C'est ta sœur qui le veut.

– Et qu'y a-t-il là-bas pour moi, exactement ?

– Sean. Pour toi, il y a Sean là-bas. Il y va tous les mercredis après-midi à 4 heures.

Un ange passe.

– Qu'est-ce que ma sœur t'a raconté ?

– J'ai l'impression qu'elle n'est pas la seule à avoir un copain imaginaire, Laurie. À toi de le rendre réel. Si tu en as envie, évidemment.

– Merci à toi, mon nouveau conseiller spirituel. J'y songerai.

– Mais vas-y pour 4 heures, hein ! Quant au *Fugitifs* pour ta sœur, ce n'était pas une blague.

– À vos ordres, chef !

Elizabeth et Laurie discutent encore un peu ensemble. Mais, avant même de raccrocher, Elizabeth me regarde comme si j'avais fait une très, très bonne action.

– Tu es sûr que Sean va lui, hum, retourner son affection ? me demande-t-elle quand elle a raccroché.

Je hausse les épaules.

– Non. Mais tant qu'il n'aura pas essayé, il va souffrir. Et si Sean n'est pas intéressé, je suis sûr qu'il ne le prendra pas mal.

(Je ne lui raconte pas la fois où j'ai surpris Sean dans le couloir, tentant désespérément de se connecter au

Wi-Fi pour pouvoir continuer de chatter avec un garçon de Dallas...)

– En tout cas, j'ai l'impression que tu t'es mis mon frère dans la poche, conclut Elizabeth.

– Et toi ? Je t'ai mise dans ma poche ?

– Oh, moi, je suis moins facile que lui, me répond-elle en riant.

Je sais que ça ne peut pas durer comme ça. Je sais que cet état de grâce est bâti sur des fondations de papier et qu'à tout moment le vent peut se lever.

Mais je m'amuse. Et elle m'amuse. C'est assez pour tout vous faire oublier.

Elizabeth retourne dîner chez elle. Elle m'invite à l'accompagner, mais je décline. Sans poser de questions inutiles, elle me laisse sur un simple baiser.

Deux heures plus tard, je lis, assis sur le canapé, l'exemplaire de *Blankets* qu'elle a bien voulu me prêter, lorsque j'entends du bruit à la porte.

Au début, je ne réagis pas. Ce n'est pas quelqu'un qui frappe. Ni un livreur.

C'est une clé qui joue dans la serrure.

Je pose mon livre. Me lève.

La clé tourne.

La porte s'ouvre.

Et là, apparaît mon père.

Il a vieilli.

La dernière fois que je l'ai vu, c'était il y a un an,

mais c'était à l'enterrement de ma mère et je n'avais pas vraiment prêté attention à lui.

Mais à présent, je le vois. Tous ses cheveux sont gris. Il est encore grand, encore solide, mais ses traits se sont creusés. Il a de nouvelles lunettes. Fines et argentées.

– Stephen ! lance-t-il.

Je suis là, devant toi, ai-je envie de lui dire. Mais je me contente de rester où je suis et de le regarder. Il jette un coup d'œil sur l'appartement. Ferme la porte. Pose sa mallette – une mallette, pas une valise, j'en déduis qu'il ne prévoit pas de rester.

Nous sommes dans la version adulte du jeu auquel nous avions l'habitude de jouer avant son départ : le faux cache-cache. Je suis toujours le fils qui se cache. Lui, toujours le père qui ne me cherche pas.

Je suis là, devant toi.

Il m'appelle encore. Ses pieds raclent le sol. Il commence à comprendre.

– Stephen, répète-t-il, plus doucement cette fois.

Il sait que je suis dans la pièce.

– Bonjour, papa.

C'est un peu court. Insuffisant comme indice. Il se tourne dans ma direction, mais me manque d'un mètre.

– Comment vas-tu ? demande-t-il dans le vide.

C'est plus fort que moi, je me recule pour qu'il se sente encore plus bête.

– Ça va, lui dis-je.

Nouveau mouvement de tête.

Je bouge encore.

Ce jeu n'est drôle pour aucun de nous deux.

– Qu'est-ce que tu es venu faire ? lui demandé-je.

– J'ai eu ton mail, me répond-il. Au sujet de cette fille. Et je me suis rendu compte que ça faisait longtemps…

– Que tu ne m'avais pas vu ?

– Que je n'étais pas venu ici.

– Tu n'es pas venu depuis qu'elle est morte.

Il hoche la tête.

– C'est vrai.

J'ai cessé de me déplacer et il est à présent face à moi. Je suis partagé entre l'envie de l'éviscérer – de lui demander s'il trouve acceptable de laisser un ado seul pendant un an après la mort de sa mère – et le souvenir que c'est lui qui approvisionne mon compte… S'il me coupait les vivres, je serais à la rue. Pourtant, on ne peut pas dire qu'il m'ait beaucoup manqué ici. Je suis bien plus heureux tout seul.

Et puis, d'une certaine façon, il me fait un peu pitié. Tout au long de mon enfance, et jusqu'à mon adolescence, une de mes interrogations majeures a été : quel parent es-tu ? Autrement dit, si tu avais, mettons, un fils invisible, que ferais-tu ? Serais-tu du genre à partir ou à rester ? Ma réponse était fluctuante. Certains jours, j'étais certain d'être comme ma mère. De vouloir m'occuper de lui. D'avoir une conscience aiguë de ce lien. D'être celui qui construit le nid. Et, d'autres fois, surtout en grandissant, je me disais : *Tu te fais des idées. Tu te prends pour ta mère, mais, en fait, tu es comme ton père. Si tu étais dans cette situation-là, tu disparaîtrais sur-le-champ.*

Ce serait cruel, mais je suis capable de l'être. Regardez-moi en ce moment, demandant à mon père :

– Comment ça va, cette nouvelle famille ? Mes demi-frères et demi-sœurs, ils sont tous à demi-visibles ?

Ma mère me dirait : « Quand tu parles comme ça, tu ne fais du mal qu'à toi-même. »

Mais elle n'est plus là.

– Tu n'as pas de demi-frères. Seulement deux demi-sœurs, Margaret et Lyla. Elles se portent très bien, merci. Elles sont magnifiques.

– Donc j'en déduis que tu peux les voir.

– *Stephen !*

Voilà qu'il s'énerve.

– J'ai fait tout ce voyage pour te venir en aide. Mais si tu le prends sur ce ton, je peux remonter dans le prochain avion pour la Californie, c'est très simple.

– Quel ton ? Il y a quelque chose dans mes propos qui ne te convient pas ?

– J'ai passé les huit dernières heures dans un avion et un taxi. Je vais aller me rafraîchir, me servir un verre, après quoi je reviendrai te parler. À ce moment-là, j'espère que tu seras disposé à discuter.

– Tu te souviens où est la salle de bains ? lui demandé-je.

Il me laisse sans ajouter une parole.

Je me rassieds sur le canapé. J'essaie de me plonger dans *Blankets*. J'essaie de me perdre dans les mots et les images, mais je suis tellement perturbé que j'ai du mal à me concentrer pour tourner les pages.

Je vois d'ici l'attitude de mon père à son retour : il va faire comme si cette conversation n'avait jamais eu lieu.

Sur ce point-là, il ne me déçoit pas.

– Bien ! reprend-il, les manches de chemise à présent retroussées, un soda à la main. Parle-moi de cette fille.

– Elle s'appelle Elizabeth. Elle a emménagé deux portes plus loin, dans l'ancien appart de Sukie Maxwell. Tu te souviens peut-être d'elle, à l'enterrement…

Pas de réponse.

– Je l'ai croisée un jour dans le couloir et… donc, elle m'a vu.

– Tu en es sûr ?

– Oui. On a passé pas mal de temps ensemble ces dernières semaines. Je t'assure qu'elle me voit.

Il s'assied à côté de moi.

– Écoute, Stephen. C'est normal d'avoir envie d'être avec quelqu'un. Et peut-être es-tu resté trop longtemps seul ici. Ça expliquerait ce qui se passe.

– C'est-à-dire ?

– Avec cette fille, vous sortez ? Vous allez au cinéma ?

– Au parc. Mais, en général, on reste ici.

– Et elle te parle.

– Tout le temps.

Il secoue la tête, le visage triste.

Presque stupéfait, je franchis grâce à lui un cran supplémentaire sur l'échelle de la déception.

– Tu ne me crois pas, c'est ça ? lui demandé-je.

– Je veux bien te croire, Stephen. Mais tu dois comprendre que… personne ne peut te voir.

– C’est aussi ce que je pensais ! Mais elle, si. Elle me voit !

– Et les autres, ils te voient ? Quand tu vas au parc ?

– Non ! Avec eux, ça ne marche pas.

Je constate que je ne le convaincs pas.

– Tu crois que je te raconte des blagues ?

– Je pense que tu prends tes désirs pour des réalités. Et il est parfaitement compréhensible que tu laisses ton imagination vagabonder, toi qui passes tes journées tout seul…

Je n’ai plus envie de parler.

– Tu ne me crois pas ? m’écrié-je en me levant. Très bien, je vais te montrer.

Je me précipite sur le téléphone et appelle Elizabeth.

– Salut, me dit-elle, je croyais que tu étais pris ce soir.

– Écoute… J’ai une petite surprise pour toi. Mon père est de passage. Une visite totalement inattendue. Je ne sais pas trop combien de temps il va rester, mais il souhaite te rencontrer. Ça t’embêterait de faire un saut chez moi ?

– Rencontrer ton père ? Ouah ! Je suis en tenue de dessin et si je débarque comme ça, j’ai peur qu’il me prenne pour une folle, une souillon pleine de taches d’encre. Donne-moi dix minutes, d’accord ?

– À dans dix minutes.

À la tête que fait mon père, je devine qu’il préférerait quelque chose de plus costaud qu’un soda. Visiblement, dans l’immédiat, aucun de nous deux ne sait quoi faire – comme si nos vies s’étaient mises sur pause jusqu’à l’arrivée d’Elizabeth. Nous ne cherchons même pas à meubler. Nous nous contentons de rester assis. À attendre.

Enfin, on frappe à la porte.

– J'y vais, dis-je.

Mon père se lève et patiente derrière moi tandis que je vais ouvrir. Elizabeth est là. Elle me regarde bien en face, me dit bonjour, et aussitôt je me concentre car je tiens à ce que le baiser qu'elle me donne sur la joue ait un endroit où se poser.

Puis, passant devant moi, elle salue mon père. Lequel en reste sans voix.

– Elizabeth, papa. Papa, Elizabeth.

– Je suis vraiment ravie de vous rencontrer, lui dit Elizabeth.

Papa retrouve l'usage de la parole.

– Enchanté également.

– Mme Swinton est toujours à Londres ? demande Elizabeth.

Papa a l'air peiné et moi, je suis mal à l'aise. Je n'avais pas évoqué avec lui ce point précis, à savoir que, pour Elizabeth, maman est encore vivante.

– Je regrette qu'elle ne soit pas là pour te rencontrer, trouve-t-il malgré tout à lui répondre.

Pour la première fois, je regarde mon père et constate à quel point ces événements l'ont marqué. Il n'a pas envie d'en parler. Il ne sait pas quoi faire.

– Monsieur Swinton ? demande Elizabeth. Tout va bien ?

Il secoue la tête.

– Pardonne-moi, mais le vol a été long et je crains d'être quelque peu éreinté.

Elizabeth comprend immédiatement.

– Je vous en prie. Je suis contente d'avoir eu l'occasion de vous saluer. J'espère vous revoir avant votre départ.

Elle revient vers moi et me gratifie d'une nouvelle bise.

– Je vous laisse, vous devez avoir des tas de choses à vous dire.

Je la remercie et la raccompagne. Mon père et moi restons silencieux en écoutant ses pas longer le couloir, puis sa porte s'ouvrir et se refermer.

– Comment est-ce possible ? me demande mon père en se laissant retomber sur le canapé.

– Je n'en sais rien, papa. À toi de me le dire.

– Tu ne comprends pas : normalement, c'est rigoureusement impossible !

– La seule raison qui fait que je ne comprends pas, c'est que tu ne m'as jamais expliqué l'origine de toute cette histoire.

Il secoue la tête. Ce n'est pas un sujet qu'il a envie d'aborder maintenant.

– Elle est la seule ? me demande-t-il.

– Oui.

– Tu en es sûr ?

– Oui.

– C'est impossible.

– Tu l'as déjà dit. Mais il se trouve qu'elle me voit…

Il soupire.

– Je regrette que ta mère ne soit pas là.

Et la voilà qui resurgit, la colère.

– Je ne te permets pas de dire ça ! m'exclamé-je.

– Quoi ?

– Tu n'as pas le droit d'avoir ce genre de regret ! Si tu avais vraiment voulu que ma mère soit là, tu aurais été présent ici quand elle y était. Tu aurais été ici. Point.

– Stephen, je n'ai pas envie d'avoir cette discussion avec toi. Pas maintenant. Laisse-moi le temps de comprendre ce qui se passe.

– Il faudrait qu'on comprenne *tous les deux* ce qui se passe. Aide-moi, papa !

Il se lève.

– Je vais t'aider. Je te le promets. Je vais essayer. Mais là, je suis incapable de réfléchir. Je vais y aller. J'ai pris une chambre à l'hôtel… Je vais y aller. Mais je reviendrai demain. On pourra dîner ensemble. Je passe à 18 heures. Et en attendant, je vais… je vais tâcher d'y voir plus clair.

Il a déjà sa mallette à la main. Je sais qu'il n'est pas question de le retenir, et il sait que je ne m'y risquerai pas.

Il ouvre la porte, mais, avant de partir, me glisse une dernière chose :

– Quand j'ai dit que je regrettais que ta mère ne soit pas là, je voulais dire que si une seule personne au monde avait dû avoir le droit de te voir, c'était bien elle. Que quelqu'un d'autre en soit capable… ça l'aurait bouleversée. Peu importe la suite. Je pense juste à ça. Que ce soit cette jeune fille qui puisse te voir et pas ta mère, c'est injuste. Mais je sais que ça l'aurait rendue heureuse.

Il a fini par trouver le seul terrain où je suis incapable de le contredire.

CHAPITRE 8

JE DEVRAIS ÊTRE HEUREUSE. En général, je le suis. En général, « heureuse » n'est pas un mot assez fort pour décrire ce que j'éprouve. Je me perds dans Stephen sans me sentir perdue. Je me trouve dans Stephen alors que je ne m'attendais pas à m'y trouver.

Quand il me parle, quand il me touche, je suis prise de vertige, mes yeux chavirent et je crains de me répandre en mièvreries à l'eau de rose. Mais je m'y refuse. Ce n'est pas mon style et je suis encore tellement fébrile que je trouverais le moyen de dire n'importe quoi. Jamais je n'avais eu besoin de personne d'autre que mes proches. Au contact de Stephen, je suis en train de changer.

En dehors de cette idylle aux yeux chavirés et aux sourires niais, je ressens un malaise. Cette inquiétude n'est pas liée à la peur d'être rejetée. Lorsque nous sommes séparés s'insinue en moi la sensation que quelque chose cloche. J'essaie de l'ignorer en feignant de ne pas remarquer le doute qui s'agite aux franges de mon champ de vision. Pourtant, cette sensation est bien là et j'ai de plus en plus de mal à m'en débarrasser.

J'en rejette la faute sur ma famille. Sans rancœur, mais dans le souci de cerner les responsabilités. Maman, qui gère un peu mieux son planning à l'hôpital, fait encore de grosses journées, mais est plus souvent présente au dîner et aux soirées ciné en famille. Laurie s'est donné comme mission d'étoffer notre collection de DVD car, même si *Ghostbusters* est un excellent film, il ne supporte pas de le voir plus de deux fois par semaine. *Ghostbusters*, c'est notre solution de repli, le seul titre qui fait toujours l'unanimité. Moi, mes préférés, c'est *Watchmen* et *Donnie Darko*, mais l'un comme l'autre font lever au ciel les yeux de maman et de Laurie. Maman, elle, son truc, c'est les films étrangers ; très peu pour moi parce que, là-dedans, les scènes d'action sont remplacées par des séances de prise de tête ; Laurie, lui, dit qu'il n'arrive pas à suivre, mais il passe son temps à envoyer des SMS. Laurie nous bassine avec Cary Grant, c'est sûrement sympa, mais maman et moi, le noir et blanc finit par nous fatiguer. Du coup, quand Laurie s'est proposé de faire un geste pour nous, tout le monde a trouvé que c'était une bonne idée. Je le soupçonne de trouver là un prétexte pour accomplir cette mission avec Sean comme acolyte. Notre tortue de canapé préférée n'est plus revenue marmonner sous notre toit... du moins, je ne l'ai pas vue... mais j'ai entendu Laurie chuchoter dans son portable à plusieurs reprises. Quand j'ai voulu attirer son attention, il m'a lancé un regard qui signifiait « Dégage ou on ne se parle plus » et je n'ai pas insisté.

Mais après le dîner, quand il brandit *Ghost in the Shell* dans un mouvement théâtral, j'en reste bouche bée. J'adhère aussitôt car il s'agit d'un dessin animé japonais ; maman, elle, est intriguée précisément parce que c'est japonais. Nos gloussements d'approbation tirent de

Laurie un sourire suffisant. Impossible toutefois qu'il ait choisi ce film seul.

– Ça prouve quand même que ton nouveau chéri a bon goût, dis-je.

La curiosité de maman est titillée :

– De qui parles-tu ?

– Ferme-la, Elizabeth, m'intime Laurie. Ou je vais rapporter *Les Fugitifs* que ton chéri *à toi* m'a demandé de te prendre.

Attablés face à face, mon frère et moi offrons des images en parfaite symétrie : bras croisés, sourires figés, regards acides.

– Je ne suis pas sûre d'avoir besoin d'un film, observe maman. Vos chamailleries autour de vos affaires de cœur suffisent à me divertir.

Conséquence de sa douce ironie, nos lèvres pincées de fureur font place à des visages rouges d'embarras. Elle n'a pas son pareil pour dissiper les tensions, ce qui explique sans doute qu'elle n'ait jamais eu aucun problème pour décrocher les meilleurs postes administratifs dans des hôpitaux renommés.

– Qui se lance ? demande-t-elle.

Les joues de Laurie ressemblent à des pivoines, et la culpabilité de l'avoir asticoté me pousse à me confesser.

– J'ai rencontré un garçon, commencé-je en me disant que je ne pouvais pas trouver entrée en matière plus puérile.

– Il existe vraiment, précise Laurie. Je lui ai parlé au téléphone.

– Pour la dernière fois, dis-je en le foudroyant à

nouveau du regard, pourquoi irais-je m'inventer un copain ?

– J'en sais rien, concède Laurie. Tu écris des histoires... enfin, des scénarios. Ça pourrait être une façon comme une autre de créer des personnages.

J'émets un son à mi-chemin entre le cri étranglé et le grondement féroce.

– Comment s'appelle-t-il ? enchaîne maman en me tapotant la main.

– Stephen.

Quand je prononce son nom, je remarque que ma voix change. Je la reconnais à peine. Le sourire de maman, surpris mais attendri, me dit qu'elle comprend exactement ce que j'éprouve. Et qu'il est inutile d'en dire plus.

– Je t'écoute, reprend-elle en se tournant vers mon frère.

– C'est tout ? lance-t-il en me décochant un regard accusateur. Tu as juste donné son nom...

Je fais celle qui n'a rien entendu.

– J'attends, Laurie, insiste maman, coupant court à tout nouveau commentaire sur mes amours naissantes.

Délaissant l'occasion de me taquiner pour se répandre avec volupté sur ses propres aventures, Laurie arbore un sourire béat.

– Il habite dans l'immeuble, dit-il. Deux étages plus haut. Il s'appelle Sean. Un bon mètre quatre-vingts. Mince mais pas maigre. Cheveux superbes qui lui descendent jusqu'aux sourcils dans un mouvement tout à fait adorable. Et il est trooooop intelligent ! Beaucoup plus qu'Elizabeth.

– Merci ! dis-je.

– Aucun doute, c'est du sérieux ! me confie maman avec un sourire.

Ce que je lui confirme d'un hochement de tête solennel.

– Bon, gémit Laurie, arrêtez de vous moquer de moi. Moi, je le trouve très bien.

– On te taquine parce qu'on t'aime, chéri, explique maman dans un rire. Je suis contente que tu aies un nouvel ami.

Je m'attends que, gonflé d'extase amoureuse, Laurie décolle de sa chaise.

– N'oublie pas de respirer, Tigrou, lui conseillé-je.

– Puisque nous savons qui est Sean, continue maman, il me paraît normal que tu nous en dises un peu plus sur Stephen, Elizabeth.

Contrairement à Laurie, qui se répand volontiers sur ses histoires d'amour, je suis gênée. Mes doigts agrippent l'assise de ma chaise.

– Mmm. Il est gentil…

– Et ?

– Il habite à deux portes d'ici.

– Ah oui ?

Maman hausse les sourcils. Puis, se tournant vers Laurie :

– Il s'en passe des choses, dans cet immeuble ! Si vous n'y prenez garde l'un comme l'autre, ça va tourner au vaudeville, cette histoire !

Maman rit de sa blague, laquelle nous laisse de

marbre. Comprenant qu'elle a fait un bide, elle redevient sérieuse.

– Et côté parents ? demande-t-elle.

– Sean ne s'entend pas bien avec les siens, explique Laurie. D'après lui, c'est des cons.

– Tu ne les connais pas encore, le reprend maman.

– Je sais ce qu'il m'a dit, insiste Laurie. C'est vraiment des cons. Pour aller chez lui, on attend qu'ils soient partis.

– Je vois, concède maman en glissant un regard vers moi. Elizabeth ?

– La mère de Stephen est à Londres en ce moment, et j'ai rencontré son père hier soir.

Mon front se plisse en prononçant ces mots. J'étais tout excitée que Stephen veuille me présenter son père, mais cette rencontre a provoqué une sorte d'embarras, ce qui n'a fait qu'ajouter à l'inexplicable malaise que suscite en moi notre relation.

– Eh bien, conclut maman en croisant les doigts, je ne peux donc pas compter sur les parents pour jouer les chaperons, tout comme eux ne peuvent pas compter sur moi.

– Les chaperons ? s'étrangle Laurie en formant une croix avec ses doigts. Vade retro !

– Je ne suis pas beaucoup ici, explique maman en secouant la tête dans sa direction. Je sais que vous êtes assez responsables pour vous passer de surveillance. Mais quand on tombe amoureux, on prend parfois des décisions irréfléchies.

Laurie et moi nous récrions déjà car nous voyons où

maman veut en venir, mais elle passe outre nos protestations.

– J'espère que, si le besoin s'en fait sentir, nous discuterons ensemble de ce qu'il vous faut pour ne pas vous mettre en danger. Et vous savez que je préférerais que vous vous absteniez de toute activité sexuelle jusqu'à vos dix-huit ans… minimum. Votre développement physique et affectif est loin d'être terminé.

J'ai l'impression que je vais prendre feu spontanément, mais Laurie, lui, paraît simplement perplexe. Maman est peut-être la reine pour résoudre les conflits, mais sur le plan santé, elle ne sort jamais du registre clinique.

Maman pose sa serviette sur son assiette vide et lisse sa jupe.

– Cela étant dit, débarrassons et regardons notre film.

La vaisselle récurée, séchée et rangée, je m'installe sur le canapé. Laurie lance le DVD tandis que maman sale le pop-corn qui luit déjà de beurre fondu, exactement comme on l'aime – c'est-à-dire dénué de tout nutriment susceptible de donner bonne conscience. Devant maman, Laurie vante encore en long et en large les mérites de la frange tombante de Sean et je souris en repensant qu'il m'en voulait de lui avoir dévoilé l'existence de ce nouveau béguin, alors qu'il mourait d'envie de lui en parler. Sean serait le premier petit ami de Laurie. Je ne sais pas exactement ce qui se trame entre eux, en tout cas mon frère a l'air heureux. Devant ce constat, une parcelle de moi, dure et cassante, commence à s'assouplir. Une vilaine et ancienne blessure est en voie de guérison.

Laurie et moi nous blottissons de chaque côté de notre mère et je suis soudain si heureuse que des larmes pointent au coin de mes yeux. En pensant au tableau que Laurie a dressé de la famille de Sean, je me demande si Stephen et son père ne se disputaient pas à mon arrivée. Dans ce cas, pourquoi m'aurait-il demandé de venir ? Parce qu'il ne veut rien me cacher de sa vie, même les mauvais côtés. C'est notre façon d'être ensemble. C'est pour ça que je l'aim…

Cette idée me prend au dépourvu. Elle vient de s'imposer à moi. *C'est pour ça que je l'aime.*

– Ça te fait peur ? me demande Laurie en me tirant de mes pensées. C'est juste une bande-annonce.

En baissant les yeux, je constate que je tiens un coussin plaqué contre ma poitrine.

– Mais non, m'empressé-je de répondre. J'ai pris froid, c'est tout.

– Sérieux ? demande Laurie en écarquillant les yeux. Dehors, il fait mille degrés !

– J'espère que tu ne vas pas être malade, me dit maman.

– Je vais bien, la rassuré-je en écartant sa main avant qu'elle ait pu me tâter le front. Regardons ce film. J'en meurs d'envie.

Je suis soulagée qu'ils n'aient pas insisté. Encore légèrement tremblante à la suite de ces autoconfessions sentimentales qui m'ont fait frémir de tous mes membres, j'envoie un SMS à Stephen.

« *Les Fugitifs*, ça déchire. Je ne te remercierai jamais assez. Laurie non plus, j'ai l'impression, car il est intarissable sur Sean. J'espère que ton dîner se passe bien. Tu me manques. »

J'ai envie d'ajouter « Je t'aime », mais j'ai beaucoup trop peur pour m'y risquer. Le simple fait d'y penser m'effraie.

Au moment où je me couche, il n'a pas encore répondu. À mon réveil, je suis toujours sans nouvelles de lui. Et s'il avait lu entre les lignes de mon message, s'il avait compris que je rêvais de lui confier mon amour et qu'il l'avait mal pris ? Et si le dîner avec son père s'était mal passé, qu'il était vraiment contrarié mais qu'il ait eu peur de m'appeler ? Et s'ils avaient eu un accident de taxi et qu'ils se trouvaient encore en soins intensifs dans l'hôpital de maman ? Mes hypothèses pour expliquer l'absence de SMS et d'appels de Stephen depuis douze heures deviennent de plus en plus délirantes. La dernière en date met en scène des singes échappés du zoo du Bronx et les carrioles à cheval de Central Park... L'angoisse me gagne, me fait tourner en rond en pyjama dans la maison tandis que Laurie m'énumère les ingrédients des Pop-Tarts pour me prouver qu'ils sont à quatre-vingt-dix-neuf pour cent artificiels.

– Alors, pourquoi tu en manges ? lui demandé-je en consultant mon portable pour la millionième fois.

– J'adore leur goût, m'explique-t-il avec un haussement d'épaules. J'ai une addiction aux fruits artificiels et aux conservateurs.

– Intéressant comme autodiagnostic, dis-je.

– Je possède des talents rares quand il s'agit d'évaluer ma petite personne. Ainsi j'estime actuellement que mon addiction la plus sérieuse concerne la myrtille artificielle.

– Ah bon...

Il lèche des miettes de Pop-Tarts collées sur ses doigts.

– Alors, je le rencontre quand ?

– Qui ça ?

Les yeux rivés sur mon portable, je ne l'écoute pas vraiment.

– Ton copain mystère, à défaut d'être imaginaire, précise-t-il. Stephen. Tu en es folle, c'est évident. Le coup de téléphone, c'était charmant comme premier contact, mais je voudrais être sûr qu'il me plaise. Et quoi de mieux que de le voir en vrai ?

Les yeux fixés sur Laurie, je ne lui réponds pas.

– Tu ne veux pas que je le rencontre ? reprend-il l'air dépité.

– Bien sûr que si, lui assuré-je.

Je m'aperçois que Laurie vient de me fournir la solution idéale au conflit qui me hante. Stephen m'a invitée à rencontrer son père. C'est un grand pas en avant en termes relationnels. Le prochain, c'est donc à moi de le faire. Laurie est l'homme de la situation. Les parents, c'est intimidant, mais je suis sûre que si Stephen avait un frère ou une sœur, il ou elle aurait été la première personne que j'aurais rencontrée.

– Tu aurais quelques minutes avant de partir ? demandé-je à Laurie.

– Je prévoyais de m'accorder encore une petite

Pop-Tart, dit-il. Tu veux demander à ce jeune prodige de passer maintenant ?

Je me mords la lèvre.

– C'est trop tôt ?

– Ce n'est pas ça, me répond Laurie en me toisant de la tête aux pieds. Mais toi, tu n'es pas vraiment prête…

– Tu as envie de le rencontrer ou pas ? insisté-je, l'œil noir.

– Si ça ne te dérange pas de recevoir ton soupirant en pyjama et avec les cheveux en pétard, ne te gêne pas pour moi.

La Pop-Tart de Laurie bondit hors du grille-pain. Il la renifle comme s'il analysait le nez d'un grand vin.

Je suis moyennement à l'aise de recevoir Stephen avant d'avoir pris ma douche, mais je ne veux pas laisser passer cette chance. Ce qui me tracasse, ce sont les raisons pour lesquelles il ne m'a pas appelée, et la crainte de ne jamais trouver le courage de lui faire rencontrer Laurie si je ne me décide pas maintenant.

Je compose le numéro de Stephen. La sonnerie retentit deux fois.

– Salut, dit-il d'une voix lasse.

Mauvaise pioche.

– Je t'ai réveillé, désolée.

– Non, j'étais réveillé. C'est juste que je n'ai pas fermé l'œil de la nuit.

– Oh !

Il est resté debout toute la nuit et ne m'a pas fait

signe, ni par SMS ni en m'appelant... Je sens mon cœur se ratatiner sur lui-même.

– Ça va ?

– Bonne question. C'était comment, votre soirée ciné ?

Sa voix se fait plus enjouée et je souris, soulagée.

– Super...

Je jette un regard vers Laurie dont les yeux sont clos comme si, gavé de Pop-Tarts, il venait d'atteindre le nirvana.

– Tu pourrais passer ?

– Tout de suite ? Tu es seule ?

– Oui, je...

La culpabilité m'assèche la gorge. Seule, je le serai bientôt, mais je tiens à ce que Laurie rencontre Stephen. Ce n'est pas un très gros mensonge.

– D'accord ! m'interrompt-il. D'ailleurs, il faut qu'on discute, tous les deux.

Mon sourire s'efface et mon cœur se lézarde. La fameuse discussion. Il veut m'annoncer qu'il va rompre. Je ne sais pas comment, mais il a flairé le « Je t'aime » dans mon texto, il m'a trouvée trop empressée et il vient me dire que tout est fini. Et quand il me verra avec ma coupe tombée-du-lit et mon pyjama informe, il aura une raison supplémentaire de me plaquer.

Je voudrais argumenter, reporter à une autre fois, lui dire que j'ai changé d'avis, qu'on ne se voit pas maintenant. Mais j'ai du coton dans la bouche et les lèvres anesthésiées.

– J'arrive !

Et il raccroche.

Je repose mon téléphone sur le plan de travail.

– Il vient ? demande Laurie.

Je lui fais oui de la tête. Il quitte prestement sa chaise et me rejoint, l'air soucieux.

– Qu'est-ce qui ne va pas ? On dirait que tu vas gerber.

Je ne réponds rien car, effectivement, j'ai peur de vomir si j'ouvre la bouche.

On entend frapper doucement à la porte et celle-ci s'ouvre.

Laurie se tourne, tout sourire.

– Elle doit beaucoup t'apprécier pour te laisser entrer comme si tu étais de la maison.

Si la certitude de me faire larguer sous peu ne me faisait pas trembler comme une feuille, je sourirais moi aussi. Je laisse toujours la porte ouverte pour Stephen. J'adore le voir entrer et m'ouvrir ses bras avant même qu'on se dise bonjour.

– C'est bizarre…

Laurie fixe l'ouverture de la porte, mais son regard se perd au-delà de Stephen qui, après quelques pas dans l'appartement, s'est immobilisé.

– On a bien frappé, non ? demande Laurie en se tournant vers moi.

– C'est Stephen, dis-je d'une voix semblable au croassement d'un corbeau.

Stephen n'a toujours pas bougé. Visiblement, il ne tient pas plus que moi à parler rupture devant mon frère.

– Stephen, je te présente Laurie. Il s'apprête à partir

pour l'école. Je me disais que vous pourriez faire connaissance avant son départ.

Pourquoi me fatigué-je à aider celui qui va bientôt me piétiner le cœur à surmonter la gêne de sa première et dernière présentation à mon frère ? Je l'ignore, mais je ne sais pas quoi faire d'autre.

– Elizabeth… me dit Laurie, l'air soucieux, il n'y a personne…

– Ne recommence pas avec ton histoire d'amoureux imaginaire ! Ce n'est pas drôle.

– Je ne plaisante pas, ajoute Laurie, tout pâle.

Sans répondre, Laurie tourne à nouveau son regard vers la porte.

– Stephen, c'est toi qui lui as soufflé cette bonne idée ? demandé-je.

Stephen n'a pas bougé, mais à présent ses poings sont serrés le long de son corps.

– Laurie… articule-t-il d'un ton tranquille mais ferme.

– Ça alors ! s'exclame Laurie en reculant d'un bond.

Son coude heurte son verre de jus de fruits, qui tombe par terre.

– C'était qui ?

Stephen a les yeux posés sur moi à présent. Je croise son regard triste. Ses épaules montent et descendent au rythme de ses soupirs. Les pièces manquantes commencent à se mettre en place.

Ce qui m'arrive alors ne m'était jamais arrivé. Pas même quand j'ai vu Laurie transporté aux urgences. Je me mets à hurler et je ne peux plus m'arrêter.

CHAPITRE 9

PENDANT UN INSTANT, MES NEURONES fonctionnent en boucle.

Ça ne peut pas exister.

Donc, ça n'existe pas.

Ça ne peut pas exister.

Donc, ça n'existe pas.

Elizabeth se met alors à crier et je comprends que si, ça peut exister, et que si, ça existe, et pas qu'un peu. Et tout ce que j'avais préparé – des excuses au sujet de mon père, des mensonges à propos de ma mère, d'autres mensonges pour détourner le regard d'Elizabeth de la vérité vraie –, tout cela tombe à l'eau.

– Tout va bien, dis-je.

Ce qui est peut-être le pire des mensonges. Mais ça fait partie des choses qu'on dit. Quand on prononce une phrase comme « Tout va bien », ce n'est pas parce que tout va bien, mais parce qu'on espère que ces mots-là feront en sorte que tout aille bien. Alors que ça n'arrive jamais, absolument jamais.

Laurie attrape sa sœur par les épaules en lui demandant des explications. Il est complètement perdu. Tout autant qu'elle. Je suis le seul dans la pièce à comprendre ce qui se passe.

– Elizabeth, je suis navré, lui dis-je en m'avançant.

– Non ! s'exclame-t-elle en faisant un pas en arrière. Ne t'approche pas.

Laurie se trouve entre nous deux, même s'il ne peut pas me voir.

– C'est pas drôle ! dit-il.

– Non, confirmé-je. Ce n'est vraiment pas drôle.

Elizabeth est à présent adossée au mur, les yeux braqués sur moi. Laurie est tourné vers elle. Il perçoit l'intensité de son regard.

– Tu le vois vraiment ? lui demande-t-il.

– Et toi, tu ne peux pas le voir ! répond-elle.

Ce n'est même pas une question. Elle le sait.

– Je vais vous expliquer, dis-je.

Même si j'en suis incapable.

– Tu es… Tu es un fantôme ? me demande Elizabeth.

– Non. Je suis un être vivant. Je suis juste… invisible.

Voilà. Je l'ai dit. J'ai prononcé le mot.

Laurie a rejoint Elizabeth. Il l'entoure de son bras. La calme. Il fait exactement ce que je voudrais faire.

– Si tu es invisible, demande Laurie, comment peut-elle te voir ?

– Je ne sais pas. J'en ai été le premier surpris. Personne ne m'avait jamais vu. Personne.

Voilà ce que je réponds à Laurie. Mais je me tourne vers Elizabeth et la regarde en face.

– Tu n'imagines pas l'effet que ça fait, lui expliqué-je. Le premier jour dans le couloir… moi qui ai passé ma vie sans que personne ne me voie, voilà que tu me dis bonjour, que tu m'invites chez toi. C'était incroyable.

Mais cette histoire-là, ça ne s'arrête pas à nous deux. Ça va beaucoup plus loin. Cela dit, même si je ne sais pas pourquoi tu me vois, je suis heureux que ce soit toi.

– Pourquoi ne me l'as-tu pas dit ? me demande-t-elle.

– Je pensais que tu ne me croirais pas. Ou, encore pire, que quand tu découvrirais la vérité, elle nous séparerait comme maintenant. Ce que nous éprouvons là tous les deux, je voulais l'éviter.

– Où es-tu ? me demande Laurie.

– Juste là, lui dis-je. Suis le son de ma voix.

Il commence à marcher vers moi.

– Oui, par ici. Voilà. Ici.

Nous voici face à face. Sauf que Laurie ne peut pas voir mon visage. Je me demande s'il va me frapper. Me mettre dehors. Mais non, il me présente la paume de sa main. Je sais pourquoi. Je l'imite. Je me concentre.

Quand nos paumes se touchent, il recule d'un bond, sidéré. Mais il reprend ses esprits. De nouveau, je me concentre. Il touche ma main. Suit le contour de mon bras. De mon épaule. De mon cou. De mon visage.

– Dingue ! dit-il. C'est vraiment dingue !

Elizabeth contemple la scène.

– J'existe, lui dis-je. Je suis toujours là !

Laurie recule à nouveau.

– Depuis combien de temps es-tu comme ça ? me demande-t-il.

– Depuis toujours. Apparemment, c'est une malédiction qu'on m'a jetée. Je suis né invisible.

– Alors, vraiment, personne ne t'a jamais vu ?

– Non. Personne, sauf Elizabeth.

Je m'attends à voir un peu de tendresse se dessiner sur le visage de celle-ci. Maintenant qu'elle a l'explication, maintenant qu'elle sait, je voudrais qu'elle me montre que quelque chose est encore possible entre nous. Que, même si je la perds comme petite amie, même si elle ne veut plus jamais me toucher, elle ne quitte pas ma vie.

Mais l'heure n'est pas à la tendresse. L'incrédulité et la colère l'emportent encore.

– Donc tu ne vas pas à l'école, conclut-elle. Évidemment.

Je lui fais non de la tête.

– Et quand je suis passée l'autre soir, ton père ne te voyait pas.

– Exact.

– Quand m'as-tu encore menti ?

À présent, sa voix a pris un ton tranchant, blessé. Et je me dis : *Ce n'est pas comme ça que j'aurais voulu le lui annoncer*, mais je ne peux la laisser dans l'ignorance plus longtemps.

– Ma mère est morte, dis-je. Elle est restée à mon côté durant presque toute ma vie. Jusqu'à l'année dernière. Mon père, lui, a quasiment disparu du paysage ; il se contente de subvenir à mes besoins. Mais ma mère était tout pour moi.

– Ça me fait beaucoup de peine.

C'est Laurie qui a parlé.

Elizabeth, elle, est encore prisonnière d'une fureur qui la dépasse.

– Tu m'as menti à son sujet ? Pourquoi m'avoir menti ?

– Elizabeth… la reprend Laurie.

– Non, interviens-je, c'est une interrogation légitime. Même si elle n'a pas vraiment de réponse légitime. En fait, je ne sais pas. C'est ça, la réponse. Ça m'est venu la première fois qu'on en a parlé ensemble et, après avoir dit ça, j'étais comme coincé. Et, j'avoue, ça m'a plu de dire qu'elle était encore en vie. C'était un peu douloureux, mais ça m'a plu.

– J'ai dû aussi te donner des tas d'occasions de faire semblant, reprend Elizabeth. De faire semblant d'être visible. D'avoir une mère. D'être comme moi. Quelle rigolade ! Tu as dû bien t'amuser.

Je ne comprends vraiment pas pourquoi elle parle ainsi.

– Je n'ai fait semblant de rien, dis-je. Pas avec toi. Avec toi, je suis sincère. Jamais je n'ai pu l'être autant. Parce que toi, tu peux me voir.

– C'est injuste, répond-elle. C'est complètement injuste !

La colère cède à présent, mais c'est la tristesse, et non la tendresse, qui lui succède.

– Je pense que tu devrais peut-être partir, me dit alors Laurie.

– Non, dis-je. Pas avant que…

Et alors je me fige. Pas avant quoi ? Pas avant qu'elle ne reconnaisse que, durant les moments passés ensemble, je ne lui ai jamais menti ? Pas avant qu'elle ne me dise que, même si je suis invisible pour presque tout le monde, elle a toujours été heureuse d'être avec moi ? Pas avant que quelqu'un dans cette pièce ne reconnaisse que ce n'est pas facile pour moi non plus ? Que ça ne l'a jamais été et que tous les espoirs que j'ai pu nourrir sont voués à finir pulvérisés dans un joli trou noir ?

Je cherche autre chose à dire quand, à ma grande surprise, Elizabeth éclate de rire.

– Qu'y a-t-il ? demandé-je.

Elle secoue la tête, incapable de s'arrêter.

– C'est juste que... je me disais : « Tu n'as qu'à lui dire que tu ne veux plus le voir. » C'est drôle, non ? Je ne veux plus te voir. C'est super drôle !

– Allez, Jo, arrête ! intervient Laurie.

Il est revenu vers elle pour la consoler, mais elle le repousse.

– Non, Laurie... Tu ne trouves pas ça drôle ? À mourir de rire ? Ma vie – tout ce qui m'est arrivé pour l'instant à New York – est un gag absolu. Alors j'ai bien le droit d'en rire, non ?

– Tu peux rire autant que tu veux, concède gentiment Laurie. Mais je ne suis pas sûr que tu trouves ça drôle. Et je ne suis pas sûr que Stephen trouve ça drôle non plus.

– Merci, Laurie, dis-je.

C'est à son tour de secouer la tête, comme s'il ne pouvait accepter que je le remercie.

– Sérieusement, reprend-il, tu dois partir. On sait tous que ce n'est pas une blague, mais reconnais que la situation est très, très compliquée.

– Crois-moi, je le sais. Je la subis depuis que je suis né.

Je sais que je dois partir. Je sais qu'en quittant cette pièce je cours le risque de ne jamais pouvoir y revenir. Ce n'est pas à moi d'en décider. J'en suis bien conscient.

– J'y vais, dis-je. C'est ce que tu veux ? demandé-je en regardant à nouveau Elizabeth.

Elle reste muette. Et se contente d'acquiescer de la tête.

Au moment où je fais demi-tour pour partir, Laurie m'interpelle :

– Hé… une dernière chose.

– Oui ?

– Sean… ce n'est pas, comment dire, un des vôtres ?

– « Un des vôtres » ?

– Je me demandais juste si on n'avait pas emménagé dans un immeuble secrètement investi par des mutants.

Il vaut sans doute mieux que Laurie ne voie pas ma tête.

– Non, lui assuré-je. Je suis le seul.

– Merci.

Je me concentre sur la poignée de la porte, sur ma sortie. Puis, arrivé devant chez moi, à nouveau sur ma poignée, sur mon entrée. Je me dis que cette façon de vivre est peut-être la plus simple : se concentrer sur les petites choses et ne jamais se laisser emporter vers les grandes. Mais ce principe ne tient pas, comme si on pouvait choisir la direction que son esprit peut prendre ! Ou que son cœur peut prendre.

Je suis désolé. J'aurais dû le lui redire avant de partir.

Même si je n'y suis pour rien, je suis désolé de l'avoir entraînée là-dedans. Car si elle ressent ne serait-ce qu'une fraction de la solitude qui est la mienne, ou même une fraction de ma déception, alors, elle a raison, c'est profondément injuste.

– Je suis désolé, lancé-je à haute voix. Je suis désolé.

Mais qui est là pour m'entendre ?

À part moi, personne.

CHAPITRE 10

LAURIE ME GUIDE JUSQU'AU CANAPÉ. Je grelotte et j'ai un peu la nausée. Mes nerfs sont à vif et ma tête m'élance.

– Je vais te chercher de l'eau, dit-il.

Les bras autour du corps, je me frictionne pour tenter de chasser les frissons qui se sont emparés de moi.

Dans ma tête tournent, comme un odieux manège, des mots finissant en « ble » : « impossible », « improbable », « inconcevable », « inacceptable », « indéniable »...

Mais tous me ramènent au même, « invisible ».

– Tiens, me dit Laurie en glissant un verre entre mes mains.

J'en prends une gorgée.

– Tu vas être en retard, lui dis-je.

– Josie, répond-il en riant, non seulement on vient d'apprendre qu'il existe quelqu'un d'invisible, mais en plus, ce quelqu'un, on ne l'a pas vu à la télé, mais ici même – en chair et en os, si je puis dire : c'est ton chéri !

Je tressaille.

– Excuse-moi, dit-il en baissant la voix. Tu n'es peut-être pas prête à entendre ça, mais je sais ce que tu ressens. Ne l'accable pas. Avant cette révélation, quels étaient tes sentiments envers Stephen ?

Je bois encore un peu d'eau. Moi qui pensais qu'il allait rompre avec moi et que mon petit cœur finirait dans le broyeur à ordures...

Laurie répond à ma place :

– Tu es folle de lui. Jamais je ne t'ai vue comme ça.

Mais c'est terrible de le savoir invisible.

Ma rime m'inspire un léger sourire. J'ignore si je suis en train de reprendre mes esprits ou sur le point de perdre la tête.

– Tu n'as pas envie de l'aider ? me demande Laurie.

– Il est invisible... dis-je d'une voix brisée.

– Je sais. Ça doit être horrible.

Laurie vient de faire du Laurie, c'est-à-dire de voir le monde à travers les yeux de l'autre, de celui qui souffre. Il envisage la vie comme le jeune homme invisible, celui qui voit tout sans que personne ne le remarque.

– Si on ne te voit pas, on ne peut pas vraiment te connaître, ajoute-t-il. La solitude, je vois ça comme un ulcère qui te ronge les entrailles en permanence.

– Mais... dis-je.

Si la culpabilité commence à prendre le pas sur mon exaspération, la fierté tente de remettre en selle mon humiliation.

– Mais quoi ? demande Laurie. Tu sais que c'est vrai. Tu l'as entendu. Personne ne l'a jamais vu. Même pas sa propre mère.

J'acquiesce d'un hochement de tête. Je sens quelque

chose se rompre dans ma poitrine et je frissonne. Laurie passe un bras autour de moi.

– Personne ne l'a vu. Sauf toi.

Il attend que ses mots produisent leur effet. Nouveau hochement de tête.

– Ça veut bien dire quelque chose, poursuit-il.

– Ça veut dire quoi ? murmuré-je.

– Pour moi, ça veut dire que tu es celle qui doit le guérir.

– Le guérir ?

Aussitôt, j'ai envie d'appeler maman. Elle travaille dans un hôpital. Elle peut faire jouer ses relations. Nous allons y réfléchir.

Apercevant l'étincelle qui s'allume dans mes yeux, Laurie attrape ma main.

– Non, Elizabeth. « Guérir » n'est peut-être pas le bon terme. Oublie. Ce n'est pas une maladie. Si tu le prends... comme ça, tu ne le reverras plus et il finira au mieux dans un reportage télé.

– Qu'en sais-tu ? demandé-je. Et s'il avait vraiment besoin d'être pris en charge ?

Quelque chose en moi réclame une explication rationnelle. Une théorie que la science pourrait consigner dans un manuel scolaire et inculquer à tout le monde car elle aurait reçu la caution de spécialistes.

– Il a parlé d'une malédiction, rectifie Laurie. Une malédiction, ce n'est pas une maladie, c'est...

Comprenant alors ce qu'il est en train de dire, il m'adresse un soupir désespéré.

– Quoi ? m'exclamé-je. De la magie ? N'importe quoi !

– Il est invisible ! plaide Laurie en se levant pour faire les cent pas dans le séjour.

– Je sais ! dis-je en ramenant mes genoux contre ma poitrine. Mais la magie, ça... n'existe pas !

– Et l'invisibilité alors ? reprend Laurie. Elizabeth, je n'ai rien vu de lui. Rien de rien.

– Je sais... Je ne... Comment ça peut se... ? bredouillé-je en enfonçant mes poings dans les coussins du canapé.

– Au début, j'ai cru à une hallucination due aux Pop-Tarts.

– Pitié !

Je n'ai pas encore le cœur à plaisanter.

– Je suis sérieux ! objecte Laurie. Au-delà de quinze, ça peut te taper sur le système.

– Arrête !

L'irritation m'enveloppe comme une couverture et je me sens mieux. Tout est plus supportable quand je suis en colère. Depuis quelque temps déjà, la colère me sert d'armure et le fait de pouvoir à nouveau m'y glisser me rassure.

– Non, ne pars pas là-dedans ! m'exhorte Laurie, lucide.

– Je ne vais nulle part ! lui dis-je en me retirant encore plus en moi-même.

– Menteuse ! La colère est mauvaise conseillère.

– Ne me dis pas comment je dois me comporter !

– Alors, cesse de faire le bébé, m'ordonne-t-il. Stephen n'a jamais voulu te nuire.

– Il m'a menti !

C'est ça, le pire. Je ne parviens toujours pas à croire qu'il soit invisible. Car moi, je peux le voir. Je l'ai tenu dans mes bras. Embrassé. N'empêche que les mensonges sont bien là.

– Peux-tu lui en vouloir ? me demande Laurie.

Devant mon regard noir, il reprend :

– Apparemment, oui. Mais je crois que tu fais fausse route.

Je détache mes yeux de lui pour les porter sur l'écran vide du téléviseur. J'y vois nos reflets, comme si nous jouions devant le pays tout entier une pièce de théâtre.

– À sa place, qu'aurais-tu fait ? me demande Laurie.

Je le regarde, ouvre la bouche et me rends compte que je n'ai pas de réponse.

– Personne ne l'avait jamais vu, poursuit-il. Et tu es arrivée…

Soudain, il quitte la pièce. Je le suis du regard en me disant que, estimant n'avoir rien à ajouter, il me laisse pour aller se défouler ou bouder, ou alors réfléchir à une solution pour moi. Mais, un instant plus tard, il est de retour avec une B.D. à la main. Arrivé devant moi, il me met *Les Fugitifs* sous le nez.

– Qui m'a fait acheter ça pour toi ?

– Tais-toi !

– Arrête ! Arrête de t'apitoyer sur ton sort et essaie de comprendre ce qui se passe ici !

– Pourquoi tu ne m'expliques pas, toi qui es si fort !

– Il est amoureux de toi ! s'exclame Laurie en me lançant la B.D. En me voyant ici, il aurait pu repartir aussi sec chez lui, attendre que tu sortes et s'excuser en disant qu'il avait oublié quelque chose. Il aurait pu inventer un nouveau mensonge, Elizabeth, or il ne l'a pas fait. Il t'a dit ce qu'il n'avait jamais dit à personne. À moi aussi, il me l'a dit. Il m'a laissé toucher son visage. Ça n'a pas dû être évident !

J'ai envie de lui crier dessus, mais j'en suis incapable. Je ne peux rien faire d'autre que de bercer *Les Fugitifs* contre ma poitrine.

Laurie n'en a pas fini :

– Il est amoureux de toi et si tu l'aimes un tant soit peu, tu dois t'interroger sur l'attitude à avoir. Fais-le pour lui. Et si tu veux que je continue à te respecter, fais-le pour moi.

– D'accord, dis-je calmement.

– D'accord ?

Laurie n'a toujours pas baissé la garde, comme s'il pensait en découdre pendant encore un round ou deux.

– Bon...

Il s'assied à côté de moi.

– Alors, qu'est-ce que je fais ? lui demandé-je.

– Je ne sais pas trop. Tu le connais mieux que moi. Qu'est-ce que tu crois qu'il faut faire ?

– M'excuser ?

– Sûrement, dit-il en souriant. Mais n'en fais pas trop. Tu as raison à propos des mensonges. Ce n'est pas bien de mentir. Là-dessus, tu pourrais lui pardonner, mais ça me gêne quand même que ma sœur ait un petit ami malhonnête.

– Merci, lui dis-je en lui retournant son sourire.

– C'est tout naturel.

Des questions commencent à bourgeonner dans ma tête.

– Tu es sérieux quand tu parles de malédiction, de magie ?

– Je ne sais pas si « sérieux » est le mot qui convient, nuance-t-il. Disons que, faute d'autres pistes, je prends celle-là.

– Comment ça marche, les malédictions ?

– Pour info, me rétorque-t-il, je suis homo, pas sorcier. Homo *et* sorcier, ça, c'est Dumbledore et, aux dernières nouvelles, c'est juste un personnage de roman.

Je ris et il me prend dans ses bras.

– J'ai l'air de faire le malin, mais je n'en sais pas plus long que toi, Josie, avoue-t-il. Je ne sais pas quoi faire.

– Et s'il ne voulait plus de moi ?

Mes pensées se bousculent au même rythme que les battements de mon cœur.

– Doucement ! tempère Laurie. Prenons les problèmes un par un. Tu te rappelles qu'au tout début tu parlais de t'excuser ?

J'opine.

– Commence par ça, poursuit-il. Et, ensuite, passe à l'étape 2.

– L'étape 2, c'est-à-dire ?

– Si tu as de la chance... ou si lui estime en avoir, petits bisous de réconciliation – petit câlin même, je dirais. À moins que vous n'en soyez déjà au gros câlin... déclare-t-il dans un grand sourire.

– Lau-rie ! m'exclamé-je en lui écrasant un coussin sur la figure.

– Je cherche juste à te motiver, se justifie-t-il, toujours hilare. Je sais à quel point tu peux être entêtée quand il s'agit d'admettre que tu t'es trompée.

Mes joues sont en feu, mais je suis contente de ne plus avoir de frissons ni de nausée.

– Va le voir ! m'ordonne Laurie.

– Et s'il n'est pas là ?

Argument foireux, je sais. Mais, ma colère ayant disparu, ne subsistent plus en moi que la gêne et de nouveau la crainte qu'il me rejette. S'il n'était pas arrivé ce matin avec l'intention de me plaquer, la crise que j'ai piquée ensuite l'aura peut-être décidé à le faire.

Le regard de Laurie s'attarde sur moi.

– S'il n'est pas chez lui, tu reviens, tu prends une douche et tu nous sors la « Elizabeth pimpante ». Exit la « Elizabeth zombie », on l'a assez vue.

À ce stade, j'ai surtout envie d'une douche.

– Je plaisante, explique-t-il devant l'inquiétude qui pointe sur mon visage. Tu es mignonne en pyjama. Ça pourrait aussi t'aider pour le scénario bisous dont je t'ai parlé. Vas-y ! Va lui parler !

– Et après ?

– Maman ne t'a jamais expliqué ? s'inquiète Laurie. Le principe du câlin, tu ne connais pas ? Eh ben...

– Je pensais que tu étais justement là pour m'éclairer,

répliqué-je en riant, ravie qu'il me taquine, même si je rougis de la tête aux pieds.

– Mais je t'aide ! s'insurge-t-il.

Et c'est vrai.

– Après les câlins, tu lui parles en cherchant à comprendre ce qu'il sait sur cette histoire d'invisibilité, et ensuite, vous définissez ensemble l'étape suivante.

– Ce sera quoi, l'étape suivante ? demandé-je.

– Je n'en sais rien. Je pense que lui non plus. C'est une première pour nous tous. À mon avis, c'est ensemble qu'on trouvera des solutions.

– D'accord, dis-je en tripotant mes cheveux emmêlés.

– J'attendrai ici au cas où ça tournerait mal, me prévient-il. Au besoin, j'irai t'acheter une glace.

– Pas question ! décidé-je en abandonnant mon armure de colère pour tenter d'arborer le masque de la résolution. Va à l'école. Ça va bien se passer.

– Tu es sûre ? Je vais me faire du souci.

– Je ne veux pas te savoir ici pendant que je tenterai le gros câlin avec lui, dis-je autant pour me donner confiance que pour agacer mon frère.

– Je n'ai rien entendu ! Je n'ai rien entendu ! glapit Laurie en quittant la pièce ventre à terre.

– C'est toi qui as commencé ! lancé-je derrière lui.

Il tend la tête à l'angle du mur, tout sourires.

– Très bien, je vais à l'école et, pour peu que j'aie le bon métro, je risque même d'arriver à l'heure.

– Parfait !

Je souris, mais je commence à perdre patience.

– Il restera tout le temps allumé, m'avertit-il en

brandissant son portable. Si tu as besoin de moi, j'accours !

– Merci !

Il revient dans le séjour pour me prendre dans ses bras.

– Sois honnête avec toi-même et ne fais pas semblant de ne pas être vraiment, follement, profondément amoureuse de ce type. Le déni coûte cher, tu sais.

J'attends que Laurie soit parti, puis, en traînant les pieds, je prends le couloir jusqu'à l'appartement de Stephen. Je me sens idiote en pyjama, mais je sais qu'en rebroussant chemin je ne ferai que précipiter mon entrée au club des dégonflées. Laurie a raison. Je suis têtue et donc parfaitement capable d'en vouloir assez à Stephen pour ne plus jamais lui adresser la parole.

Quand je frappe à sa porte, mon estomac a la forme d'un bretzel.

Pas de réponse.

Je me balance d'un pied sur l'autre, compte jusqu'à dix, refrappe.

Venue de l'autre côté de la porte me parvient une voix très douce :

– Elizabeth ?

– Oui.

Mon cœur vient de percuter ma glotte.

La porte s'ouvre. Il est là, devant moi. Visible.

Je ne sais pas quoi dire. Je le regarde en songeant qu'il est quand même bien dommage que tout le monde ne puisse pas contempler ce beau visage.

Laurie a raison. Pour moi, il est visible. Pour moi seulement. Ça signifie sûrement quelque chose.

Je n'aspire qu'à le toucher, à lui dire combien c'est merveilleux de le voir. À promettre de ne jamais banaliser le fait que je suis capable de le voir.

J'avance ma main. Mes doigts tremblent.

Il me regarde un instant avant de prendre ma main entre les siennes.

CHAPITRE 11

JE LUI RACONTE TOUT ce que je sais. Il n'y en a pas pour longtemps.

C'est, je pense, une façon de la remercier. C'est, je crois, une façon de lui montrer que je n'ai plus de secrets pour elle. C'est, j'espère, une façon de la garder près de moi.

Je vis avec cette vérité depuis si longtemps que je m'y suis habitué. C'est la réaction d'Elizabeth qui m'a révélé combien elle est étrange. Incroyable. Irréelle.

Combien elle est triste, aussi.

– Tu n'es jamais allé à l'école, me dit-elle.

Nous sommes assis dans le canapé, face à face.

– Tu n'as jamais reçu de copains chez toi. Tu n'as jamais eu…

– Tout se passait entre ma mère et moi, lui expliqué-je. Les cartes de la Saint-Valentin. Les devoirs. Les jeux de société. Les gâteaux d'anniversaire. Tout, tout, tout.

– Elle doit beaucoup te manquer.

Je la détrompe d'un signe de tête.

– Pas comme tu le penses. Je me suis blindé.

– Pourquoi ?

– Parce que si je flanchais, jamais je n'aurais remonté la pente…

Le simple fait d'en parler m'anéantit. Ce qui me sauve, c'est d'avoir quelqu'un pour l'entendre.

– Je suis désolé, dis-je.

– Il ne faut pas, me répond-elle en secouant la tête.

– Non, tu ne comprends pas. Je suis désolé de t'avoir mise dans cette situation. C'est injuste que tu sois la seule à y être. C'était injuste pour ma mère. Et aujourd'hui c'est injuste pour toi.

C'est dur de lui avouer que je n'ai personne d'autre qu'elle. Mais je me suis promis de tout lui dire.

– Et tu ne sais rien des raisons de cette malédiction ?

– Non.

– Rien de son auteur ? Rien de son mobile ?

– Rien.

– Mais ton père est au courant.

– Oui. Du moins, je pense.

Elle me regarde droit dans les yeux.

– Alors, pourquoi on ne lui poserait pas la question ?

– J'ai essayé.

– Oui, mais cette fois, ce sera du deux contre un. Trois, si Laurie peut se joindre à nous.

La simple perspective d'obtenir enfin une réponse me donne le vertige, m'effraie.

Je me décale sur le canapé afin de poser ma tête sur les genoux d'Elizabeth. Je me concentre pour tenter d'apprécier ce confort.

– Rien ne t'oblige à accepter, lui dis-je.

Elle passe ses doigts dans mes cheveux.

– Je sais. Rien ne m'oblige à être ici. Mais j'y suis.

– Pourquoi ?

– Sûrement à cause de quelque chose qui ressemble à de l'amour, dit-elle. Silence maintenant. Reposons-nous un instant. Nous devons réfléchir à beaucoup de choses.

En tournant la tête, je la découvre en contre-plongée. Elle se penche vers moi.

Ce baiser ne me suffit pas. Je veux partager bien d'autres choses avec elle.

L'amour.

La peur.

La gratitude.

Nous partons pour le parc.

Cette fois, elle voit la différence. Elle voit que personne ne prête attention à moi. Qu'on la regarde quand elle me parle. Que je ne laisse aucune trace.

– Que ressens-tu ? me demande-t-elle quand nous nous retrouvons enfin au calme sous un des ponts de pierre.

– C'est difficile à dire.

Voyant qu'elle ne se contentera pas de cette réponse, je poursuis :

– Ce n'est pas de la solitude, pas vraiment. Car la solitude, c'est se dire qu'on pourrait avoir des contacts avec les autres mais qu'on n'en a pas. Tandis qu'être invisible, c'est être seul mais sans avoir d'autre solution qu'être seul. Donc, au bout d'un moment, on se met en marge du monde. C'est comme si, au théâtre, tu étais le seul spectateur de la pièce qui se déroule sur scène.

– C'est affreux, dit Elizabeth.

– Oui et non. Parfois plutôt oui, parfois plutôt non.

– Cela dit, je vois ce que tu veux dire quand tu parles de solitude. À mon avis, elle est encore plus forte quand des personnes de confiance te tournent le dos. Quand tu es banni. J'ai connu ça, du moins à moindre échelle. Tu te retrouves comme éjecté de la scène, obligé d'assister en spectateur à la représentation qui continue sans toi.

Nous voici donc assis. Sous un pont de pierre à regarder les gens courir, marcher, flâner, trottiner devant nous.

Désormais, nous sommes deux spectateurs.

Lorsque nous arrivons devant notre immeuble, elle me dit :

– Je voudrais que Laurie soit là. Quand ton père viendra. Je crois qu'il peut nous être utile.

– Tu es sûre ?

– Oui. Je n'ai pas trop de mal à faire preuve d'assurance quand je suis avec toi. Mais, en réalité, je n'ai pas un goût immodéré pour la confrontation. Je ne suis pas très douée pour ça. Laurie, lui, est un pro. Tu vois, quand mon père nous a accompagnés à l'aéroport en disant qu'on partait simplement en famille sans lui, alors que c'était une nouvelle vie sans lui qui nous attendait, je me suis contentée de lui faire la bise. Laurie, lui, l'a traité de con. Et il a eu raison.

– Après tout, plus on est de fous, plus on rit ! dis-je.

Elle part mettre Laurie au courant.

De retour chez moi, provisoirement seul, je ne sais pas quoi faire.

Ils frappent à ma porte à 17 h 30. Je sais que c'est eux car jamais papa ne frapperait.

– Ouah ! s'exclame Laurie quand je lui ouvre.

Je me souviens alors qu'il n'est pas habitué à voir les portes s'ouvrir toutes seules.

– Entre ! lui dis-je.

– Sympa chez toi, commente-t-il en embrassant la pièce du regard.

J'ignore s'il cherche simplement à être poli. Il y a bien longtemps que je ne me demande plus ce que les autres pensent de mon appartement. Par bien des côtés, il s'est muséifié au fil des années. Ma mère décédée, j'aurais pu décider brusquement de commander de nouveaux meubles, d'accrocher d'autres choses au mur. Mais non.

Nous sommes tous un peu tendus, un peu trop attentifs les uns aux autres. J'étudie les réactions d'Elizabeth, elle étudie les miennes, et Laurie cherche à nous étudier tous les deux, bien que mes réactions soient évidemment moins voyantes... À défaut de pouvoir scruter mon visage, il examine l'appartement en quête d'indices. S'il en existe, je ne les ai jamais trouvés.

– Je sais que c'est bizarre, mais je t'ai apporté ça, me dit Elizabeth en plongeant la main dans sa poche.

Elle en sort une feuille de papier pliée. Au lieu de me la tendre, elle la déplie devant moi. La lisse du plat de la main. La dépose sur la table du séjour.

C'est un portrait. D'un garçon.

– Ce n'est pas parfait, précise-t-elle. Disons que c'était un simple exercice. Pour dessiner de mémoire.

– Est-ce… ? demandé-je.

– Oui, c'est toi.

– Il ne s'est jamais vu ? demande Laurie.

– Non, lui répond Elizabeth en me regardant dans les yeux. Je ne pense pas. J'ai raison ?

– Tu as raison, murmuré-je.

Je n'ai pas envie de le regarder.

J'ai envie de le regarder.

Je le regarde.

Me voici.

Moi.

C'est moi. Un portrait dessiné en vitesse.

– Je me disais que ça te…

– Tu as raison. Ça me fait plaisir. Merci.

Laurie se penche pour prendre le dessin et l'examiner de plus près.

– Pas mal, dit-il. C'est vrai que, là, tu as l'air… d'exister.

– Mais je sais bien que j'existe !

Personne ne sait quoi ajouter.

– Je peux voir le reste de ton appart ? demande Laurie.

Je m'exécute en leur faisant faire une visite sommaire. Nous guettons tous le bruit qui annoncera l'arrivée de mon père. Et à 18 heures précises, celui-ci fait son entrée.

Une clé tourne dans la serrure. Je l'entends m'appeler.

Nous revenons dans le séjour.

– Papa, tu te souviens d'Elizabeth.

Je suis sûr qu'il se souvient d'elle, mais peut-être pas de son prénom.

– Et voici son frère, Laurie.

– Il te voit, lui aussi ? demande papa, stupéfait.

– Non, expliqué-je. Il n'y a qu'Elizabeth.

S'ensuit un moment de silence gêné. Papa propose à Elizabeth et Laurie un rafraîchissement, comme s'il était chez lui. Laurie lui demande de l'eau, ce qui donne à mon père un prétexte pour s'éclipser un instant dans la cuisine.

– Il faut que tu lui demandes ! m'ordonne Laurie dès que mon père ne peut plus nous entendre.

– Quoi ?

– Pourquoi tu es comme ça. La malédiction.

– Il ne me le dira pas.

– Bien, conclut Laurie. Je vais m'en charger.

– Laurie… intervient Elizabeth sur un ton de mise en garde.

Pourtant, n'est-ce pas avant tout pour cette raison qu'elle l'a fait venir ?

Avant qu'elle ait pu ajouter un seul mot, papa est de retour avec un verre d'eau. Laurie demande :

– Pourquoi Stephen est-il invisible ?

Papa a un léger mouvement de recul, l'eau déborde et coule sur ses doigts. Puis il confie le verre à Laurie en secouant la tête.

– Stephen ? demande papa. De quoi s'agit-il ?

Mais Laurie insiste :

– Je crois que Stephen a la même question à vous poser.

– C'est bon, Laurie, dis-je. Je vais prendre le relais. Pourquoi ne pas nous asseoir ?

Nous nous réunissons donc dans le séjour comme pour parler d'un voyage d'étude que j'aurais en vue ou emprunter de l'argent à mon père pour monter un groupe tous les trois.

Papa tente encore de s'esquiver :

– Je ne suis pas bien sûr que ce soit le moment, commence-t-il.

– Il a les cheveux noirs, indique Elizabeth. Disons, bruns très foncés. Mais on les voit noirs. Et ses yeux sont d'un bleu éclatant. Il a une tache de vin – une petite – juste devant l'oreille gauche. Et de très belles épaules.

– Pourquoi me dis-tu ça ? lui demande papa d'une voix brisée.

– Parce que vous devez le savoir. C'est un être humain. Je le vois. Il est fait de chair et de sang, même si vous ne voyez ni l'une ni l'autre. Je ne suis pas sûre que vous le considériez comme un être humain. Comme un des nôtres.

– Mais il n'est pas comme nous ! s'insurge papa.

– Sauf sur un point, réplique Elizabeth. Et encore, pas pour moi. Tenez, regardez !

Elle lui tend le portrait. Au moment où il le saisit, il ignore de quoi il s'agit. Puis il baisse les yeux et ses mains sont prises de tremblements. Il refoule ses larmes et repose la feuille.

– Je le répète, pourquoi me racontes-tu ça ?

– Parce qu'il est temps, papa ! Je sais que tu ne veux pas me le dire, mais il le faut. Le fait qu'Elizabeth me voie change tout. Ça signifie… eh bien, ça signifie que tout n'est pas perdu. La malédiction peut être brisée.

– Tu ne devrais rien savoir de cette malédiction ! tonne papa, l'air mauvais à présent.

– Il se trouve que je sais.

– Tu ne sais rien du tout !

– Dans ce cas, explique-moi !

Ma fureur est maintenant égale à la sienne.

– Bon, tous les deux, intervient Laurie, inutile de crier. Les voisins vont vous entendre. Enfin, les autres voisins.

Papa se lève et s'approche de la bibliothèque. Il a le regard vide et nous tourne le dos. Puis ses épaules retombent.

– Monsieur Swinton ? demande Elizabeth.

Il marmonne quelque chose. Au bout d'un moment, je saisis ce qu'il a dit.

« J'ai toujours cru qu'il était blond. »

Parce que maman était blonde.

Parce que, enfant, mon père l'était peut-être.

Il m'a imaginé. Durant toutes ces années, il m'a imaginé.

Et il s'aperçoit qu'il s'est trompé.

– Dis-le-moi, le supplié-je. Je t'en prie. Une bonne fois pour toutes.

Il se retourne vers Laurie et Elizabeth.

– Pas en leur présence, dit-il. Ça ne les regarde pas.

Je vois qu'Elizabeth est sur le point d'acquiescer, mais Laurie se rebiffe :

– Si ! lance-t-il à mon père. Stephen a besoin de nous ici. Sauf le respect que je vous dois, monsieur, vous l'avez laissé seul très longtemps. S'il a besoin de nous ici, vous devez accepter notre présence.

– C'est vrai, dis-je. Il n'y a pas de raison que je sois seul. Et peu importe que tu les mettes dehors, je leur raconterai tout quand tu seras parti !

Papa adresse à Laurie un regard implorant.

– Je ne suis pas un monstre. Je sais que je vous donne peut-être cette image. Mais j'ai mes raisons pour ne rien lui raconter. Ce n'est pas quand il saura que les choses changeront. Rien ne changera. On ne peut rien y faire.

– C'est à lui d'en décider, lui rétorque Laurie. Pas à vous. C'est sa vie.

Je le vois hésiter. Sans savoir quoi, je sais qu'il est sur le point de me révéler tout ce que j'ai toujours voulu l'entendre dire. Mon adrénaline grimpe en flèche, et mon angoisse aussi. Tout va être différent, d'une façon ou d'une autre. Et je ne peux plus m'y opposer. C'est inévitable.

Mon père s'apprête à me dire la vérité.

– Ton grand-père est un lanceur de malédictions, commence-t-il. Je sais que tu vas avoir du mal à le croire. Moi, en tout cas, j'en ai eu au début. C'est pourtant vrai. Tout à fait vrai. Ton grand-père est un homme influent. Je n'entends pas par là qu'il a de l'influence – même si j'imagine qu'il en a aussi. Quand je parle d'un homme influent, je veux dire qu'il possède des pouvoirs. Il peut faire des choses que personne d'autre ne peut faire. Ce n'est pas un sorcier ni un enchanteur. Ce n'est pas une divinité. C'est autre chose, même s'il présente des caractéristiques communes à ceux-ci. Je n'en sais guère plus sur son passé ; il est le père de ta mère et elle ne parlait pas de ce sujet. Elle n'en parlait jamais.

Il s'interrompt. Je l'invite à continuer. Ce qu'il fait.

– L'enfance de ta mère a été un cauchemar. Sa propre mère est morte quand elle était toute petite. Elle est restée seule avec ton grand-père. Maxwell Arbus. Étant lanceur de malédictions, il était incapable de faire le bien. Du moins pas dans son travail, mais je n'ai aucun témoignage indiquant qu'il en ait fait en dehors non plus. Les lanceurs de malédictions sont en ce point différents des lanceurs de sorts. Les lanceurs de sorts – s'il en existe – peuvent aussi bien créer que détruire. C'est, du moins, ce que ta mère m'a expliqué. Les lanceurs de malédictions, eux, ne savent que détruire. Là encore, j'ignore comment. Et pourquoi. Tout ce que je sais, c'est que ton grand-père est doué de ce pouvoir. Et que tu en es la preuve.

Il marque un nouvel arrêt et, durant cette pause, je retrouve chez lui beaucoup des émotions qui étaient les miennes quand ma propre vérité fut révélée à Elizabeth : la peur qu'inspirent les paroles que l'on dit, alliée au soulagement d'être enfin capable de les prononcer.

– J'en suis la preuve... répété-je.

Son regard fuse vers l'endroit où je me trouve. Où il entend ma voix.

– Oui.

– Que s'est-il passé ? Pourquoi m'avoir jeté une malédiction ?

Mon père secoue la tête avec tristesse.

– Ce n'était pas toi qu'il visait. Ni moi. Je n'avais même pas encore rencontré ta mère. C'était elle, Stephen. Ça s'est produit bien avant ta naissance.

Elizabeth me prend la main. Comme si elle savait que

j'allais devoir me concentrer. Comme si elle savait que je devais laisser mon père poursuivre son récit.

– Racontez-nous, dit-elle.

Mon père constate que sa main épouse la forme de la mienne. Il a compris.

– Comme je l'ai dit, la mère de Stephen a eu une enfance malheureuse. Pouvoir lancer des malédictions est un talent redoutable, mais insuffisant pour payer un loyer. Maxwell s'est essayé à tous les métiers, mais en revenait chaque fois plus aigri, ce qui accroissait en lui le goût de nuire.

« Un jour que ta mère était enfant – vers sept ou huit ans –, elle a tenté de s'enfuir. En guise de représailles, ton grand-père l'a frappée d'une malédiction pour qu'elle ne puisse plus le quitter. Elle ne pouvait pas s'éloigner de lui au-delà d'un certain périmètre, comme retenue par une laisse invisible. Elle essayait bien de partir, ou de rester quand lui s'en allait, mais rien n'y faisait. Elle ne ressentait aucune douleur ; simplement, il lui était impossible de s'éloigner de son père : son corps l'obligeait à le suivre.

« J'ignore pourquoi il la voulait près de lui. Sans doute pour qu'elle s'occupe de lui, prépare ses repas, tienne leur misérable logis. Et j'imagine aussi qu'il se sentait seul. Si je me laissais aller, j'irais jusqu'à penser que la perte de sa femme l'avait affecté. Mais au fond de lui, c'était un être malfaisant, torturé, qui se servait de son don maléfique pour torturer les autres. Il avait un talent pour la cruauté. Si un commerçant le faisait trop attendre, il pouvait lui jeter un sort pour qu'en rentrant chez lui celui-ci néglige soudain sa femme, oublie son nom, son existence, tout. Ton grand-père pouvait susciter chez un homme politique un faible pour ses assistantes de campagne, chez un juge une addiction pour un casino. Son pouvoir n'était pas illimité, mais il en usait dès qu'il le pouvait.

« Quelque temps plus tard, il a relâché la laisse qui entravait ta mère pour lui permettre de se rendre à l'école, mais sans qu'elle puisse aller plus loin que la ville voisine. Cette malédiction n'avait qu'un avantage : ton grand-père ne pouvait pas en imposer une autre à sa fille car on ne peut, semble-t-il, en jeter qu'une seule à la fois sur quelqu'un. Il cherchait pourtant à lui faire croire qu'il le pouvait, la menaçait d'autres envoûtements. Mais elle a commencé à le prendre au mot. À se rebeller, en refusant de lui faire à manger, de se plier à sa volonté. Ce qui l'a rendu furieux. Incapable de lui infliger d'autres sortilèges, il ne se gênait pas, en revanche, pour se servir de sa voix ou de ses poings. Elle ne pouvait pas porter plainte car on aurait eu beau le mettre en prison, elle savait qu'elle restait liée à lui et que, quoi qu'elle fasse, elle n'était pas libre de ses mouvements.

« Tout cela, elle ne voulait pas que tu le saches. J'ai l'impression... J'ai l'impression de te raconter une histoire qui ne me concerne pas du tout. Je sais que tu ne me crois pas, mais elle me manque chaque jour, à chaque heure. Je n'ai pas pu rester – elle l'a compris –, mais elle me manque quand même. Certains naissent sous une étoile plutôt bienveillante. Mais d'autres... portent le fardeau de l'injustice du monde. C'était le cas de ta mère. Jusqu'à ta naissance, elle n'a jamais eu un instant de répit.

– Mais le pire de tout, ce ne fut pas ma naissance, justement ? ne puis-je m'empêcher de lui demander. Enfin, ce serait logique, non ?

– Non. Tu es ce qui lui est arrivé de mieux. Même si tu es né… comme tu es. Son amour pour toi était absolu.

– Mais son père, qu'est-il devenu ? demande Laurie. Parce que, si je comprends bien, la malédiction a été levée et elle s'est enfuie, c'est ça ?

– Oui. J'y viens. Tant bien que mal, elle a fini par entrer au lycée. Elle avait peu d'amis. Ils voulaient toujours aller dans des endroits qui lui étaient interdits et elle craignait de les amener chez elle, de peur que son père n'apparaisse. Elle commença à s'intéresser de près à l'origine de ses pouvoirs et chercha à le suivre pour voir s'il rencontrait d'autres lanceur de malédictions, mais apparemment non. En son absence, elle fouilla la maison de fond en comble à la recherche d'ouvrages, de revues ou de tout autre document sur son mode opératoire. Mais elle ne trouva rien, pas le moindre indice pour l'orienter. Du sort dont elle était victime, elle ne savait rien, hormis qu'il la retenait captive.

« À l'insu de son père, elle commença à travailler après les cours, à mettre de l'argent de côté. Après le lycée, elle fut admise dans une université. Elle en informa son père, mais celui-ci ne voulut rien entendre, jamais il ne la laisserait partir.

« Désespérée, elle résolut de "jouer le jeu à fond", c'est-à-dire d'aller au bout de cette malédiction. Puisqu'il ne voulait pas la laisser libre, elle ne le lâcherait pas non plus. Elle s'attacha à ses pas. Le suivit partout. La rabrouait-il qu'elle le rabrouait de plus belle. La repoussait-il qu'elle le repoussait de plus belle. Pour la première fois, elle entrevit chez lui une faille. Il était désemparé. Mais impossible pour lui de la frapper d'une nouvelle malédiction sans annuler la première…

« Il tenta bien de lui faire des promesses. L'assura qu'elle possédait ce don inné elle aussi. Qu'il la formerait. Qu'elle n'avait nul besoin de suivre des études – qu'elle était appelée à un destin autre, supérieur. Mais elle ne s'en laissa pas conter. Elle cessa de lui parler. Partout où il portait le regard, elle était là, mais demeurait muette, ignorait sa présence. Il en perdit la tête. Elle ne céda pas. Et devant son intransigeance, il finit par craquer.

Mon père prend une profonde inspiration. Je retiens toujours la mienne.

– J'ignore ce qui s'est passé au juste. J'ignore l'origine de la dispute qui a mis fin à tout. Ta mère ne m'en a jamais rien dit ; selon elle, l'important n'était pas là. La rupture n'a pas été provoquée par un fait isolé mais par une accumulation de choses. La colère, le ressentiment… tout cela a grandi, grandi en lui et ton grand-père n'a eu d'autre choix pour s'en libérer que de recourir à une autre malédiction. Une malédiction d'une grande cruauté.

« Ta mère voulait sa liberté. Fort bien, a-t-il tranché, elle l'aurait. Mais cette liberté aurait un prix : dorénavant, ni elle ni ceux qu'elle aimait ne pourraient le voir. Tant qu'il vivrait, il demeurerait invisible à leurs yeux. Sa décision était sans appel. Et de même qu'il serait invisible à sa fille, les enfants qu'elle aurait le seraient aussi – non seulement pour elle, mais pour tout le monde. L'ancienne malédiction était levée. La nouvelle était celle-là.

– Pourquoi ne s'est-il pas contenté de la rendre, elle, invisible ? demande Laurie.

– Premièrement, je ne suis pas certain que ces pouvoirs-là fonctionnent ainsi, répond mon père. Mais deuxièmement – et c'est le plus important –, il savait ce qu'il faisait. Il savait qu'il serait beaucoup plus dur pour elle de voir son propre enfant souffrir des conséquences de ses actes que de souffrir elle-même. Et c'est ce qui s'est passé.

Un choc s'opère en moi. Je viens d'écouter ce récit, cette histoire. Je l'ai fait en observateur – j'ai observé la douleur de mon père quand il me parlait, observé la curiosité de Laurie, le silence d'Elizabeth. Mais j'ai l'impression tout à coup que ma vie entière vient de se réécrire et je souffre autant que si on avait changé tous mes os de place.

Je ne pense pas à moi.

Je pense à ma mère.

Mon père devient intarissable :

– Elle s'est enfuie et elle n'a plus jamais revu son père. Elle sentait sa présence mais ne voulait plus rester avec lui. L'essentiel pour elle était de partir. Elle ne fut assurée de la fin de son cauchemar que lorsque son corps lui rendit sa liberté. Elle ne s'arrêta plus, s'efforçant d'effacer ses traces le mieux possible car elle ne tenait pas à ce qu'il puisse la retrouver s'il changeait d'avis. Il allait vouloir qu'elle revienne. Elle le savait. Dès qu'il se retrouverait vraiment seul. Mais elle serait partie depuis longtemps.

« Je pense qu'il croyait sincèrement qu'en disparaissant de sa vie il la punirait, qu'elle regretterait son départ. Il n'en fut rien, bien entendu. Elle s'inscrivit à l'université et bénéficia de prêts et de bourses. Elle racontait que ses parents étaient morts, et personne n'y trouvait rien à redire. Elle possédait le certificat de décès de sa mère et expliquait qu'elle ne connaissait pas son père. Elle fit en sorte d'oublier son passé.

« Nous nous sommes rencontrés dans une soirée. Nous étions heureux. De tout cela, elle ne m'avait rien dit – je croyais la connaître, mais j'ignorais tout de son passé. Ce n'est qu'après notre mariage, quand nous avons envisagé d'avoir des enfants... c'est là qu'elle m'en a parlé. Je ne l'ai pas crue. Comment aurais-je pu ? J'étais bien conscient, en l'entendant parler, qu'un grave différend l'avait opposée à son père. Mais les malédictions ? L'invisibilité ? Comment y croire ? Elle a cessé d'en parler. Elle a décidé, à un moment donné, de m'aimer malgré tout. De prendre ce risque, d'avoir un enfant. Elle est tombée enceinte. À mon insu, elle a trouvé une sage-femme qu'elle a su convaincre. L'accouchement s'est déroulé à la maison. Mon Dieu... Je ne repense pas à cette nuit-là sans effroi. J'avais des doutes, et pourtant tu étais là. Sans y être. Et j'ai compris qu'au bout du compte ta mère ne m'avait pas menti.

Il s'approche du canapé. À la position de la main d'Elizabeth, il devine où je suis.

– Stephen, me dit-il, regarde-moi.

J'obéis. Je le regarde droit dans les yeux.

– Ta mère t'aimait. Avant même ta naissance, contre vents et marées, ta mère t'a aimé. Elle savait qu'elle t'avait transmis ce maléfice, mais elle t'aimait quand même. Peut-être t'aimait-elle d'autant plus que tu avais à subir le poids de sa malédiction. J'ai vraiment essayé de lui dire que ce n'était pas parce que tu étais innocent qu'elle-même était coupable. Certains jours, elle me croyait. Mais elle t'a toujours aimé.

– Je le sais, dis-je. Tu n'as pas besoin de me le dire.

Mais peut-être fait-il bien. Peut-être ne me suis-je jamais senti aussi malheureux qu'en ce moment même. Peut-être ont-ils eu raison de ne rien me dire. Peut-être cela ne fait-il qu'aggraver les choses.

Étrangement, c'est à l'épreuve du silence que je pense. Cette épreuve que ma mère imposait à son père, je la lui infligeais parfois. Rarement. Mais en certaines occasions, quand j'étais tout petit et que j'étais vraiment fâché, je cessais de lui parler. Alors elle, qui déjà ne me voyait pas, ne m'entendait plus. Immanquablement cela l'exaspérait et, à présent, cette exaspération prend une autre dimension. Cinq ans plus tard, dix ans plus tard, elle me navre profondément. Je sais que je ne pouvais pas en avoir conscience et je sais qu'elle le savait aussi. Mais quand même. La peine que je lui causais… Pas seulement du fait de mon existence, mais chaque fois que je la faisais tourner en bourrique.

Je sais qu'elle m'aimait. Mais je sais aussi que cet amour lui demandait du travail. Beaucoup de travail.

Elle m'avait dit que tous mes grands-parents étaient morts. Au lieu de m'en inventer d'autres, elle évitait simplement d'en parler.

– Ça va ?

C'est Elizabeth, et non mon père, qui me pose cette question. Mais tout le monde attend ma réponse.

– Je ne sais pas qui je suis, lui dis-je. Je n'en ai aucune idée.

À pas lents, papa s'éloigne. Puis se retourne vers moi. Il tient à terminer son histoire.

– Nous avons tenté de le retrouver, explique-t-il. Après ta naissance. Elle est retournée là où elle l'avait quitté, mais il était parti depuis longtemps sans laisser de traces. Nous avons engagé des détectives. C'est comme s'il n'avait jamais existé, nous ont-ils dit. Ensuite, elle a essayé de chercher d'autres lanceurs de malédictions pour savoir s'il existait une sorte d'antidote, une issue. Mais nous n'en avons trouvé aucun. À part des cinglés sur Internet, dont un ou deux comptaient nous bercer d'illusions pendant des années. Rien n'y fit. Ton grand-père détenait la clé de notre problème et nous l'avions perdu.

– Donc tu penses que c'est lui, la solution ? demandé-je. Pour briser la malédiction ?

– Oui, répond mon père. Pour briser la malédiction, nous devons trouver un homme qui n'existe pas.

CHAPITRE 12

QUAND J'AI EU DOUZE ANS, ma famille ne s'était pas encore désintégrée et nous avons fait comme chaque année notre pèlerinage à la foire du Minnesota. Laurie a parié que je ne pourrais pas faire trois tours de Pouss-Pouss à la suite. Ma mère a eu beau tenter de me convaincre qu'il n'y avait aucune gloire à rendre son goûter, je ne pouvais me résoudre à ne pas relever le défi que mon petit frère m'avait jeté.

J'ai accompli mes trois tours. Sans vomir certes, mais pendant au moins une heure j'ai eu la tête qui tournait.

Cet état-là, c'est le mien en ce moment : me voilà désorientée, incapable de stabiliser le sol qui tangue sous mes pieds.

Personne ne parle. Le père de Stephen se racle la gorge, se lève et sort. Aucun de nous ne tente de le retenir.

– Eh ben… souffle Laurie, cédant enfin sous la pression du silence. Eh ben dis donc…

Stephen se prend la tête entre les mains et je pousse un soupir entrecoupé de frémissements. Le regard de Laurie croise le mien et je comprends qu'il devine le chagrin déchirant qu'éprouve Stephen car il est aussi inscrit sur mon visage.

– Tâchons de rester calme, dit Laurie.

Stephen n'a pas encore prononcé un mot. Je passe mes bras autour de lui en posant mon menton sur son épaule.

Laurie se lève et fait les cent pas devant le canapé.

– Il va falloir réfléchir à tout ça.

Stephen relève la tête, les poings déjà serrés.

– À quoi ? C'est tout réfléchi ! Je suis invisible parce que mon grand-père incarnait le mal. Voilà ! Je suis une créature du mal.

– Tu n'es pas une créature du mal ! dis-je, le ventre noué.

– Je suis l'héritier d'un lanceur de maléfices infâme et cruel, et vous essayez de me dire que ça, ce n'est pas faire le mal ! Que je ne serais pas intrinsèquement mauvais !

Il tremble et son visage a pris une pâleur grise qui me fait frissonner.

– Mais tu n'es pas mauvais, rectifié-je. Pas plus que ta mère ne l'était. Cet héritage, elle l'a refusé.

– Et regarde où ça l'a menée... rétorque Stephen en se dégageant de moi.

Il se lève, gagne la fenêtre et fixe le lointain.

– Voilà ce que je suis. Je suis invisible.

– Non, non et non ! s'exclame Laurie.

Il marche lui aussi jusqu'à la fenêtre mais, à mon grand soulagement, sans percuter Stephen. Je suis également touchée qu'il fasse l'effort de se rapprocher, et avec quelle ardeur, de quelqu'un qu'il ne voit pas.

Laurie agite la main comme pour chasser une mauvaise odeur.

– Ne tombons pas là-dedans, l'apitoiement collectif, la spirale de la déprime. Qui croit au karma ?

– Au karma ? demandé-je.

– Je sais bien qu'on dit qu'« une bonne action ne reste jamais impunie », mais c'est n'importe quoi. La mère de Stephen a eu un comportement admirable. Et pour moi, ça veut dire quelque chose.

– Ça veut dire qu'elle est morte sous la coupe de son ordure de père, tranche Stephen.

– Et ça, ça fait mal, on est bien d'accord, acquiesce Laurie. Mais l'histoire n'est pas finie. On n'en est qu'au début… au milieu, peut-être.

Mon frère avance timidement la main et je retiens mon souffle. Il frôle au passage l'œil de Stephen et je vois celui-ci se crisper. Mais Laurie réussit à effleurer son bras. Sentant des muscles jouer sous ses doigts, il remonte la main pour presser l'épaule de Stephen.

– Maintenant, cette histoire, elle t'appartient, lui explique Laurie. À toi de décider de la fin que tu veux lui donner.

Je me lève pour aller les rejoindre. Stephen me regarde prendre sa main, puis celle de Laurie. Nous nous tenons face à face, en cercle.

– Votre mission, si vous l'acceptez… déclare Laurie avec un grand sourire.

Stephen sourit à son tour.

– Super ! S'il y a bien quelque chose d'impossible, c'est de trouver un homme invisible, déclare-t-il.

– Mais moi, je t'ai bien trouvé ! dis-je.

Stephen presse mes doigts.

– Et moi, j'ai une idée ! coupe Laurie. Je reviens tout de suite.

Il m'adresse un clin d'œil et file dans le couloir en fermant la porte derrière lui.

– Pourquoi ne suis-je qu'à moitié rassuré ? demande Stephen.

– Parce que si l'enthousiasme de Laurie peut être contagieux, tout ce qui est contagieux n'est pas forcément bon.

Stephen m'attire entre ses bras. Nous restons immobiles, sans parler. Je le vois. Je vois sa poitrine monter et descendre. L'indignation et le chagrin envahissent tout mon être, à présent aussi ardent qu'un chaudron en ébullition. Comment peut-on lancer une malédiction contre son propre enfant ? Contre un bébé. Stephen a été privé de ce monde avant même de pousser son premier cri. C'est un miracle qu'il ait survécu. Laurie a peut-être touché du doigt la seule vérité à laquelle nous puissions nous raccrocher comme à un radeau de sauvetage : l'histoire n'est pas terminée. Contre toute attente, Stephen a fait son chemin dans un monde qui a ignoré son existence. Contre toute attente, moi qui ai emménagé dans cet immeuble bien éloigné de ma terre d'origine, je suis seule capable de voir ce voisin invisible.

Je veux prendre ma vie en main. Mais je ne peux faire abstraction des circonstances improbables qui nous ont réunis, Stephen et moi. Et maintenant que je suis ici, que nous sommes ensemble, je veux croire que l'impossible est possible. Je suis prête pour les miracles.

– À quoi penses-tu ? me demande Stephen.

– À te sauver, dis-je.

Il se penche et niche son visage dans mon cou. Je me rends compte qu'il me murmure quelque chose. Je tends l'oreille.

– Je t'aime, répète-t-il.

Mes doigts s'enfoncent dans ses épaules.

– Je suis de retour ! s'exclame Laurie en claquant la porte.

Le spectacle doit être insolite : moi, debout, agrippée à un garçon invisible que j'aime, mais pour qui je suis terrifiée et qui, parfois, me terrifie.

Nous nous dégageons en restant côte à côte, de sorte que nos corps se touchent quand nous nous tournons vers Laurie.

– Ne vous fâchez pas ! implore Laurie.

– Qu'as-tu fait ? demandé-je.

– J'ai dû passer un coup de fil, explique-t-il. Il nous fallait du renfort.

– Qui as-tu appelé ? demande Stephen en faisant un pas vers lui, l'œil suspicieux.

Les joues de Laurie virent au rose.

– Sean.

– Quoi ?

Stephen se raidit, le regard braqué sur mon frère.

– Laurie ! dis-je en me précipitant vers lui. Ne me dis pas que tu te sers de ces événements pour impressionner ton copain !

Laurie lève les yeux au ciel.

– On se calme, Josie. Tu as des taches rouges sur les joues quand tu te mets en colère. C'est pas très attirant.

– Pourquoi as-tu appelé Sean, Laurie ? demande Stephen d'une voix calme et inquiétante.

– Ne t'énerve pas, répond Laurie. Je ne lui ai rien dit. Je te le jure. J'avais juste besoin de lui demander un renseignement.

– Quoi ? demande Stephen en s'approchant de nous.

– Je me suis souvenu d'un truc qu'il m'avait dit la première fois qu'on s'est rencontrés.

Le fard qu'il pique est parfaitement raccord avec l'étincelle qui brille dans ses yeux.

– Je cherchais à mieux le connaître. Comme je savais juste qu'il était amateur de B.D., je lui ai posé des tas de questions sur le sujet.

– C'est la B.D. qui va nous sauver ? demandé-je en croisant les bras.

Je suis à deux doigts de prendre un nouveau coup de sang, joues écarlates ou pas.

– Pas la B.D. exactement, précise Laurie. Quand j'ai demandé à Sean où il avait l'habitude de les acheter, il m'a donné plusieurs adresses, mais il y en a une qu'il trouvait bizarroïde.

– Un magasin de B.D. bizarroïde ? dis-je.

Laurie hoche la tête.

– Il a dit que c'était son préféré, mais qu'il avait un peu peur d'y aller.

– Pourquoi ? demande Stephen.

– Je crois qu'il a utilisé l'expression « boutique des horreurs », explique Laurie. Aller là-bas, c'est comme visiter une maison hantée ou le repaire d'un savant fou. D'après Sean, les ados attendent sur le perron en se mettant au défi de rester à l'intérieur plus de cinq minutes. Il affirme que personne n'y arrive.

– Sérieux ? demande Stephen.

Il fait une drôle de tête à présent, mais son regard est méfiant.

– Ben oui ! confirme Laurie. Sean dit qu'il n'a jamais réussi à dépasser le quart d'heure.

– Mais alors pourquoi y va-t-il ? demandé-je.

– À mon avis, leur collection de livres rares et de tirages limités n'a pas d'équivalent dans la ville, avance Laurie.

Voilà qui éveille ma curiosité.

– Mais quel est le rapport avec notre problème ? demandé-je.

– Pas avec notre problème, rectifie Laurie. Avec notre mission. Appelons ça une mission. Ou une quête.

– En quoi le nom est-il important ? demande Stephen.

– Le pouvoir de la pensée positive ! Le karma ! explique Laurie. Stephen n'est pas un problème. C'est une personne. L'invisibilité n'est pas un problème, c'est une malédiction. Notre mission est d'aider Stephen en tant que personne. Notre quête est de trouver un moyen de briser cette malédiction.

Je déborde tellement d'amour pour mon frère que j'ai l'impression que mon cœur va exploser.

– Et, donc, cette boutique ? demande Stephen en souriant.

– Selon Sean, ce n'est pas le rayon B.D. qui lui donne son aura maléfique, précise Laurie. C'est l'arrière-salle.

Des images de parrains mafieux et de barons de la drogue me traversent l'esprit.

– Marchandise illégale ?

– Je ne pense pas, dit Laurie. Marchandise occulte, plutôt. Sean prétend que parmi le personnel, il y a une sorcière...

– Une sorcière ? sursauté-je, de nouveau prête à enfourcher mes grands chevaux. Arrête !

– Écoute-moi jusqu'au bout, intervient Laurie, le regard dur. Apparemment, cette dame prédit l'avenir et pratique le mentalisme classique, mais Sean a dit qu'elle conjurait le mauvais sort aussi.

– Qu'elle conjurait le mauvais sort ! reprend Stephen, le souffle coupé.

– Ben oui ! confirme Laurie. Je me dis qu'on devrait aller y jeter un œil.

J'hésite, de peur de faire le déplacement pour rien.

– Mais d'après le père de Stephen, la malédiction ne peut être brisée qu'en retrouvant son grand-père ! objecté-je.

– C'est vrai, ça ! confirme Stephen.

– Une sorcière, Laurie ? demandé-je en faisant mine d'arracher les cheveux de mes tempes. Une sorcière, vraiment ?

– C'est vrai que les sorcières, c'est beaucoup plus incroyable que les lanceurs de malédictions, rétorque Laurie en me foudroyant du regard.

– Très juste, murmure Stephen.

– Je constate qu'on ne sait pas par où commencer, résume Laurie. Je ne dis pas que notre quête est terminée.

Mais il nous faut bien un guide, une carte, quelque chose. On ne sait pas par où le prendre. Cet endroit-là nous donnera peut-être des idées...

– Pourrait-on parler de *mission* plutôt que de *quête* ? demandé-je. J'ai l'impression que tu cherches à jouer les maîtres du donjon ou quelque chose dans ce goût-là.

– J'essaie surtout de nous faire vivre des choses plus palpitantes ! déclare Laurie.

Stephen me regarde en haussant les épaules.

– Au moins, on va sortir d'ici. Jamais je ne me suis senti autant prisonnier de cet immeuble qu'en ce moment.

Je le comprends. Par certains côtés, les aveux de son père ont considérablement réduit son univers, limité son rayon d'action.

– Très bien, dis-je, je suis partante.

– Où est-ce ? demande Stephen.

– Au rez-de-jardin d'un vieil immeuble de la 84e Rue, explique Laurie.

– C'est à côté, dis-je, regrettant presque que ce ne soit pas un peu plus loin.

J'ai envie de m'abreuver d'air frais, de me nettoyer la tête. Aujourd'hui, pour la première fois depuis des semaines, la température extérieure n'est pas caniculaire. Avec un peu de chance, on pourrait même avoir un souffle d'air.

– Exact ! confirme Stephen, qui prend déjà la direction de la porte.

Marcher dans la rue avec Stephen, je l'ai déjà fait. Mais, désormais, il y a un avant et un après. Avant la grande révélation, c'était une chose. Maintenant, c'est autre chose. C'est après. À présent, je vois avec quelle adresse il slalome entre les gens. Comment il évite ceux qui risquent de lui piétiner les orteils, de le bousculer ou de lui rentrer dedans. Tout cela l'oblige à une vigilance constante, à des écarts permanents. Quand nous traversons cette foule de piétons inconscients, je me retiens de crier. Si je hurlais assez longtemps, si je sollicitais l'attention de suffisamment de regards, si je les contraignais à se porter sur Stephen, leur seul pouvoir briserait peut-être la malédiction. C'est idiot et je le sais, mais mon impuissance me sape le moral. Moi, je veux résoudre ce problème maintenant. La quête de Laurie m'effraie. Une quête, c'est colossal. Une quête, c'est l'aventure d'une vie. Nous n'avons pas la vie devant nous. Je pense même que le temps nous est compté. Quelque chose en moi me dit que la vérité révélée par son père a brisé Stephen. J'ai peur qu'il disparaisse pour de bon, qu'il cherche à s'effacer de ce monde. Je ne le laisserai pas faire.

Laurie, lui, se laisse distraire par les passants, la lumière du soleil et la merveilleuse brise qui nous accompagne. Il ne voit pas le labyrinthe que Stephen est forcé d'emprunter, l'essaim de corps où, contrairement aux autres, il doit se frayer un chemin.

Passé le muséum d'Histoire naturelle, nous nous engageons dans les rues résidentielles animées du Upper West Side. Nous déambulons devant des New-Yorkais aux prises avec leurs propres tourments, ignorant tout du trio qui se mêle à eux.

– C'est juste avant Columbus Avenue, prévient Laurie.

Nous atteignons la 84e où nous longeons des petits commerces et des immeubles d'habitation à l'aspect inoffensif.

Laurie hésite, s'arrête devant un pâté de maisons pour lever les yeux sur un bâtiment ancien.

– Ah...

– Qu'y a-t-il ? demandé-je.

Stephen garde le silence. Il parle rarement en public. Je comprends ce choix, mais il ne fait qu'ajouter à mon dépit : cette malédiction lui a même volé sa voix.

– C'est là... conclut Laurie en désignant l'immeuble.

Celui-ci semble dépourvu de toute boutique. Aucune enseigne en vue, aucune publicité. En passant devant, j'aurais dit qu'il n'abritait que des logements. Déçue, je marque le coup. Mais Laurie hausse les épaules et se dirige vers l'escalier qui descend au jardin.

Stephen le suit et je lui emboîte le pas. Laurie a les yeux fixés sur la porte, qui n'a rien non plus d'une entrée de magasin. Pas de pancarte OUVERT/FERMÉ. Pas d'horaires d'ouverture. Pas même un paillasson de bienvenue.

– Je frappe ? demande Laurie.

– Essaie quand même de tourner la poignée, suggère Stephen en faisant sursauter Laurie.

Celui-ci s'excuse aussitôt.

– Ne le prends pas mal, mais parfois tu me surprends encore.

– Pas de problème, Laurie. J'ai bien conscience que tu ne me vois pas.

Laurie hoche la tête et actionne la poignée. Le battant pivote et je ne discerne rien d'autre qu'une masse sombre. Laurie tend la tête et je l'entends s'exclamer :

– Ouah !

Il disparaît dans l'obscurité de l'entrée. Je vois la gorge de Stephen se serrer au moment d'imiter Laurie. Mon cœur martèle mes côtes avec un bruit mat. Je ne m'explique pas la terreur froide qui me saisit la nuque. Je dois me forcer pour suivre Stephen.

Je suis tout de suite frappée par le mélange d'odeurs. L'une m'est familière, elle fait partie de mes préférées. Plus d'un, je suis sûre, me traiterait de folle en m'entendant dire que j'adore l'odeur des B.D., mais c'est la vérité. Elles sentent le brillant et le frais. Ce parfum m'aurait rassurée si d'autres ne tourbillonnaient dans cette pénombre. Je pense en reconnaître certains : romarin, cire fondue. D'autres sont exotiques et si lourds que la tête me tourne un peu.

C'est effectivement une boutique. Je n'ai pas les yeux assez grands pour détailler l'appétissant spectacle qui s'offre à moi : des bacs emplis de B.D. que je me ferais un plaisir de feuilleter des heures durant, de pesants rideaux de velours masquant les fenêtres, des rangées de bougies allumées disposées sur les étagères qui entourent la pièce.

Je me penche vers Laurie.

– Alors, où est ta sorcière ?

– Sean dit qu'elle est dans l'arrière-salle, indique Laurie, le doigt pointé sur le fond du magasin.

Derrière le comptoir, je discerne à peine le contour d'une porte fermée.

– Mais je ne sais pas si elle est ouverte à tout le monde ou s'il faut montrer patte blanche.

– C'est maintenant que tu nous dis ça ? m'étonné-je.

– Ne vous inquiétez pas, souffle Stephen. Si vous restez coincés ici, je peux aller y jeter un œil de mon côté.

– Elle a quand même des avantages, ta situation... note Laurie.

Je secoue la tête et me dirige vers l'arrière de la boutique. D'abord, je la crois déserte, mais j'aperçois bientôt derrière le comptoir une silhouette voûtée, assise sur un tabouret. Cette personne a la tête penchée et me donne l'impression de dormir. Mais à mon approche, elle lève les yeux : c'est un homme et il m'observe à travers la pénombre. Heureusement, je parviens à ne rien laisser paraître de mon effroi. Car il lui manque un œil et, à partir de son orbite vide, une vilaine cicatrice court le long de son visage et de son cou pour se perdre sous le col de sa chemise...

– Puis-je vous aider ? me demande ce personnage d'une voix rauque.

– Euh...

Je reste pétrifiée.

– On nous a dit qu'il y avait une sorcière ici, intervient Laurie comme s'il prononçait ce genre de phrase quotidiennement.

– On vous a vraiment dit ça ? répond l'homme avec

un rire qui évoque le crissement de graviers sous une botte.

– Laurie… dis-je en le tirant par la main.

Si ce type crois que nous nous moquons de lui, il va nous sortir avec pertes et fracas.

– Pourquoi cherches-tu une sorcière ?

Ce n'est pas Laurie qu'il regarde, c'est moi. Mon cœur résonne dans ma poitrine.

– Pour aider un ami, dis-je, sans savoir si j'ai bien fait de répondre.

– Mmmm.

Il se laisse glisser de son siège et passe devant nous pour gagner l'avant du magasin. Au moment où il ferme la porte d'entrée à clé, Laurie saisit ma main.

– Millie ! s'écrie l'homme avant de se mettre à tousser comme s'il allait perdre un poumon.

Sa quinte passée, il lance un nouvel appel :

– Tu as de la visite !

Je perçois un bruit de pas gravissant un escalier. La porte située derrière le comptoir s'ouvre. Une femme apparaît. Derrière elle, j'entrevois des marches qui descendent je ne sais où. Elle porte une modeste robe à fleurs qui me fait penser à une nappe. Ses cheveux argentés sont soigneusement apprêtés, comme ceux des dames qui vont toutes les semaines chez leur coiffeur. Après m'avoir examinée un moment d'un œil critique, elle secoue la tête.

– Je ne peux rien pour lui, tranche Millie.

– Comment ? dis-je en posant sur elle un regard interloqué.

Elle agite ses doigts et je me rends compte qu'elle désigne Stephen.

– Ce n'est pas dans mes cordes. Désolée.

Stephen prend une brève aspiration :

– Vous me voyez ?

Le son de sa voix ne provoque chez Millie aucune surprise. Le borgne lance vers Stephen un regard empreint de curiosité, mais reprend vite sa posture avachie sur le tabouret.

– Je n'ai pas cette chance, dit-elle à Stephen. En revanche, je vois ta malédiction. Puis, se tournant vers moi : Quant à toi, il t'en aura fallu du temps pour me trouver !

Millie fait demi-tour et, d'un pas mal assuré, se dirige vers l'escalier. Nous la suivons des yeux jusqu'à ce qu'elle nous lance un regard par-dessus son épaule.

– Venez !

CHAPITRE 13

- **QUI ÊTES-VOUS ? DEMANDE ELIZABETH** tandis que nous descendons dans les entrailles de cette boutique agonisante.

– Peu importe qui je suis, réplique Millie.

– C'est *ce* que vous êtes qui est important, rectifié-je.

– Tu as tout compris, répond Millie avec un hochement de tête.

Je sens vaciller mon univers. Ma relation au monde. Je pensais que tout était assez simple, que tout était explicable d'une façon ou d'une autre. Mais on dirait que je me suis trompé. À l'intérieur du monde que je connais en existe un autre que je ne connais pas. Et Millie, dirait-on, en est l'émissaire.

La pièce où elle nous conduit est garnie de livres sur tous les murs. Une bibliothèque privée… Mais quelque chose cloche. Au premier abord, je ne vois pas ce qu'elle a de déroutant, puis je comprends : le dos des livres ne porte aucune inscription. C'est une bibliothèque anonyme. Ou peut-être une bibliothèque indéchiffrable pour moi.

– Asseyez-vous, je vous en prie, nous dit Millie en désignant une table au milieu de la pièce.

Quatre chaises sont disposées autour, comme si notre hôte attendait trois personnes.

J'en suis à espérer que Laurie détende l'atmosphère par une note d'humour, mais il est aussi muet que nous.

– Pourquoi m'attendiez-vous ? demande Elizabeth lorsque tout le monde est assis.

– Pour la même raison qui t'a amenée ici, sans doute.

– Je suis venue ici parce qu'il est invisible.

– Non, tu es venue ici parce que tu peux le voir, corrige Millie en secouant la tête.

– Êtes-vous une lanceuse de malédictions ? demandé-je.

La vieille femme semble gravement offensée.

– En aucun cas ! s'exclame-t-elle. Comment peux-tu dire une chose pareille ?

– Je suis désolé, enchaîné-je rapidement. C'est juste que…

– Autant vous le dire, je suis une chercheuse de sorts ! Et, précise-t-elle en regardant Elizabeth, les chercheurs de sorts, je sais les repérer !

– C'est-à-dire ? s'enquiert Elizabeth.

– Les chercheurs de sorts. Les sorciérologues. Les perce-sorts. On a dû t'en parler, non ? Tu ne décryptes pas les malédictions d'invisibilité sans avoir reçu une formation, tout de même ?

– Sincèrement, je ne vois pas du tout de quoi vous parlez, avoue Elizabeth.

– Moi non plus, abonde Laurie. Je sais bien que nous parlons la même langue, mais je ne comprends rien à ce que vous dites.

– Hmpf... bredouille Millie avant d'ajouter avec une certaine acidité : Alors tu as un talent inné ?

– Je vous assure qu'elle n'a suivi aucune formation officielle, affirme Laurie. Dans notre ville, il n'y avait même pas de club de magie...

– Écoutez, résumé-je, il est évident que vous en savez infiniment plus long que nous sur le sujet. Je sais que mon grand-père était un lanceur de malédictions, même si cette notion reste floue pour moi. Je sais qu'il a frappé ma mère d'une malédiction pour me rendre invisible. Et c'est tout. C'est tout ce que je sais. Nous avons besoin d'aide. Grand besoin.

– Je vois ça, répond Millie, un peu moins hostile à présent. Mais tu dois comprendre que je ne me mêle pas de malédictions. Surtout familiales.

Une partie de moi a envie de pleurer et l'autre, de l'attraper par les épaules et de la secouer comme un prunier. Être si proche d'une réponse, quelle qu'elle soit, et repartir bredouille... Je préférerais encore ne rien savoir, comme avant. Mais on ne peut pas revenir en arrière.

– Vous dites que vous voyez ma malédiction ? demandé-je pour relancer la conversation.

Millie soupire.

– Oui. Mais quel intérêt, hein ?

– C'est très intéressant, au contraire, intervient Laurie. Ça ressemble à une aura ?

– Mon enfant, veux-tu le lui dire ou dois-je le faire moi-même ?

Elizabeth pose sur elle un regard vide. Nouveau soupir de Millie.

– Ce n'est pas comme une couleur. Ou une aura. Je ne la vois pas au sens propre du terme. J'ai comme un sens supplémentaire.

– Un sixième sens, ajoute Laurie.

– Je ne les classe pas, lui rétorque Millie. Et si je le faisais, je ne le mettrais pas en sixième position.

– Moi, je ne sens rien du tout... dit Elizabeth.

– Mais bien sûr que si, mon enfant ! Sinon, je n'aurais pas pu savoir que tu l'avais détectée. Quand un autre chercheur de sorts est dans les parages, je le repère toujours. Ça n'arrive pas assez souvent, mais quand c'est le cas, je le sais.

– Mais, en dehors de Stephen, je ne détecte rien d'autre.

– Écoute, c'est impossible. Nous sommes à New York. Des malédictions et des sorts, il y en a partout. Je comprends que tu sois timide – ce n'est pas facile de parler d'un don. J'ai été jeune, comme toi. Mais évidemment je n'ai jamais suffisamment exercé mes pouvoirs pour percer une malédiction d'invisibilité. Je te le promets, je ne suis pas ta rivale. Nous sommes tous dans le même bateau. Par conséquent, si tu surmontais ta, disons, réticence, je t'en serais très reconnaissante.

Je ne garantis rien pour le sixième, mais il est clair qu'au moins deux autres sens de Millie (la vue et l'ouïe) sont défaillants. Car il est plus qu'évident qu'Elizabeth ne joue pas les timides ; elle ne lui cache rien. Elle ne comprend pas de quoi parle Millie, tout simplement.

– Celui qui t'a lancé cette malédiction était très doué. Elle est impénétrable. Certaines comportent des failles à travers lesquelles on peut voir ; c'est pour cela qu'on me consulte, vois-tu. Mais, dans la tienne, il n'y en a aucune. Je n'ai pas vu un travail de cette qualité depuis des années.

– C'est celui de Maxwell Arbus, dis-je.

Millie plisse les yeux, puis secoue la tête.

– Je ne le connais pas. Je suppose qu'il n'est pas d'ici.

– Non. Mais vous disiez qu'il existe ici d'autres lanceurs de malédictions ?

Cette fois, Millie rit franchement.

– Ça, c'est mon affaire, pas la tienne ! Secret professionnel, mon enfant. Et, crois-moi, je sais tenir ma langue !

Laurie et moi nous agitons sur nos sièges. En me tournant vers Elizabeth, je constate qu'elle a le regard fixé sur Millie. Rivé, même. Millie le remarque et son rire s'éteint.

– Qu'y a-t-il ? demande-t-elle, la voix tremblante.

Jamais je n'ai vu Elizabeth ainsi. Et d'après la tête qu'il fait, Laurie non plus.

Elle n'est pas stupéfaite. Elle n'est pas sidérée. Elle se concentre.

– Votre mère pensait que vous mourriez toutes les deux, murmure-t-elle.

Millie en reste bouche bée.

Elizabeth poursuit :

– Elle ne pensait pas que les deux bébés vivraient. Elle a donc jeté un sort. Vous avez survécu. Votre sœur est morte. Et, depuis, les sorts vous fascinent. Car ils donnent la vie autant qu'ils la prennent.

– Comment… ce n'est pas possible… tu…

– Elizabeth ? demande doucement Laurie.

Elle se tourne vers lui. Bat des paupières. Revient à nous.

– Ouah, dit-elle, c'était intense !

– Que s'est-il passé ? demandé-je.

– J'ai vu le sort. Il était juste là. Je ne sais pas comment. Mais c'était…

Millie se lève.

– Vous devez partir immédiatement. Je ne me laisserai pas agresser dans mon propre *sortorium* !

– Quoi ? s'étonne Laurie en prenant un livre sur une étagère. Tout ça, ce sont des, comment dire, des répertoires de sorts ?

Il ouvre l'exemplaire et, au moment où son regard se pose sur la page, il hurle de douleur. Le volume lui tombe des mains et ses yeux s'emplissent de larmes.

– Ce n'est pas une lecture pour toi, explique Millie en ramassant le livre. De toute évidence, tu n'as pas le talent de ta petite amie.

– Petite amie ? Vous n'y êtes pas du tout !

– Une nouvelle fois, je vous demande de partir.

Laurie et moi nous levons, mais Elizabeth ne bouge pas.

Son regard est braqué sur Millie. Il n'est pas fixe, cette fois, mais implorant.

– Vous devez me dire ce que cela signifie, lui

ordonne-t-elle. Je ne comprends absolument rien à ce qui m'arrive. Et mes amis non plus.

Millie saisit enfin. Elle semble aussi médusée que lorsque Elizabeth a visualisé son sort.

– Vraiment pas ? demande-t-elle en allant se poster à côté de la chaise d'Elizabeth pour l'examiner de près.

– Je vous jure que jusque-là rien de tel ne m'était arrivé. J'ai vu Stephen et c'est tout.

– Enfin, ça, c'est ce que tu crois...

Millie se rassied. Laurie et moi restons debout, comme si nous savions que cette histoire ne concernait qu'elles et elles seules, et qu'en intervenant nous pourrions nous priver à jamais de l'aide de Millie.

– Quand j'étais jeune, je voyais tout le temps des choses ; simplement, je n'avais pas conscience de les voir. Il est là, le talent, en fait : savoir ce qu'on voit.

– C'est juste que je n'ai aucune expérience de... euh, la magie, je pense.

– La magie ! gronde Millie. N'allons pas jusque-là. Ce que nous faisons relève d'un système tout aussi cohérent que la physique, la chimie ou la biologie. Simplement, il est beaucoup plus... confidentiel. C'est une nécessité. Si tu ne le comprends pas encore, ce sera pour bientôt.

Elle s'interrompt, et de nouveau sourit.

– À ce que je vois, je vais devoir reprendre à zéro.

– Oui, confirme Elizabeth. S'il vous plaît !

– Donc, il existe des lanceurs de sorts, des lanceurs de malédictions et des chercheurs de sorts. Les lanceurs de sorts sont des praticiens qui utilisent la sorciérologie pour agir sur les événements, en bien comme en mal.

Les lanceurs de malédictions ne peuvent faire que le mal. Et les chercheurs de sorts sont les seuls à voir ce qui se passe, même si eux-mêmes ne peuvent créer ni sorts ni malédictions. Nous ne sommes pas nombreux, ça non, mais les lanceurs de sorts et de malédictions non plus. C'est un pouvoir en voie d'extinction. Mais qui reste efficace s'il est utilisé à bon escient.

– Et est-il, comment dire, héréditaire ? demande Laurie.

– Certains l'acquièrent, d'autres naissent avec. Ça dépend des cas.

– Et peut-on briser une malédiction ? demande Elizabeth.

– Ah, nous y revoilà ! Tu penses à ton autre petit ami.

– Là, elle a bon... murmure Laurie.

– À quand remonte votre dernière rencontre avec un autre chercheur de sorts ? demande Elizabeth.

J'ignore pourquoi elle s'écarte du sujet principal – ma malédiction –, mais je pense qu'elle sait ce qu'elle fait.

Millie paraît à nouveau se renfrogner.

– Je ne vois pas le rapport, maugrée-t-elle.

– Dix ans ? Vingt ans ?

– Vingt-sept, ça te va ? Ça fait vingt-sept ans !

– C'est très long. Vous devez vous sentir bien seule.

– Tu n'imagines pas ! confirme Millie, au bord des larmes à présent. Une adolescente comme toi, si jeune ! Tu ne peux pas imaginer.

– Millie, je veux pouvoir vous faire confiance. Je veux que nous puissions parler en toute franchise. Mais je ne le pourrai pas... Je ne pourrai pas revenir ici... si vous ne m'aidez pas à briser la malédiction de Stephen. Car si je n'y parviens pas, je n'ai aucune envie d'être chercheuse de sorts.

– Mais tu ne peux pas !

– Je ne peux pas quoi ?

– Sa malédiction... tu ne peux pas la briser !

– Certainement, reprend Elizabeth avec calme, que dans certains ouvrages de votre sortarium...

– Sort*o*rium.

– Sort*o*rium. Certainement qu'il existe dans ces livres de quoi nous aider. Ou des histoires de malédictions qui ont été rompues.

Millie secoue la tête.

– Oui, mais aucune...

Elle laisse sa phrase en suspens.

– Aucune... ?

– Aucune des malédictions lancées par Maxwell Arbus n'a jamais été brisée, tu comprends ? Jamais ! Pas une seule !

– Ainsi, vous savez qui est le grand-père de Stephen.

– C'est la raison pour laquelle je ne veux pas m'en mêler, vois-tu. Je l'ai su à l'instant où je l'ai vu. Je me suis dit : « C'est l'œuvre de Maxwell Arbus et tu ne dois pas t'en mêler. Car s'il apprend que tu as tenté de rompre une de ses malédictions, c'en est fait de toi. » Voilà, mot pour mot, ce que j'ai pensé.

– Mais comment l'apprendrait-il ? demande Elizabeth.

– Parce qu'il est venu ici ! Pas dans cette pièce, mais en ville. Je l'ai senti opérer. Mais je ne l'ai jamais vu.

– Connaît-on le nombre de ses victimes ? demande Laurie.

Millie le considère avec le plus profond dédain.

– Indirectement seulement. Tu n'es pas sans savoir que les malédictions ne tuent jamais directement. C'est le principe, on est obligé de vivre avec, de souffrir le martyre très longtemps.

Ça, je peux le garantir. Et je pense que ma mère l'aurait su encore mieux que moi.

Mais je dois refouler ces pensées pour l'instant. Je ne peux pas penser à elle, ni à son supplice. Les paroles de Millie prennent à présent tout leur sens.

– Il est venu ici ? demandé-je. Vous en êtes sûre ?

– Oui, confirme Millie. Mais je vous ai dit que je n'en parlerais pas !

Elizabeth commence à se lever de sa chaise.

– Eh bien, dans ce cas, je pense que nous pouvons partir. Et que je ne vous reverrai jamais.

– Non ! s'insurge Millie avant de s'apaiser. Disons que je ne te le conseillerais pas. Je te propose de me laisser un peu de temps pour y réfléchir. Pourquoi ne pas revenir demain à 17 heures ? Nous en reparlerons à ce moment-là.

– Entendu, dit Elizabeth.

Mais avant qu'elle ne soit tout à fait debout, Millie se penche et prend son menton dans sa main.

– Regarde-moi, lui dit-elle. Je peux te former. Je peux t'apprendre beaucoup, beaucoup de choses. Tant que tu n'auras pas appris à voir, tu ne sauras jamais quoi voir. Tu ne verras pas tout. Ne sous-estime pas cela.

– Je le sais, dit Elizabeth. Mais d'abord vous allez devoir m'aider.

Nous sortons sans qu'elle ne nous raccompagne.

Nous ne prononçons pas une parole avant d'être dehors et en sécurité, trois rues plus loin.

Tout à coup, un changement s'opère chez Elizabeth : elle marchait normalement quand, soudain, elle se met à trembler. Nous l'asseyons sur un banc du parc en lui disant de respirer profondément.

– Excusez-moi, souffle-t-elle. J'avais besoin de...

– Relâcher la pression, complète Laurie.

Nous prenons place à ses côtés.

– Tu as été formidable, dis-je.

– Tu l'as vraiment vu, ce truc ? demande Laurie. Au sujet de sa sœur ?

Elizabeth confirme d'un mouvement de tête.

– C'était bizarre, incroyable. C'était là... devant moi. Elle a raison, c'est comme un autre sens. Sauf qu'avant je ne savais pas m'en servir.

– Et ce que tu lui as dit, que c'était sidérant qu'elle n'ait pas vu de chercheurs de sorts depuis vingt ans, c'était sidérant, poursuit Laurie. Ça aussi, tu l'as vu ?

– Non, ça, je l'ai deviné.

– C'est moi qui devrais m'excuser, lui dis-je.

– Hein ? Pourquoi ?

– Pour t'avoir entraînée là-dedans. C'est trop lourd à porter. Et si tu ne m'avais pas rencontré, tu n'aurais jamais rien su de tout ça.

– Je me dis que tôt ou tard, ça devait arriver, me

rassure Elizabeth. C'est juste que je ne m'en serais peut-être pas rendu compte tout de suite. Mais peu importe, ce qui est fait est fait. Et je ne vais pas regretter de t'avoir rencontré.

– Pas encore... dis-je.

– Jamais ! jure-t-elle

– Les tourtereaux, intervient Laurie, pourrions-nous interrompre un instant la parade nuptiale ? J'ai comme l'impression que nous avons plus important à traiter. Vous vous souvenez de cette sombre histoire de magie ? Serais-je le seul à qui elle fiche un tantinet la trouille ?

– Pour moi, ce n'est pas réellement une surprise, avoué-je. Je vous rappelle que j'ai toujours été invisible.

– Moi, j'ai carrément la trouille, explique Elizabeth. Au point que j'appréhende ce que je vais découvrir, maintenant que je suis apparemment capable de voir les sorts et les malédictions. Je trouve que ce serait plus utile de repérer, je ne sais pas, les places de stationnement. Ou les gens qui sont dans le besoin et que je pourrais vraiment aider.

– Pour ma part, je me sens un peu hors du coup, magiquement parlant, explique Laurie. À moins, bien sûr, que je ne sois vraiment un lanceur de sorts. J'ai déjà envoûté des tas de garçons. Mais, bon, ce n'était pas de la magie, juste un effet de ma beauté naturelle...

Elizabeth lui donne une bourrade dans le bras.

– Je vois que tu prends le sujet très au sérieux et ça me fait immensément plaisir. Vraiment, j'apprécie...

– J'essaie juste de resserrer nos liens avant qu'on t'envoie à l'école de magie.

Je sais que je devrais moi aussi faire de la dérision, car je vois bien que ça remonte le moral d'Elizabeth et rend la situation un peu moins angoissante que dans le sortorium de Millie. Mais nous nous éloignons de la grande question : que faire, maintenant ?

Je me reproche encore d'avoir mêlé Elizabeth et Laurie à cette affaire. Sachant qu'elle a détruit ma mère, je ne tiens pas à ce qu'elle fasse d'autres victimes.

De retour à notre étage, Elizabeth s'attarde dans le couloir. Laurie comprend le message et se dirige vers leur appartement en nous laissant seuls tous les deux.

– Tu as le droit de rentrer chez toi, dis-je.

Elle sourit.

– Je sais. Mais en l'occurrence, c'est plutôt chez toi que j'ai envie d'entrer.

Elle est profondément bouleversée. Sans être chercheur de sorts, je sais parfaitement lire sur un visage.

Elle a peur. Elle est forte, mais elle a peur.

CHAPITRE 14

ALLONGÉE ENTRE LES BRAS de Stephen, je mêle mes doigts aux siens, les démêle. Je dois être ici depuis une heure, peut-être deux. Je suis retournée chez lui dès que j'ai entendu maman partir au travail. Quand il est venu m'ouvrir, nous n'avons pas prononcé un mot. Il m'a pris la main et m'a conduite vers le canapé où, depuis, nous sommes lovés l'un contre l'autre. Le temps semble ne plus compter, marqueur arbitraire d'un monde plein de possibilités et de problèmes qui, jusqu'à ce jour, ne m'avaient jamais effleurée.

Nous n'avons échangé aucune parole, mais j'apprécie cette absence de propos futiles, impuissants à donner un sens à ce que nous avons vu et entendu depuis quelques jours. Lorsqu'ils croisent les miens, les yeux de Stephen m'aident à y voir clair dans le désordre de mes pensées. Ses mains qui dessinent les contours de mon corps, ses lèvres posées sur les miennes savent me faire oublier tout ce qui, depuis peu, m'effraie. Du moins, pendant un court moment.

Car bientôt, je m'agite. L'onde apaisante déclenchée par les caresses de Stephen cède la place à un torrent de questions sur ce que je suis. Non sans honte, je me rends compte que dans mon esprit, depuis le début, cette affaire est celle de Stephen. C'est son invisibilité à lui. Son problème. Sa malédiction. Sa famille. Ma participation n'est que le fait du hasard.

Or toute cette histoire me regarde moi aussi. Je ne sais comment m'y prendre. Je ne sais plus qui je suis.

– Ça va ? s'enquiert Stephen.

– Oui… dis-je d'une voix qui trahit pourtant mes doutes intérieurs.

Me voyant me rasseoir, il ne m'en empêche pas.

– Tu as encore besoin d'être seule, constate-t-il.

Je lui adresse un sourire, heureuse qu'il sache décoder aussi aisément mes désirs.

– Je suis désolée…

– Tu n'as pas à l'être.

Il écarte ses cheveux de ses yeux. Ses cheveux noirs que je suis seule à pouvoir contempler. J'approche ma main pour les toucher. En me demandant pourquoi c'est moi. Pourquoi il n'est visible qu'à mes seuls yeux. Même une autre que moi possédant ce don ne pourrait pas le voir… même un autre chercheur de sorts… Je ne me fais pas encore à l'idée d'occuper à moi seule une nouvelle catégorie. Avant, j'étais Elizabeth… Jo… fille de… sœur de… aspirante scénariste-dessinatrice. Mais maintenant…

Je laisse retomber ma main avant que mes doigts n'atteignent la chevelure de Stephen, une nouvelle cascade de pensées étant venue interrompre mon geste.

– Ça fait beaucoup à digérer, dit-il en me regardant me lever.

– Oui… répété-je.

Voilà, ma nouvelle identité a fait de moi une narcissique obsessionnelle ! Moi, je suis polarisée sur ce que je suis, sur ce qui risque de m'arriver, mais Stephen, lui, est et reste invisible. Prisonnier de sa malédiction.

– Pour être franc, j'ai un peu de sommeil à rattraper, me dit-il.

Son regard éteint m'apprend que sa nuit a été aussi agitée que la mienne.

J'acquiesce d'un signe de tête en tentant de sourire, mais j'ai encore la tête ailleurs.

– Tu sais où me trouver.

Il sort déjà de la pièce et je m'aperçois que je ne suis pas la seule à être perturbée. Nos deux univers viennent d'être ébranlés. Comme moi, il a besoin de temps pour s'y retrouver dans toutes ces strates, entre famille, magie et trahison. Nous avons connu le temps des étreintes. De la vie simple. Nous voici à présent éloignés par des besoins divergents. Nous devons, l'un comme l'autre, nous interroger sur notre histoire. Nous pouvons faire certaines choses ensemble. D'autres, en revanche, renvoient chacun de nous deux à lui-même.

À peine a-t-il disparu que je regrette de lui avoir dit que j'avais besoin d'être seule. Je ressens un creux à l'estomac, comme quand un cauchemar me réveille et que je me souviens que je suis trop grande pour appeler ma mère.

Je rentre chez moi et, comme Stephen, mets directement le cap sur ma chambre. Laurie n'est pas en vue, mais en longeant le couloir je l'entends parler au téléphone. Je songe un instant à tendre la tête pour m'assurer qu'il ne révèle pas l'issue de notre quête à Sean. Mais comme je suis trop fatiguée pour me risquer à la moindre dispute, je passe devant sa porte et gagne ma chambre.

Je pense me recoucher, comme Stephen. Mais quelques minutes après m'être laissée tomber sur le lit, je comprends que le sommeil ne sera pas au rendez-vous. Mes pensées ne connaissent aucun repos. Le bruit qui emplit ma tête ressemble à un long roulement de tambour en attente d'un coup de cymbales qui ne vient pas. Je crois devenir folle.

Je roule sur le côté et attrape mes affaires de dessin rangées sous le lit. Dans le doute, dessinons ! Mais pas question de partir au hasard. Il me faut un sujet qui m'absorbe entièrement et je décide de reprendre les planches que j'ai déjà commencées. Ce sont celles que j'espère un jour présenter à Vertigo ou à Dark Horse pour mettre un pied dans le monde du roman graphique et de la B.D.

Tandis que je passe en revue les cases – certaines, encrées et dialoguées, sont finies, d'autres ne sont qu'ébauchées –, je commence à tourner les pages moins vite. J'avais intitulé cette histoire *Les Damnés de l'ombre* car elle parle de personnages harcelés par une force invisible qui influe, généralement en mal, sur chaque moment de leur existence. Alors que, les yeux posés sur une planche, j'examine mon travail, mes mains commencent à trembler.

J'ai menti à Millie.

Et à moi-même.

– Il sont tous frappés de malédictions, murmuré-je.

Je reviens en arrière, m'arrête sur chaque dessin et m'aperçois que les illustrations inachevées dévoilent un univers grouillant de personnages tourmentés par des pouvoirs qu'ils ne comprennent pas et dont ils veulent à tout prix se défaire.

Leurs sorts, je les vois ! Je les ai dessinés en même temps que le reste. C'est pour ça que je peux dessiner Stephen, tandis que Millie perçoit sa présence mais ne peut pas le voir.

Je viens de découvrir mon talent naturel. Il était en moi, latent, attendant d'être reconnu pour ce qu'il est.

J'ai envie de crier. J'ai envie de pleurer. J'ai envie de me fabriquer un rire hystérique pour me faire interner et éviter de poser les yeux sur des scènes que je ne suis pas prête à affronter. Puis je me demande si, dans les établissements psychiatriques, la moitié des pensionnaires n'a pas échoué là à la suite de malédictions...

Repoussant le portfolio comme s'il risquait de me brûler, je recule vers la porte. Et soudain, faisant volte-face, je claque celle-ci derrière moi et bondis à travers l'appartement.

– Hé ! s'exclame Laurie depuis le canapé où il regarde la télé. Il y a le feu ?

Je ne réponds pas, pressée d'ouvrir la porte d'entrée et de filer dans le couloir. Je fais l'impasse sur l'ascenseur. Pas le temps. Dévale l'escalier.

Le feu, il brûle dans mon sang, déferle dans mes veines. Je veux en avoir le cœur net.

Je ne m'arrête qu'une fois sortie de l'immeuble.

Penchée en avant, les mains sur les genoux, j'avale l'air goulûment en attendant que mon cœur se calme.

Quelqu'un est accroupi à mon côté.

– Tout va bien ?

Le visage de Laurie est crispé. Il me rappelle le jour où son hamster était tombé malade quand il avait neuf ans.

Je hoche la tête, encore à la recherche de mon second souffle.

– C'est un peu juste comme réponse, reprend-il. Tu as failli passer le mur du son en sortant de l'appartement.

Je me redresse.

– J'ai juste... repensé à quelque chose.

Il hausse les sourcils.

– Je m'absente un petit moment, dis-je en commençant à m'éloigner, mais il attrape mon bras.

– Pas si vite ! Que se passe-t-il ?

– Rien, je t'assure !

– Tu retournes dans cette improbable boutique avec sa crypte-bibliothèque, c'est ça ? me demande-t-il, le front plissé. Pourtant, cette dame n'a rien fait pour nous aider.

– Non, il s'agit d'autre chose.

– Mais en rapport avec notre quête.

Il croise les bras.

– Parce que je ne pense pas que tu coures à l'épicerie chercher du lait. On n'en a plus, entre parenthèses.

Je le considère un instant. Quelque chose en moi me

dit qu'il s'agit d'une quête solitaire. Mais d'un autre côté, elle me terrifie. J'opte pour un compromis.

– C'est à propos de mes dessins.

– Et alors ?

– Tous mes personnages sont victimes de malédictions… du moins, c'est mon impression.

– Ouah ! Sérieux ? s'exclame-t-il, les yeux écarquillés.

– J'en suis presque sûre… mais j'ai besoin d'aller faire un tour.

– En quoi ça va t'aider ? me demande Laurie, la tête inclinée vers moi.

– J'ai besoin de voir des gens.

Dit comme ça, ça paraît complètement idiot. Mais je sais que c'est vrai. Il faut que je les regarde… pour savoir.

Laurie se rengorge.

– Très bien, allons faire un tour !

– Non, dis-je. Moi, j'y vais. Toi, tu restes ici.

– Non ! insiste-t-il. Je ne vais pas te laisser errer seule parmi les sortilèges de Manhattan. Chercheuse de sorts ou pas, tu es une débutante. Je n'ai pas envie que des trafiquants de sorts kidnappent ta naïve petite personne.

– Pour moi, les trafiquants de sorts n'existent pas, dis-je.

Mais est-ce bien sûr… Tout peut arriver.

– Tu vois ! Tu sais que j'ai raison, conclut-il devant mon visage tiraillé par le doute. Considère-moi comme un copilote dépourvu de tout pouvoir.

– Bon ! dis-je en me gardant de trop manifester mon

soulagement de le voir m'accompagner. Mais si tu me déconcentres, je te renvoie d'où tu viens !

– Jamais le copilote sans pouvoirs ne déconcentrera notre héroïne !

Il s'interrompt et pousse un soupir à fendre le cœur.

– Oh, non...

– Quoi encore ?

J'ai bifurqué sur le trottoir et, à mon côté, Laurie marche à mon rythme.

– Un copilote sans pouvoirs, son destin est scellé d'avance ! déplore-t-il en me souriant malgré tout. Ces seconds rôles superflus ne voient jamais la fin des histoires.

– Ne sois pas ridicule, lui dis-je en secouant la tête.

– Je pourrais te citer des tonnes d'exemples de la littérature et du cinéma pour te démontrer que tu as tort, mais tu sais déjà que j'ai raison.

– Ton destin n'est pas scellé, le rassuré-je en pressant le pas. Car je mourrai avant qu'il ne t'arrive quoi que ce soit.

Il regarde ses pieds, car il sait que c'est vrai.

– Arrêtons-nous ici, proposé-je.

Nous sommes devant une épicerie surmontée d'un vaste auvent. Je fais mine d'inspecter les étals de fruits, mais je surveille les autres clients.

– On est là pour quoi ?

Je le fais taire, mais devant ses yeux de chien battu, je me laisse fléchir.

– Bon, achète quelque chose pour qu'on ait l'air de clients normaux, le temps que je fasse le point.

Tout heureux de cette mission, Laurie, qui a entrepris un examen minutieux des fruits, se met en tête de comparer la maturité des bananes.

Je prends une profonde inspiration et tente de reproduire ce que j'ai fait avec Millie. Je me concentre en faisant abstraction de tout ce qui m'entoure. Hors de question que le vacarme des Klaxon, la dureté du trottoir et même la brise me ramènent à la réalité. Ma vue se trouble légèrement. Ça y est, j'y suis !

Où ? Je l'ignore. J'ai envie de l'appeler « l'arrière-plan ». Pour l'illustrer, je dirais que mon environnement ordinaire ne disparaît pas, mais que je peux voir ce qui se passe dans les coulisses. Car c'est dans les coulisses que se cache la magie.

La scène qui se déroule devant mes yeux a beau être un peu floue, je crains que l'effet n'opère pas. Car je ne sens ni ne vois rien de particulier chez les personnes alentour. Je remarque néanmoins une femme postée au bord du trottoir. D'abord je perçois l'énergie qui la cerne, instable, semblable à des parasites électriques. J'inspire de nouveau, lentement, en cherchant à m'enfoncer encore dans l'arrière-plan. Les parasites prennent alors forme. Une forme qui danse autour d'elle comme les silhouettes que je dessine, souple, mobile, animée d'une vie propre. Des sorts vivants. Je vois des particules tomber autour comme des fétus de paille. Ce n'est pas bon signe. Je commence à comprendre le mécanisme qui commande ma capacité à visualiser les malédictions. Non, je n'aime pas ces sensations.

– Du nouveau ?

La voix de Laurie me ramène brutalement à l'épicerie.

– Je t'ai dit de ne pas m'interrompre ! lui dis-je en le fusillant du regard.

– Désolé.

Il m'offre une pomme.

– Mais si tu restes trop longtemps les yeux dans le vague, tu vas nous faire repérer.

Il a sûrement raison. Il a réussi à dénicher une granny smith qui m'a l'air parfaite. Je mords dedans et son acidité me fait du bien.

– Alors, quoi de neuf ? demande-t-il en cherchant autour de nous les preuves d'un dédoublement inédit et magique de ma personne.

– La dame, là.

Je la désigne d'un signe de la tête. Laurie tend le cou pour la regarder. Elle tente de héler un taxi. Elle s'y essaie depuis une demi-heure. Je le sais, bien que je ne l'observe que depuis cinq minutes.

– Elle ne peut arrêter aucun taxi, dis-je en mastiquant pensivement mon morceau de pomme.

– Ça prend du temps, parfois, tempère Laurie.

Je souris car aussi étrange que soit cette situation, elle en demeure assez drôle.

– Non. Elle ne peut pas arrêter de taxis. Elle est victime d'une malédiction.

– Une malédiction qui l'empêche de prendre le taxi ? s'étrangle Laurie.

– Je sais que c'est ridicule, concédé-je en haussant les épaules. Mais c'est la malédiction qui veut ça.

– C'est assez nul, observe Laurie.

Je réfléchis aux mouvements de ce sort, trépidants et instables.

– Tu fais la même tête ! dit Laurie en me sondant du regard.

– Quelle tête ?

Je tâche alors de lui offrir le visage de l'« Elizabeth normale ».

– La tête que tu fais quand tu t'apprêtes à poser un mot de quarante points au Scrabble ! s'esclaffe-t-il.

– C'est que j'ai l'impression de commencer à comprendre comment fonctionnent les sorts... avoué-je avec un sourire.

– Ah oui ? s'étonne-t-il, toujours hilare, mais les yeux brillants d'intérêt.

– C'est bien comme tu disais, résumé-je. À propos des taxis. Aucun ne s'arrête pour elle. C'est gênant, mais ça ne met pas son existence en jeu... Ce n'est pas comme Stephen.

Il opine.

– En plus, elle, sa malédiction, elle était... précaire, ajouté-je faute d'un terme plus précis. En équilibre instable, comme si elle n'allait pas durer. Et si la façon dont je perçois les sorts avait un rapport avec leur puissance, ou leur pouvoir de nuisance ?

– Ça se défend, observe Laurie. Tu ne veux pas réessayer ?

Je me mords la lèvre. Laurie fait un pas de côté pour bien me montrer qu'il ne me gênera plus, ce qui suscite chez moi un petit rire nerveux. Il me faut une minute pour quitter ce monde et repasser dans l'arrière-plan.

Une minute seulement pour qu'une autre femme attire mon regard.

Elle traverse d'un air décidé la rue encombrée. Elle est vêtue avec soin et raffinement, sans ostentation aucune. Son portable sonne. Il lui faut moins de deux minutes pour boucler la transaction sur laquelle elle a travaillé toute la matinée. Elle aurait bien envie de célébrer l'événement en sautant partout dans la rue, mais ce serait nuire à l'image qu'elle a si soigneusement construite au fil des ans. Lorsqu'elle passe devant moi, je vois le sort enroulé autour d'elle. Il miroite et enfle, telle une averse de neige qui doucement se déverserait sur elle. Un tintement de cloches et un rire d'enfant retentissent dans son sillage.

– Ouah ! m'exclamé-je en clignant des yeux pour chasser le vertige qui m'a saisie au passage de ce sort.

– Encore un ? demande Laurie, soudain alerté.

– Et un beau, cette fois ! Elle nageait dans la réussite.

– Ça ressemble à quoi, la réussite ? demande-t-il.

Je tressaille légèrement avant de répondre :

– À des étincelles... qui tombent du ciel... en pluie régulière.

– Ah, je suis soulagé de voir qu'il n'y a pas que des malédictions dans cette ville, remarque Laurie en faisant mine de s'essuyer le front. Du coup, on pourrait peut-être lancer un sort à Sean pour qu'il m'invite à sortir avec lui, non ?

– Laurie...

– Je plaisantais, plaide-t-il, paumes offertes, mais je vois très bien où il veut en venir.

– Il n'y a pas de sort qui tienne, lui dis-je en agitant l'index avant de reprendre une bouchée de pomme tout en réfléchissant à notre prochain coup.

– Tu n'as rien pris ? lui demandé-je en notant qu'il ne croque dans aucun fruit.

– Une mangue, me répond-il en brandissant un sac en papier.

J'essuie le jus de mon menton.

– Comment comptes-tu manger ça en marchant ?

– Je la garde pour plus tard. Avec de la glace à la vanille, je vais me régaler.

– Tu as acheté de la glace ? lui demandé-je en traversant la rue.

Je marche devant et fais route vers le parc.

– Pas encore, avoue-t-il avec un grand sourire. Je me disais que j'en prendrais en cours de route.

Mais notre deuxième arrêt-ravitaillement n'aura pas lieu. Car ce que je découvre dans le parc me fait changer de cap. Nous marchons depuis une demi-heure, Laurie redoublant d'allusions pour me faire délaisser les frais ombrages au profit de la crème glacée, lorsque je le repère.

C'est un artiste, ou quelqu'un qui s'en donne l'air, et je me sens d'emblée des affinités avec lui. Il me plaît aussi parce qu'il est posté sous l'ange que Stephen m'a fait découvrir juste après mon arrivée à New York. Cet endroit m'apaise. Le monde a beau vaciller sous mes pieds depuis que j'ai appris la vérité sur nous, ce coin de parc me rappelle qu'en dépit de toute la déraison dont la vie est capable, Stephen et moi pourrons toujours compter sur cet endroit. Et compter l'un sur l'autre.

Ce jeune homme d'une vingtaine d'années est affublé de lunettes à épaisse monture en plastique transparent et, sur le plan vestimentaire, d'un accoutrement disparate. Le regard fixé sur une toile vierge, il brasse des pinceaux comme s'il battait des cartes.

Je m'arrête pour l'observer.

Laurie me considère longuement.

– On va rester là un moment ? demande-t-il.

– Je pense...

Il s'assied alors par terre et plonge les mains dans son sac pour en retirer la mangue.

Allons-y ! me dis-je.

Chaque fois, j'ai l'impression de repartir de zéro et j'ai le trac. Mais un instant plus tard, me voilà replongée dans le flou, de retour dans l'arrière-plan. Seul mon artiste demeure net. Je patiente en maîtrisant ma respiration. Autour de lui, l'air commence à s'agiter, à prendre forme. Il ne s'agit plus de paille qui tombe, mais de fils qui s'enroulent autour de son corps. Je jurerais entendre un léger sifflement, comme un chuchotis exaspéré qui s'entortille autour de lui à mesure qu'ils poursuivent leur course. Je les sens se nouer, se tendre.

Je quitte l'arrière-plan, légèrement secouée par ce que je viens de voir.

Laurie me saisit les poignets pour me stabiliser. Ses doigts sont collants de jus de mangue.

– Qu'est-ce qui se passe ?

– Il manque d'inspiration, dis-je.

– Le peintre, là ?

Je hoche la tête.

– Sa créativité est en panne. C'est ça, sa malédiction.

– Rien à voir avec celle de la dame au taxi ?

– Non. Celle-ci est faite pour durer. Elle le ligote. Et elle fait du bruit.

– Une malédiction qui fait du bruit ? s'étonne Laurie en reculant d'un pas.

– La sienne, oui, confirmé-je en portant mon regard sur le peintre.

Celui-ci se lève et fourre ses pinceaux dans un cartable. D'un coup de pied, il renverse la toile, semant l'émoi au sein d'une volée de pigeons. Sans la ramasser, il s'éloigne de la fontaine d'un pas raide.

– C'est donc pire, constate Laurie en le regardant partir.

Je n'ajoute rien. Ce n'est pas nécessaire.

– Bon, on y va ? propose Laurie.

– Où ? demandé-je en suivant le jeune homme des yeux.

À l'instant où il disparaît au bout du chemin, ses épaules voûtées par la colère dessinent la figure du désespoir.

Laurie attend que je m'intéresse à lui.

– Voir comment se porte la malédiction de Stephen, me répond-il.

J'avoue qu'il est surpris de me voir. Et plus encore que Laurie m'accompagne.

– Salut.

Il se ressaisit vite et se penche pour m'embrasser.

Je repousse la tentation de visualiser sa malédiction. Avant de le faire, je dois quand même le prévenir. Nous avons beau être au courant de son maléfice et, dans les grandes lignes, de son histoire, prendre ce genre d'initiative reviendrait à franchir un palier dans notre travail d'enquêteurs.

J'étreins Stephen, incapable de prononcer un mot après l'après-midi que nous venons de passer. Heureusement, Laurie n'a pas ces problèmes.

– Elle les voit ! s'exclame-t-il en nous contournant pour entrer chez Stephen.

– Pardon ? demande Stephen, un bras toujours autour de ma taille tandis que nous suivons Laurie dans le séjour.

Refusant de laisser mon frère parler à ma place, je l'interromps, ce qui me vaut au passage un roulement d'yeux consterné.

– Les sorts ! Je vois les sorts !

– Mais Millie a dit… risque Stephen, prudent.

– Je sais…

Je m'assieds sur le canapé, mes jambes repliées sous moi.

– Mais je pense que c'est ce qu'elle voulait dire quand elle parlait chez moi de talent inné. Je vois les sorts. Ils sont aussi dans mes dessins.

Stephen s'assied à mon côté et s'appuie contre le dossier. Il reste un moment sans rien dire. Laurie me fait signe de poursuivre, mais je ne prête pas attention à lui. Je ne veux pas aller plus loin sans l'accord de Stephen.

– À quoi ressemblent-ils ? me demande-t-il enfin en poussant un long soupir.

– Ils prennent différentes formes... Certains font du bruit. Dans les deux cas, il existe, semble-t-il, un rapport avec l'intention du sort.

– Et tu es venue voir le mien... conclut-il, la mâchoire serrée.

– Seulement si tu acceptes, m'empressé-je de répondre.

– Pourquoi refuserait-il ? demande Laurie.

– Pourquoi refuserais-je ? murmure Stephen pour lui-même. Vas-y !

– Tu es sûr ?

Je ne veux pas le forcer.

Il acquiesce d'un signe de tête et ferme les yeux.

J'ai envie de tenir sa main, mais je crains d'altérer mes capacités de visualisation. Mon cœur bat à tout rompre. Plusieurs inspirations profondes me sont nécessaires pour m'abstraire de la pièce. Dans cet appartement, l'arrière-plan est différent, plus paisible, plus proche. J'ai un peu la sensation d'être enfermée, comme si les murs se rapprochaient.

Je m'oblige à garder mon calme, à me concentrer sur Stephen. Au début, je ne vois que lui, celui que j'ai toujours connu. Je m'isole encore plus en cherchant à séparer mes sentiments pour lui de la magie que je recherche. Un mouvement s'esquisse, timide, une ondulation qui l'enveloppe. Je réprime un cri. Ce ne sont pas des fils. Ce sont des tentacules. Un épais faisceau d'appendices qui se tortillent autour de lui. Le bruit de succion de leurs ventouses qui attrapent et relâchent son corps est insupportable, comme si elles aspiraient l'essence même de son être. Stephen est immobile, figé parmi elles. Il habite le nid de cette malédiction.

Je quitte l'arrière-plan dans un sursaut. Laurie a les yeux braqués sur moi. Devant mon visage, Stephen se met à frémir. Je jaillis du canapé et atteins les toilettes juste à temps pour vomir.

CHAPITRE 15

JUSQU'À MAINTENANT, J'AI VOULU savoir exactement comment elle me voyait. Je me suis accroché à chaque détail. J'ai guetté chaque indice.

À présent, je doute.

J'ai l'impression de la détruire. Par le seul fait d'être là. De lui demander de m'observer.

Je la détruis.

Elle quitte la pièce en courant et Laurie la suit. Je ne bouge pas, j'ai peur.

Je ne veux plus qu'elle me voie. Pas si ça se passe ainsi.

Étant invisible, je n'ai jamais suscité la répugnance de personne. Je n'ai jamais été le catalyseur d'une telle réaction.

Maintenant, je sais l'effet que ça fait.

Ça me détruit.

Laurie revient.

– Où es-tu ? me demande-t-il.

– Juste là, dis-je.

Il se guide au son de ma voix.

– Elle va mieux. Juste un peu secouée. Je me disais qu'on pourrait peut-être en rester là pour aujourd'hui...

Mais avant qu'il ait pu ajouter un mot, Elizabeth est de retour dans la pièce.

– Non, ça va, dit-elle. Ne vous inquiétez pas, tout va bien.

Elle me regarde. J'ai envie de me cacher. Pour l'épargner.

– C'est fini, me dit-elle. Je suis revenue. De l'autre côté.

– Qu'as-tu vu ? demandé-je.

– Difficile à expliquer, commence-t-elle en secouant la tête. Je n'y comprends rien. Je vois des choses, mais sans savoir les interpréter. Tout ce que je sais, c'est que la malédiction de ton grand-père est puissante.

– Tu as été choquée en la voyant, dis-je.

– Je ne sais pas si c'est le mot qui convient. Elle a été plus forte que moi. Comme si elle avait su que je la regardais et qu'elle m'avait chassée.

– Ne recommence pas, lui ordonné-je. Promets-le-moi. Pas avant d'en savoir plus.

– Je te le promets. Pas avant d'en savoir plus.

Mon père vient dîner. Je ne l'attendais pas, mais je ne suis pas vraiment surpris non plus.

– Qu'as-tu fait aujourd'hui ? me demande-t-il comme si je rentrais d'un banal entraînement de foot.

J'éclate de rire. Je ne peux même pas lui en souffler un mot.

– Écoute, reprend-il, à propos d'hier soir… j'espère que tu ne m'en veux pas de t'avoir raconté tout ça. J'ai marché en ville toute la journée en y repensant. Je n'ai jamais souhaité ce moment. Sincèrement, je pensais que… disons, je pensais…

– Tu pensais que maman serait là pour m'en parler. Tu croyais échapper à cette conversation car tu te disais qu'elle lui incombait.

– Exactement.

J'appelle l'Italien du bas de la rue pour commander notre repas – aux frais de mon père, comme toujours. Puis je me rassieds en face de lui à la table de la cuisine.

J'ai si peu de souvenirs de lui. Parfois, je m'en inventais. J'ai vu tant de pères pousser leurs enfants sur des balançoires, tant de pères jouer au ballon avec eux, tant de pères assister mi-inquiets, mi-ravis à la première descente en luge de leurs fils sur une pente raide et enneigée de Central Park. Je parvenais à me persuader que nous aussi, nous avions connu ces moments-là, à une époque dont je ne me souviens pas, à une époque où mon père était encore avec nous. Je n'ai jamais eu besoin de lui pour m'apprendre quoi que ce soit. Je voulais juste qu'il soit là pour me porter sur ses épaules quand nous allions au zoo.

Il me parle à présent de sa vie en Californie, de mes demi-sœurs, en tentant pour une fois de combler le vide qu'il a laissé dans ma vie. Il s'y prend mal, mais au prix de quelques contorsions, j'apprécie cet effort de sa part. Je ne l'écoute pas vraiment ; j'essaie plutôt d'imaginer ce qu'il a dû ressentir, après s'être épris de ma mère et l'avoir épousée, en apprenant un beau jour l'existence de cette malédiction, de cette menace. Il ne voulait pas y croire, et comment le blâmer ? Je ne veux pas y croire moi non plus, et pourtant je suis la preuve vivante qu'elle existe.

En fait, je devrais me demander où se situe au juste la responsabilité de mon père. Quelle est-elle, dès lors qu'un sort entre en ligne de compte ? Puis-je lui reprocher de ne pas vouloir en entendre parler ?

Eh bien, oui, je peux le lui reprocher. La question est donc de savoir si je *dois* le faire.

– Évidemment, poursuit-il, je ne leur ai pas donné la vraie raison de mon absence. Mais je tiens à être là pour toi. Aussi longtemps qu'il le faudra pour y voir clair. Je leur ai dit que j'avais un contretemps professionnel. Et je pense – j'espère – que ma femme me connaît assez bien pour savoir que je n'ai pas de liaison. Je vais donc rester à New York. Je ne compte pas m'installer ici – tu as droit à ta vie privée et je la respecte. Mais je peux sûrement faire quelque chose.

– Ça va aller, tu peux repartir chez toi.

– Non. Nous viendrons à bout de cette affaire-là ensemble.

Il parle avec emphase comme si j'avais un cancer et qu'il allait me tenir la main pendant le traitement. *Nous viendrons à bout de cette affaire-là ensemble.* Mais aucun traitement n'a été inventé pour « en venir à bout ». Je n'ai pas besoin qu'il me tienne la main.

Il recommence à me parler de ces demi-sœurs que je ne rencontrerai jamais, qui ne savent rien de mon existence.

L'heure du dîner arrive. Au cours du repas, mon père m'interroge sur les films que j'aime. Quand je lui en cite quelques-uns dont il n'a jamais entendu parler, il me répond qu'on devrait les regarder ensemble. Je me dis que ce sont des paroles en l'air, mais, le dîner achevé, il fonce droit sur le lecteur de DVD et en glisse un dedans.

Il s'installe dans un fauteuil qui a dû être le sien auparavant. Je prends le canapé. Ce film, je l'ai vu des centaines de fois, mais aujourd'hui c'est différent. Nous rions des mêmes scènes. Je sens que nous prenons parti tous les deux pour le personnage principal. Je sens que mon père passe un bon moment.

Ça ressemble à un de mes faux souvenirs, mais c'en est un vrai.

Le lendemain, avec Elizabeth et Laurie, nous retournons à l'heure dite dans l'antre de Millie.

Cette fois-ci, le cerbère nous laisse entrer sans un mot, se contentant de désigner de l'index l'escalier menant au sortorium.

Millie paraît plus calme et plus sereine qu'hier. À notre arrivée, elle est en train de remettre des livres en place sur les étagères.

– Quel plaisir de vous revoir ! nous lance-t-elle sans même avoir posé les yeux sur nous.

Nous reprenons les mêmes places que la veille.

– Bien, avant de commencer, il faut que je vous demande vos noms, dit-elle.

Test de confiance élémentaire. Il n'était venu à l'idée de personne de nous présenter lors de notre première rencontre. Nous devions estimer qu'elle nous connaissait déjà.

Nous déclinons nos identités. Laurie explique qu'il est le frère d'Elizabeth. Et moi, que je suis l'ami d'Elizabeth et de Laurie.

– J'aurais dû remarquer la ressemblance, note Millie en regardant Laurie et Elizabeth. J'espère que vous me pardonnerez. J'étais un peu… distraite.

– C'est parfaitement compréhensible, la rassure Elizabeth.

Puis nous observons ce qui ressemble à une minute de silence, attendant que Millie reprenne la parole.

Enfin, elle nous déclare qu'elle n'a pas fermé l'œil de la nuit.

– De cela aussi vous voudrez bien m'excuser. J'ai beaucoup de soucis, surtout quand je pense à ce que je suis sur le point de faire. Je ne voudrais pas que vous croyiez que je n'ai pas réfléchi à ce que je vais vous révéler. Ce n'est pas facile pour moi, j'aimerais que vous en ayez conscience.

– Je vous rassure, lui dit Elizabeth. Nous apprécions d'être reçus une nouvelle fois ici. Nous sommes sensibles à tout ce que vous voudrez bien nous dire.

On dirait que quelqu'un nous a bâillonnés, Laurie et moi. Il existe une relation mystérieuse entre Elizabeth et Millie et, aujourd'hui encore, à l'instant où nous avons pénétré dans cette pièce, l'histoire que nous vivons est devenue celle d'Elizabeth et a cessé d'être la mienne. Millie ne s'adresse ni à Laurie ni à moi, même si elle ne voit pas d'inconvénient à ce que écoutions ce qu'elle a à dire. En fait, elle ne parle qu'à Elizabeth.

– Ta venue hier a déclenché en moi toutes sortes

d'émotions. Ce sont elles qui m'ont empêchée de dormir cette nuit. Avant tout, je me sens vieille. Voici bien longtemps que je ne m'étais pas sentie aussi vieille. Le fardeau de tout ce que j'ai vu, de tout ce que j'ai appris me pèse, il me ralentit, me fait hésiter. Plus on vieillit, plus on gagne en sagesse, c'est vrai. Mais on se demande aussi quoi faire de cette sagesse.

« Quand j'ai perçu ta présence, Elizabeth, j'ai cru que j'avais affaire à une relique dans mon genre. Jamais je n'aurais pensé qu'une jeune fille pouvait posséder un tel pouvoir. Sans aucune formation. De naissance. Quand tu es arrivée ici, je n'ai pas su quoi faire, jusqu'où aller dans mes confidences. Je gagne ma vie depuis si longtemps en résolvant les minuscules problèmes des autres, en entretenant ma réputation d'originale du quartier. Je me suis peu à peu éloignée de tout ce qu'on m'avait appris.

Elle s'interrompt un instant pour s'assurer qu'Elizabeth suit. Pause inutile, puisque nous l'écoutons tous, captivés.

– Il peut sembler bien étrange, ce don de voir les sorts et les malédictions sans pouvoir rien y faire. Ce paradoxe, les chercheurs de sorts vivent avec. C'est comme être capable d'entendre de la musique sans jamais pouvoir en jouer. Cela offre certains plaisirs, mais rend irréalisables de nombreux désirs. On s'y fait, mais on n'est jamais complètement heureux. On regrette de ne pas pouvoir agir sur les situations que l'on voit. C'est notre lot à tous.

« Je me suis interrogée sur ce que je devais te dire.

Mais pour que tu comprennes, je pense qu'il faut remonter aux origines, du moins loin en arrière. Ne t'en fais pas… je ne suis pas si vieille que ça. Nous ne sommes pas immortels ; nous vivons plus ou moins longtemps, comme tout le monde. Mais nous possédons des chroniques ; parmi les plus récentes, beaucoup sont réunies dans cette pièce. Aussi savons-nous ce qui s'est passé, même en des temps reculés.

« De nos jours, les chercheurs de sorts sont des spectateurs. À ce à quoi nous assistons, nous ne pouvons pas changer grand-chose. Au mieux, nous diagnostiquons les victimes. Nous pouvons nommer la cause de leur malédiction, mais nous avons perdu le remède. Voici plusieurs siècles, il n'en était pas tout à fait ainsi. Nous n'étions pas aussi démunis. Les chercheurs de sorts excédaient en nombre les lanceurs de sorts et de malédictions, et de loin. Et nos talents nous servaient à surveiller ces derniers. Certains soupçonnaient même que, parmi les chercheurs de sorts les plus puissants, une poignée avait le pouvoir d'éradiquer ou d'inverser les malédictions, mais on en est resté aux rumeurs et aux hypothèses. Les chercheurs de sorts possédant éventuellement ce don savaient qu'ils deviendraient aussitôt les cibles des lanceurs de malédictions. Ou peut-être ne voulaient-ils pas prendre sur eux d'effacer les malédictions alors que la majorité de leurs confrères ne le pouvait pas… Je ne leur en veux pas d'avoir voulu rester dans l'ombre. Nous étions, pour faire un parallèle rapide, à la fois la police et la justice. Si un lanceur ou une lanceuse de malédictions abusait de son pouvoir, nous intervenions. Par conséquent, les malédictions étaient extraordinairement rares et ne se justifiaient que dans des circonstances extrêmes. Assez bizarrement, nous protégions le libre arbitre. Et les lanceurs de malédictions s'en trouvaient très bien.

Millie marque une pause. Une tristesse insondable se lit dans ses yeux.

– Avec le temps, les choses ont changé. Il n'y a pas eu de Grand Soir, pas de révolution des lanceurs de malédictions. Leur projet était peut-être de nous faire disparaître. Je n'en sais rien ; il faudrait le leur demander. Quoi qu'il en soit, les chercheurs de sorts se raréfièrent. Les lanceurs de malédictions faisaient ce que bon leur semblait, sans rien encourir. Et, comme vous le savez, le monde a connu une expansion telle qu'il est devenu impossible de les suivre et de les surveiller tous. Les règles n'ont pas été piétinées, elles se sont désintégrées.

« Je suis sans doute l'une des dernières représentantes de la profession. Quand le monde s'est à nouveau rétréci – quand la technique nous a rapprochés –, je me suis demandé s'il n'existerait pas un moyen de restaurer ces contacts. Mais je n'ai jamais eu vent d'autres chercheurs de sorts, alors que je n'ai guère fait mystère de mes dons. Je suppose que vous n'avez pas mis très longtemps à me trouver, n'est-ce pas ? C'était un choix délibéré de ma part.

– Toutefois, en ne me cachant pas, je me suis bien sûr rendue vulnérable. Les lanceurs de malédictions savent à coup sûr qui je suis.

– Ou ils vous prennent pour une folle, suggère Laurie.

– En effet. C'est toujours possible. L'avantage avec les lanceurs de malédictions, c'est qu'ils sont incapables de chercher ; ils peuvent créer sorts et malédictions, mais ne peuvent pas voir ce que font les autres. Ni détecter les autres chercheurs de sorts comme moi je peux le faire. Ainsi, explique Millie en se tournant vers Elizabeth, je doute que Maxwell Arbus t'ait repérée. C'est encore trop tôt. »

Le ton qu'elle emploie alors me fait frissonner ; comme si rien au monde n'était pire que le fait que mon grand-père apprenne l'existence d'Elizabeth...

– Parlez-nous de lui, demande celle-ci.

Millie s'arme de courage. Ce n'était visiblement pas un sujet dont elle avait prévu de nous parler. Mais elle se dit qu'il le faut.

– Arbus n'est pas le lanceur de malédictions le plus malveillant que je connaisse, mais il n'en est pas loin. La notion de lanceur de malédictions bienveillant n'existe pas ; si d'aventure vous acquériez ce don, la bienveillance consisterait à ne jamais en faire usage. Il s'est trouvé quelques lanceurs de malédictions qui n'utilisaient leur pouvoir qu'à titre punitif, c'est-à-dire qui ne frappaient que des assassins, des violeurs et d'autres criminels. Ceux qui avaient fait le mal. Mais Arbus, c'est autre chose.

« Arbus est un lanceur de malédictions de la pire espèce : il est intelligent. Et l'intelligence alliée au pouvoir de nuire engendre le sadisme. Par exemple, il a condamné un jour quelqu'un à ressentir de la douleur chaque fois qu'il voyait du bleu. Ça n'a l'air de rien, n'est-ce pas ? Mais songez à la couleur du ciel, à celle de la mer. Et au nombre de fois où l'on voit du bleu dans une journée. Un autre jour, il a rendu une femme allergique au son de la voix de son mari. Chaque fois que celui-ci lui parlait, sa peau se couvrait d'une urticaire épouvantable. Ils avaient beau s'aimer, c'était intenable.

« Les pouvoirs des lanceurs ne sont pas sans limites. Arbus n'a pas son pareil pour lancer des malédictions très restreintes mais durables. C'est pourquoi, franchement, j'ai été surprise de découvrir une malédiction d'invisibilité venant de lui. Ce type de maléfice réclame de son auteur un investissement considérable. Cela dit, comme il s'agissait de nuire à l'un de ses proches, je comprends qu'il y ait mis autant du sien : ces gens-là dépensent souvent beaucoup plus d'énergie contre les personnes de leur connaissance. »

Ce sombre historique me rend sombre à mon tour. Oui, je suis frappé d'invisibilité, œuvre d'un mage malveillant. Mais il semble s'agir, au mieux, d'une malédiction secondaire. La principale est beaucoup plus aléatoire, beaucoup moins magique : c'est celle, tout bonnement, de l'hérédité. Ma mère l'a reçue en étant la fille d'un être mauvais. Moi, je l'ai reçue en devenant le petit-fils d'un aïeul mauvais. Nul besoin d'être chercheur de sorts pour le voir. Tout ce qu'il faut savoir se trouve dans le sang.

– Vous disiez que mon grand-père était venu à New York. Savez-vous quand ? Pouvez-vous me dire ce qu'il y a fait ?

– Je n'en suis pas sûre, répond Millie, la voix empreinte d'une compassion douloureuse. Les malédictions qu'il a jetées ont été mineures, sans doute dirigées contre des gens qui lui avaient déplu. Mais aucune action d'envergure. Il était là pour d'autres raisons. Peut-être pour vous observer, toi et ta famille.

– Je n'ai pas de famille, rectifié-je. Je n'en ai plus. Il n'y a que moi.

– Je vois, dit Millie en hochant la tête. Alors c'est peut-être toi qu'il observait.

– Mais n'avez-vous pas dit que les lanceurs de malédictions ne voyaient pas les sorts ?

– Pas ceux des autres. Mais les leurs, si, ils les sentent. À mon avis, même si tu es aussi invisible à ses yeux qu'aux miens, il perçoit sûrement ta malédiction. Elle ne lui apparaît pas concrètement, comme à Elizabeth. Car toi, mon enfant, tu la vois, n'est-ce pas ?

Elizabeth confirme d'un mouvement de tête, mais dans ses yeux, une lueur a dû la trahir.

– Oh, ma pauvre, regrette Millie, ce spectacle n'était pas très agréable, c'est ça ?

– C'était horrible, reconnaît Elizabeth.

Je me répète que je ne dois pas le prendre mal, l'aspect de ma malédiction n'a rien à voir avec la personne que je suis.

Mais quand même… Qu'Elizabeth voie quelque chose d'horrible quand elle me regarde, je le prends moyennement bien.

– Tu veux en finir avec ça, résume Millie à mon intention, mais je te le répète, je ne suis pas sûre que tu y parviendras. Le conseil simple et un tant soit peu responsable que je pourrais te donner, ce serait de renoncer, d'en prendre ton parti. Tu as en main les cartes que tu as. Contente-toi de les jouer, accommode-toi de ta situation du mieux que tu pourras. La grande tentation, ce serait celle-là. Mais ce qui m'empêche de dormir, ce n'est pas cette option-là. Car toi, mon enfant, tu es son joker. Tu pourrais – *pourrais* – rendre possible ce qui est impossible.

« Je n'ai pas besoin de te le dire – j'ai l'intuition que tu le sais déjà –, mais je vais te le dire quand même : même si c'est un métier comme un autre, cette activité possède en elle quelque chose qui devient une composante essentielle de toi-même. Et il existe un lien entre ta composante et celle de tous les chercheurs de sorts qui sont venus avant toi. Pendant des années – des décennies –, j'ai vécu le nez au ras du sol, en m'attachant aux détails les plus infimes. Mais à présent, on dirait que cette composante me parle, me dit qu'il est temps d'en revenir à une vision plus générale. Il fut une époque où les chercheurs de sorts faisaient en sorte d'éviter tout péril à leur entourage. Et peut-être est-il temps pour la vieille chercheuse que tu as devant toi de s'en souvenir…

– Alors, que comptez-vous faire ? demande Elizabeth.

– Je veux affiner tes compétences. Je veux te montrer les ficelles du métier. Ensuite, je veux trouver Maxwell Arbus et l'anéantir. Je veux être la première chercheuse de sorts à briser une malédiction d'invisibilité. Et le plus tôt sera le mieux, car celle qui te parle n'a pas un instant à perdre.

– Je suis des vôtres ! s'enthousiasme Laurie.

Mais ce n'est pas lui que Millie regarde.

– Je suis des vôtres, répète sobrement Elizabeth.

– Parfait ! approuve Millie en se frottant les mains. Messieurs, vous voudrez bien nous excuser, mais l'entraînement nous attend.

CHAPITRE 16

MILLIE S'EMPRESSE DE CHASSER Laurie et Stephen du sortorium, allant jusqu'à leur lancer des « ouste ! », « ouste ! » que je ne me souviens pas avoir déjà entendus dans un registre aussi aigu. Laurie sort à reculons, les pouces dressés à mon intention, et disparaît dans la cage d'escalier. Stephen s'attarde, les yeux posés sur moi. Il s'efforce de dissimuler son appréhension et je lui adresse un sourire. Un sourire un peu forcé, mais, le sachant inquiet, je tiens à le rassurer. Je suis ici à ma place. C'est pour moi un passage obligé, même si j'ignore de quoi il sera fait et que je préférerais ne pas rester seule avec une femme que je connais à peine et qui vocifère des « ouste ! ».

Millie finit par fermer la porte au nez de Stephen. Il était sur le point d'ouvrir la bouche et me laisse interrogative sur ce qu'il s'apprêtait à me dire. Sans doute juste « À bientôt », mais comme tout change à tout instant dans ma vie ces temps-ci, je ne veux rien rater. Pas même un simple au revoir. Plus je mesure les enjeux de cette histoire, les forces de l'adversaire avec ses malédictions, sa magie et sa… soif de revanche, plus je crains de tout perdre d'un moment à l'autre.

Je réprime un frisson dû au départ soudain du garçon dont je suis tombée amoureuse. Du garçon invisible.

– Allons, allons, allons ! m'exhorte Millie en pinçant mes joues, ce qui a pour effet de m'extraire en sursaut de ma torpeur et de me hérisser. Pas de mine de déterrée, ici !

Je suis sur le point de répliquer en lui demandant en quoi mon teint a à voir avec la recherche des sortilèges, mais je me ravise. Je sais qu'elle cherche à être gentille à sa manière, celle d'une grand-mère un peu spéciale. Je voudrais tant faire cesser l'agitation qui s'est emparée de tout mon être.

– Je vais nous chercher du thé et de bons petits gâteaux, me glisse-t-elle avec un sourire indulgent.

Une vraie grand-mère, je vous dis.

Elle disparaît derrière une épaisse tenture murale en velours que j'avais prise pour une tapisserie, mais qui masque en fait un couloir. Elle doit aller dans une cuisine, à moins qu'il n'y ait là-bas d'autres pièces… Vit-elle ici, sous la surface de New York, seule avec son sortorium et son garde du corps borgne au-dessus de sa tête ?

Son brusque changement d'attitude a beau me désarçonner, il n'est pas pour me déplaire. Entre mes absences pour être auprès de Stephen et les horaires démentiels de ma mère à l'hôpital, j'ai à peine vu celle-ci ces dernières semaines. En entendant Millie chantonner en sourdine et faux, je songe que pour elle aussi, la situation est inhabituelle. Son regain d'enthousiasme pour la chasse aux sortilèges a pour origine la culpabilité, mais aussi la solitude.

Parcourue de frissons, je me frotte les bras. L'atmosphère du sortorium évoque plus des catacombes qu'un appartement, un lieu conçu pour se retirer du monde et se faire oublier. Et Millie vit en recluse ici depuis… combien de temps ? Je n'en sais rien.

Certaine que ces sombres ruminations vont ramener sur mes joues un teint blafard malvenu, j'entreprends de faire le tour de la pièce en quête de distractions.

Comment me changer les idées ? Voyons voir : je suis une élève. Je vais au lycée. Le lycée, je connais. Alors essayons le lycée.

Que ferais-je donc si aujourd'hui c'était la rentrée ?

Avant l'hospitalisation de Laurie, j'étais une élève plutôt dynamique qui participait, une fidèle des premiers rangs. Mais après son agression, je me suis repliée sur moi-même ; maussade, j'en voulais à mes camarades de classe et même à mes professeurs. N'aspirant qu'à une chose, la tranquillité, j'ai migré vers le milieu de la salle. À égale distance des bons élèves des premiers rangs et des perturbateurs et autres amuseurs du fond. Être au milieu me permettait d'être présente sans me faire remarquer. De lire en douce des B.D. au lieu des manuels. De peaufiner mes dessins au lieu de prendre des notes.

J'avais envie de disparaître.

Cette pensée m'arrête net. Non seulement l'idée d'invisibilité a pris désormais un sens radicalement différent, mais si je suis ici, c'est avant tout parce que je ne peux pas me fondre dans le décor. Je dois devenir ce pour quoi je suis faite afin de pouvoir aider Stephen.

En m'arc-boutant, j'empoigne un des épais ouvrages de la bibliothèque : autant commencer tout de suite sans attendre que Millie apporte le thé. Je n'ai pas encore posé le volume devant moi que le fracas d'un plateau atterrissant sur la table me fait me retourner. Le thé qui déborde des tasses est vite absorbé par les napperons en papier qui ornent le service en argent.

– Non, non ! s'exclame Millie, l'air agacé, en me faisant signe de m'éloigner des rayonnages.

Ne tenant pas à être chassée de chez elle, je m'empresse d'obtempérer.

– Ces livres-là parlent d'histoire, m'explique-t-elle. Nous, c'est le présent qui nous intéresse. Tu as besoin d'action. Le passé est fait pour réfléchir, méditer. Ce moment-là n'est pas encore venu. Assieds-toi !

Elle attend que je m'exécute. Je la regarde déposer en souriant une tasse devant moi. Au parfum, je reconnais de l'earl grey. Puis elle pousse dans ma direction une assiette de sablés. Estimant ne pas avoir le choix, j'en prélève un et le porte à ma bouche dans l'espoir que ce geste de bonne volonté incitera Millie à poursuivre ma formation.

– Alors, on s'y met ? me lance-t-elle, rayonnante, après avoir bu une gorgée.

Je réussis par bonheur à réprimer un soupir de soulagement et m'en tire par un hochement de tête.

– Comme je l'ai dit à tes amis, les chercheurs de sorts ne se sont pas subitement transformés d'acteurs en observateurs, explique-t-elle. L'évolution a été progressive.

Elle se raidit légèrement et ses lèvres tremblent.

– Parfois, je me demande si ce n'était pas par paresse… ou peut-être par apathie.

Puis je vois son visage passer du doute à la détermination.

– Mais dans mes bons jours, j'ai tendance à penser que c'était par peur, observe-t-elle en posant sur moi un regard pénétrant.

– Par peur ?

Sous l'effet apaisant du thé et des sablés, je me sens dans la peau d'une enfant à qui on raconte une belle histoire. Pourtant, je ne dois pas oublier que cette histoire, je la vis, je ne me contente pas de l'écouter. Je me demande si je ne devrais pas prendre des notes.

– Tu as vu où j'habite, déclare Millie en désignant la pièce d'un geste ample. C'est certes un endroit étonnant, mais c'est aussi mon refuge. Je crains les gens comme Maxwell Arbus. Les lanceurs de malédictions se sont pliés aux jugements des chercheurs de sorts car ils n'avaient pas le choix, mais nous avons toujours été considérés au mieux comme des gêneurs, au pire comme des ennemis. La menace de voir les lanceurs de malédictions s'en prendre à ceux qu'ils tenaient pour des persécuteurs a toujours existé.

– Mais vous n'en êtes pas sûre ? demandé-je en jetant un regard en biais sur les livres envahis de moisissures.

– C'est une raison supplémentaire de ne pas se fier au passé, me répond Millie en secouant la tête. Les chroniques en ma possession sont incomplètes. Et ce que je recherchais n'a sans doute pas trouvé place dans l'histoire officielle. Tout cela n'est pas très glorieux...

Je l'interroge du regard en prenant une nouvelle gorgée de thé.

– Je te parle de chantage, mon enfant. Et de la plus vile espèce. Pas celui qui se pratique aujourd'hui autour de sombres histoires de coucheries, ça, c'est de la gnognotte ! Je te parle de menaces sur des familles. Sur le bien-être des personnes.

Tandis que j'ajoute « gnognotte » à mon nouveau lexique des Millismes, la tristesse reprend possession de son regard.

– Assez disserté sur le passé. Venons-en à ce que nous allons faire et à ce qu'il nous reste à découvrir. De quand date ta première vision ?

Je la regarde sans comprendre.

– Oui, quand as-tu perçu une malédiction pour la première fois ? reformule-t-elle patiemment.

– Mais il me semble avoir toujours été capable de les percevoir, non ? dis-je en plissant le front. Ce n'est qu'hier que j'ai compris comment m'y prendre.

– Bien sûr, mon enfant, reconnaît Millie en hochant la tête. Mais ce dont je te parle, c'est de ton « éveil ». Les chercheurs de sorts naissent tous avec, en germe, le pouvoir de passer à l'action, mais ils ne le mettent en pratique qu'au moment de cet éveil. Épisode qu'ils vivent souvent comme un événement. Comme un déclic, si tu préfères.

– Alors je dirais que c'était hier, dis-je toujours préoccupée et perplexe.

C'est au tour de Millie de sembler soucieuse. Elle n'a pas encore perdu patience avec moi, mais je vois bien que la conversation la laisse sur sa faim.

– Non, non ! Hier, tu as appris à porter attention aux malédictions, à les voir. C'est une faculté qui t'est propre et qui tient à ton talent naturel. Moi, je te parle de la première fois où tu en as repéré une. C'est dommage que tu aies été seule à ce moment-là, car ce changement-là a dû modifier ton regard sur le monde, mais tu n'as pas compris pourquoi, ni ce qui se passait.

– Je suis désolée, dis-je en émiettant un sablé entre mes doigts.

Je me sens idiote et désemparée.

Par bonheur, Millie est un bon professeur, de ceux qui ne doutent pas facilement de leurs élèves, qui ne les laissent pas tomber.

– Alors dis-moi, qu'est-ce qui t'a fait sortir de chez toi hier pour partir à la chasse aux malédictions ?

– Ah ! dis-je en me redressant. C'est à cause de mes dessins.

– Tu es une artiste ? demande Millie, apparemment surprise mais ravie.

– Je... J'aimerais bien, avoué-je, les joues en feu. Je voudrais être scénariste et dessinatrice de B.D.

– Comme c'est intéressant ! s'exclame Millie bien que son visage me dise qu'elle s'attendait à un profil artistique plus traditionnel. Et comment tes dessins t'ont-il conduite à chercher des malédictions ?

– C'est l'histoire sur laquelle je travaille en ce moment, expliqué-je en parlant lentement, en pesant mes mots. Ça s'appelle *Les Damnés de l'ombre*.

La tête inclinée, Millie attend la suite.

– Et je me suis rendu compte que j'avais dessiné des malédictions. Des victimes de malédictions.

– Et quand as-tu commencé à travailler sur cette histoire ? demande Millie.

Je dois poser ma tasse car mes mains tremblent. Quand j'ai commencé à travailler sur *Les Damnés de l'ombre*, je le sais précisément. Je ne pouvais pas dormir. Je ne pouvais rien avaler. Je ne pouvais rien faire. Alors j'ai dessiné. J'ai dessiné sur du papier promis à la poubelle, mais que les infirmières me mettaient de côté. J'ai dessiné des heures durant tandis que mon frère gisait inconscient parmi les bip-bip des appareils et un foisonnement de tubes en plastique.

– Mon frère a été agressé, dis-je en fixant ma tasse à moitié vide.

– Par un lanceur de malédictions ? demande Millie, le souffle court.

– Non. Par des gens ordinaires. Très ordinaires.

Quand je m'oblige à lever les yeux pour croiser ceux de Millie, elle m'offre un sourire triste.

– C'est incroyable ce que les gens peuvent s'infliger les uns aux autres, même sans l'aide des lanceurs de malédictions. Incroyable et effroyable.

J'opine en clignant des paupières à toute allure pour contenir mes larmes.

Avec tact, Millie fait mine de ne rien remarquer. Je commence sérieusement à l'apprécier.

– Je pense qu'on peut dire sans beaucoup s'avancer que ton éveil a été déclenché par les malheurs de ton frère, conclut-elle. L'éveil est plus souvent la résultante d'un traumatisme ou d'une perte que d'un événement heureux.

– Le vôtre a été immédiat, dis-je doucement. À cause

de votre sœur. Vous saviez qu'elle avait disparu. Vous étiez consciente du vide qu'elle aurait dû occuper.

Millie prend une profonde inspiration qui fait monter et descendre ses épaules.

– Depuis toujours. En cela, oui, mon cas est unique. Dès le début, j'ai perçu les malédictions.

Je me sens flageolante, vaguement nauséeuse même. C'est le genre d'information que je ne suis pas sûre d'être prête à recevoir. Pourquoi arrive-t-il des malheurs aux gens bien ? Pour éveiller les superpouvoirs des autres ?

Soudain, je me fiche de ce que je vais bien pouvoir devenir, de savoir si ma formation de chercheuse de sorts peut aider quelqu'un ou pas. Ce qu'a subi Laurie est impardonnable. Ce calvaire ne peut avoir de retombées bénéfiques. Chaque fibre de mon être se révulse à cette idée.

Mes réactions doivent défiler sur mon visage comme sur un bandeau d'infos au bas d'un écran car Millie se lève.

– Allons, allons, dit-elle en contournant la table pour se poster près de moi en recouvrant ma main de la sienne. Ne te laisse pas abattre…

Un instant, je pense qu'elle va me reparler de ma mine de déterrée, mais elle se contente de presser ma main dans la sienne, frêle et osseuse.

– Si ce n'avait pas été l'accident de ton frère, ça aurait été autre chose, m'explique-t-elle. Ton talent naturel est supérieur à tout ce qu'il m'a été donné de voir. Son éveil n'a été qu'une question de temps.

Malgré ma réticence, je parviens à prendre sa main à mon tour. Je dois reconnaître que son raisonnement se tient. Je n'ai jamais rien vécu de plus viscéral que les émotions qui m'ont assiégée à la suite de l'agression de Laurie. Autour de moi, le monde a changé, s'est éclairé, avivé, durci. Il s'est empli d'angles et de formes que je n'avais jamais vus auparavant.

Je croyais perdre là mes dernières illusions, alors qu'en fait je ne faisais que découvrir les effets durables de la magie, bénéfique et maléfique.

– Nous avons donc identifié un point de départ, reprend Millie à voix basse pour me tirer des recoins sombres de mon passé et me ramener en douceur dans la pièce. Veux-tu que nous discutions de ce qui peut t'attendre à présent ?

– Oui !

Je suis surprise par la fermeté de ma voix.

– Commençons par des choses simples.

Elle hésite, retire sa main de la mienne.

– Je vais en apprendre autant que toi, j'en ai bien peur. Il est évident que ton talent est supérieur au mien.

Je m'apprête à protester, mais elle secoue la tête.

– C'est la vérité, la stricte vérité, poursuit-elle. J'espère seulement que nos projets n'en pâtiront pas.

Elle retourne à sa chaise et ferme les yeux.

– Quand je gagnais encore ma vie en repérant et en analysant des sortilèges, je sentais le pouvoir magique persister chez les victimes. Comme des séquelles de leur malédiction, si tu préfères. J'avais l'impression de regarder le négatif d'une photo, mais un négatif flou.

– Mais vous disiez que vous ne pouviez pas neutraliser les malédictions, m'étonné-je.

– En effet, dit-elle en rouvrant les yeux.

– Alors pour quels services vous payait-on ?

– Les lanceurs de malédictions forment une caste orgueilleuse, explique-t-elle avec un rire amer. Lorsqu'ils identifient une malédiction, les chercheurs de sorts n'ont aucun mal à remonter jusqu'à son créateur. Les lanceurs de malédictions facturent généralement plus cher pour lever un maléfice que pour le jeter. Pour les malédictions lancées à titre personnel, il suffit souvent que la victime se prosterne à leurs pieds pour qu'ils y mettent fin.

– Vous avez donc permis à des personnes de retrouver l'auteur de leur malédiction ?

– C'est le maximum que je pouvais faire, dit-elle.

Puis elle agite la main comme pour chasser une mouche.

– Mon savoir-faire s'arrêtait là. Mais toi, tu peux aller plus loin. Dis-moi ce que tu as vu quand tu as découvert les sorts.

Je pose mes avant-bras sur la table comme si j'allais avoir besoin de ce bois massif pour me stabiliser.

– J'ai eu l'impression de m'effacer du monde réel et d'entrer… je ne sais pas trop dans quoi. J'ai appelé ça *l'arrière-plan.*

Millie hoche la tête, mais, la voyant muette, je poursuis.

– Quand je suis dans l'arrière-plan, je peux voir les sorts.

– À quoi ressemblent-ils ? s'enquiert Millie d'une voix très basse qui me fait dire qu'elle craint de m'effrayer.

– Quand je suis allée me promener avec Laurie, j'en ai vu trois. Tous assez semblables, mais tous différents.

– Raconte-moi ça.

Millie croise et décroise ses doigts en s'exhortant à la patience.

– Ils avaient des formes spécifiques et produisaient parfois des bruits, dis-je. La première personne que j'ai vue était une femme qui essayait d'arrêter un taxi, mais sans y parvenir.

Un gloussement de Millie me fait sursauter.

– Navrée, mais c'est une malédiction mineure, très courante à New York. Et souvent temporaire, conçue pour disparaître au bout de quelques jours. Quoi d'autre ?

– L'espace situé autour de son corps était empli de particules en mouvement, comme des brins de paille qui tombaient autour d'elle.

– Et le bruit ? demande Millie.

Je fronce les sourcils.

– Il n'y en avait pas. En fait, je pense qu'il y en aurait eu un si j'avais attendu un peu plus. Chaque fois que j'ai pu le faire, de nouveaux détails sont apparus.

– Alors parle-moi du suivant, enchaîne Millie.

– De la suivante, en fait. On aurait cru qu'elle marchait dans une boule à neige qu'on venait de secouer.

Je m'interromps, le temps de lever les yeux au plafond.

– Et on entendait comme un carillon féerique.

– Ce n'était pas une malédiction, note Millie. C'était un sort de bonne fortune.

– C'est bien ce qui me semblait, dis-je. Tout paraissait lui réussir. Professionnellement parlant.

– Certains lanceurs de sorts s'enrichissent en proposant leurs services au public, observe Millie avec une moue.

– Où est le mal ? demandé-je. Cette femme avait l'air plutôt heureuse.

– C'est aussi le cas de ceux qui gagnent au Loto, mais en général ils finissent par en vouloir toujours plus, nuance Millie. La magie est trompeuse, traître, et ses conséquences imprévisibles. Compter sur elle pour réussir, c'est jouer à la roulette russe. Tôt ou tard, un des sorts contient une balle…

– Même les sorts bénéfiques ? demandé-je en frissonnant.

– Les sorts bénéfiques, ça n'existe pas, explique Millie. Il y a des jeteurs de sorts et des lanceurs de malédictions. Un sort peut sembler inoffensif, mais il reste dangereux. Si des gens comme nous sont les garants du libre arbitre, il y a des raisons ; plier la nature à sa volonté a un prix. Plus on lui en demande, plus ce prix est élevé. La malédiction n'est que le degré le plus bas dans l'échelle de ces maléfices.

– Et on ne peut pas engager un lanceur de sorts pour annuler une malédiction ?

J'avais gardé ça dans un coin de ma tête.

– Non, répond Millie. Un lanceur de sorts ne peut pas défaire le travail d'un autre. Seul l'auteur de la malédiction le peut.

J'accuse le coup. Nous n'avons donc d'autre choix

que de retrouver Maxwell Arbus. La route que nous avons prise semble aller dans la bonne direction, mais j'espérais secrètement en trouver une autre. Ou la contourner.

Je repense à ce peintre, aux fils rouges qui bridaient sa créativité et lui sapaient le moral. Qui était à l'origine de ce cauchemar ? Auprès de qui devait-il implorer secours ? Que cela lui coûterait-il ?

– Je pense que le moment est venu de me parler du cas de Stephen, déclare Millie en me regardant bien en face. Pour moi, les malédictions ressemblent à des silhouettes ou à des ombres, mais les détails m'échappent. J'ai besoin de savoir ce que tu as vu, *toi.*

Je frémis.

– Je sais que c'est horrible, murmure-t-elle. Toute malédiction lancée par Arbus l'est.

Mon regard planté dans celui de Millie, je raconte le monstre que j'ai découvert dans l'arrière-plan, agrippé à Stephen. Au début, elle soupire de consternation, puis, alors que je frissonne en décrivant les tentacules, elle a un hoquet et dodeline de la tête.

– Quelque chose ne va pas ?

Elle détourne le regard et mon sang se fige dans mes veines.

– Je ne peux m'empêcher de me demander comment on peut faire ça à… quelqu'un de sa propre famille, murmure-t-elle.

Sa peau, déjà blanche comme du papier, a pris une teinte grise.

– Millie, qu'est-ce qu'Arbus a fait à Stephen ?

Les mots prennent une texture épaisse et caoutchouteuse sur ma langue.

Le chagrin que je lis dans ses yeux me fait mal.

– Te souviens-tu quand je t'ai dit que j'étais surprise qu'Arbus ait lancé sur Stephen une malédiction aussi puissante ?

– Oui, dis-je. Parce qu'il avait dû renoncer à une bonne partie de son propre pouvoir.

– Il comptait que cette malédiction se transmettrait de la mère au fils, explique-t-elle. Mais ce qui se passerait durant cette transmission lui échappait. Une malédiction telle que celle-ci acquiert une vie et une volonté propres. Elle génère son propre pouvoir.

– Qu'est-ce que ça signifie ? demandé-je.

Mais je ne veux pas le savoir. Je veux boucher mes oreilles et fermer mes yeux avec l'espoir de me réveiller pour que ce cauchemar cesse.

Quand les yeux de Millie reviennent sur moi, ils brillent de compassion.

– Cela signifie qu'il finira sans doute par tuer son petit-fils.

CHAPITRE 17

PENDANT TOUT LE TRAJET du retour, Laurie a peur de me perdre. En effet, comme nous ne disons rien, il n'a aucun moyen de savoir si je suis près de lui ou non. Il ne cesse de regarder par-dessus son épaule comme pour s'assurer, en dehors de toute logique, que je ne suis pas à la traîne.

– Considère que je suis là, le rassuré-je après quelques minutes. Si je décroche, je te le dis.

Aucun de nous deux ne sait quoi faire. Aucun de nous deux ne sait ce que Millie fabrique avec Elizabeth ni si nous n'avons pas commis une erreur en la laissant là-bas.

Quand nous arrivons à notre immeuble, Laurie me tient la porte au grand étonnement du concierge, plongé jusque-là dans ses mots croisés. Laurie se rend compte de sa bévue, mais s'abstient de tout commentaire. Il ne reprend la parole que quand nous sommes dans l'ascenseur, seuls et en sécurité.

– Ça te dirait d'aller sur le toit ? me demande-t-il.

Je ne m'y attendais pas.

– C'est Sean qui m'a montré comment y aller,

poursuit-il. Je suis sûr que tu es tout le temps là-haut, non ?

Je lui fais signe que non, mais il ne me voit pas.

– Si on va chez toi ou chez moi, qu'est-ce qu'on va faire d'autre qu'attendre ma sœur, hein ?

Effectivement. Alors autant aller sur le toit, lui dis-je.

La porte d'accès est lourde, mais dépourvue d'alarme.

Laurie l'ouvre sans peine, mais moi, j'ai toujours eu beaucoup de mal.

Je ne suis monté là-haut qu'en cas de réel besoin.

Sur le toit, les journées ne s'écoulent pas comme ailleurs – comme dans la rue, comme quand on regarde par la fenêtre. On est là dans une étrange zone intermédiaire entre terre et ciel : à neuf étages au-dessus du sol, on surplombe les piétons, les voitures, les petits immeubles. Mais d'autres, plus hauts encore que le nôtre, nous surplombent à leur tour.

Eux se tiennent tranquilles, fenêtres fermées, façades de glace. Nous sommes dans une poche de silence urbain : la circulation n'est plus qu'un bourdonnement et les voix ne montent pas aussi haut.

Laurie s'approche du parapet, regarde en bas. J'hésite. Il se met à parler, certain que je suis à son côté.

– Une seconde ! m'exclamé-je.

J'ai l'impression de ne pas être monté ici depuis des années tout en sachant pertinemment que c'est faux. J'aimerais qu'il existe un marqueur temporel individuel pour nous éviter de compter en jours, semaines, mois et années. Car chacun a sa propre unité de mesure, sa propre relativité. Pour quantifier les intervalles entre ses amours. Les intervalles entre ses voyages. Les intervalles entre les décès des êtres chers.

Ou le temps écoulé depuis un décès bien précis. La fulgurance du temps passé. L'éternité du temps à venir.

– Tu es là ? me demande Laurie.

– Oui, dis-je en me portant à sa hauteur, mais sans toucher le parapet.

Il contemple le parc.

– Tu viens souvent ici ? Sean dit qu'il lui arrive de se cacher ici. Je me disais que tu l'accompagnais peut-être. C'est vrai, quoi, il se croit seul quand il monte. Mais qu'est-ce qu'il en sait, après tout ?

– Je ne viens pas beaucoup ici, dis-je dans un murmure.

– Pourquoi pas ? C'est beau. Et puis toi, difficile de t'attraper...

– Ce n'est pas ça...

– Tu as peur que la porte se referme, de rester coincé ? D'après Sean, il y a une autre issue.

– Non. Simplement... Je n'aime pas tellement être ici. Je n'ai jamais aimé.

C'est un mensonge et je le sais. *Pourquoi ne puis-je pas le lui dire ?* pensai-je.

– On peut redescendre, propose-t-il.

Je pense à tout ce qu'il a vécu. Pas simplement ces deux derniers jours avec Elizabeth et moi. Mais avant.

– Je suis venu ici à une période difficile, lui confié-je. À une période très difficile. Du coup, c'est dur d'y revenir sans y repenser.

Il hoche la tête, mais sans demander de détails. Il me laisse le soin de lui en donner.

Je me dis qu'il est en droit de savoir.

– C'était juste après la mort de ma mère. J'avais passé un mois dans le brouillard, complètement paralysé. Je ne parvenais pas à croire que je me retrouvais seul. Tout cela me paraissait impossible. Je pensais quand même à m'alimenter, mais c'était à peu près tout. Mon père m'envoyait des mails, me proposait des sorties. Mais je refusais. Je pressentais que ce serait pire, surtout parce qu'il n'était pas question pour lui de s'installer ici. Je n'aurais fait que repousser mon abandon.

« Et donc, un soir, je suis monté ici. J'ai trouvé la force d'ouvrir cette porte.

« Pour la première fois depuis sa mort, j'ai ressenti une certitude. Ce fut un éclair de certitude, j'allais mourir. J'allais mourir car j'allais me jeter dans le vide. C'était la seule solution. Comme si toutes les autres options avaient disparu, que les murs s'étaient rapprochés et que, ainsi acculé, il ne me restait qu'une seule issue, qu'une seule sortie.

« Je me suis avancé jusque-là, dis-je en désignant un endroit du parapet, même si Laurie ne peut pas me voir. Il n'était même pas utile de laisser une lettre ; je me disais que mon père finirait par remarquer mon absence. Mais il ne connaîtrait jamais le fin mot de mon histoire, car je pouvais être n'importe où…

« J'ai posé un pied sur le mur. La certitude était là… puis l'éclair est passé. Car je me suis dit qu'il existait quand même une personne à qui je me devais d'écrire une lettre, c'était ma mère. Je sais que ça paraît bête, mais j'ai senti que je lui devais encore ça. Et dès que j'ai pensé à elle, j'ai pensé à sa tristesse si elle me voyait à cet instant. J'ai imaginé mon corps gisant tout en bas, fracassé sur le trottoir, sans personne pour savoir que je perdais mon sang. L'idée de me faire piétiner pendant des jours, des mois, des années… c'est la plus déprimante que j'aie jamais eue, et je savais que jamais, au grand jamais, ma mère n'aurait voulu cela. Je ne peux pas dire que je l'ai vue, que je l'ai entendue me parler. Je l'ai su, c'est tout.

« Je pense donc avoir appris ce jour-là que les éclairs de certitude n'existent pas. L'éclair est bien là, c'est sûr, mais pas la certitude, même si ça y ressemble. Et je ne suis pas revenu ici depuis, sans doute parce que cet endroit me rappelle trop que je l'ai échappé belle. Que j'étais au fond du trou. Tu comprends ? »

Laurie me tend la main. J'avance mon bras et me concentre dessus pour qu'il puisse le toucher. Pour qu'il puisse m'apporter son réconfort, comme le font les êtres humains.

– Moi, je n'ai jamais voulu mourir, me dit-il. Mais j'ai toujours su que c'était possible. J'ai senti que d'autres auraient souhaité me voir me tuer, alors je me suis battu. En fait, je ne l'ai jamais envisagé. Ma grande provocation était là : je ne disparaîtrais pas. Même à l'hôpital, même quand j'étais au plus mal, je pense avoir connu le contraire de ton éclair de certitude. La certitude qui était la mienne me servait de fondation, c'est sur elle que s'appuyait le reste de mes pensées. Je m'en sortirais.

Je guérirais. Je me tirerais de cette ville. Ils avaient abîmé mon corps, mais je ne les laisserais pas attenter à ma vie. J'en étais certain. Et je le suis toujours. Sauf dans les moments où je ne le suis pas. Mais c'est exceptionnel.

– Au fond, dis-je, je ne comprends pas vraiment la vie.

– Tu ne l'as pas beaucoup pratiquée, note Laurie. Cela dit, je ne sais pas si la pratique la rend plus facile.

– Finalement, on pourrait se passer des lanceurs de malédictions, dis-je. Certains amateurs font autant de dégâts qu'eux.

Laurie éclate de rire – il rit par gratitude, pas parce que c'est drôle.

– J'ai l'impression qu'on a eu tous les deux beaucoup de temps pour observer la nature humaine, reprend-il.

– J'ai surtout trouvé le temps long, au bout d'un moment. Ça ne mène pas très loin, l'observation.

Laurie opine.

– Moi, ce que je voulais surtout, c'était me remettre sur pied.

– Et moi, rester sur les miens. C'est la différence entre sauter et bondir, non ?

– C'est-à-dire ?

– Quand tu sautes, tu ne peux que tomber. Tandis que quand tu bondis, tu te dis qu'il y a quelque chose de l'autre côté.

– Et tu as l'impression que tu vas bondir ?

– J'ai l'impression qu'on l'a déjà fait. Je marque un temps. Tu n'es pas obligé de t'impliquer là-dedans, tu sais. Moi, j'y suis né. Et peut-être qu'Elizabeth aussi.

Mais toi, ce n'est pas ton combat. Je ne peux pas parler pour elle, mais je comprendrais parfaitement que tu n'aies pas envie de faire ce grand bond.

– Quoi ? Pour vous regarder tous les deux de l'autre côté sans rien pouvoir faire ? Jamais de la vie !

Il se retourne pour porter à nouveau son regard au-delà du parapet.

Je sais que ma mère désirait un autre enfant. J'ai entendu les parents en parler, mais je n'ai jamais bien compris le véritable enjeu de cette discussion. La malédiction aurait-elle encore opéré ? Fallait-il en tenir compte ?

Je me plais à penser qu'elle ne voulait pas que je sois seul. Qu'elle voulait que je grandisse avec cette conviction-là, celle d'avoir quelqu'un à mon côté.

– J'ai une question, me dit Laurie un moment après. Tu n'es pas obligé de me répondre si tu n'en as pas envie.

– Vas-y.

– Je m'interroge sur la finalité de tout ça. Il s'agit de briser la malédiction, non ? En d'autres termes, de te rendre visible. Tu penses être prêt à ça ? Parce que être visible, c'est aussi être très vulnérable.

– J'ignore si j'y suis prêt. Mais je pense que j'aimerais tenter le coup.

Un bruit vient déchirer le silence, c'est la porte qui s'ouvre. L'espace d'un instant, je songe à me cacher. Comme si Laurie m'avait fait oublier ce que je suis…

Laurie cherche lui aussi un endroit où se dissimuler, s'attendant à voir surgir un vigile de l'immeuble.

Pourtant, sauf à escalader la citerne d'eau, il n'existe guère ici de cachette.

Mais ce n'est pas un vigile. C'est Sean, l'air à la fois intimidé et ravi.

– J'espérais te trouver ici, déclare-t-il à Laurie.

– Fais comme si je n'étais pas là, chuchoté-je à ce dernier. Je m'en vais.

Laurie ne peut rien me répondre. J'attends que Sean dégage l'embrasure de la porte pour que je puisse redescendre. Mais il ne bouge pas…

– Je t'ai envoyé trois textos, dit-il. Je trouve que c'est deux de trop…

– Excuse ! J'ai été super occupé.

– Par quoi ?

– Ma sœur m'a traîné un peu partout.

– Et je ne pouvais pas vous accompagner ?

– C'est-à-dire que… elle doit voir un… euh… un psy.

Sean ne lâche pas prise.

– Pourquoi ?

– Ben… elle a du mal à trouver ses marques ici. Elle a besoin d'un nouveau thérapeute. Donc on est allés voir, disons, ce qui se faisait par ici.

Sean est new-yorkais – cette explication ne lui paraît pas incongrue. Et d'ailleurs il s'en contente.

– Un jour, mon père m'a envoyé chez un thérapeute. Il trouvait que je passais trop de temps à regarder *Aquaman*. Mais bon, *le mal était fait, papa*.

– Ça n'a pas dû être marrant, compatit Laurie sans en demander plus.

Je me rends compte que Sean ignore ce qui lui est arrivé. Qu'il est là pour donner un nouvel élan à Laurie.

Sean s'approche, libérant du coup le passage. Je sais que le moment est venu de m'éclipser.

– Ce qui est facile est sans intérêt, déclare Laurie, et je comprends qu'il s'adresse aussi bien à Sean qu'à moi. Seule compte la difficulté. C'est elle qui donne envie de bondir.

– Comme Aquaman ? demande Sean, un peu gêné.

– Comme Aquaman. Ou Wolfman, si tu connais. Ou The Invisible Boy. Si on ne combat pas les sortilèges des autres, que devenons-nous ? Des serviteurs du mal... À quoi ça rime ?

Je sais que je ne peux pas répondre, pas en présence de Sean. Je dois donc m'en remettre au silence pour faire passer mon message. M'en remettre à Laurie pour qu'il sache que je regrette qu'il n'ait pas été là la dernière fois que je suis monté sur le toit. Je croise les doigts pour qu'il sache que je suis content d'être resté.

CHAPITRE 18

JE SUIS PÉTRIFIÉE SUR ma chaise.

Elle le tue. Cette malédiction le tue.

Millie tapote les coins de ses yeux avec un mouchoir orné de dentelle. Elle me regarde comme si elle s'attendait à devoir aller m'en chercher un aussi. Mais je n'ai pas de larmes. Lentement, mon effroi s'efface, tel un iceberg déporté par un courant chaud, et se mue en colère.

– Que voulez-vous dire par « sans doute » ? demandé-je.

Le ton de ma voix fait sursauter Millie.

– Pardon ?

– Comment peut-il « sans doute » le tuer ?

Embarrassée, Millie se tortille sur sa chaise.

– J'essaie simplement de te mettre en garde. De te préparer au pire. On ne peut être sûr de rien…

Son hésitation témoigne qu'elle ne me dit pas tout.

– Mais ?

– Les malédictions ont une sorte de logique morbide, m'explique-t-elle. Une pente naturelle. Celle de Stephen n'avait pas vocation à le punir, c'était un coup cruel porté à sa mère, la fille d'Arbus.

– Je ne comprends pas.

Je trépigne de dépit. J'ai envie de m'enfuir à toutes jambes du sortorium de Millie pour aller retrouver Stephen. Comme si chaque minute passée ici à attendre les explications de Millie était une minute où il s'éloignait de moi. Il n'est plus seulement invisible. Il va disparaître à jamais.

Millie pince les lèvres.

– Arbus a conçu cette malédiction pour rendre un enfant invisible, pour gommer son existence – ainsi que la joie et l'exaltation qui doivent accompagner l'arrivée d'un bébé – et le tenir à l'abri de presque tous les regards, y compris de ceux de ses parents. Arbus est tout sauf négligent en matière de maléfices : il a fait en sorte que Stephen reste en vie afin d'être un tourment permanent pour sa mère. Arbus n'était pas du genre à laisser quoi que ce soit au hasard.

« C'est pour ça que les vêtements de Stephen disparaissent. C'est pour ça que, tout petit, il avait une consistance. C'est pour ça qu'il a vécu jusqu'à aujourd'hui.

Ne pouvant rester assise plus longtemps, je me lève d'un bond et commence à faire les cent pas devant la porte du sortorium.

Millie observe mes allées et venues frénétiques.

– Mais quand Arbus a jeté cette malédiction, il l'a fait sur la mère de Stephen, pas sur Stephen lui-même, dit-elle.

Elle s'interrompt, m'obligeant à m'immobiliser et à la regarder en face.

– Je ne peux que le supposer.

Elle parle lentement, posément.

– Mais sa mère disparue, on ne peut pas savoir ce qui va subsister de cet effet. Si la malédiction devait vraiment se propager sur plusieurs générations, Stephen peut très bien y survivre. Mais impossible de le savoir. Comme je disais, de par sa nature et son intention, cette malédiction est instable.

Millie soupire.

– Par conséquent, elle est imprévisible et très, très dangereuse. Pour Stephen… et pour toi.

Tout en essayant de comprendre la portée de ses paroles, je croise son regard, inflexible. « Instable ». « Imprévisible ». Des mots qui ne signifient rien. Je lui réclame un décompte précis du temps qu'il nous reste à vivre et tout ce qu'elle m'offre, c'est un cadran solaire – et encore, sous un ciel plombé…

Je me rabats donc sur un paramètre que je maîtrise, moi.

– Pourquoi la malédiction de Stephen serait-elle dangereuse pour moi ?

– Parce que tu es jeune et amoureuse.

Elle sourit, mais je détourne le regard. L'amour me paraît lointain, et la peur de le perdre, toute proche.

– Ce qui va te rendre impulsive, poursuit Millie. Et moins attentive aux dangers qui te menacent.

– Je m'en moque. Dites-moi simplement ce que l'instabilité de la malédiction fait encourir à Stephen.

Je relève les yeux pour les planter sur Millie, mais je sens mon cœur battre contre mes côtes comme un oiseau encore malhabile qui retomberait à chaque envol.

– Tu apportes de l'eau à mon moulin, me dit-elle après

une brève inspiration. Si tu veux aider Stephen, tu dois t'occuper de toi. Avec ton attitude, tu pourrais lui faire plus de mal que de bien.

– Mais n'est-ce pas pour cela que je suis ici ? demandé-je avec aigreur. Pour que vous m'appreniez à « m'occuper de moi » ?

– Tout à fait, confirme Millie en se levant. Quant à Stephen, il ne craint pas grand-chose. Il survit depuis si longtemps à cette malédiction. Il doit être résilient.

Je me retiens de rire et préfère lui tourner le dos. Pour moi, Millie a l'air de dire que, puisque nous avons échappé à un tremblement de terre, pourquoi s'inquiéter des répliques ? Mon esprit est tout entier occupé par cet imprévisible nid de tentacules qui fouettent l'air autour du corps de Stephen. Que l'un d'entre eux se fâche et s'enroule autour de son cou pour l'étrangler, et nous verrons s'il ne craint rien... Pour ma part, je considère que Stephen est la cible d'un assassin fantôme qui peut frapper à tout moment sans sommation. Assurer, comme le fait Millie, que le temps travaille pour nous m'est insupportable.

Je m'apprête à le lui dire quand, sans prévenir, elle se précipite vers moi et passe son bras autour du mien.

– Allons, allons, ne fais pas cette tête, me dit-elle en m'entraînant vers l'escalier. Sinon, tu auras des rides à vingt ans !

Pour une femme de son âge, elle se déplace avec une vélocité étonnante. J'ai toutes les peines du monde à ne pas trébucher en montant les marches.

– Où allons-nous ? demandé-je.

– Achever ta formation, quelle question ! me répond Millie en me faisant pénétrer dans la boutique de B.D.

Je plisse les yeux pour m'accommoder à la pénombre.

– Saul, nous avons du travail ! annonce-t-elle.

L'ombre tassée derrière le comptoir glisse un regard intrigué vers ce petit bout de femme.

– Après tout ce temps ? Crois-tu que ce soit bien raisonnable ?

– Et comment donc ! l'exhorte Millie en ponctuant ses paroles de brefs claquements de mains. À moins que tu ne craignes d'être trop rouillé…

Je regarde Saul se déplier derrière son bureau. Debout, il fait un bon mètre quatre-vingts. Malgré son âge, Millie semble un enfant à côté de ce colosse.

– Il vient avec nous ? demandé-je, ayant totalement oublié ce grand type silencieux tapi dans l'obscurité du magasin.

À la rigueur, je l'aurais pris pour un agent de sécurité chargé de chasser les jeunes qui se mettent au défi d'entrer là pour apercevoir la « sorcière » de la maison.

– Bien entendu ! répond Millie. Une chercheuse de sorts ne saurait travailler sans protection. Nous serions bien trop vulnérables. Cela dit, je ne mérite guère la fidélité de Saul, reprend-elle avec une moue. Je lui ai dit bien des fois de se trouver quelqu'un d'actif. De ne pas rester avec un vieux croûton comme moi.

Saul marmonne entre ses dents quelque chose que je ne comprends pas.

– Vous êtes le protecteur de Millie ? lui demandé-je, à moitié rassurée.

Il a bien la tête de l'emploi, mais je ne vois toujours pas le genre de protection qu'il lui apporte.

– Le bouclier, rectifie Millie. Chaque chercheur de sorts a un bouclier pour l'accompagner pendant qu'il traque et répare les méfaits des lanceurs de malédictions.

Saul étire méthodiquement ses bras, ses jambes, ses épaules et son cou, produisant un chapelet de craquements désagréables à l'oreille. Il me fait penser à un mécanisme peu utilisé et mal graissé qui reprendrait du service.

– Pourquoi avez-vous besoin d'être protégée ? demandé-je à Millie.

C'est Saul qui me répond dans un grognement :

– Tu crois que j'ai perdu mon œil en vendant des B.D. au porte-à-porte ?

Je suis doublement gênée car je ne peux détacher mon regard de la cicatrice qui barre son visage à l'endroit de son œil manquant et, de plus, je tremble comme une feuille. Il se contente d'en rire.

– Allons, allons, Saul, sois gentil ! le gronde Millie tout en souriant tendrement à ce géant. Elle est encore jeune et cette histoire a de quoi l'effrayer.

– Raison de plus pour ne pas la dorloter, se justifie Saul.

Mon regard oscille entre ces deux étranges personnages. À mesure que se poursuit leur échange à fleurets mouchetés, je me rends compte qu'ils vivaient en quasi-hibernation dans cette sombre boutique du Upper West Side. Tandis qu'ils débattent de mon aptitude à affronter ce qui nous attend, revigorée par leur nouveau projet, je me sens aussi invisible que Stephen.

Après quelques minutes de ces palabres, je m'éclaircis la gorge.

– Donc... de quoi vous protège-t-il ?

Saul me foudroie du regard pour l'avoir interrompu, mais Millie rougit d'embarras.

– Je te l'expliquerai volontiers, mon enfant, mais quand nous serons en chemin.

– Où allons-nous ? demandé-je par-dessus mon épaule tandis qu'elle me pousse avec empressement vers la porte.

– Dans le métro, reprend-elle. C'est un endroit propice où l'on peut s'asseoir et observer sans se faire remarquer. Avec tous ces gens qui montent et descendent entre la 86e et Wall Street, nous devrions avoir une belle palette de sortilèges. Je n'ai pas poussé aussi loin au sud depuis un moment, mais, dans mon souvenir, le quartier de la finance est généralement saturé de maléfices.

Elle en jubile à l'avance tandis que, de mon côté, j'essaie de comprendre comment on peut trouver « belle » une palette de sortilèges. Et puis je me demande si j'ai envie de m'aventurer dans un quartier si riche en malédictions...

Saul ferme le magasin et nous voilà partis. Il marche en tête, chacune de ses longues enjambées nous obligeant, Millie et moi, à presser le pas pour suivre son rythme.

– Les lanceurs de malédictions sont des gens suspicieux par nature, m'explique Millie tandis que nous descendons la rue à vive allure. Ils traversent le monde en regardant toujours par-dessus leur épaule. Ils nourrissent une antipathie particulière à notre égard et nous voient comme des importuns, des moucherons à écraser.

– Peuvent-ils le faire ? demandé-je. Nous écraser ?

– Pas par des malédictions, répond Millie tandis que nous tournons au coin de la rue. Les chercheurs de sorts sont naturellement immunisés. Les malédictions n'ont pas réellement de prise sur nous. Bien entendu, nous devons nous fabriquer notre propre immunité, comme tout un chacun le fait pour des maladies plus courantes. Avec le temps, les malédictions glissent sur nous.

– Nous possédons génétiquement un Téflon anti-malédictions ? demandé-je en riant.

Millie me regarde en fronçant le nez.

– Pardon, dis-je tandis que nous descendons dans la station. Alors, quel genre de dangers nous font-ils courir ?

– Un jour que j'avais mis une lanceuse de malédictions hors d'état de nuire, elle s'est retournée contre moi, dit Millie. Si ce pauvre Saul est couvert de cicatrices, j'en suis responsable.

J'en reste sans voix tandis que Saul me sourit timidement.

– Ne t'en fais pas, jeune fille. Je m'arrange pour que les couteaux des lanceurs de malédictions finissent plantés dans leur propre ventre, c'est un don que j'ai...

Le rire de Millie me fait sursauter.

– Personne n'est aussi rapide que mon Saul, précise-t-elle.

Celui-ci lui décerne un grand sourire.

– C'est votre garde du corps ? demandé-je. Est-ce ainsi que ça marche ?

– Les lanceurs de malédictions se donnent rarement la peine d'assurer leur sécurité et de dissimuler leur identité. Nous sommes les seuls à pouvoir les démasquer et menacer leur gagne-pain.

– Mais pas seulement… ajoute Saul tandis que nous franchissons le tourniquet.

– Je parle pour moi, rectifie Millie d'un ton sec. Car je n'ai pas ton talent, Elizabeth.

Vexé, Saul reprend son rôle de guetteur sur le quai tandis que, me prenant par le coude, Millie m'attire près d'elle pour que nous puissions converser à voix basse.

– Je peux identifier les malédictions et aider les victimes à comprendre ce qui leur arrive, poursuit-elle. Je peux leur prodiguer des conseils. En général, je m'efforce d'estimer la durée d'action de la malédiction et de voir comment ne pas aggraver ses effets.

J'essaie de me concentrer sur ses paroles, mais j'ai du mal. Laurie avait raison au sujet des miasmes du métro. Avec cette chaleur étouffante, les mauvaises odeurs, à la fois acides et écœurantes, stagnent autour de nous. Je ne parle pas que des relents de sueur, d'urine et d'ordures qui soulèvent le cœur. Car autour de moi résonne un bourdonnement que je perçois sans l'entendre tout à fait. Ce bruit enfle et un bref étourdissement me fait tanguer. Les doigts de Millie m'enserrent le bras.

– Allez, me dit-elle. Je sais que ce n'est pas agréable, mais essaye de respirer à fond et régulièrement. Ne te laisse pas submerger.

Une rame s'arrête. Tandis qu'elle se vide, Saul se plante devant nous, puis écarte les autres voyageurs à coups d'épaule. Hormis quelques grommellements de mauvaise humeur, aucun ne proteste en le voyant nous ouvrir un chemin pour pénétrer dans le wagon et nous conduire jusqu'à nos sièges. Je n'en veux à personne car je me dis qu'en dehors des catcheurs professionnels peu oseraient se frotter à Saul.

Maintenant que je suis assise, je me sens un peu mieux. Le ronflement emplit encore mes oreilles, mais il est moins présent.

– Tu vas t'y faire, m'assure Millie en me tapotant la main.

– Je ne pense pas que ce soit l'odeur, dis-je.

– Bien sur que non, ce n'est pas l'odeur ! me reprend-elle. Ce sont les malédictions. Tu commences à y être réceptive. Bientôt tu pourras les repérer sans aucun effort.

Je relève aussitôt le regard. Son sourire attendri cerne ses yeux de petites rides.

– Tu as ouvert la porte. Maintenir, il s'agit d'entrer…

– Ce ronflement… Les sons, dis-je. Ils viennent des malédictions ?

– De la magie en général, confirme Millie en hochant la tête. En partie de malédictions, en partie de sorts bienveillants. Ton corps est naturellement programmé pour les rechercher. Ce son te harcèle, cherche à capter ton attention. Tu constateras qu'il est bien moins incommodant si tu ne t'en préoccupes pas.

– Mais… dis-je en plissant le front et en secouant la

tête pour me débarrasser de ce bourdonnement – en vain. Impossible pour moi de voir les malédictions sans être dans l'arrière-plan.

Je tressaille légèrement en prononçant ce mot forgé par mes soins pour désigner l'étrange monde parallèle dans lequel je peux voir distinctement les malédictions et les entendre. Millie ne se laisse pas distraire. Elle sourit toujours.

– D'après ce que j'ai réussi à grappiller dans mes vieux grimoires, tu dois être dans cet « arrière-plan », comme tu dis, pour briser une malédiction, m'explique-t-elle. Mais avec le temps et la pratique, tu n'auras plus à quitter notre réalité pour identifier la magie.

La rame s'ébranle à nouveau. Saul se tient à une des barres, telle une sentinelle, et balaie le wagon du regard.

– Les boucliers comme Saul ont pour rôle d'assurer notre sécurité pendant que nous traquons les malédictions, me dit Millie. Nous sommes absolument sans défense quand nous quittons ce plan pour pénétrer dans celui de la magie. Un bouclier veille sur nous pour parer à toute agression.

J'ai des fourmillements sous la peau. Laurie a tenu ce rôle quand j'ai fait mes premiers essais – quand j'essayais de voir les malédictions. Il a été mon bouclier sans que nous en ayons conscience, ni l'un ni l'autre. Un élan de gratitude me submerge, suivi d'une sensation de vide. Soudain, je suis seule et j'aimerais qu'au lieu de ces deux inconnus ce soit mon frère qui soit avec moi.

– Et on vous a affecté Saul ? demandé-je en me forçant à revenir au réel.

– C'est lui qui m'a trouvée, me confie Millie en jetant un regard vers Saul et, l'espace de quelques secondes, les années s'effacent de son visage et révèlent, cachée derrière les strates de l'âge, une jeune fille aux yeux immenses. L'époque où les boucliers étaient officiellement engagés pour protéger les chercheurs de sorts est depuis longtemps révolue. Mais Saul est issu d'une longue lignée de boucliers et il était fermement décidé à ne pas trahir sa vocation.

Je risque un œil vers son imposante silhouette. Son regard m'effleure avant de reprendre sa surveillance du wagon.

– Aurai-je besoin de mon propre bouclier ? demandé-je, songeant éventuellement à soudoyer Laurie avec des boîtes de Pop-Tarts pour qu'il accepte ce poste, même si, d'un autre côté, je n'ai pas trop envie de mêler mon frère à des rixes au couteau...

– Certainement, répond Millie. Saul pourra peut-être te trouver quelqu'un. Il a gardé des contacts parmi les collègues de son réseau, enfin de ce qu'il en reste. Mais le plus simple serait qu'il te serve lui-même de bouclier. Mon utilité dans le monde de la magie est limitée. Ton talent à toi est infiniment plus précieux.

Saul demeure muet, mais en le voyant suspendre soudain sa respiration, je devine qu'il n'a nulle envie d'escorter quelqu'un d'autre que Millie.

– Ce n'est pas encore à l'ordre du jour, tranche Millie tandis que nous arrivons dans une station, et je suis soulagée de l'entendre changer de sujet.

– Nous devons d'abord travailler la perception,

m'explique-t-elle en prenant mes deux mains et en cherchant mon regard.

Ses consignes sont presque noyées sous le brouhaha des passagers qui se bousculent pour monter et descendre, mais j'y vois pour nous une aubaine, un anonymat possible au milieu du bruit et de la foule.

– Bascule dans le plan où tu vois les sortilèges. Identifie ceux qui sont à l'œuvre dans ce wagon – j'en ai déjà repéré deux –, puis, lorsque tu reviendras à toi, tâche de ne pas rompre cette connexion. Tâche de continuer à les voir dans notre plan à nous.

– OK.

Je prends une inspiration et laisse retomber mes épaules. J'ai moins de mal que la première fois. Je me laisse glisser du monde conscient vers les étranges tonalités sépia de l'arrière-plan. Satisfaite de pouvoir maîtriser ma respiration, je me mets en quête d'indices maléfiques dans la rame. Le bourdonnement a disparu ou, plutôt, il est devenu le son propre à ce plan – au plan magique. Comme si les bruits qui emplissaient ma tête sur le quai n'étaient rien d'autre que les appels de cette curieuse contrée qui réclamait mon attention.

La première malédiction est facile à localiser. Et je n'en reviens pas que sa victime soit un monsieur assis en face de Millie et moi. Je rougis en pensant à la patience dont Millie fait preuve envers la novice que je suis – pas fichue de voir une malédiction qui lui crève pourtant les yeux... Surmontant cet embarras, je me concentre sur le phénomène. Il est différent de ceux auxquels j'ai assisté avec Laurie. Sa forme, fixe et nette, est celle d'une boîte transparente qui flotte autour de la tête de cet homme. Quant au son, il s'agit d'une pulsation régulière accompagnée d'éclairs stroboscopiques. En m'appliquant à me détendre encore plus, je mobilise tous mes sens dessus dans l'espoir de la comprendre. Peu à peu, elle révèle son histoire.

Comme le peintre dans le parc, cet homme souffre moralement. Il est victime de confusion mentale. Il est consultant et doit présenter un exposé dans une demi-heure, mais il est incapable de se concentrer. Vague après vague, le maléfice entame sa mémoire, réduit à néant sa longue expérience d'analyste et d'orateur. Le voici au plus mal, sa confiance s'effrite de minute en minute. Je me demande s'il s'agit d'une malédiction individuelle ou d'une sorte de sabotage à l'échelle d'une entreprise.

Malgré ma compassion pour ce monsieur, je le laisse pour chercher l'autre sortilège et poursuivre ma leçon avec Millie. Le second est plus difficile à repérer. Discret, il ne suscite guère que quelques volutes autour d'une adolescente postée à l'extrémité opposée du wagon. Si elles ne l'emprisonnent pas, les minces traînées de fumée qui dansent autour de son corps n'en sont pas moins nuisibles. Je grimace. Cette malédiction a beau être moins lourde, elle n'en est pas moins cruelle. J'y vois une sorte de farce née d'un esprit malveillant qui agit seul. Cette jeune fille, qui cherche à rentrer chez elle, prend ce train chaque jour. Elle ne comprend pas pourquoi, aujourd'hui, elle est à ce point désorientée ni pourquoi le plan du métro lui semble incompréhensible. Elle s'énerve, mais je constate, en voyant la malédiction glisser sur ses membres, que celle-ci a peu de vigueur et s'estompe à vue d'œil.

Je commence à comprendre ce que Millie entendait par « une belle palette de sortilèges ». Malgré le peu de temps que je viens de passer dans ce monde étrange et clandestin, je suis sidérée par l'éventail de malédictions qu'il offre. Certaines s'apparentent à celle que j'ai en ce moment sous les yeux : à de petites blagues mesquines ou malicieuses qui agacent sans causer de préjudice permanent ; d'autres, comme celle qui frappe notre voisin d'en face, sont capables de gâcher une journée, mais susceptibles aussi de détruire une carrière ; et d'autres encore, comme celle de Stephen, sont à la fois assez puissantes et malfaisantes pour tuer.

La nausée me prend par surprise et me donnerait presque envie de m'échapper de ce plan. Mais pas question. Je tiens à honorer en bonne élève la leçon du jour. Au lieu d'aller me réfugier dans la réalité, je me reprends peu à peu en maintenant une partie de mes sens en prise avec ces deux malédictions. Et me voici de retour dans mon corps. Je retrouve les couleurs et les sons de l'univers qui m'est familier. Millie me regarde. Saul continue de scruter le wagon.

– Alors ? me demande Millie.

En désignant d'un signe de tête l'homme assis face à nous, je constate que je vois encore les lumières clignoter autour de son front.

– Lui.

Mon regard se déporte vers la jeune fille installée au fond. Pour tenter de masquer sa panique, elle essuie furtivement ses larmes à mesure qu'elles se forment au coin de ses yeux.

– Et elle.

Les volutes flottent encore autour de son corps. Dans le plan du réel, j'aurais presque pu les prendre pour de la fumée de cigarette.

– Très bien ! me félicite Millie en hochant la tête. Tu les vois toujours, ces malédictions ?

– Oui.

– Elle apprend vite, conclut Millie en souriant à Saul, qui hausse les épaules.

La rame marque l'arrêt suivant. Notre voisin se lève et descend, l'air dépité. Un flot de nouveaux arrivants s'engouffre dans le wagon et nous nous retrouvons comprimés ; je note quand même que plusieurs personnes tentent, en vain, de rester à distance respectueuse de Saul. En se penchant, celui-ci se rapproche de nous et sa masse intimidante nous surplombe toutes les deux.

– Il y en a une autre, m'informe Millie. Une nouvelle malédiction vient de monter à cette station. Veux-tu la chercher ?

J'acquiesce d'un signe de tête et commence à m'abstraire du vacarme de ce wagon bondé. Millie attrape mon épaule et me secoue.

– Non, non !

Elle désigne les autres passagers d'un geste circulaire.

– Tu dois tenter de la voir dans notre plan à nous, sans passer dans ton arrière-plan.

– D'accord.

À demi-confiante, je commence par rediriger mon

attention sur la jeune fille. J'ai du mal à la retrouver dans cette cohue. Mais voici que je l'entraperçois, toujours cernée de filets de fumée. Consciente à présent de ce que l'on éprouve en voyant une malédiction en pleine réalité, je me tourne lentement vers les autres voyageurs.

C'est le bruit qui oriente ma vision, ce bourdonnement insistant de l'arrière-plan qui me harcèle, qui titille mes sens. Deux barres plus loin que celle à laquelle se tient Saul se trouve une femme. Je serais charitable en la qualifiant de négligée. Sa chevelure est un amas immonde de nœuds et de crasse. Ses yeux renfoncés sont soulignés d'une ombre violacée, suffisamment foncée pour être due à des cocards, mais je vois bien qu'ils traduisent surtout l'épuisement. Ses doigts fins tremblent, même quand elle s'agrippe à la barre pour garder tant bien que mal son équilibre. C'est un fantôme qui traverse le monde des vivants.

Le bruit qui m'a attirée vers elle se fait plus insistant. Le ronronnement s'est mué en une lamentation funèbre et entêtante. À ce point insupportable que j'ai envie de me boucher les oreilles, pressée de me soustraire à ses accents stridents. Tandis que j'observe cette femme, la malédiction apparaît. Contrairement aux autres, celle-ci bouge à peine. Elle flotte au-dessus de sa victime, sombre et pesante, telle une cape conçue pour l'étouffer, mais sans l'effervescence propre aux maléfices observés jusque-là. Cette malédiction épaisse l'englue comme du goudron.

– Elle n'arrive plus à dormir, murmuré-je. Ni à prendre soin d'elle. Tout espoir l'a abandonnée.

– Ce sortilège est ignoble, me souffle Millie en se penchant vers moi.

Le regard toujours sur cette femme, je remarque que ses vêtements sont sales. Et ses ongles, noirs. Je comprends qu'il s'agit là de symptômes de la malédiction. Elle a de l'argent, un toit, mais a perdu toute notion de dignité, physique et mentale.

– Peut-elle en mourir ? demandé-je.

– La malédiction en elle-même n'est pas mortelle, m'explique Millie. Mais elle pourrait bien causer la perte de cette pauvre femme. Elle est tellement fatiguée qu'elle peut traverser devant un bus sans même le voir. Les maléfices liés à l'insomnie sont très dangereux. Et à celui-ci s'ajoute une variante, celle du dégoût de soi.

Je regarde la malédiction posée comme un cadavre sur les épaules de cette femme. À la différence de celle que j'ai vu se détacher de l'adolescente déboussolée, celle-ci est en plein épanouissement. Elle ne va pas disparaître de sitôt.

– Nous devons l'aider, décidé-je.

Prenant mon visage entre ses mains, Millie le détourne de la malheureuse et l'oriente vers elle.

– Tu n'es pas prête !

– Mais…

– La jeune fille… m'interrompt-elle. L'adolescente égarée, à l'arrière du wagon. Elle, tu serais peut-être capable de l'aider.

Je résiste à l'envie de me retourner vers l'autre femme.

– Comment ?

Millie jette un coup d'œil vers Saul. Celui-ci approuve d'un signe de tête.

– Nous en avons parlé, nous y avons réfléchi ensemble, dit-elle. C'est encore risqué, mais j'estime que tu devrais essayer.

– Essayer quoi ?

Je m'impatiente. Les malédictions sont un spectacle épuisant, pas physiquement mais émotionnellement. Elles mettent l'intellect et l'esprit au contact de ténèbres qui colorent le monde de teintes crues, celles de la vengeance, de la mesquinerie, du pouvoir nourri d'orgueil. C'est un univers empli de vérités atroces qu'on n'oublie pas quand on les a vues. Et je regrette de les avoir vues.

– Comme je te l'ai dit, mes compétences se bornent à repérer les sorts, me rappelle Millie, les yeux plissés d'inquiétude. Mais à en croire la tradition et les quelques chroniques que j'ai pu réunir, tu pourrais faire mieux.

– Puis-je briser les malédictions ? demandé-je.

– Ce serait plus viscéral que ça ! résonne la voix de Saul au-dessus de moi.

Je frissonne au mot « viscéral », surtout venant d'un homme qui, de par son emploi, a dû voir passer devant lui son lot de tripaille.

– Ton talent pourrait te permettre d'aspirer une malédiction, comme on le fait avec un poison, reprend Millie en évitant mon regard. Quand on y parvient, la victime est débarrassée du maléfice.

– Parfait ! dis-je en me redressant. Quand serai-je prête ?

– Écoute, mon enfant, répond Millie en secouant la

tête, on n'aspire pas le maléfice pour le laisser filer. On l'absorbe dans son corps. Si tu en es capable, il te faudra du temps pour habituer ton organisme à ses effets.

– Qu'est-ce que je risque ? demandé-je en regardant Millie, puis Saul.

Millie secoue encore la tête.

– On ne sait pas vraiment, me répond Saul.

Il se penche vers moi. J'essaie de ne pas regarder son œil manquant. Ni son visage couturé.

– Tous les chercheurs de sorts sont différents. Mais votre corps a la capacité – en théorie – de combattre les malédictions. De les détruire.

– Au début, il faut s'attendre à des effets secondaires, précise Millie. Et nous ignorons tout de leur gravité. Ou même si ça marchera...

Quittant des yeux ce duo aux mines lugubres, je porte mon regard sur la jeune fille du fond. Elle a placé une main sur ses yeux à présent, ayant renoncé à cacher sa détresse.

– Je m'en fiche, dis-je hypocritement.

En réalité, je suis terrifiée. Mais impossible pour moi de contempler cet autre monde, ces autres horreurs, sans rien tenter pour y remédier.

– Dites-moi juste comment on s'y prend.

Saul émet un grognement que j'interprète comme une marque de respect et Millie presse ma main.

– Puisque je ne possède pas moi-même ces dons, j'en suis réduite à des suppositions, dit-elle. Mais ton instinct devrait te guider, je pense. Tu es née pour ça.

Ses paroles me figent. Je n'ai jamais cru à l'idée de

destin. Le monde m'a toujours paru trop inconstant, trop injuste pour des notions aussi élevées. Cela dit, si le destin existe, il m'a conduite à tomber amoureuse d'un garçon invisible. Et je ferais tout pour le sauver.

Sans un mot, je presse à mon tour la main de Millie avant de la lâcher. Et de me retrancher du monde. L'arrière-plan se dresse, offrant sa mystérieuse absence de couleurs. Les passagers qui me cachent la jeune victime ne sont plus que des ombres. Mon regard traverse leurs corps dépourvus de substance.

Les contours de la jeune fille, eux, sont parfaitement nets. La malédiction a déjà faibli par rapport à tout à l'heure, quand je l'ai découverte. J'observe l'adolescente pendant une minute ou deux en me demandant quoi faire. Mais l'instinct étant ce qu'il est, on ne le convoque généralement pas.

Malgré mon impatience, je parviens à me rasseoir et j'attends en observant les mouvements du maléfice. En écoutant son bruissement. Sur une impulsion, sans décision consciente, je sens un changement se produire dans ma perception. Une dilatation, un élan. Mon esprit se focalise. Acquiert une puissance magnétique. Son entreprise d'attraction commence.

Je reste très calme, ma respiration est régulière. Mon esprit poursuit son travail de captation et crée un lien entre moi et la jeune envoûtée. La malédiction cesse son encerclement. Des traînées de fumée abandonnent l'adolescente pour dériver vers moi. Je ne bouge pas, alors que je suis sur le point de crier. L'instinct à l'œuvre dans mon corps me souffle que le sortilège ne va pas se contenter de flotter autour de moi. La connexion que nous avons établie va l'aspirer en moi et il pourra alors s'en donner à cœur joie.

Et ce moment arrive : je prends une inspiration et la fumée se glisse dans mon nez et ma bouche. Je frissonne, pousse un gémissement et me plie en deux. Mon crâne résonne d'un martèlement régulier.

– Elizabeth ! Elizabeth ! s'exclame Millie en me secouant.

Je relève la tête, reviens à moi. La rame est arrêtée et des passagers y montent et en descendent, comme d'habitude. Nul n'a de regard pour moi.

– Ça va ? me demande Saul.

Ma tête me fait mal, mais sans plus – quelques aspirines devraient venir à bout de la douleur ; pour le reste, tout me semble normal. Je me redresse et cherche des yeux la jeune fille. Elle est plongée dans l'examen d'un plan du métro affiché dans le wagon. Elle se met à rire, doucement d'abord, puis tout fort, ce qui lui vaut des regards appuyés de la part de ses voisins. Le soulagement éclaire son visage. Elle sort en trombe du wagon au moment où les portes se ferment.

– Ça a marché… murmuré-je.

Millie me prend dans ses bras.

– Tu es vraiment douée, me glisse-t-elle en plantant un baiser sur ma joue.

Mal de tête ou pas, je me sens formidablement bien. Je peux y arriver. Je peux sauver Stephen. Et d'autres aussi peut-être, innombrables.

Je me lève et gagne la barre d'appui située entre Saul

et la désespérée. Celle-ci a bien plus besoin de mon aide que l'adolescente égarée.

– Elizabeth, assieds-toi ! m'intime Millie dans mon dos. Tu dois te reposer. Y aller progressivement. Quel que soit ton talent, tu n'es jamais qu'une débutante.

– Non ! répliqué-je sans même la regarder.

Agrippée à la barre pour me stabiliser, je glisse vers l'arrière-plan. Très à l'aise à présent, il me faut désormais une seconde, contre plusieurs minutes auparavant, pour passer d'un monde à l'autre.

Quelque part, comme un écho lointain, j'entends Millie m'appeler. Passant outre, je me concentre sur cette femme prisonnière d'une malédiction qui risque de la tuer. Mon esprit se déploie. J'en ai plus conscience à présent : il regorge d'empathie, il est animé du désir de guérir. Au moment où la connexion s'établit, je frémis et manque perdre l'équilibre. Je sens que cette malédiction-ci est puissante, bien plus que celle dont j'ai débarrassé la jeune fille. Je rassemble mes forces et attire à moi le maléfice. Sa façon de se mouvoir est répugnante. Alors que le précédent flottait dans les airs, celui-ci tombe de sa victime en une masse gluante et progresse mollement vers moi. Je lutte contre ma peur tandis que la flaque sombre touche mon pied. Elle se hisse sur ma chaussure, s'immisce dans la jambe de mon pantalon. Je ne pensais pas que cette malédiction aurait tant de consistance, mais je la sens visqueuse contre ma peau, elle laisse une trace collante en montant le long de mon corps. Pourtant, je continue de m'en imprégner jusqu'à être sûre de l'avoir bien transférée de cette femme à moi-même.

Je voudrais revenir dans le monde réel pour savoir si je l'ai aidée. Mais je sens la fièvre me gagner. Des ondes de chaleur parcourent la surface de mon corps. Ma peau est en feu. En regardant mes bras, j'y vois apparaître des pustules rouges, grosses comme des pièces de monnaie. Elles gonflent et éclatent en plaies purulentes. Je pousse un hurlement. Si ce n'est pas un cauchemar, qu'est-ce alors ? Je me fais violence pour m'extraire de l'arrière-plan et j'appelle Millie.

Je crois l'entendre pleurer, mais je vois trouble. Le sépia de l'arrière-plan a disparu, mais mon monde, le vrai, chargé de bruits et de couleurs, tourne autour de moi.

Ma peau est encore couverte de plaies.

– Aidez-moi...

Ma gorge à vif m'empêche de respirer.

La fièvre qui déferle sous mon crâne me coupe les jambes et me fait basculer dans les bras de Saul.

CHAPITRE 19

- STEPHEN !

J'ouvre les yeux en entendant la voix de mon père au beau milieu d'un rêve.

– Stephen, tu es là ?

Il est sur le seuil de ma chambre et, l'espace d'un instant, je me revois enfant. Éclairé à contre-jour, il n'a pas vieilli. C'est bien la silhouette paternelle qui vient me réveiller pour le repas. Ma mère attend dans la cuisine. Nous sommes à la maison.

– J'arrive, dis-je, d'une voix qui n'a rien d'enfantin.

Mon père allume les lumières. C'est ainsi qu'il me réveillait quand j'étais petit : le plongeon brutal plutôt que l'atterrissage en douceur.

– Papa ! m'écrié-je en me retournant, ébloui.

Car, pour moi, inutile d'utiliser mes mains pour me couvrir les yeux…

– Désolé, marmonne-t-il (sans éteindre pour autant). Il est 16 heures. Ce n'est pas le moment de dormir.

– Je pensais que tu étais au travail…

– Effectivement. Mais comme je termine la journée par mes mails, je me suis dit que je pourrais le faire ici.

– Franchement, rien ne t'y oblige.

– Je sais.

– Je veux dire par là que j'aimerais autant que tu fasses autrement.

– Bon, je vais dans l'autre chambre, conclut-il avant de s'éloigner.

– Non ! dis-je pour l'arrêter. Ça non plus, il ne faut pas le faire !

– Quoi ?

– Te défiler quand je te parle. Te réfugier dans une autre pièce. Maman le supportait peut-être, mais pas moi !

Cette façon de me réveiller. Cette façon de dire « l'autre chambre ». Cette façon de chercher à revendiquer je ne sais quelle autorité sur moi après toutes ces années. Je ne compte rien laisser passer. Pas question !

– Dis-moi ce que tu as à me dire, Stephen.

Je n'ai nulle intention de détruire le pont qui nous relie. Je voudrais juste en faire un pont-levis pour pouvoir le lever et l'abaisser à ma guise

– Tu dois me prévenir, dis-je. Tu ne peux pas débarquer à l'improviste.

– Stephen…

Mon prénom demeure suspendu en l'air un instant. S'il profite de cette occasion pour me rappeler que c'est lui qui paie mes factures, je ne le lui pardonnerai jamais. Ça, c'est une certitude.

Mais je ne saurai pas ce qu'il s'apprêtait à me dire car, aussitôt l'écho de mon prénom dissipé, je comprends pourquoi il s'est interrompu.

On frappe à la porte.

Je me lève et passe devant lui. Ce n'est pas le signal d'un livreur. C'est urgent.

À travers l'œilleton, je découvre Elizabeth, Millie et le borgne de la boutique…

– Qui est-ce ? demande mon père dans mon dos.

J'ouvre et constate qu'Elizabeth prend légèrement appui sur Saul. Elle est pâle et a l'air secouée.

– Je n'ai rien, me rassure-t-elle. Mais laisse-nous entrer, s'il te plaît.

– Que s'est-il passé ? demandé-je tandis que Saul la conduit jusqu'au canapé.

Millie semble aussi ébranlée qu'Elizabeth.

– Petit à petit… dit-elle. Je lui avais dit d'y aller petit à petit…

– Qui sont ces personnes ? me demande mon père.

– Papa, ne t'occupe pas de ça !

J'ai été un peu sec. Il ne va pas apprécier.

– Stephen, je te défends de me parler sur ce ton !

– Papa, ce n'est *vraiment* pas le moment !

S'avançant vers mon père, Millie lui tend la main.

– Je suis Millie Lund. Je suis la… formatrice d'Elizabeth. Et voici Saul, un de mes associés.

Je crois voir au-dessus de la tête de mon père ses pensées inscrites dans une bulle : *Mais à quoi forment-ils, ces gens-là ?*

– Aux malédictions, papa. Ils nous forment aux malédictions. Puis, me tournant vers Elizabeth : Qu'as-tu fait ?

– J'ai été trop gourmande. Ou alors je fais une intoxication alimentaire. Sauf que c'étaient des malédictions, pas de la nourriture. Où est Laurie ? Nous ne voulions pas aller chez moi, au cas où maman y serait.

– Laurie est avec Sean. Tu veux que je l'appelle ?

– Non, c'est inutile. Je vous assure, ça va, dit-elle pour Millie et Saul. Plus la peine de me surveiller.

– Ce que tu as fait n'est pas raisonnable, dit Millie en secouant la tête. C'était très dangereux. Je ne t'apprendrai plus rien si tu ne m'écoutes pas.

– Je voudrais rester seul avec elle, dis-je. Pourriez-vous tous sortir, s'il vous plaît ?

Saul semble pressé de s'exécuter, comme s'il n'était pas habitué aux appartements munis de fenêtres. Millie, plus réticente, renouvelle à Elizabeth toute sa désapprobation. Mon père, lui, ne paraît pas concerné par ma demande car il ne bouge pas d'un pouce.

– J'aimerais me reposer un petit moment, dit Elizabeth. Puis elle se tourne vers Millie : Je vous verrai demain. Je vous promets de ne rien tenter d'ici là. J'ai bien retenu la leçon. Je suis allée trop loin.

– Interdiction de visualiser des maléfices ! lui rappelle Millie, apparemment rassurée. Puis, me désignant, elle précise : Ceux de ce jeune homme en particulier.

Je crois que cette leçon-là, Elizabeth l'avait déjà retenue.

Saul est à la porte et Millie le rejoint en se retournant toutes les deux secondes vers Elizabeth pour être certaine qu'elle se tiendra bien. Mon père ferme derrière eux et fait mine de tourner la clé.

– Papa, dis-je, ça t'embêterait de nous laisser seuls pour discuter ?

– Stephen, je suis ton père…

– Et papa, Elizabeth est ma petite amie. Je veux lui parler. Ta présence n'est pas indispensable.

Elizabeth me regarde comme si j'y allais un peu fort ; elle est loin de se douter de nos antécédents.

– Écoute, dis-je en baissant d'un ton, reviens pour le dîner. Nous pourrons parler.

Cette fois, mon père a l'air gêné.

– Hélas, je… c'est que je suis pris pour le dîner.

Je ne devrais pas être contrarié, mais je le suis. C'est moi qui commande le pont-levis, pas lui.

– Bien, dis-je, je te verrai demain.

– Au petit déjeuner, précise mon père. Je passerai pour le petit déjeuner.

– Ça m'a fait plaisir de vous voir, monsieur Swinton, dit Elizabeth.

Malgré son évidente faiblesse, il lui reste assez de forces pour sacrifier à la bienséance.

– Moi aussi, Elizabeth, répond-il, et je suis surpris qu'il se souvienne de son nom.

Tandis qu'il passe dans « l'autre chambre » pour récupérer son portable, je m'approche du canapé. Pas trop, pour éviter d'oppresser Elizabeth – je sais qu'elle manque d'air, d'espace –, mais suffisamment pour être là au cas où elle aurait brusquement besoin de moi.

Mon père ne dit pas un mot, sinon « au revoir » en partant. Lorsqu'il est sorti, Elizabeth garde les yeux sur la porte, ou peut-être sur l'univers qui se trouve derrière.

– Nous sommes seuls à présent, lui dis-je. Je veux tout savoir.

Elle me raconte le métro, ses exploits.

– Tu ne dois pas précipiter les choses, lui dis-je. Pas tant que tu n'es pas prête.

– Je sais ! répond-elle vivement. Pitié, tu ne vas pas t'y mettre, toi aussi ! J'en ai déjà assez entendu.

Nous voici dans une impasse. Elle, perdue dans ses pensées, et moi, perdu aussi car incapable de les deviner.

– Il faut le retrouver, non ? demandé-je. Tout converge vers lui, hein ? S'il sème les malédictions comme des petits cailloux, nous n'avons qu'à les suivre. C'est comme ça qu'on l'attrapera.

– Ça, c'est l'idée de Millie, je crois, dit Elizabeth, que cette stratégie n'a pas l'air d'enchanter. Mais je crois aussi qu'elle a beaucoup plus confiance en moi que je ne le mérite.

– Ne dis pas cela, protesté-je. Tu ne sais pas...

– Arrête ! Je ne disais pas ça pour que tu me détrompes. Ne me prends pas pour la nana qui demande à son copain : « Tu ne trouves pas que ça me grossit ? » Tu ne sais pas du tout ce que je vaux. Personne ne le sait. Et faire reposer tous ces enjeux sur moi... c'est un peu beaucoup !

– Écoute, dis-je en touchant son visage et en en profitant pour le tourner vers le mien, il n'y a aucun enjeu. Si nous ne le trouvons pas, ça ne fait rien. Je resterai invisible. Je m'en suis très bien porté jusqu'ici. Que toi, tu me voies me suffit. Il ne se passera rien de vraiment grave si nous ne le trouvons pas. Personne n'en mourra.

En entendant ces derniers mots, Elizabeth tressaille et se détourne.

– Qu'y a-t-il ? demandé-je. A-t-il voué quelqu'un à la mort ? Existe-t-il des choses que j'ignore ?

– Non, me rassure-t-elle en secouant la tête. Simplement... À entendre Millie, mon rôle est capital. Les sortilèges sont partout... et je suis la seule à pouvoir y faire quelque chose. Mais je ne sais pas quoi...

J'aimerais lui souffler la réponse. J'aimerais qu'il en existe une. Mais la seule, c'est celle-ci : nos vies sont différentes. Inexplicablement, intrinsèquement liées, mais différentes.

– Je n'ai eu peur qu'après, m'explique-t-elle. Sur le moment, j'étais dans le feu de l'action. Face au danger, on met la peur de côté. Mais après, j'ai compris que j'étais passée à deux doigts de la catastrophe. Les malédictions ne restent pas inertes. Elles se rebiffent.

– Sans savoir qu'il s'agissait d'une malédiction, je pensais pouvoir la briser, dis-je.

Ces souvenirs sont restés enfouis pendant des années et voici qu'ils me reviennent, prêts à se dévoiler.

– Je croyais qu'il existait un moyen de m'en débarrasser. Pas seulement par la prière – j'ai beaucoup tenté de ce côté-là. Mais j'ai exploré d'autres pistes aussi. Des pistes risquées. J'avais vaguement entendu parler à la télé de l'électrochoc, sans trop savoir en quoi ça consistait. Mais dès que je me suis retrouvé seul dans ma chambre, j'ai mis le doigt dans une prise et j'ai tenu le plus longtemps possible. Mes parents ne se doutaient de rien. Heureusement, c'est devenu insupportable et j'ai arrêté. L'espace d'un instant, je me suis dit que la douleur était si forte que je parviendrais à voir ma main.

Que je serais visible. Mais évidemment, je me trompais. Je me demande parfois si la mort réussira ce miracle. Si, en mourant, mon corps deviendra enfin visible. Ce serait le dernier pied de nez de mon grand-père.

– Ne parle pas de mourir, dit Elizabeth d'une voix tremblotante. Et ne mets plus les doigts dans les prises.

– Si nous le trouvons, que va-t-il se passer ? demandé-je.

– Je n'en sais rien. Je n'en ai pas la moindre idée.

Elle a l'air épuisée. Vidée.

– Allez, lui dis-je, dors ici. Ne pense plus à rien et dors.

Je me lève pour qu'elle puisse s'étendre sur le canapé.

– Je vais appeler Laurie, continué-je. Je leur dirai à tous où tu es.

– Et que je suis en sécurité.

– Et que tu es en sécurité.

Je vais lui chercher une couverture et j'éteins les lumières. Avant de me laisser partir, elle ajoute :

– Je voudrais que tu viennes avec moi chez Millie. Je voudrais que tu sois mon bouclier.

J'ignore de quoi elle parle, mais je lui dis oui.

Le lendemain matin, lorsque je l'accompagne chez Millie après un petit déjeuner tendu avec mon père, Millie ne me laisse pas entrer.

– C'est trop dangereux, me dit-elle. Quand Elizabeth s'ouvre aux malédictions, tu ne peux pas être présent. Si d'aventure elle porte les yeux sur toi lorsqu'elle est dans cet état de vulnérabilité… je préfère ne pas te dire ce qui peut se passer.

Quel argument lui opposer ? Me voilà renvoyé dans mes pénates, réduit à tourner en rond en me demandant ce qu'Elizabeth peut bien faire, et si elle se met en danger.

Plusieurs semaines se passent ainsi. Mon père vient me dire qu'il doit rejoindre sa famille, qu'il est parti trop longtemps. Il ne va pas me demander de venir avec lui – nous le savons tous les deux. Il m'assure qu'il reviendra et que si j'ai besoin de quoi que ce soit, je dois le lui dire. J'ai besoin de beaucoup de choses, mais il n'a pas à les connaître. Il ne me pose aucune question à propos d'Elizabeth, des sortilèges, des « formateurs » qui se sont présentés chez lui. Il ne veut rien savoir sur aucun de ces sujets, rien du tout. Il veut rester dans son monde à lui, le seul qui vaille pour bien des gens.

Presque tous les soirs, Laurie passe après ses cours et Elizabeth passe après ses séances avec Millie. Nous regardons des films. Nous mangeons chinois. Rien que de très normal, si ce n'est que ma présence n'est pas visible pour tous…

Le plus dur, ce sont les journées, leurs longues plages de solitude, une solitude encore amplifiée par l'écho des absents. Je vais au parc. Je traîne dans les musées. Je souffre de la canicule, comme tout le monde. Mais, durant tout ce temps, je suis conscient des sortilèges que je ne peux voir. Conscient des problèmes que je ne peux résoudre. Je constate qu'Ivan, le promeneur canin, et Karen, la nounou à domicile, sortent ensemble. J'en suis heureux pour eux. Mais ce bonheur, je ne le ressens pas en moi. Pas pendant la journée.

Un soir, Elizabeth attend que sa mère se soit endormie pour se glisser chez moi. Avec Laurie, ils ont conclu un marché : il la couvre à condition qu'elle lui rende la pareille un autre soir pour qu'il puisse monter sur le toit avec Sean. Ils veulent assister ensemble au lever du soleil.

Ça fait drôle de la savoir ici, de savoir qu'elle n'aura pas à repartir avant demain. Nous sommes intimidés, mais un peu plus détendus aussi, un peu plus libres. Quand nous nous embrassons, nous ne précipitons rien. Quand nous faisons plus que nous embrasser, nous ne nous précipitons que quand nous le choisissons.

Notre intimité s'arrête bien avant de faire l'amour. Nous n'y sommes pas encore prêts et savons que nous ne le serons pas avant longtemps. Pas à cause des circonstances, mais parce que avant de franchir ce pas nous voulons tous les deux nous connaître à fond, passer beaucoup de temps ensemble. Malgré tout, dans un coin de ma tête, je ne peux faire abstraction des circonstances. Je sais que nous ferions attention, extrêmement attention. Mais, en cas d'accident, la malédiction serait-elle transmise ? Jamais nous n'en parlons avec Elizabeth, jamais nous n'y faisons allusion. Je doute même que l'idée lui traverse l'esprit. Mais elle occupe le mien. Elle plane sur tout mon avenir.

Je m'estime déjà heureux qu'Elizabeth puisse s'endormir entre mes bras. Déjà heureux d'entendre sa respiration prendre son rythme de croisière nocturne. Déjà heureux de constater en me réveillant qu'elle a les mêmes réflexes que moi : elle me regarde, me voit et s'en émerveille.

C'est presque devenu une habitude. Pendant quelques minutes, la tête me tourne, je sens mes jambes un peu faibles, mais je n'y prends pas vraiment garde – je me fatigue souvent vite en été et je n'ai jamais vraiment compris comment le soleil pouvait marquer ma peau puisqu'elle est invisible. S'agit-il de coups de soleil ? De coups de chaleur ? Elizabeth me dit que j'ai bonne mine, mais je n'en suis pas sûr.

Quand elle passe me voir, c'est presque comme si nous étions mari et femme, et que c'était elle qui allait au bureau. Je lui demande des nouvelles de sa journée. Elle me raconte ce qu'elle a appris et j'en comprends à peu près la moitié.

Puis, un jour, elle m'annonce un événement qui se passe d'explications.

– Il est revenu, me dit-elle. C'est lui, Stephen. Maxwell Arbus est là.

CHAPITRE 20

J'AI MENTI À STEPHEN. Les mensonges se tortillent comme un nœud de serpents au creux de mon ventre, comme si j'étais moi-même frappée d'une malédiction. Je me dis que je n'y peux rien. Je me répète sans arrêt que si j'ai mal agi, c'était pour la bonne cause. Mais, sur ma langue, les mots ont un goût amer et je sais que je suis une hypocrite. Je sais que quoi qu'il arrive, on ne ment pas à quelqu'un qu'on aime.

Mais je ne sais pas quoi faire d'autre.

La situation est bien pire que ce qu'il imagine. Peut-être est-elle même pire que ce que moi, j'imagine…

Parfois, quand je suis couchée, les yeux au plafond, j'essaie de me rappeler comment tout est arrivé.

Je me remémore cet après-midi-là, la fièvre qui dévorait mon corps de l'intérieur, car c'est l'instant où mes souvenirs se font un peu plus distincts. Sans doute est-ce dû au fait que cette fièvre m'avait emportée vers une contrée assez semblable aux rivages étranges que je fréquente entre rêve et veille.

Les événements du métro me reviennent alors sous forme hachée, par bribes qui me ramènent brutalement à la conscience avant que le sommeil ne s'empare de tout mon être. J'entends les cris stupéfaits des passagers, suivis d'injonctions à appeler les secours. Je sens les bras de Saul me saisir et me tirer des hurlements car tout contact sur ma peau constellée de plaies m'est insupportable. Malgré mes cris, il ne me lâche pas et demeure campé sur ses jambes quand la rame ralentit à la station suivante. À travers la fièvre et la brume de ma douleur, je sens des corps vaciller autour de moi tandis que, dans un crissement aigu, le métro s'immobilise sur la voie. Millie chuchote des paroles empressées à l'oreille de Saul. On me soulève, on m'éloigne de l'éclat lumineux du wagon pour me plonger dans les ténèbres. Des exclamations s'élèvent derrière nous, implorant Saul d'appeler une ambulance, exigeant de savoir où il m'emporte.

Ensuite, je ne me souviens plus de rien jusqu'à ce qu'un liquide tiède et infect envahisse ma bouche. Je me dis que l'eau des caniveaux doit avoir à peu près ce goût. J'étouffe en avalant, je tousse et le liquide coule le long de mon menton.

– Allons, allons, me dit Millie en tapotant ma peau mouillée avec un tissu doux. Il faut le boire. Bois, mon enfant.

Je commence à secouer la tête, mais Saul maintient ma bouche ouverte. L'eau croupie s'y déverse à nouveau et, cette fois, Saul referme ma mâchoire avec autorité, me laissant le choix entre avaler ou périr asphyxiée.

Mon estomac se contracte et je suis sûre que je vais vomir.

– Respire, me conseille Millie en pressant ma main.

Je lui obéis et, malgré le goût infâme qui emplit ma bouche, mon corps commence à se relâcher. Une sensation de fraîcheur s'insinue dans mes veines, ressort par mes pores. Le feu qui embrasait ma peau se calme et les lésions suppurantes qui boursouflaient ma gorge, ma poitrine, mes bras et mes jambes font place à des ecchymoses avant de disparaître complètement.

– Elle en a eu assez ? demande Saul en relâchant son étreinte.

– Je pense, répond Millie.

Ma vision n'est plus trouble et je vois son regard interrogateur posé sur moi.

– Comment te sens-tu, Elizabeth ?

– Comme si j'allais vomir.

J'espère qu'elle ne s'attend pas que je lui fasse la conversation, car si j'ouvre la bouche maintenant, je ne pourrai pas me retenir, c'est certain.

– Non, non et non ! m'exhorte Millie en tournant nerveusement autour de moi. Tu ne peux pas rendre cette potion ! Ton corps en a besoin pour repousser la malédiction. Reste tranquillement assise et ne parle pas, je vais te préparer du thé à la menthe.

Elle échange un regard entendu avec Saul, puis les énormes mains de celui-ci se posent sur mes épaules et me font asseoir bien malgré moi. Je remercie Millie de m'avoir interdit de parler car je ne saurais pas que dire au géant qui me dévisage à présent d'une prunelle noire. Il est planté là comme une statue ; je ne l'entends même pas respirer. Dans le silence, je commence à m'agiter, ce que j'interprète comme un bon signe. Au lieu de la nausée, c'est la gêne qui me saisit. Quand Millie reparaît avec une théière, une tasse et une soucoupe, j'ai retrouvé l'usage de la parole.

– C'était quoi, ce truc ? lui demandé-je.

– Quel truc ? demande Millie en me versant une tasse de thé et en la déposant devant moi.

Ce n'est qu'après un signe de tête de sa part que Saul libère mes épaules.

Je prends une gorgée de thé. Il me brûle la langue, mais même la menthe trop chaude est préférable à l'arrière-goût du remède de Millie.

– Ce truc que vous m'avez fait boire, lui dis-je. C'était horrible !

– Ce truc horrible, comme tu dis, t'a sauvé la vie, jeune fille ! répond Millie, piquée au vif.

La voyant réellement vexée, je fais machine arrière :

– Je suis désolée... Je ne voulais pas...

Millie prend mon bafouillage pour ce qu'il est, une contrition sincère.

– Je sais qu'il n'a pas un goût agréable, mais il est efficace.

Elle me regarde comme une bonne fée inquiète, et Saul abandonne sa faction derrière moi pour se glisser derrière elle.

– Les recettes de potions constituent l'un des trésors de la bibliothèque du sortorium, m'apprend Millie en désignant fièrement les étagères encombrées de reliures craquelées et de tomes moisis. Je ne suis peut-être pas totalement hors du coup, finalement...

– Tu ne seras jamais hors du coup, Mildred, souffle Saul d'une voix si faible que je l'entends à peine, mais ses paroles rehaussent les joues blêmes de Millie d'une pointe de rose.

Ce qui ne l'empêche pas, un instant plus tard, de braquer sur moi ses yeux scrutateurs, aussi perçants que ceux d'un faucon.

– Te rends-tu compte de ce que tu as fait ? me demande-t-elle sur un ton qui me fait rentrer en moi-même. Tu as de la chance que nous ayons pu te ramener au sortorium à temps !

Et Saul de me foudroyer du regard dans son dos pour souligner ses propos.

– N'absorbe plus jamais, plus jamais de malédiction sans mon autorisation ! martèle Millie en croisant ses mains sur son cœur comme si c'était elle qui s'apprêtait à prononcer un serment solennel. Plus jamais !

– Mais... dis-je en me redressant, ce qui me vaut de la part de Saul un regard encore plus menaçant.

– Pas avant d'être prête !

Le visage de Millie a retrouvé sa pâleur et ne porte plus trace de la rougeur juvénile apparue un instant plus tôt.

Je ne peux plus reculer, quand bien même ses paroles m'effraient. Le souvenir des pustules, de leur odeur, de ma douleur déchirante au ventre me terrifie. Mais Stephen. Stephen !

– Il risque de mourir, dis-je.

Millie soupire et, spontanément, Saul approche une chaise pour qu'elle puisse s'asseoir. Son emportement passé, elle a l'air très, très fatiguée.

– C'est toi qui risques de mourir, rectifie-t-elle.

Sa lassitude est contagieuse.

– Je sais… dis-je en m'affalant sur ma chaise.

– J'aimerais que l'apprentissage soit plus facile, poursuit Millie en esquissant malgré tout un sourire. Mais la chasse aux sorts engage ton être tout entier. Ton corps et ton esprit ont besoin de temps pour s'adapter à ce nouveau travail.

Une idée lumineuse me vient.

– Et si je gardais la potion sur moi en permanence ? Je pourrais l'utiliser comme de l'adrénaline, mais pour les malédictions.

Avant même que j'aie terminé ma phrase, elle me fait signe que non.

– Les potions sont réservées aux urgences. Plus on en prend, moins elles sont efficaces. Tu dois te fabriquer ta propre résistance aux malédictions. Et il faut du temps.

– Et si on n'en a pas ? demandé-je.

La question est absurde, je le sais.

Je sais aussi qu'il existe de grandioses histoires d'amour que l'on paie de sa vie. Qui exigent le sacrifice suprême. Mais moi, je ne veux pas mourir. Et je ne veux pas que Stephen meure. Je recherche un scénario où nous nous en sortons tous les deux. Où nous prolongeons ce miracle qui se nomme amour, découverte et confiance. Je ne demande même pas à vivre heureuse jusqu'à la fin de mes jours. Juste, dans l'immédiat, à survivre – et qu'ensuite la vie nous apporte ce que bon lui semble.

J'oublie sans doute une question. Une formule qui tiendrait en quelques mots et qui révélerait comme par enchantement un chemin à travers ce champ de mines.

Je regarde Millie en espérant qu'elle possède ces mots qui me manquent.

Millie se contente de poser sa main sur la mienne.

La seule concession arrachée à Millie est la promesse de ne pas dire à Stephen ce qui s'est vraiment passé dans le métro. Je fixe Saul jusqu'à ce qu'à son tour il jure en ronchonnant de tenir sa langue.

Voici donc les mensonges qui commencent...

Les épisodes, parfois dangereux, que je cache à Stephen ne sont pas mes seuls sujets de préoccupation tandis que se passent une semaine, puis deux, puis trois... Les mensonges m'éloignent de lui, inexorablement. Et pas seulement à cause des barrières que je dois ériger pour délimiter l'enclos de mon âme et de mon cœur. Je suis emportée loin de lui par nécessité. J'ai certes promis à Millie de ne pas capter de malédictions en dehors de sa surveillance, mais je n'entends pas me limiter à nos cours quotidiens. Elle semble plutôt contente que je m'en tienne à notre programme de formation et elle me croit sur parole. Quant à Saul, à la façon dont son regard de borgne se fiche en moi lors de mes leçons au sortorium, je suis presque sûre qu'il me soupçonne de tricher. Je ne peux pas dire à Stephen ce que je fais ; si je me confiais à lui, il tenterait de me dissuader. Il ne veut pas me faire prendre de risques, tout comme je ne veux pas qu'il en prenne pour moi.

Et, pour la même raison, je ne peux rien dire à Laurie non plus.

Me voici confrontée à la solitude.

Je sors en ville. Seule. Je pars chasser les maléfices.

Je me persuade que je ne trahis pas Stephen, ni Laurie ni Millie puisque je ne prends pas de risques. Pas de gros risques, en tout cas.

J'ai le choix entre des sortilèges de tous les acabits, du risible à l'effroyable, mais je ne me nourris que des petits. Ce sont mes autovaccins contre les malédictions. Je devrais réclamer des honoraires à toutes les personnes que j'ai sauvées de journées sans taxis – Millie disait vrai en affirmant que cette malédiction était courante à Manhattan.

J'essaie d'atténuer encore ma trahison en me limitant à une prise par jour, après mon cours avec Millie, pour laisser à mon corps le temps de récupérer. Quand je ne réagis pas trop mal à une malédiction, je me précipite chez moi regarder pour la millionième fois *Le Château ambulant* ou *La Dernière Licorne*, ou poursuivre avec Stephen notre fabuleux et ingénieux tournoi de Scrabble – tous les mots sont inventés, mais chacun doit être accompagné de sa définition et celle-ci doit être reconnue comme plausible par tous les joueurs. Le temps que nous passons ensemble, nous l'occupons à tout sauf à parler de chercheurs de sorts et de lanceurs de malédictions.

Il m'arrive pourtant de ne pouvoir dissimuler l'état de fatigue dans lequel me mettent ces mensonges et ces expéditions solitaires. Dans ce cas, Stephen m'attire dans sa chambre. Et entre ses bras. Où je m'endors jusqu'à ce que je me sente assez forte pour affronter l'agitation des rues.

Il doit se douter que je lui cache des choses. Mais il préfère ne pas poser de questions, ne pas me demander de comptes sur mes escapades de plus en plus fréquentes loin de notre l'immeuble. Loin de notre lieu sûr. Au début, j'ai éprouvé le besoin de me trouver un prétexte, de lui expliquer que je devais apprendre à m'orienter seule dans New York si je voulais conquérir Stuy à la rentrée. Malgré la pauvreté de ma version, Stephen m'a crue sur parole. Je suis certaine qu'il comble ce vide en m'inventant des activités, des raisons pour le négliger de plus en plus.

Mais nous n'en discutons guère. Parfois, je me demande s'il n'a pas peur de me questionner. S'il ne se dit pas qu'en grattant le mince vernis entre la vérité et la fiction que j'ai construite, celui-ci va l'écailler et que nous allons perdre tout ce que nous avons bâti ensemble. Mais je ne lui demande rien non plus. Il semble presque impossible d'être aussi soudés que nous le sommes et de faire preuve d'autant de retenue.

Aussi poursuivons-nous, serrés l'un contre l'autre, la danse de notre amour tout neuf.

Le matin où tout vole en éclats, je me pose la même question que tous les jours : est-ce que je m'améliore ? Ai-je développé ma résistance ? Dois-je m'attaquer à des malédictions plus puissantes ?

Pour observer ces sortilèges, je me suis tracé un circuit. La fontaine avec l'ange. La boutique Apple en face de la Plaza. Le vendeur de ballons près du zoo de Central Park. Je retourne même de temps à autre sur la ligne 1 que j'avais empruntée avec Millie et Saul, même si j'en reviens invariablement avec la chair de poule et des brûlures d'estomac.

Me voici à la Frick Collection. Autant dire que je suis mal à l'aise. Les musées, je m'y réfugie quand j'ai besoin de souffler. Pas tellement pour éviter les malédictions puisque j'en ai déjà repéré plusieurs ici, mais, parmi les forteresses de la culture, le Frick est un endroit assez tranquille et c'est là que je me retrouve quand je ne me sens pas de taille à affronter une copieuse gamme de maléfices.

Dans les salles du Frick, je consacre peu de temps à la contemplation des œuvres. Je préfère m'extasier devant l'édifice et sa fonction initiale. Car c'était une maison d'habitation. Même si j'ai lu que M. Frick l'avait fait construire dans l'intention d'ouvrir un jour ses collections au grand public, je ne peux m'empêcher de penser que ce bâtiment cherche à se faire pardonner son opulence. Que les escaliers et les murs font des complexes, conscients que très rares sont ceux qui jouiront ici-bas de cette magnificence dorée qu'a pu s'offrir leur propriétaire. Je considère la renaissance de cette bâtisse en musée comme une sorte de pénitence, elle qui fut autrefois la demeure d'un baron de l'acier : un palais de l'« ère progressiste », à quelques encablures seulement des immeubles dégradants et surpeuplés du Lower East Side.

Le Frick, comme tant d'autres lieux, me rappelle que New York a fondé, et fondera toujours son identité sur des contradictions. Il est le reflet parfait des déséquilibres de l'existence. C'est peut-être pour ça que, depuis quelque temps, je m'y sens vraiment chez moi.

J'y viens peut-être dans l'espoir d'une rédemption,

moi aussi. De bonnes actions à venir pour effacer mes erreurs actuelles.

Il se trouve que mes yeux se posent sur une pendule. Comme tant d'autres choses ici, elle est en or, mais c'est une de mes préférées à cause de l'ange qui la traverse toutes ailes déployées. Il emporte avec lui une femme et je ne sais s'il entend la sauver ou si elle cherche à échapper au soldat d'un dieu vengeur.

À New York, les anges sont partout. En examinant celui-ci, je me demande si ses confrères locaux tiennent entre eux des conciliabules sur ce qu'ils voient. Les anecdotes qu'ils échangent à notre sujet les font-elles rire ou pleurer ? Les deux, sans doute.

Depuis que les sorts et les envoûtements ont envahi ma vie, je réfléchis beaucoup aux autres voies ouvertes au surnaturel. Du lancer de malédictions aux anges télépathes dans les œuvres d'art, il n'y a qu'un pas...

Pourtant, quand je commence à entendre un chuchotis, je me dis que je devrais réfréner mon imagination. Je m'éloigne de la pendule, mais des voix douces et insistantes continuent de parvenir à mon oreille. Mes bras sont parcourus de picotements vifs et froids. À ce murmure s'ajoute un battement clair et régulier. Il ne peut que provenir de la pendule. Ce que je prends pour des bruits de voix étouffés n'est en fait que le ronronnement des rouages, et le battement, une version particulière de l'habituel tic-tac...

Je me penche, étonnée de percevoir aussi distinctement le cliquetis du mécanisme. Je ne me souvenais pas l'avoir remarqué lors de mes précédentes visites. Si j'ai le nez sur la pendule – au point que le gardien, en se raclant la gorge, me fait reculer d'un bond –, il me paraît pourtant évident que ces bruits ne viennent pas de là.

Ma bouche est sèche à présent et je sens battre mon pouls. Je m'oblige à ralentir mes mouvements et continue de tendre l'oreille sans savoir ce que je cherche. Mais mon instinct me commande d'éviter tout geste brusque.

Hormis le gardien, qui me tient toujours à l'œil, quatre personnes se trouvent dans la salle : une femme et son fils de trois ou quatre ans, un homme d'affaires en costume qui semble flâner au musée en attendant la conclusion d'un contrat et une dame âgée en Chanel, dont les cheveux gris brillent comme s'ils venaient d'être lustrés par son majordome. Rien d'extraordinaire ne me frappe dans ce quatuor.

Mon regard est pourtant attiré par le déplacement soudain d'une ombre. Celle d'un homme posté dans le jardin mais tourné vers la salle. Il n'a d'yeux que pour la mère et son enfant. Celle-ci, agenouillée sous le *Saint François en extase* de Bellini, parle à son fils. J'imagine qu'elle lui donne une leçon d'histoire de l'art ou lui promet une glace s'il se tient sage dans ce musée.

Je me retourne aussitôt vers l'inconnu posté en lisière de la salle. Sa peau, ou plutôt le contour de sa personne, m'intrigue. Il se découpe avec une grande netteté sur la lumière du jardin. Il s'approche de quelques pas et voilà qu'il laisse dans l'air une empreinte, une forme qui ressemble aux silhouettes que la police trace au sol à la craie, mais dessinée ici d'un trait charbonneux. Cette image n'est pas fixe, la ligne noire frémit, comme parcourue par un courant électrique. Sans le regarder, j'amorce un déplacement dans sa direction. La confirmation de mes soupçons me glace encore plus, mais je constate avec satisfaction que les bruits se précisent à mesure que je me rapproche de lui. Tout en faisant mine d'examiner le vase qui jouxte la porte du jardin, j'observe l'homme à la dérobée. Opération difficile, et pas seulement parce que je fais tout pour ne pas attirer son attention. Mais mes yeux glissent sur lui, incapables de trouver un point d'accroche. Comme s'il était impossible de le regarder, du moins avec insistance. Après une brève inspiration, je me concentre et j'ai alors la sensation de déchirer un rideau et d'avoir enfin accès à lui. De peur de déclencher chez lui une réaction, je continue de fixer le vase jusqu'à ce que son décor floral flotte devant mes yeux. Enfin, je risque un œil. L'homme n'a pas bougé et ne prête pas non plus attention à moi. Il demeure concentré sur la femme et l'enfant. Celle-ci fredonne une comptine à voix basse en tapant dans les mains de son fils. L'homme sourit, mais d'un sourire empreint de malveillance.

Inutile de passer dans l'arrière-plan pour visualiser ce qui se déroule alors. La tension électrique qui anime la ligne sombre augmente en produisant des gerbes d'étincelles, comme un mince nuage grouillant d'éclairs. Le regard inflexible, l'homme marmonne des paroles que je ne saisis pas. Le trait noir se disloque dans un flash d'appareil photo et commence à recomposer une forme nouvelle qui, à partir du seuil de la porte, traverse toute la pièce. De petits ovales semblables à des ronds de fumée font route vers la mère qui ne se doute de rien, chacun de ces anneaux s'emboîtant dans le suivant.

Ce sont les maillons d'une chaîne. D'une chaîne qui va emprisonner cette femme dans une malédiction. J'en ai le souffle coupé.

Le sortilège est si net, si vigoureux que j'ai du mal à croire que les autres visiteurs puissent longer en toute insouciance cette chaîne qui relie le lanceur de malédictions à sa victime. L'homme d'affaires la frôle en sortant répondre au téléphone dans le jardin. Le gardien n'a pas un regard pour le lanceur de malédictions.

J'ignore l'objet de celle-ci. Mais ces noirs maillons vaporeux ne me disent rien qui vaille. Ils dégagent une énorme impression de puissance. Même à distance, je perçois en eux une charge d'électricité statique. C'est le genre d'envoûtement que Millie était inquiète de me voir affronter. Avant même qu'il n'ait atteint la femme, je sais qu'il aura sur moi un impact supérieur à la malédiction du métro. À moins que tous mes travaux pratiques clandestins, toutes mes inoculations aient eu suffisamment d'effet pour me permettre de le défier...

Quoi qu'il m'en coûte, je dois y mettre fin dès maintenant. Je ne peux pas laisser cette chaîne atteindre sa victime.

Je me précipite droit sur son créateur. Il se délecte tellement de ce qu'il s'apprête à infliger à cette femme qu'il ne bouge pas. Ou plutôt, comme beaucoup de gens, il ne s'attend absolument pas qu'on puisse s'en prendre à lui dans le jardin du Frick.

Il est plus costaud que prévu. En le percutant, j'ai

l'impression de heurter un mur de brique. Heureusement, ce mur s'effondre. Avant même de toucher le sol, voilà l'homme qui hurle. J'atterris sur lui, mais je me dégage en roulant sur le côté comme s'il était en flammes. Je sais que je dois déguerpir d'ici. Vite, je me remets sur mes jambes et prends une seconde pour m'assurer que la chaîne n'est plus là. Elle a disparu.

La maman a pris son fils dans ses bras. Interloquée, elle me dévisage bouche bée. Elle sort de la salle à toutes jambes en serrant contre elle son enfant.

J'entends des cris et vois le gardien venir droit sur moi. Je fonce vers la sortie en me faisant violence pour actionner mes jambes car mes muscles sont tétanisés.

Je cours à en perdre haleine. Je ne sais pas comment j'en suis capable car mon cerveau est paralysé, bloqué sur le musée.

Je sais qui est cet homme.

Au moment de notre collision, quand mes bras et mes jambes se sont mêlés aux siens, j'ai senti le trait charbonneux me traverser et je l'ai vu, lui. Un homme seul et aigri. Un homme qui, comme tout un chacun, se nourrit d'aliments mais se repaît de l'angoisse des autres. Un homme qui tient à être craint. Un homme qui vit pour dominer. Un homme qui partage le même sang qu'un adolescent invisible.

Je sais, sans l'ombre d'un doute, que je viens d'avoir affaire à Maxwell Arbus.

Je m'affale devant la fontaine comme pour implorer l'ange. Des touristes me dévisagent avec de grands yeux et un monsieur portant une casquette « I ♥ NY » déclare à voix haute que les New-Yorkais sont tous cinglés. Je passe outre leurs regards et m'adosse au bassin. Dans un coin de ma tête, je me demande si Arbus a surmonté à temps la surprise d'avoir été renversé par une inconnue pour mémoriser mon visage. Une angoisse me taraude : peut-être m'a-t-il suivie et s'apprête-t-il à surgir entre les colonnes de la terrasse pour assouvir sur moi sa vengeance…

Mais la terrasse, seulement animée par les touristes et les habitués du parc, demeure paisible, tout autant que l'ange qui, de toute sa hauteur, me contemple avec bienveillance.

Mon souffle enfin retrouvé, je suis surprise par la première idée claire qui me vient.

Il n'était pas comme je me l'imaginais.

J'éclate alors de rire en me rendant compte que le grand-père de Stephen n'est pas la réplique exacte de Lord Voldemort. Mon gloussement nerveux me vaut d'autres coups d'œil méfiants de la part des touristes.

Je prends appui contre la margelle pour me remettre debout. J'ai les jambes comme de la laine, mais je dois rentrer chez moi. Le visage de Millie et sa mine réprobatrice me traversent l'esprit, mais je ne peux pas me rendre chez elle. Pas tout de suite.

Stephen passe avant. Lui doit savoir.

Maxwell Arbus est ici. À Manhattan. Et je ne crois pas à une coïncidence. Peut-être a-t-il appris, je ne sais comment, la mort de sa fille, et est-il venu voir à quoi ressemblait le dernier endroit où elle a vécu. Il est peut-être aussi à la recherche de son petit-fils invisible. À supposer qu'il connaisse l'existence de Stephen…

Les implications de la venue d'Arbus à New York pleuvent sur moi comme une averse. Je ne suis peut-être pas prête à affronter cet homme, mais peu importe. Il me reste à espérer être assez forte, avoir accumulé assez d'immunité pour survivre à sa malédiction.

L'air torride et le béton brûlant proclament que l'été est toujours là, mais je sais, moi, que les jours de liberté me sont comptés. Maman a commencé à me bombarder de questions au sujet de la rentrée. Je dois choisir mes options. Quand je serai confinée en classe, Stephen sera seul. Vulnérable. Et si Arbus le trouve et que je ne suis pas là ? Je n'en peux plus d'attendre. Nous devons trouver le grand-père de Stephen avant qu'il ne nous trouve. Je dois dire à Stephen que l'homme qui l'a rendu invisible est de retour et que, malgré le risque encouru et les mises en garde de Millie, nous n'avons plus le temps.

Me voici engagée dans une course à qui perd gagne et je viens d'entrevoir la ligne d'arrivée.

CHAPITRE 21

MON ENNEMI.

Mon grand-père.

Je ne sais pas quoi penser de lui.

Si je suis le garçon invisible, est-il l'homme invisible ?

Invisible, non. Invisible pour moi seulement. Pour le petit-fils qu'il a frappé de sa malédiction. Pour Elizabeth, il est visible.

Il est visible et il est ici, et il ne l'a pas laissée indemne.

Je demande à Elizabeth de me raconter son histoire, encore et encore. Je dévore chaque détail, espérant en savoir plus après les avoir tous engloutis. Je veux qu'une image se dessine. Je veux mettre un visage sur son nom pour pouvoir le charger de tous mes reproches.

– Nous devons en parler à Millie, dis-je.

Pour moi, c'est une évidence. Mais Elizabeth hésite.

– Elle va dire que je ne suis pas prête. Elle va dire que j'ai été folle de m'en mêler.

– C'est courageux, ce que tu as fait. Elle en conviendra, lui assuré-je.

Mais aussitôt je fais le constat suivant : pour que Millie trouve Elizabeth courageuse, celle-ci va devoir se montrer beaucoup plus convaincante que maintenant.

Car elle n'a pas l'air courageuse du tout. Elle a l'air coupable.

– Y a-t-il autre chose ? demandé-je gentiment. Autre chose que tu ne me dis pas ?

Nous sommes dans notre position favorite, côte à côte sur le canapé. Dans « notre zone de confort », comme elle m'a dit un soir tandis que blottis l'un contre l'autre, nous nous apprêtions à regarder un film. Mais pour l'instant, elle n'est pas recroquevillée contre moi. Elle ne sourit pas. Elle a entendu mes paroles et tente de les réorganiser pour en tirer une réponse, mais elle a du mal.

Je me trouve bête. Elle vient d'affronter mon grand-père, mon ennemi, et je ne la laisse même pas souffler. Je veux sans cesse lui faire revivre cet assaut, pour pouvoir en quelque sorte m'y voir avec elle. Rencontrer moi aussi cet homme, ce mystère qui hante ma vie par des artifices qui m'échappent totalement. Or même si j'aspire ardemment à comprendre ce sortilège, à établir ce lien, je suis injuste avec elle car je ne l'autorise pas à s'extraire de cette histoire, à en prendre la juste mesure une fois passée l'excitation du moment.

Qu'ai-je fait de ta vie ? Pour la énième fois, je me pose cette question.

J'aurais aimé simplement être son petit ami. J'aurais aimé ne pas voir toutes ces ombres tourbillonner autour de nous. Mais même sans elles, je devrais encore relever au quotidien le lourd défi d'être un petit ami. Un petit ami digne de ce nom. Parfois – comme maintenant –, je me demande si la seule chose que je sache faire n'est pas d'être invisible. J'ai l'impression d'avoir trop de retard à rattraper, trop de lacunes par rapport aux autres. Si nous bâtissons nos relations sur les vestiges de celles tissées par le passé, je pars sans aucun bagage.

Je constate que quelque chose en elle a changé, a été touché par ce poison. *Mon grand-père. Mon ennemi.* Il a piétiné l'enfance de ma mère. Il a condamné le couple de mes parents. Il a déterminé mon existence. Et aujourd'hui encore, il dicte sa loi. Il s'interpose entre Elizabeth et moi, comme il s'est toujours interposé partout.

On frappe à la porte et aussitôt retentit la voix de Laurie.

– Hé, les tourtereaux... Vous êtes en train de vous accoupler ?

Cette interruption semble provoquer chez Elizabeth un soulagement que j'interprète comme un reproche envers mon incorrigible curiosité.

– J'y vais, me dit-elle.

Aussitôt la porte ouverte, Laurie entre d'un bond. Après un bref regard vers Elizabeth, il conclut :

– Pas d'accouplement en vue, on dirait. Que se passe-t-il ?

Elizabeth ne répond pas.

– Ta sœur a fait une drôle de rencontre aujourd'hui, dis-je.

– Avec quelqu'un que je connais ? demande Laurie, désinvolte.

Puis, regardant mieux Elizabeth, il retrouve son sérieux.

– Quelqu'un qu'on connaissait d'avant ?

– Non, rien à voir, dit-elle en secouant la tête.

– Ah, bon ! Un instant, j'ai pensé...

– C'était le grand-père de Stephen. Maxwell Arbus.

– C'est pas bon, ça... observe Laurie, toujours grave.

– Il faut qu'on le trouve, dis-je.

– Il a été désagréable ? demande Laurie.

Elizabeth hoche la tête. Je m'attends qu'elle lui raconte tout l'épisode, mais elle garde le silence.

– J'ai l'impression que je l'ai épuisée, dis-je à Laurie.

– Non, ça va, rétorque Elizabeth, mais avec, dans la voix, une irritation qui dit que ça ne va pas du tout. J'ai juste besoin de réfléchir.

– Nous avons tous besoin de réfléchir, conclus-je. Ensemble.

Sans trop savoir pourquoi, les mots me semblent vains. Je scrute son visage. Elle est pâle, préoccupée. Dans sa tête, c'est l'embouteillage, mais elle est seule au volant.

Arbus ne l'a pas laissée indemne. Le fait de l'avoir vu... de l'avoir affronté... a changé quelque chose en elle.

Et comme elle ne me révèle pas quoi, je la soupçonne d'avoir envie de renouveler l'expérience.

Je voudrais tout arrêter. Revenir en arrière, tout de suite. Aller plus loin me paraît risqué. Car désormais, le plus exposé, ce n'est plus moi.

– Elizabeth... dis-je, en m'efforçant de donner à ma voix un ton compréhensif, pour qu'elle l'entende.

Elle me regarde. Bien en face, de tous ses yeux. Encore

maintenant, ça reste perturbant de se faire ainsi dévorer du regard.

– Une pizza, ça vous dit ? demande soudain Laurie. Moi, en tout cas, ça me dit !

– Au moins, à présent, j'en suis sûre, reprend Elizabeth, s'il s'approche de nous, je le saurai.

– Et tu lui botteras le cul ! renchérit Laurie.

– Mon cher frère, réplique-t-elle, ce ne sera pas aussi facile. Ce ne sera pas facile du tout !

Millie est horrifiée. Elle est horrifiée de savoir Maxwell Arbus si proche de nous. Elle est horrifiée qu'Elizabeth l'ait vu. Elle est horrifiée qu'Elizabeth ne se soit pas enfuie dès qu'elle a su qui il était.

– À croire que je ne t'ai rien appris ! s'exclame-t-elle en s'asseyant sur sa chaise habituelle du sortorium.

C'est la première fois que nous venons ici si tard, mais les circonstances imposaient de lui rendre visite sans attendre, d'aller cogner à sa porte.

– Ton imprudence va tout faire échouer.

Je la trouve injuste.

– Que pouvait-elle faire d'autre ? demandé-je. Laisser des gens se faire agresser sans intervenir ?

– Mieux vaut parfois ne rien faire qu'agir trop vite, me rétorque Millie en se retournant vers Elizabeth. As-tu conscience de ce que tu as fait ? Il te connaît à présent. Il sait que tu peux le voir. Et si tu penses un seul instant qu'il va l'oublier, tu es totalement indigne de tes dons.

– C'est allé si vite… plaide Elizabeth. Je ne suis même pas sûre qu'il ait eu le temps de me voir vraiment.

– Te souviens-tu à quoi il ressemble ? Te souviens-tu de tout ce que tu as vu ?

– Oui, mais…

– Alors dis-toi bien qu'il se souvient de tout avec autant d'acuité. Si ce n'est plus. Dans cette partie, tu es un pion et lui un roi. Nous avons tout lieu de croire qu'il s'agissait d'un piège.

Elizabeth ne répondant rien, Laurie demande :

– Quel genre de piège ?

Millie soupire. Laurie et moi sommes manifestement de trop, mais, au ton de sa voix, elle semble finalement contente que nous soyons venus.

– Vous n'avez pas idée de quoi Arbus est capable, dit Millie. Même sans voir Stephen, il peut être attiré vers lui. Par une force peut-être irrésistible. Il veut savourer la griserie de voir sa malédiction accomplie.

– « De voir sa malédiction accomplie » ? Que voulez-vous dire ? demandé-je.

– Elle veut dire qu'il tient à voir ce que devient son œuvre, m'explique Elizabeth. Chaque malédiction a son histoire, et chaque lanceur de malédictions est naturellement curieux d'en connaître l'issue.

– C'est une façon de voir les choses, intervient Millie en posant sur elle un regard dur.

– Êtes-vous en train de nous dire qu'il sait où se trouve Stephen ?

– Je dis que c'est possible. Et je dis qu'il est également possible qu'il sache qu'Elizabeth est une chercheuse de sorts proche de Stephen. Il est d'ailleurs vraisemblable que tout ce à quoi Elizabeth a assisté a été fait pour l'amener à se démasquer. C'est ainsi qu'il s'y est pris. Arbus ignore peut-être le lien d'Elizabeth avec son petit-fils, mais il sait pertinemment qu'à Manhattan existe une jeune fille capable de voir... Comment as-tu dit ? Ah, oui, son « œuvre ».

– Vous pensez qu'il s'agissait d'un coup monté ? demande Elizabeth.

Ayant à l'évidence négligé cette possibilité, elle se sent idiote.

– Je pense qu'un homme de l'expérience d'Arbus a besoin d'une bonne raison pour s'afficher ainsi en public, explique Millie. Et comme ça tombait bien que tu sois là pour le voir ! Mais après tout, qu'est-ce que j'en sais ? À son âge, il ne s'arrête peut-être plus à ça. C'est possible. La question est de savoir si c'est *probable*.

Mon regard tourne autour du sortorium en quête de réponses. Mais Millie dit qu'elle n'en sait rien, et que nous n'en savons rien non plus. Je considère tous les volumes massés sur les étagères. Nous sommes entourés de tant de livres, de tant de mots, de tant de pensées... et aucune pour nous venir en aide. Je me dis : *À quoi bon toute cette magie si personne ne sait vraiment s'en servir ?* Mais on pourrait sans doute en dire autant de la vie. Qui est une autre forme de magie, mais en moins voyant.

Millie commence à poser des questions précises sur mon grand-père, et je me demande si Elizabeth a trouvé mon interrogatoire aussi serré. Elle répond mollement – peut-être parce qu'elle s'est déjà prêtée à l'exercice avec moi, ou que l'idée d'un piège s'est violemment imposée à elle et qu'elle regrette soudain de s'être montrée aussi téméraire. Je ne suis pas d'accord avec elle. Peu importe ce que Millie peut dire, sauver les autres vaut toujours mieux que se sauver soi-même. Il le faut, sinon il n'existerait pas de bonnes actions.

Tandis qu'Elizabeth poursuit son récit, je promène à nouveau mon regard sur le sortorium. Sur cette forteresse de livres. Et je pense, paradoxalement, aux Trois Petits Cochons. Je me demande si nous ne serions pas celui qui a construit sa maison avec des livres, des mots et des pensées. Que se passera-t-il quand le Grand Méchant Loup arrivera ? La maison tiendra-t-elle ? S'envolera-t-elle ?

– C'était d'une... puissance ! s'exclame Elizabeth. D'une intensité ! On peut en parler autant qu'on veut, mais quand ça arrive, on ne peut pas l'expliquer. C'est ainsi. Et il faut faire face.

– Tu n'y es pas prête ! l'avertit Millie.

– Peu importe qu'on soit *prêt* dès l'instant où on est au pied du mur ! lui rétorque Elizabeth.

– Tu ne peux pas recommencer une chose pareille, insiste Millie. Tu dois me le promettre !

– Je vous le promets, dit Elizabeth.

J'observe la réaction de Millie, puis celle de Laurie. Je me sonde moi-même.

Nous savons tous qu'elle ment.

Sur le chemin du retour, Laurie fait l'essentiel de la conversation, parlant de relooker Millie et de l'inscrire à une émission de téléréalité. Il fait des phrases comme on fait des bulles, avec légèreté, pour nous faire sourire malgré nous. J'admire sa bonne volonté, mais Elizabeth ne semble pas l'écouter.

Une fois que nous sommes arrivés sur notre palier, il se produit un moment de flottement car nous ne savons pas ce qu'Elizabeth compte faire. Revenir chez moi ou rentrer chez elle avec Laurie ?

– Maman devrait bientôt être là, me dit-elle avec un regard contrit. Donc...

– Puis-je te retenir un petit moment ?

Je n'ai pas envie de la quitter tout de suite, pas comme ça.

– Je promets de te rendre aux tiens.

– Vas-y, dit Laurie. De toute façon, je monte cinq minutes chez Sean. Et puis, sans moi, les retrouvailles en famille, c'est pas pareil...

– C'est vrai, répond Elizabeth.

Mais, ensuite, elle ne prononce plus un mot jusqu'à ce que nous soyons chez moi.

Là encore, je me dis que, dans ces situations-là, il doit exister une conduite à tenir envers sa petite amie, sans être certain pour autant qu'elle s'appliquerait à ce type de cas.

– Que se passe-t-il ? demandé-je.

Car je veux savoir. Car il me semble que je dois savoir, que je dois l'aider. Or je ne peux pas être présent auprès d'elle tant que je ne sais pas ce qu'elle attend de ma présence.

Ma question est sincère, mais à voir sa réaction, on

dirait que je lui demande le résultat d'un match ou le temps qu'il fait.

– Rien de spécial, me dit-elle. Et de ton côté ?

Je sais que je devrais lui ficher la paix. Je devrais la laisser parler quand elle a envie de parler. Mais je ne réagis pas quand je devrais. Moi, je réagis devant le vide, la solitude que je devine en elle quand, plantée devant moi, elle semble partie à l'autre bout du monde.

– Parle-moi, l'imploré-je.

Elle secoue la tête et je comprends, elle regrette de m'avoir suivi ici. Elle regrette d'avoir accepté de venir.

– Tu dois écouter Millie, ajouté-je. Si elle te dit que c'est dangereux, tu dois l'écouter.

– Je ne suis tenue à rien. Je sais que Millie a beaucoup plus d'expérience que moi. Nous sommes d'accord. Mais tu dois comprendre qu'elle s'est coupée du monde. Elle a baissé les bras. Tant mieux pour elle si elle peut regarder les autres souffrir sans rien faire. Moi, j'en suis incapable. Je ne suis pas comme ça. De plus, j'ai plus de pouvoirs qu'elle. Je suis plus forte qu'elle.

– Je sais, dis-je. Mais tu dois te montrer prudente.

– *Prudente*. Je ne connais plus le sens de ce mot. Ce n'est pas comme si je partais à la chasse. Comme si, en entrant dans ce musée, je m'étais dit : « Tiens, je me demande si Arbus va être là. » Je ne choisis pas ce que je trouve, ce que je ressens. C'est fini, ça ! Moi, je vois des gens se dresser devant moi comme des immeubles en feu, Stephen. Et l'alternative, c'est passer mon chemin ou agir. La *prudence* n'a rien à voir là-dedans.

– Mais tu dois connaître tes limites. Tu ne peux pas

t'attaquer à n'importe qui. Surtout pas à quelqu'un comme Arbus.

– Fais-moi un peu confiance, OK ? Pour une fois, j'aimerais tant qu'on me fasse un peu confiance.

Le regard qu'elle me lance me glace. Le son de sa voix est à la fois critique et incrédule.

Toute relation se heurte à ce moment : celui où, pour la première fois, elle cesse de converger pour commencer à diverger. Souvent, ce moment est bref, mais le nôtre se prolonge.

– Arrêtons ! dis-je. C'est ridicule.

– Qu'est-ce qui est ridicule ?

J'essaie de détendre l'atmosphère. De nous remettre en selle.

– Souvent, la première dispute dans un couple, c'est sur le choix d'un film ou pour savoir si on doit, par exemple, partager l'addition. Nous, c'est sur la façon d'exploiter au mieux tes pouvoirs de chercheuse de sorts. C'est pour le moins cocasse, tu ne trouves pas ?

Non, elle ne trouve pas. Pas du tout.

– Tu n'y étais pas, me dit-elle. Aucun de vous n'y était. Aucun de vous n'a vu comment ça s'est passé. Aucun de vous n'a ressenti ce que j'ai ressenti.

– C'est vrai, avoué-je sans trop savoir quoi ajouter.

Nous ne nous sommes même pas assis. Nous dansons d'un pied sur l'autre dans l'entrée.

– Même si je ne sais pas où je vais, dit-elle, je m'y connais quand même mieux que n'importe qui.

– Mais Millie est là-dedans depuis beaucoup, beaucoup plus longtemps que toi. Et même si, maintenant, elle a l'air d'une recluse, elle n'est pas toujours restée cloîtrée chez elle. Si elle te dit que tu cours un danger, tu dois la croire. Arbus a détruit ma famille. Ce fardeau, je dois le porter. Il fait partie de ma vie au même titre que le reste. Alors je m'en accommode comme je peux car je vis avec depuis toujours. Peut-être que je ne vois pas ce que tu vois, que je ne ressens pas ce que tu ressens, mais l'otage de cette cruauté, c'est moi, et si tu es prise en otage à ton tour, ça ne va pas m'aider. Il n'y a aucune raison que tu te mettes en danger. Pour moi.

– « Pour moi », c'est-à-dire ?

– C'est-à-dire que la raison pour laquelle nous cherchons Arbus, c'est moi. C'est à cause de moi que tout a commencé. Tu t'exposes parce que je ne peux pas le faire. Mais je ne veux pas que tu aies à en souffrir. Jamais !

Je pose ma main sur son épaule. J'ai envie que ma main soit là, qu'elle la sente.

Elle se dégage.

– Tu n'es plus le seul à être concerné par cette histoire, Stephen, rectifie-t-elle. Plus maintenant.

CHAPITRE 22

QUAND ON A DESSINÉ des personnages suffisamment longtemps, surtout leurs visages, on sait comment créer son propre masque. Ce soir, j'ai composé le mien avec le plus grand soin. Je l'arbore sans hésitation ni regret.

Maman ayant insisté pour que nous passions une soirée en famille plus « active », le film a été détrôné par le Scrabble. Je suis surprise qu'elle ait choisi ce jeu et plus encore que Laurie ait accepté d'y jouer. Car l'histoire familiale l'atteste, au Scrabble, la championne, c'est moi. Maman et Laurie – ainsi que mon père, à l'époque – vivent dans la hantise de mes « mots triples ». Mais ce soir, elle m'a désertée. Qui ? L'étincelle, la virtuosité terminologique qui fait de moi la reine de la grille.

Maman joue, le front plissé. Elle place ses lettres mais jette des regards inquisiteurs dans ma direction. Elle a senti que, ce soir, quelque chose ne tournait pas rond. Avant même le début de la partie. Je me rends compte que c'est pour cette raison qu'elle a proposé un Scrabble, dans l'espoir que mon triomphe vienne à bout de mes tracas. Mais devant l'échec de son plan, la voilà qui cherche des réponses sur mon visage. D'où le masque.

Adepte d'une stratégie différente, Laurie couvre le

plateau de mots grivois qui font pouffer ma mère, la main devant sa bouche et les joues écarlates. Maman a tenté d'apaiser les blessures secrètes qu'elle discerne en moi. Laurie, lui, opte pour la provocation en faisant rire ou en choquant afin de révéler les émotions enfouies. Dès que le masque est fissuré, Laurie sait qu'il suffit d'être patient pour le voir tomber. Et il fait tout pour accélérer le processus. Les yeux qu'il plante sur moi pourraient très bien être des burins s'attaquant à la couche de plâtre dont j'ai recouvert mon vrai visage.

Je m'éclipse, laissant maman et Laurie en pleine discussion pour savoir si, dans certains contextes, « léger » pouvait être utilisé comme verbe et non plus comme adjectif. Dans le sanctuaire de ma chambre, je sors mon carnet de croquis. Dessiner m'aide à réfléchir, et ce qu'il me faut maintenant, c'est un plan.

L'esquisse qui prend forme sur la page blanche me laisse perplexe. C'est une carte, or, d'habitude, je ne suis pas cartographe. Je préfère les personnages et les scènes d'action. Cela dit, je comprends pourquoi mes doigts tracent ces lignes et ces ombres. La Frick Collection est immédiatement reconnaissable. Bientôt, des rectangles brumeux émergent tout autour. La 5e Avenue. La lisière du parc côté est. Mon nouveau terrain de jeu dans le quartier.

Je médite tout en crayonnant, sentant mon cerveau comme déconnecté du mouvement de mes mains. D'autres lieux familiers se matérialisent sous mes yeux. Mes endroits favoris, tous accessibles à pied depuis la maison.

En regardant bien les pavés baveux des immeubles, les rues ébauchées et les allées du parc, je perçois ce que mes doigts voulaient me faire comprendre.

Ce n'est pas une carte que j'ai dessinée. Ce qui se déploie sur la page, c'est un périmètre – un périmètre né d'une question à laquelle je suis restée sourde, mais qui, lorsqu'elle fait irruption dans mes pensées, ne cesse de me prendre au dépourvu.

Et si c'était un coup monté ? Et si Arbus en avait non seulement après Stephen, mais aussi après moi ?

Si le lanceur de malédictions n'avait fait que soupçonner mon existence, le fait de me jeter sur lui au beau milieu d'un envoûtement n'a pu que conforter ce pressentiment. Mais j'hésite à m'aventurer sur ce terrain-là. Je me trouve narcissique. Car pour l'heure, celui qui reste invisible, c'est Stephen. C'est lui qui, pour créer le moindre contact avec le monde matériel, doit produire un effort considérable.

C'est Stephen que je dois aider.

Je me suis certes emportée contre lui tout à l'heure, mais mes paroles ne manquaient pas de conviction. Ce qui se passe ne se limite plus à lui. Ni à moi non plus. Le monde invisible dans lequel vit Stephen, ce monde de sortilèges et de magie, ne fait que s'entrouvrir. Je refuse qu'il demeure un mystère plus longtemps.

Je poursuis mon dessin. Des formes confuses se précisent. Mon regard survole la feuille, cherche des motifs, des indices. Je suis tellement absorbée par ce plan que je commence à y voir trouble. Je frotte mes yeux las et repars de plus belle.

Arbus a-t-il lancé un grand filet en espérant m'attraper ? La Frick Collection était-elle pour lui une première étape ou avait-il déjà élu et frappé d'autres victimes avant de venir me défier ?

Et s'il avait délibérément ciblé cette mère et son jeune fils en se disant qu'un témoin averti du cas de Stephen ne le laisserait pas s'en prendre à d'autres innocents ?

Ou est-ce que je me fais des idées au sujet de cette rencontre ? Le grand-père de Stephen serait-il alors à ce point tordu qu'il passerait son temps à lancer des sortilèges sur le premier venu ?

Dans un grincement de dents, j'écarte la dernière question car, viscéralement, je n'y crois pas. Non que je ne pense pas Arbus capable de distractions aussi abjectes, mais parce que quelque chose me dit que c'est moi qu'il cherchait. Pas moi personnellement, mais un ou une chercheuse de sorts.

Je me demande ce qu'il faut en penser. Comment interpréter ce piège, si c'en est un. En repensant à l'irritation de Millie, à sa mise en garde, je me souviens aussi qu'elle avait pâli. Que ses mains tremblaient. Qu'elle était entrée dans une colère noire – le genre de fureur qui ne s'explique que par la panique, la désintégration d'une existence soigneusement construite. La nouvelle du retour de Maxwell Arbus à New York l'a épouvantée au-delà de tout. Je sais qu'elle a peur pour elle-même. Mais pour moi plus encore.

On frappe, mais, sans attendre de réponse, Laurie entre et referme la porte derrière lui. Découvrant mon visage, il fait la grimace.

– Je sais bien que le khôl allait à ravir à Cléopâtre, mais toi, tu y es allée un peu fort. La prochaine fois, vise le « smoky eye », pas l'effet panda, d'accord ?

– Ferme-la et passe-moi un Kleenex !

Je tends la main jusqu'à ce qu'il en dépose un dans ma paume.

Tandis que je débarrasse mon visage et mes doigts des traces de fusain, Laurie erre dans ma chambre comme une âme en peine. Un véritable exploit puisqu'une chambre de huit mètres carrés ne se prête normalement pas à l'errance. Il lorgne mon dessin. Je ne prends pas la peine de le cacher, ne voyant aucune raison de lui dissimuler ce vague croquis du territoire qui sépare notre appartement du Upper East Side.

Comprenant, après quelques silences et des regards gênés de sa part, que je ne compte pas lui raconter ma vie, il opte pour une fausse décontraction.

– Tu dessines quoi, là ?

– Le quartier.

Laurie tend le cou en espérant me prendre en flagrant délit de mensonge. Il s'agit pourtant bien du quartier – mais pas que.

– Un nouveau scénar ? me demande-t-il.

Je réponds par un grognement évasif.

– Jo-sie ! glapit Laurie.

Attrapant alors ses cheveux à pleines poignées, il tire dessus pour les faire pointer dans toutes les directions. Je lève un sourcil. C'était son habitude quand il était petit et qu'il en avait vraiment marre de moi. Là, je m'inquiète un peu car à cet ébouriffage succédait généralement une colère force dix, avec visage rouge braise et vociférations à la clé.

– Laurie… commencé-je.

– S'il te plaît ! m'interrompt-il, m'obligeant à respirer profondément en assistant, stupéfaite, à l'embrasement de ses joues. Écoute-moi… reprend-il.

Le regard intimidant de mon frère se fait alors beaucoup plus convaincant.

J'opine du chef tout en craignant de le voir tomber dans les pommes.

– Tu vas me dire ce qui se passe ! m'ordonne-t-il. J'essayais de ne pas jouer les intrus, mais tu m'obliges à te tirer les vers du nez.

– Euh…

Je ne sais quoi lui répondre, mais son visage a viré du pourpre au rose pastel. J'y vois un bon signe.

– En dépit de toute cette folie – qui n'est, malgré tout, que la réalité –, tu es encore ma sœur et je t'aime.

Plusieurs anges passent.

– D'accord… hasardé-je.

– Et tu sais ce que ça veut dire !

– Ah bon ?

Je n'en suis pas si sûre.

Laurie hoche la tête.

– Ça veut dire que je suis avec toi. Et que tu vas me dire ce que tu trafiques, ce que tu complotes et comment je peux t'aider. Car je vais t'aider ! Ne me force pas à prendre tes affaires de dessin en otage. On sait que ça peut très mal se finir !

Je lui adresse un sourire auquel il me répond par un

« Bien. Alors, causons ! »

– Je pense que Millie avait raison, lui dis-je en m'avouant vaincue.

Brandissant mon esquisse pour qu'il la voie mieux, je m'explique :

– Elle a dit qu'Arbus avait peut-être tenté de me démasquer. Je ne sais pas si c'est moi personnellement qu'il visait, je pense plutôt qu'il était sur la trace d'un chercheur de sorts.

– C'est ton sixième sens qui te dit ça ?

– Oui, dis-je en reposant la feuille. J'ai dessiné ça pour tâcher d'y voir clair. Pour essayer de trouver les autres endroits où il a pu aller.

– Tu crois qu'il traîne dans le quartier ? demande Laurie après un nouveau coup d'œil à mon dessin.

– Je ne sais pas. Mais ce n'est peut-être pas une mauvaise chose.

– Comment ça, « pas une mauvaise chose » ? s'étonne Laurie.

Je passe mes doigts sur le papier, étalant les traits, zébrant Central Park d'un hachurage d'ombres.

– Parce que ça me permettrait peut-être de le démasquer à mon tour.

Le visage de Laurie se contracte.

– Et dans quel but ?

– Pour mieux comprendre à qui j'ai affaire, déclaré-je avec une confiance un peu surjouée.

– Et tout ce que Millie t'a dit sur lui, qu'est-ce que tu en fais ? demande Laurie en se levant et en secouant la tête. Pas d'attaque frontale avec un type comme Maxwell Arbus !

– Je ne vois pas comment faire autrement. C'est une terreur ? Alors on montre qu'on en a et on le fait sortir du bois.

– Premièrement, je vais faire comme si tu n'avais pas dit « on montre qu'on en a ». Deuxièmement… bon, je n'ai pas de deuxièmement. Tout ce que tu viens de dire, c'est n'importe quoi. C'est tout.

– Écoute-moi, dis-je, soudain impatiente de tester mes théories sur Laurie. Au sujet de ce que toi, tu as dit… je crois que tu as raison.

– À propos d'« en avoir » ? reprend Laurie, le sourcil dressé. Bien sûr que j'ai raison ! On ne devrait jamais parler comme ça. Non seulement c'est pas sympa pour ceux, enfin celles qui n'en ont pas, mais en plus c'est absolument naze.

– Non, lui dis-je. Je te parle des avertissements de Millie à propos d'Arbus. Je ne pense pas qu'elle ait abattu toutes ses cartes. Elle nous cache quelque chose… de capital, peut-être. À coup sûr, au sujet du grand-père de Stephen. Voire de la détection des sorts.

– Où veux-tu en venir ? demande Laurie en plissant le front.

– Je n'en sais rien. Moi, ce monsieur, j'ai envie d'un tête-à-tête avec lui. Envie de contre-attaquer. Si je suis capable de faire cesser les malédictions quand elles sont lancées, qui sait si je ne pourrais pas les arrêter à la source ?

– Allons, Elizabeth !

Le visage de Laurie n'est plus qu'un lacis de plis et de rides où se lisent angoisse et compassion.

– Si tu marches avec moi, dis-toi bien que c'est pour aller le débusquer, dis-je à Laurie.

Mon frère se laisse tomber sur le lit à mon côté. C'est lui, à présent, qui a l'air défait.

– Tu ne peux pas savoir à quel point je ne le sens pas, ce coup-là…

– Celle qui a pris option magie dans la famille, c'est bibi, lui rappelé-je avec un petit coup de coude. Pour les intuitions et autres prémonitions, fais confiance à mes petites antennes.

– Très bien, dit-il.

Mais il a l'air ailleurs et je sais qu'il pense à autre chose. Pas compliqué de savoir à quoi.

– Tu dois me faire une promesse ! lui ordonné-je avec, en gros caractères dans ma tête, les mots « sévère » et « inflexible ».

J'attends qu'il lève les yeux vers moi.

Il croise enfin mon regard et, se sachant pris, marmonne :

– Laquelle ?

– De ne pas en parler à Stephen.

Ce n'est pas du tout facile à dire, mais je dois le faire.

– Il est trop proche de tout ça. Nous devons trouver le moyen de neutraliser Arbus sans lui – du moins pour l'instant.

– D'accord ! me répond Laurie sans réfléchir. À condition que tu me promettes de vraiment me laisser t'aider. Fini les cachotteries ! Et si tu me demandes de te couvrir auprès de maman, ça ne comptera pas comme un coup de main, OK ?

– OK ! lui dis-je alors que, l'ayant vu plonger aussitôt sa main gauche dans son dos, je suis à peu près sûre qu'il a croisé les doigts pour annuler sa promesse.

Laurie raffole de ces petites entourloupes à l'ancienne.

Mais je fais comme si je n'avais rien vu. Je sais que, même sans trahir sa parole – il n'aurait d'ailleurs pas eu conscience de le faire –, Laurie aurait craqué et dévoilé mon projet à Stephen. Et je ne lui en veux pas.

Tout ça pour dire que je dois faire vite. Que je dois trouver Arbus avant que Stephen n'invente quelque chose pour me barrer la route. Ou pire.

CHAPITRE 23

DE MÊME QUE LA FIÈVRE peut amplifier la sensation de froid, l'amour peut aviver la solitude.

Elizabeth n'a pas disparu. Elle est toujours là, près de moi. Mais en elle quelque chose a cédé. En elle, une partie de nous a reflué. Nous n'en parlons pas car, dès que j'aborde le sujet, elle s'éloigne un peu plus encore.

Nous ne nous sommes pas disputés. Pourtant, j'ai l'impression que nous vivons une trêve. En ce moment, notre bonheur ne peut exister que dans une bulle à l'abri des questions, et je ne cesse de penser à celles qui viendront la faire éclater, qui nous plongeront dans le malaise, si ce n'est dans les querelles.

De tout cela, elle ne veut rien admettre. À l'entendre, tout va bien entre nous. À l'entendre, Arbus fait partie du passé. À l'entendre, nous faisons front ensemble.

Et pourtant, la solitude m'accable. Dans sa présence, je ressens une absence.

Elle le remarque. Elle ne peut que le remarquer. Elle cherche à se faire pardonner à sa façon, une façon que j'en suis encore à découvrir. Pas à travers des confidences, mais elle essaie de compenser leur manque. Elle apporte des fleurs chez moi mais, au lieu de les mettre toutes dans un seul vase, elle en dépose une dans chaque pièce. Nous regardons des films ensemble. Certains soirs, elle reste à dormir ici. Et souvent cette intimité me permet d'oublier. D'abolir la solitude. Mais ensuite je me réveille au milieu de la nuit. Je la contemple, endormie dans la pénombre bleue. En moi montent des élans de tendresse… en moi crépitent aussi les piqûres de tout ce que je ne dis pas.

Elle me propose un tour au parc. Elle doit être chez Millie dans une heure, ce qui nous laisse le temps d'aller au parc. Je lui demande si elle veut faire signe à Laurie pour qu'il nous accompagne et elle me dit que non, que, cette fois-ci, nous ne serons que nous deux. Dois-je comprendre qu'elle veut me parler… Je me demande si elle a vu ou appris des choses nouvelles.

Mais peut-être n'aspire-t-elle qu'au bonheur simple d'être ensemble, ce qui est déjà beaucoup. Elle tient ma main tandis que nous cheminons vers Sheep Meadow – elle la plaque contre elle, contre sa hanche, pour paraître naturelle aux autres promeneurs. Elle a aussi mis une oreillette de téléphone, afin de pouvoir me parler sans attirer les regards. Mais aujourd'hui, nous marchons sans un mot. J'ai peur que nous ayons épuisé notre stock de paroles et espère simplement qu'elle garde les siennes pour plus tard.

Nous sommes entourés de centaines de personnes, la plupart allongées sur des couvertures ou des serviettes, quelques-unes sur des chaises longues. En été, Sheep Meadow prend des airs de grand-place de Central Park : un lieu pour se retrouver, pour pique-niquer, pour fausser compagnie aux gratte-ciel et s'exposer au soleil. S'asseoir au soleil, un désir, j'en suis sûr, vieux comme le monde. Ma mère ignorait tout des effets du soleil sur moi – et même s'il en avait. À y repenser, je me rends compte qu'elle ignorait aussi tout des paramètres de ma malédiction : invisible, l'étais-je seulement pour les gens ou aussi pour les éléments ? Comme elle doutait de l'efficacité des crèmes solaires, elle me gardait à l'ombre.

Aujourd'hui, je décide de prendre ce risque. Car je suis certain d'une chose, je ne suis pas transparent au soleil. Je connais la sensation de m'y livrer tout entier, d'y exposer mon visage, de percevoir la caresse de ses rayons sur ma peau.

Elizabeth étend une couverture et je m'assieds près d'elle. Pour n'importe quel observateur, elle semble attendre l'arrivée de son amoureux. Nul ne peut en douter.

– Tu es déjà allé au festival Shakespeare in the Park[1] ? me demande-t-elle.

– Non, murmuré-je avec un signe de la tête.

En fait, avec elle, je pourrais me passer d'ajouter « non » quand je fais déjà le geste, mais je n'ai pas encore pris le pli.

– On devrait y aller avant la fin de l'été. Je me lèverai tôt pour prendre deux places. Les gens penseront que tu m'as posé un lapin.

– Tu pourrais donner ma place à Laurie. Je pourrais me faufiler derrière vous et rester debout sur le côté.

1. Série de pièces de Shakespeare jouées gratuitement dans un théâtre en plein air. (NDT)

– Ah, non ! me répond Elizabeth avec un sourire. Je veux y aller avec toi. Je veux que tu sois assis à côté de moi.

– Je ne te contredirai pas. On n'en parlera pas à Laurie, alors.

– S'il a envie de venir, il n'a qu'à se lever aux aurores comme tout le monde.

– Il y a des chances pour qu'il le fasse ? demandé-je.

– Autant que pour ton grand-père de nous inviter à dîner…

Tiens. Elle a parlé de lui. J'attends la suite pour embrayer sur le sujet. Mais je temporise trop. Au moment où je m'en rends compte, il est trop tard pour revenir en arrière.

– Un jour, j'ai joué Viola dans *La Nuit des rois*, m'apprend alors Elizabeth. Comme très peu de garçons s'intéressaient au théâtre, celui qui a tenu le rôle de Sébastien était coréen. Tu aurais vu la tête des gens quand ils ont découvert à la fin qu'on était jumeaux…

– Pourquoi Laurie n'a-t-il pas joué ton frère ?

– Ah ! Au lycée, en première année, Laurie a eu des empoignades homériques avec la prof de théâtre à propos de la comédie musicale de l'école. Elle voulait monter *Annie, la reine du cirque*. Lui voulait en faire une inspirée de la vie d'un jeune homo. Entre eux, le ton est monté et, à partir de là, on ne l'a plus vu dans aucun spectacle. Le seul rôle qu'elle aurait pu lui donner dans *La Nuit des rois* était celui de la tempête, celle qui déclenche tout au début.

Elizabeth ferme les yeux, se penche en arrière.

– J'ai l'impression de parler d'une autre époque, d'un autre pays. On se dit qu'il va falloir une éternité pour s'en libérer, puis on s'en libère, puis on se retrouve là. Libre.

Elle se détourne de moi pour faire face au soleil. Toujours assis, je regarde les gens qui nous entourent, chacun pris dans sa propre histoire. Tandis qu'Elizabeth se laisse gagner par le sommeil, je tente de glaner quelques lignes, quelques paragraphes de leur vie. Je me perds dans les autres, faute de parvenir à me perdre en moi.

– On est bien, murmure Elizabeth.

– Oui, on est bien.

Elle dort. Au cœur du parc, au cœur de la ville, elle dort. Comme une enfant qui fait la sieste. Elle s'apaise. Elle se repose.

C'est en voyant l'heure tourner, en voyant son rendez-vous avec Millie approcher que je me résous à la réveiller.

– Ouah ! J'ai dormi combien de temps ? me demande-t-elle dès que je l'ai ramenée en douceur à la réalité.

Je le lui dis.

– Désolée, mais je devais en avoir besoin.

Elle s'étire en regardant les gens autour de nous. Je me surprends à me demander si ma vision est identique à la sienne. Si elle ne possède pas une dimension supplémentaire. De quels envoûtements peuvent bien être victimes tous ces gens ? Quels maléfices les emporteront ?

Si elle les perçoit, elle ne le montre pas. La voilà

debout comme n'importe quelle fille de son âge, ramassant ses affaires comme le ferait n'importe quelle fille de son âge. Rien dans son expression ne montre qu'elle a observé de quelconques sortilèges ou malédictions.

– Je crois que je vais rester ici encore un peu, lui dis-je.

Après tout, on ne m'attend nulle part.

– Très bien, je te laisse la couverture, mais, tu sais, tu es invisible…

– Merci de me le rappeler. J'avais presque oublié.

Même sous ce flot de lumière, le sourire qui barre son visage a encore quelque chose d'endormi.

– À tout à l'heure ! Je t'embrasse, souffle-t-elle dans le micro de son téléphone.

– Je te retourne ton baiser, dis-je.

Impossible de prétendre à plus en public. À New York, on vous pardonne de discuter avec le vent, mais on s'inquiète quand on vous voit l'embrasser…

Je la regarde s'éloigner. Je me rends alors compte que nous avons réussi à conjurer la solitude pendant presque une heure.

Je ne m'en aperçois que parce que je la sens revenir.

Je suis assis dans l'herbe, mais sans ressentir vraiment son contact. Je suis assis dans le parc, mais sans qu'il prenne acte de ma présence. Des enfants jouent autour de moi. Les amoureux ne se doutent pas que je suis tout près d'eux. Un nuage passe devant le soleil, mais sans savoir que je sens son ombre glisser sur moi.

Ce jeu, je l'ai beaucoup pratiqué, surtout l'été.

Aujourd'hui, il a un goût différent.

Ivan, mon promeneur canin préféré, apparaît. Sans laisse ni chien. C'est Karen, la nounou, qui marche à son côté. On l'a délestée des enfants pour la journée. Ils sont seuls et ressembleraient à un jeune couple comme un autre si je pouvais faire abstraction de ce que je sais déjà sur eux. Car je ne peux m'empêcher de penser aux chiens et aux enfants qui aujourd'hui sont absents.

Bien que le soleil soit de retour, j'ai des frissons. La femme assise sur une couverture à côté de la mienne se gratte à présent le visage. Je le note du coin de l'œil. La politesse voudrait que je détourne le regard, mais quelque chose en elle m'oblige à la fixer. Son grattage s'est intensifié. La voilà qui se griffe la figure, les ongles en sang. Je voudrais que d'autres la voient. Je suis invisible ; je ne peux pas l'aider.

J'entends un cri. Je me dis que quelqu'un l'a vue. Mais ce cri vient du côté opposé. En me retournant, je découvre un homme qui a mis le feu à sa couverture.

– Que j'ai froid ! s'écrie-t-il tandis que sa femme éloigne leur enfant.

Elle continue de hurler.

On commence à les regarder. On se demande ce qui se passe.

Un homme accourt pour les aider. Il doit être flic ou pompier. Il piétine la couverture… alors même que le père, reprenant ses allumettes, entreprend d'enflammer ses propres vêtements. Le flic lui crie d'arrêter – mais aucune parole ne sort de sa bouche. Il reste stupéfait. Il essaie encore. Rien. La mère arrache les allumettes à son mari. Le visage de ma voisine ruisselle de sang à présent et elle s'attaque maintenant à ses yeux. Quelques personnes s'enfuient en courant. Elles ont vu les flammes et prennent la fuite. Une jeune fille – elle ne doit pas être plus vieille que moi – s'apprête à partir elle aussi, mais ses jambes ne répondent pas. Je la vois s'acharner. En vain. Elle a perdu l'usage de ses jambes...

Je suis sur le point de défaillir. Mon corps est secoué de frissons. Sans pouvoir me l'expliquer, je me sens faible. Et, en même temps, j'ai l'impression d'être investi d'une responsabilité. Il me semble que quelque chose venu de l'intérieur de moi s'accomplit.

C'est le petit garçon qui m'alerte. Celui qu'on a évacué de la couverture en feu. Tandis que, de toute part, on court, on crie et on offre son aide, lui contemple un point fixe. Son regard se porte sur quelqu'un qui, à ses yeux, est là, mais aux miens n'y est pas. C'est ainsi que j'apprends que mon grand-père est parmi nous...

Ma voisine a été plaquée au sol avant d'avoir pu s'arracher les yeux. Mais elle oppose une résistance farouche, hurlant qu'il faut les lui enlever, lui décoller le visage. La jeune fille incapable de courir pleure ; l'homme devenu muet est figé sur place.

Ivan arrive à toutes jambes pour porter secours. Alors qu'il passe devant une femme, celle-ci tombe au sol et commence à manger de la terre.

– SAUVEZ-VOUS ! crié-je. SAUVEZ-VOUS ! SAUVEZ-VOUS !

Je lance cet appel en tous sens, avec cette voix qui

n'appartient à aucun corps. M'approchant d'Ivan, je le fais déguerpir, le repousse vers Karen.

– ALLEZ ! lui dis-je. FICHEZ LE CAMP !

Ce qu'il fait.

Mon grand-père m'entend à présent. Mon grand-père sait que je suis là. Mais il le savait depuis le début, évidemment. C'est ma malédiction qui le lui a dit.

Il ne peut pas me voir. Je ne peux pas le voir. Mais nous sommes bien là.

La femme ensanglantée. L'homme frigorifié au point de mettre le feu à ses vêtements. L'autre privé de parole. La fille paralysée. La femme qui mange de la terre. Comment arrive-t-il à créer autant de malédictions en même temps ?

Je la sens me quitter. Mon énergie. Ce n'est pas que la malédiction faiblisse – je ne suis pas plus visible qu'avant. Mais mon grand-père se nourrit de moi. Je le sais. Et, par conséquent, je sais que celui qui doit se sauver, c'est moi.

Je veille à ne percuter personne. À ne laisser aucune espèce de trace. Je ne veux pas qu'il sache par où je suis passé. Pour autant, si je ne me méprends pas sur sa capacité à me détecter, il saura certainement que je suis parti – et où.

Je ne peux pas rentrer chez moi. Je ne veux pas l'attirer là-bas. Et pour la même raison, je ne peux pas aller chez Millie. Alors je file vers le nord en m'enfonçant dans le parc, en m'éloignant le plus possible de toute présence humaine. Je me fraie un chemin à travers le Ramble, j'évite tous ceux que je rencontre. Je me détache de la ville pour devenir son vigilant fantôme. Je me drape dans l'illusion qu'aucun de mes actes ne peut toucher personne, je m'y accroche. Je suis une cause sans effet. Mes pas ne produisent aucun bruit. Je ne suis rien d'autre que de l'air, on remarque son déplacement, mais à peine arrivé, le voilà reparti.

Le vent porte les cris jusqu'à moi.

CHAPITRE 24

JE N'AVAIS JAMAIS PENSÉ un jour m'intéresser au thé sous quelque angle que ce soit, mais, assise dans le sortorium tandis que Millie me verse la x-millionième tasse depuis notre première rencontre, j'en arrive à la conclusion que j'ai horreur de ça. D'ailleurs, j'ai horreur de tout dans cet endroit. Dans ce bunker à secrets qui s'est révélé totalement inutile. Tout comme le thé, on y infuse, on y macère, mais si on oublie d'en sortir, on devient amer.

Dans ma tasse, je n'ai ajouté ni lait ni sucre. Ce qui ne m'empêche pas de tourner ma mini-cuillère ridicule dans le liquide ambré en faisant crisser le métal argenté contre la porcelaine. Un grincement qui fait écho à mon irritation.

De peur de souffrir seule, je suis prête à partager avec Millie tous mes griefs, mais j'attends mon heure.

Elle croise sur sa poitrine ses mains délicates et ridées.

– Commençons !

Elle sourit, je grimace, mais elle ne s'attarde pas sur ma mine renfrognée.

– Rappelle-moi le code de conduite du chercheur de sorts.

Le par cœur est l'outil pédagogique de prédilection de Millie.

– Un chercheur de sorts a pour fonction de repérer la présence de phénomènes magiques.

– Dans quel but ?

– Dans le but de valider les pratiques justes et d'éradiquer les malveillantes.

– Très bien ! me lance Millie avec un sourire.

– Quels sont les outils du chercheur de sorts ? reprend-elle.

– La connaissance, la patience et la volonté, récité-je en me retenant de râler.

– Et comment s'acquiert la connaissance ?

– Par l'étude et l'observation.

Je lève alors les yeux vers les toiles d'araignées qui relient au plafond le dernier rang de lourds volumes. Vu leur épaisseur, on les prendrait presque pour de la dentelle.

– Mais vous, quand avez-vous étudié pour la dernière fois ? demandé-je en désignant les livres nappés de poussière.

Les mains de Millie se calent aussitôt sur ses hanches et, à ma grande surprise, elle prend un air presque féroce.

– Jeune fille, est-il indispensable de nous faire perdre notre temps avec ce comportement égoïste et déplacé ?

– En ce moment, ce n'est pas moi qui nous faire perdre du temps… murmuré-je.

Avant que j'aie esquissé un geste, ses doigts jaillissent et enserrent mon menton.

– Elizabeth, je suis on ne peut plus sérieuse. Le temps

que nous consacrons à ces séances est précieux et, si tu veux aider ton ami, tu dois m'écouter. C'est ainsi qu'on procède. Il en a toujours été ainsi.

Je me détourne vivement. Mes yeux me brûlent et je cligne des paupières aussi vite que je peux. Ce ne sont pas ses mots qui ont fait monter les larmes ; c'est ma frustration. Peu importe le nombre d'années d'expérience ou les traditions que Millie pose sur la table, ça ne m'impressionne pas. Je n'en peux plus d'être assise ici. Avec Arbus qui rôde au-dehors, qui complote on ne sait quoi. Pourquoi Millie ne le comprend-elle pas ?

Elle approche une chaise et vient s'asseoir près de moi. Je me retiens de la repousser quand elle tapote mes cheveux car je sais qu'elle est pleine de bonnes intentions.

– Allons, allons, mon enfant. Je sais que c'est difficile. J'essaie simplement de te protéger.

– Ce n'est pas moi qui ai besoin de protection, Millie, rétorqué-je en me raidissant. Stephen…

Sans me laisser le temps de poursuivre, un vacarme s'élève soudain au-dessus de nos têtes. Je perçois un cri étouffé et un staccato rapide de pas sur le plancher, aussitôt suivis d'un martèlement de lourdes bottes. Une porte invisible s'ouvre avec fracas. La galopade s'amplifie à mesure qu'elle descend l'escalier.

Stephen se jette dans la pièce. Je ne l'ai encore jamais vu ainsi. Les cheveux collés au front, il est hors d'haleine, mais de toute évidence pressé de parler.

Quand il lance « Elizabeth ! », je me lève. Son

intonation laisse pressentir un récit que je redoute d'entendre.

– Que fais-tu ici ? demande Millie vers l'endroit d'où vient la voix de Stephen.

À en juger par le grondement qui nous parvient alors de la cage d'escalier, je m'attends à voir débouler un énorme rocher, mais ce n'est que Saul. Il brandit un pied-de-biche.

– Où est-il ? lance Saul, menaçant, à la cantonade.

Avisant la barre de fer, Stephen observe sagement le silence. Je me glisse néanmoins entre Saul et lui.

– Pose ça ! ordonne Millie au colosse en agitant l'index. Ce n'est que le jeune homme.

– Personne n'entre ici sans mon autorisation ! tonne Saul, les veines du cou gonflées. C'est valable pour tout le monde. C'est la règle !

– Tout va bien, Saul, l'apaise Millie d'une voix douce comme si elle s'adressait à une bête furieuse. Il n'y a aucun danger. Stephen a cru bien faire.

D'un regard, elle implore mon aide.

– Il s'est passé quelque chose, m'empressé-je de dire. C'est ça ?

Après s'être sagement éloigné pour ne pas prendre de coups, Stephen confirme :

– Au parc.

Il commence à tousser, une quinte violente qui le secoue tout entier, et je me rends compte qu'il est pris de haut-le-cœur.

– Il est malade ? me demande Millie, les yeux plissés en entendant les sons rauques sortir de sa gorge.

– Je ne sais pas.

La peur emplit ma bouche d'une saveur âcre.

– Stephen...

– Ça va aller...

Il se redresse, mais toute couleur a déserté son visage.

– Écoute-moi bien, mon garçon... l'avertit Saul en se penchant dans sa direction.

– Taisez-vous ! répliqué-je sèchement à Saul. Si vous pouviez le voir...

Avec précaution, je m'approche de Stephen, les mains levées pour toucher ses joues du bout des doigts. Il pose ses mains sur les miennes. Sa peau est froide.

– Raconte-moi... lui demandé-je en le regardant droit dans les yeux, dans l'espoir que ce lien l'aidera à surmonter ce qui l'accable.

Sans briser notre échange de regards, Stephen hoche la tête.

– Il est venu là-bas, Elizabeth, après ton départ. Je n'ai pas pu le voir. Mais il était là-bas.

– Ton grand-père ?

Le souffle coupé par l'effroi, ma phrase n'est qu'un murmure. Ce n'était pas prévu au programme. Je devais tenir Arbus éloigné de Stephen. C'est moi, la chercheuse de sorts. Et c'est moi qui peux sauver Stephen. Mais Arbus m'a devancée. J'ai échoué avant même de commencer.

Stephen poursuit son récit à un débit enfiévré :

– Il a lancé des malédictions. Pas juste une. À tous les gens qui m'entouraient.

– Des malédictions multiples ? Il en est capable ? demandé-je en me tournant vers Millie.

Sans me répondre, celle-ci interroge Stephen :

– Lesquelles ?

Stephen frissonne.

– Des malédictions faites pour tuer. Et de façon atroce. Un homme... a mis le feu à ses propres vêtements.

Ma respiration se bloque. Dans ce que j'ai vu – et je pensais pourtant avoir assisté aux pires tourments en matière de sortilèges –, rien n'approche celui-ci.

Mais ce n'est pas terminé.

– Il a fait manger de la terre à une femme. Et une autre... a failli s'arracher les yeux avec ses ongles.

J'ai dû pousser un hoquet d'étonnement car Stephen ajoute :

– On l'en a empêchée. Mais elle ne se laissait pas faire, elle essayait de s'arracher aussi la peau.

Millie pose ses mains sur sa bouche, mais ses yeux se sont portés sur Saul. En suivant son regard, j'ai le temps d'apercevoir les traits de celui-ci se contracter. Un spasme parcourt le faisceau de muscles où nichait autrefois un globe oculaire.

Encore plongé dans ses pensées, Stephen ne l'a pas remarqué.

– Je n'ai rien pu faire.

Il s'interrompt le temps d'une inspiration saccadée.

– Et j'ai eu l'impression que c'est grâce à moi qu'il pouvait opérer.

– Qu'est-ce que tu racontes ? demandé-je en faisant glisser mes mains de son visage vers ses épaules.

– Quand les malédictions se sont manifestées, je ne me suis pas contenté de les voir. Un phénomène physique s'est produit. Comme si Arbus siphonnait le pouvoir que j'ai en moi.

Je frotte mes pouces contre le dos de ses mains, espérant faire passer un peu de chaleur de ma peau à la sienne, lui rendre un peu de la vie que son grand-père vient de lui voler.

– Ce n'est absolument pas ta faute, lui dis-je. Ça ne l'a jamais été et ça ne le sera jamais !

Stephen demeure silencieux. Je garde ses mains dans les miennes, mais me tourne vers Millie.

– Est-ce lui ? Est-ce Arbus ?

– Ces sortilèges-là, déclare-t-elle lentement en se laissant tomber sur une chaise, sont quelques-unes des spécialités de Maxwell.

– Et est-ce que...

Je me tourne vers Saul, sans trop savoir si je dois poser la question que j'ai en tête, mais je constate que sa puissante masse disparaît déjà dans la cage d'escalier. Ayant évacué sa colère, il a dû en avoir assez de nous. À moins que le sortorium ne se soit empli de trop nombreux souvenirs douloureux et qu'il n'ait pu les supporter.

Saul n'étant plus à portée de voix, je termine ma phrase :

– Est-ce que Maxwell Arbus est responsable de la perte de l'œil de Saul ?

– Oui, répond Millie avec raideur. Mais c'est de l'histoire ancienne. Saul est passé à autre chose. Et moi aussi.

Jusqu'ici, je me suis contenue, mais là, j'explose :

– Passé à autre chose ?

Je fais volte-face pour me déchaîner contre Millie en moulinant des bras comme une marionnette hystérique.

– Je me fiche que cette histoire soit si ancienne qu'il faudrait un Tardis[1] pour remonter jusque-là ! Pas question de passer à autre chose, car elle est toujours d'actualité !

Millie quitte sa chaise précipitamment pour mettre de la distance entre nous. Mais je continue de marcher vers elle.

– Vous êtes aveugle ! m'exclamé-je en attrapant un livre sur une étagère et en chassant un nuage de poussière de ses pages. Ils ne servent à rien. Je ne peux pas continuer à suivre vos cours pendant que Central Park se transforme en champ de bataille. Je ne peux pas me cacher plus longtemps ici avec vous. Nous devons faire quelque chose !

J'ai repoussé ce bout de femme à travers la pièce et la voilà qui tremble contre le mur du fond.

– Elizabeth…

La voix de Stephen s'élève, calme, juste derrière moi. Ma bulle de colère vole en éclats.

Je regarde le corps voûté de Millie, ses grands yeux apeurés, et j'ai honte.

Reculant de quelques pas, je détourne le regard pour lui dire :

– Pardon, je n'aurais pas dû…

1. Machine à voyager dans le temps dans la série « Doctor Who ».

– Nous avons tous peur.

Les mots de Stephen sont venus combler ce vide. Ils sont empreints d'une vérité auprès de laquelle je me sens toute petite.

Le doux frottement des pantoufles de Millie sur le parquet me signale qu'elle s'approche. Je suis pétrifiée, ne sachant si je dois pleurer, faire semblant de rien ou lui demander de me prendre dans ses bras.

Millie saisit mon coude, sa paume effleure ma peau. Elle a retrouvé sa dignité et m'adresse un sourire mélancolique.

– Une fureur pareille, je n'en ai vu qu'une dans ma vie. Et elle se déversait de ces lèvres-là ! dit-elle en pointant son index vers sa bouche.

Vaguement incrédule, je m'efforce de lui rendre son sourire.

– Certes, je n'apprécie guère de me faire enguirlander par une jeune harpie, poursuit Millie, mais le moment est venu de reconnaître que tu as raison. Nous ne pouvons pas attendre qu'Arbus propage son mal à toute la ville. Nous manquerions à notre devoir de chercheuses de sorts.

– Notre devoir d'éradiquer le mal ? demandé-je avec un sourire de plus en plus assuré.

Son visage s'illumine et je discerne, par-delà les années, une jeune femme. Un être plein de force et de ferveur.

Je m'apprête à saisir la perche d'espoir qu'elle me tend quand, à l'étage supérieur, des roulements et des grincements nous font sursauter toutes les deux. Le bruit – de sourds grondements ponctués de cris stridents – se déplace, comme si on traînait quelque chose de lourd à travers la boutique de B.D.

Millie se dirige vers l'escalier, mais sans explication, Stephen se met à courir. Je me précipite sur ses talons. Il monte quatre à quatre. Je me trouve à mi-hauteur des marches et Millie tout en bas lorsque Stephen entreprend d'ouvrir la porte qui donne sur le magasin. Il tourne la poignée, pousse, le battant s'entrouvre, mais de quelques centimètres seulement. Stephen produit un nouvel effort. Mais la porte résiste.

– Saul ! lance Stephen. Ouvrez ! Saul !

Pas de réponse.

– Il nous a enfermés ici ? demandé-je en regardant Stephen et la porte bloquée.

– Que peut-il bien fabriquer ?

La porte vibre sur son châssis tandis que Stephen se bagarre avec elle. En vain. Millie doit se dire qu'il s'agit d'un fantôme fougueux qui tambourine dans la cage d'escalier, impatient d'attirer l'attention des vivants.

Millie est à bout de souffle quand elle atteint le palier. Elle considère la porte, puis ferme les yeux.

– Non… murmure-t-elle en joignant les mains devant son visage comme pour prier.

Exaspéré, Stephen lâche le battant et se tourne vers elle. Même si elle ne perçoit pas l'insistance du regard bleu qui se plante sur elle, je suis sûre qu'elle sent son intensité.

– Pourquoi nous a-t-il abandonnés ici ? demande Stephen.

Les lèvres serrées, Millie secoue la tête. Ses mains

tremblent et, devant les larmes qui perlent à ses paupières, mon cœur se serre.

Stephen la fixe toujours, mais je lève la main pour couper court à toute nouvelle interrogation.

D'une voix si douce que je la reconnais à peine, je demande :

– Millie, où est parti Saul ?

– À la poursuite d'Arbus, chuchote Millie.

– Vous en êtes sûre ?

Dans la voix de Stephen, la colère a fait place à l'effarement.

– Oui, répond-elle.

Elle se penche comme si elle allait défaillir et je bondis en avant pour l'attraper par la taille afin qu'elle s'appuie contre moi.

– Pourquoi ? demandé-je.

Millie éclate en sanglots et, dans la confusion de ses propos, je parviens à saisir quelques mots :

– Parce que Saul sait que Maxwell Arbus ne quittera pas New York sans tenter de me tuer. Et que cette fois, il y parviendra.

CHAPITRE 25

– **J'AI ÉTÉ BIEN BÊTE,** avoue Millie. D'une bêtise…

Ayant cessé de martyriser la porte, je passe à présent la main dans l'entrebâillement pour comprendre ce qui l'empêche de s'ouvrir grand. Pendant ce temps, Millie, guidée par Elizabeth, s'est assise à côté d'elle sur une marche.

– Pourquoi dites-vous ça ? demande Elizabeth.

– Saul m'avait prévenue. Dès que vous êtes partis, le premier jour, il m'avait dit de ne pas donner suite. Il savait que vous ramèneriez Arbus ici, d'une façon ou d'une autre.

– Mais pourquoi Arbus voudrait-il vous tuer ?

– Parce que je suis une chercheuse de sorts. Parce que je suis une des dernières. Parce que, voici des années, nos routes se sont croisées.

– Mais pourquoi ne pas nous l'avoir dit franchement ? demande Elizabeth, folle de rage. Vous nous avez menti !

Millie se redresse.

– Je ne suis pas sûre que tu sois la mieux placée pour me donner des leçons de franchise, jeune fille…

J'interromps ma tâche pour examiner leurs visages. Tous deux butés. Tous deux à cran. Tous deux coupables.

– Qu'y a-t-il ? demandé-je.

Impossible pour moi d'entrer dans les détails, n'étant pas ici celui qui les détient.

– Dites-nous ce qui s'est passé, demande Elizabeth à Millie comme si ma question ne la concernait pas.

– C'était il y a vingt ans, soupire Millie. J'avais un modeste cabinet de chercheuse de sorts. Une clientèle privée. Pas de publicité – tout sur recommandation. Je ne gagnais pas énormément, mais ça payait les factures. Et je sentais que je rendais service. De simples diagnostics, mais vous n'imaginez pas combien c'était important pour les gens. De savoir que ce n'était pas leur faute. De savoir qu'ils n'étaient pas fous.

« J'avais déjà croisé des lanceurs de malédictions ; dans une ville aussi grande, c'est inévitable. S'ils n'y habitent pas, ils y passent sans arrêt. Mais il était rare que je les rencontre en personne. La plupart du temps, je les connaissais au travers de leur travail.

« Tout à coup sont arrivés ces sortilèges complexes. Je ne savais pas comment les aborder. J'avais entendu parler des modes opératoires d'Arbus, mais je ne les avais jamais vus de mes yeux.

– Qui vous avait parlé de lui ? demandé-je.

– D'autres chercheurs de sorts. Ils sont morts à présent, dit Millie en secouant la tête. À l'époque, il existait un réseau. Maintenant, tout le monde est isolé. Quand on voyait arriver quelqu'un comme Arbus, on avait une douzaine de personnes à appeler. Aujourd'hui, je ne sais pas quoi faire.

– Alors que s'est-il passé quand vous avez commencé

à voir arriver des victimes de ses envoûtements ? demande Elizabeth pour ramener Millie sur les rails.

– J'ai fait de mon mieux. Certains m'échappaient complètement. Et d'autres m'inspiraient une peur bleue. J'ai commencé à parcourir les rues, à chercher des traces d'Arbus. J'étais très naïve ; plus très jeune, mais toujours naïve. Je ne comprenais pas qu'il nous pourchasse. Il voulait supprimer tous les chercheurs de sorts pour que les gens de son espèce puissent régner sans partage.

– Mais comment savait-il que vous étiez une chercheuse de sorts ?

– Par la ruse, j'imagine. C'est une des plus vieilles ficelles du métier. Un lanceur de malédictions envoûte quelqu'un, sachant que cette personne va se précipiter chez le chercheur de sorts le plus proche. Une fois qu'elle s'est aperçue que ce dernier ne peut pas la guérir, l'auteur de l'envoûtement revient vers elle en lui proposant d'y mettre fin contre des renseignements. Qui résisterait à une offre pareille ?

– On vous a donc dénoncée, dit Elizabeth.

– Il faut croire que oui. À moins qu'Arbus ne m'ait détectée. Je n'ai aucun moyen d'en être sûre. Je me suis souvent demandé ce qui l'avait amené à New York, mais à présent je pense qu'il cherchait ta mère, Stephen. Je me dis que ce n'était pas tout à fait par hasard.

– Et que s'est-il passé alors ? demandé-je. Vous a-t-il retrouvée ?

De nouveau, des larmes montent aux yeux de Millie à mesure que les souvenirs affluent.

– Il m'a tendu une embuscade. Je fermais mon bureau.

Il était tard et je n'étais pas sur mes gardes. C'est alors qu'il m'est apparu, comme tombé du ciel. Il n'a pas dit un mot, mais j'ai su qui il était. J'ai tenté d'appeler à l'aide, mais sa main a été plus prompte : il m'a aussitôt serré le cou. J'ai fait tomber mes clés en donnant des coups de pied partout. Et Saul... Quelque chose a dû lui mettre la puce à l'oreille car, au moment où j'allais m'évanouir, il est entré et m'a délivrée, mais en payant le prix fort. Le vacarme a été tel que d'autres personnes ont accouru. Arbus a voulu s'en défaire en les envoûtant une par une, mais n'a pu faire face devant le nombre. Il a donc pris la fuite. Et j'ai survécu. Mais il n'est pas homme à laisser un travail inachevé, voyez-vous. La seule façon de se débarrasser d'un chercheur de sorts, c'est de le tuer. Je suis sûre qu'Arbus le sait.

Je regarde Elizabeth pour voir si elle réagit. Je regarde Elizabeth en m'attendant à la voir craquer, du moins se lézarder. Je voudrais qu'elle éprouve la peur qui est la mienne.

Mais, alors que Millie est anéantie et que je suis épouvanté, Elizabeth n'a rien perdu de sa calme détermination. Elle enregistre tout sans se laisser troubler. Ce ne sont que des informations. Ce n'est pas une menace de mort car elle ne l'entend pas ainsi.

J'aimerais savoir pourquoi.

– Alors, cette porte, tu t'en sors ? me demande-t-elle.

Je l'avais complètement oubliée, celle-là.

– Regarde, dit-elle en se levant, j'ai les bras plus fins que toi. Laisse-moi essayer.

Elle se plaque contre le battant et glisse la main dans l'ouverture.

– On dirait qu'il a poussé tous les meubles de la pièce contre cette porte, nous rapporte-t-elle avant de sortir son téléphone. J'appelle du renfort.

Il faut à Laurie une vingtaine de minutes pour arriver sur place, et une dizaine supplémentaire pour dégager suffisamment de meubles et nous délivrer.

Pendant que nous attendons qu'il en termine, je tente d'en savoir plus auprès de Millie.

– Existe-t-il un moyen de l'arrêter ? demandé-je. Qu'est-ce que Saul essaie de faire en ce moment ?

– J'ignore ce que Saul estime pouvoir faire. Ce n'est pas un tueur. Ni lui ni aucun de nous. Il le faudrait, pourtant. Les lanceurs de malédictions sont des humains comme nous tous. Si vous les poignardez, ils saignent. La seule condition, c'est de frapper en premier. De les prendre par surprise. Mais c'est extrêmement difficile.

– Mais c'est faisable, reprend Elizabeth.

Je ne m'étais pas aperçu qu'elle écoutait notre conversation.

– Oui, confirme Millie. C'est faisable.

Elle n'en semble pas persuadée. Ces mots, elle les a bien prononcés, mais d'une voix teintée de doute.

– On y est presque ! lance Laurie.

Je m'approche d'Elizabeth pour que Millie n'entende pas.

– Rentrons, après, lui dis-je. Ou allons au ciné avec Laurie. Faisons quelque chose de normal.

Elizabeth s'écarte de moi. Pas nettement, mais assez pour que je le remarque.

– Arbus est dans les parages, dit-elle. Saul aussi. Je dois aider Millie à les retrouver. Je sais que tu ne peux pas, mais moi si. Voilà le programme qui m'attend.

Au ton qu'elle emploie, elle n'entend pas être contredite ni me demander mon avis.

Cette histoire dépasse nos deux petites personnes, songé-je.

Pourtant, je ne peux m'y résoudre. Justement, je veux, l'espace d'un instant, ramener le monde aux dimensions de nos deux petites personnes. Je veux qu'elle puisse se nicher contre moi et moi, pouvoir me nicher contre elle.

Quand Laurie se fraie enfin un passage, Elizabeth le prend longuement dans ses bras, même s'il est en nage. J'aimerais en faire autant, mais je crains de l'effrayer – on aime bien voir la personne qu'on serre contre soi…

– Comment se fait-il que les vieux meubles soient toujours plus lourds que les autres ? demande Laurie.

– Le temps alourdit tout, ralentit tout, répond Millie. Croyez-moi !

Nulle lourdeur ne transparaît pourtant dans ses mouvements dès que nous sommes libérés.

– Il faut que je le trouve ! lance-t-elle.

Elle parle de Saul.

– Je vais vous aider à le repérer, ajoute Elizabeth.

Elle parle d'Arbus.

Millie a saisi.

– Tu vas laisser Arbus tranquille ! l'avertit-elle. Rien de bon ne peut sortir d'une nouvelle rencontre.

– Je ne ferai rien, promet Elizabeth. Il doit bien avoir une base de repli. Je veux la trouver pour qu'on puisse savoir où il va, voir ce qu'il fait.

– Non ! tranche Millie. Je ne te fais pas confiance.

Laurie semble aussi surpris que moi.

– Ouah… dit-il. C'est un peu fort, non ? On est tous dans le même bateau, quand même.

Mais Millie n'en démord pas :

– Certes. Mais je pense que nous avons des visions différentes de ce que cela implique. N'est-ce pas, Elizabeth ?

– Si je dis que je ne ferai rien, je ne ferai rien.

– Quelqu'un pourrait-il m'expliquer ce qui se passe ? demande Laurie.

Je le mets au courant au sujet de Saul et d'Arbus, sans oublier ma propre rencontre avec ce dernier.

– Très bien, conclut-il. Voici ce que nous allons faire. La priorité, c'est de rattraper Saul avant qu'il ne fasse des bêtises et qu'une malédiction ne le plonge dans l'oubli, d'accord ? Et restons aussi attentifs à Arbus, mais *sans* nous lancer à ses trousses. Compris ?

Ces mots, il les prononce en regardant Elizabeth. Au lieu d'acquiescer, elle le fusille du regard. Le message est clair : *De quel droit mon frère prend-il la direction des opérations ?*

Mais rien n'arrête Laurie.

– Millie, vous connaissez Saul mieux que nous. Donc Elizabeth, Stephen et moi, nous marcherons derrière vous.

Millie retourne l'argument dans sa tête. Je vois bien qu'elle a envie de partir en chasse de son côté. Mais elle se rend compte aussi qu'elle ne peut pas y aller seule, pas avec Arbus lâché dans la nature.

– Toi et Elizabeth, oui, conclut-elle. Stephen, non.

– Pourquoi pas ? demandé-je.

– C'est trop dangereux. À l'évidence, Arbus peut se nourrir de ton pouvoir. Si d'aventure nous tombons sur lui, tu ne pourras que nous desservir, pas nous aider. De plus, tu ne le vois pas. Donc, s'il attaque, tu ne pourras pas nous prévenir.

– Mais je vois Saul, non ?

Millie gagne la porte.

– Nous perdons du temps et c'est un luxe que nous ne pouvons nous permettre. Stephen, écoute-moi : tu ne peux pas nous aider. Tu ne fais que compliquer les choses. Mais ce n'est pas du tout ta faute. C'est entièrement celle de ta malédiction. Je ne peux pas, juste pour ne pas te froisser, fermer les yeux sur le danger que tu représentes. Pas dans l'immédiat. J'espère que tu le comprends. Mais même si ce n'est pas le cas, tu dois rentrer chez toi. Immédiatement.

Je compte sur l'aide d'Elizabeth, sur son soutien. Mais elle se montre tout aussi inflexible.

– Je passerai dès que nous serons rentrés, m'assure-t-elle. Je te le promets.

Seul Laurie semble comprendre le profond sentiment d'abandon que j'éprouve.

– On a besoin de toi, me dit-il, mais pas pour ça.

Je trouve injuste que lui puisse y aller et pas moi. Mais je trouverais puéril de le dire. Ce qui les attend n'est pas une partie de plaisir.

Millie rédige un mot pour Saul au cas où il reviendrait en notre absence. Un instant, je songe proposer de l'attendre ici. Mais c'est bien le dernier endroit où j'aie envie de me retrouver coincé. Rien ne me retient dans ce lieu hanté par les spectres du danger et de la destruction.

– Très bien, dis-je.

– Je te vois tout à l'heure, me lance Elizabeth, un peu radoucie.

J'espère seulement qu'elle dit vrai.

De retour chez moi, je me sens inutile. Alors qu'eux passent à l'offensive, je dois battre en retraite. J'en comprends les raisons, mais sans en tirer de consolation.

Si Elizabeth est en danger, je devrais l'être aussi. Je ne devrais pas me réfugier dans mon appartement.

Au moment où j'y pénètre, mes pensées résonnent dans ma tête. Je ne cesse de me faire des reproches, de me dire que si j'avais parlé différemment, agi différemment, je ne me retrouverais pas tout seul, réduit à imaginer les événements en cours. Ce n'est qu'arrivé dans ma chambre que je m'autorise un court répit. L'inquiétude, je ne peux pas l'enrayer, mais les commentaires incessants qu'elle génère, si. L'espace d'une seconde. De deux secondes. Je pose les yeux sur mon ordinateur, songe à l'allumer. Puis je fais une nouvelle pause.

J'ai passé le plus clair de mon existence dans cet appartement. J'en connais chaque centimètre carré, chaque recoin. Je sais quels livres se rangent sur quelles étagères, et dans quel ordre. Mais, surtout, je le connais à l'oreille. Le chuintement du chauffage en hiver. Le ronronnement de la climatisation en été. Le glissement assourdi de la circulation à travers les vitres. Le bruit du frigo qui s'ébroue. Du plancher qui respire.

Sans pouvoir dire quoi au juste, j'ai détecté quelque chose d'anormal. Une présence nouvelle, aussi discrète que le tic-tac de la pendule dans la chambre de mes parents.

– Papa ? lancé-je, pensant qu'il est peut-être revenu, qu'il dort dans son vieux lit.

Je vais m'en assurer, mais il n'y est pas. Je l'appelle encore, mais sans recevoir de réponse.

Voilà, me dis-je, *ce qui se passe quand la peur se métastase*. Mon inquiétude pour Elizabeth – mon inquiétude pour nous tous – se propage à tous mes sens, les altère.

C'est ce que j'aurais dû dire à Elizabeth et Millie : il faut que je m'occupe, car ne rien faire, c'est aussi risqué qu'affronter le danger.

Je me dis que je pourrais appeler mon père car je dois avouer que ce serait mieux qu'il soit là. Je ne pense pas du tout qu'il me tranquilliserait, mais il me changerait un peu les idées.

Je retourne dans le séjour en me disant que, faute

d'échanger avec un être de chair et d'os, je peux au moins m'immerger dans le monde télévisuel. Je me concentre pour saisir la télécommande et la regarde flotter en l'air un instant.

– Tu ne devrais vraiment pas laisser tes clés dehors, dit une voix. On ne sait jamais, quelqu'un pourrait entrer…

La télécommande tombe de ma main. Je me retourne pour voir d'où provient cette voix.

Personne…

– Stephen, reprend-elle. J'ai pensé que le moment était venu de faire connaissance.

Le timbre est celui d'une personne certes âgée, mais pas faible. Grave et râpeux, il est dénué de toute trace de gentillesse.

Je garde le silence. Prononcer un seul mot reviendrait à lui donner acte de sa présence. Je m'y refuse.

– Je ne voyais pas l'appartement comme ça, poursuit mon grand-père. Pendant toutes ces années, je n'ai pas su quoi m'imaginer.

La voix ressemble à n'importe quelle autre. Le corps, lui, est absent. C'est ce qui me frappe, ce qui me gêne. Voilà, je le sais maintenant, comment j'apparais aux autres. Voilà l'impression qu'on doit avoir quand on se trouve dans une pièce avec moi.

Comme par hasard, la première personne invisible que je rencontre est Maxwell Arbus…

– Je sais que tu es là, me dit-il. Je le sens. C'est un de mes privilèges, vois-tu. Celui qui peint un tableau ne le ressent pas de la même façon que celui qui le regarde.

Il existe, dans chaque rencontre, une part d'émotion, et cette émotion passe non par la vue mais par la sensation. Il en va de même dans mon activité. Je sais que tu es là car c'est moi qui t'ai créé.

Il s'est posté devant la porte. Il tient à ce que je le situe avec précision. À ce que je sache qu'il me coupe toute issue.

Je continue de me taire.

– Tu n'as pas à avoir peur de moi. Le passé, c'est le passé. Puisque tu fréquentes des chercheuses de sorts, je suppose que tu as une petite idée de ce qui est arrivé. Ta mère t'en a peut-être parlé. Ou ton père.

Il attend une réaction de ma part. Je ne lui ferai pas ce plaisir.

Son ton se veut patient, mais il masque mal son mécontentement.

– Je suis vieux, Stephen. Je suis fatigué. Ce que ta mère t'a dit, je ne peux que l'imaginer, mais, crois-moi, il existait deux versions de cette histoire. Ce n'était pas une femme forte. Elle n'a pas voulu du pouvoir que j'aurais pu lui donner. Mais toi, Stephen… tu es fort !

Cette fois, il fait comme si je lui avais répondu.

– Comment sais-je que tu es fort ? Parce que je connais ta malédiction. Je sais ce qu'il a dû t'en coûter de vivre avec. Tu ne peux qu'être fort. Tu ne serais pas en vie, sinon.

– Que veux-tu ? demandé-je calmement.

– Enfin, tu te dérides ! C'est bien que nous puissions parler. Pour moi, je ne veux rien, Stephen. Ou pas grand-chose. Ce que je veux, c'est que tu acceptes ce qui te revient de droit. Le temps m'est compté et j'ai envie de te donner ce qui me reste. C'est un héritage puissant – tu dois en être conscient. Et je n'ai personne d'autre à qui le léguer. Nul ne le mérite plus que toi.

Je retombe dans le silence. Il a l'air honnête, aucunement malveillant. N'empêche qu'il joue encore les cerbères devant la porte.

– Cette malédiction est facile à supprimer, dit-il. Tu acceptes et, en quelques minutes, le tour est joué. Tu seras visible à tous. Réfléchis-y. Quelle vie tu aurais !

Il y a un piège. Il doit y avoir un piège.

– Dis-le, Stephen. Dis-moi que tu n'as plus envie d'être invisible.

Je ne te fais pas confiance. Les paroles de Millie me reviennent. Même si, en moi, l'espoir cherche à prendre le dessus, à conclure un marché avec lui, je sais qu'il ne m'inspire aucune confiance. Sa proposition, il ne la fait pas par pure bonté d'âme, car il ignore le sens de ce mot.

Il éclate d'un rire sans joie.

– J'aurais dû m'en douter : tu es exactement comme ta mère.

Dans sa bouche, ce n'est pas un compliment.

J'ai envie de l'injurier. J'ai envie de lui dire qu'il ne connaît pas le sens du mot « force » s'il pense que ma mère était faible. Il est loin d'imaginer l'enfer qu'il lui a fait vivre, de ce qu'elle a enduré. Surtout avec moi. Surtout avec ce fils invisible dont elle a pris soin chaque jour de sa vie. Et en effet, elle a fini par céder. Elle a fini par lâcher prise. Mais elle a tenu assez longtemps pour faire de moi une personne. Elle a tenu assez longtemps pour savoir que je survivrais.

Mais de tout cela, je ne lui dis pas un mot. Je ne l'injurie pas. Je ne l'agresse pas. Car je ne veux pas qu'il pense que je suis pour lui un ennemi… même si c'est vrai.

– Tu es sérieux quand tu affirmes que je pourrais moi aussi devenir lanceur de malédictions ? lui demandé-je dans un murmure fébrile, comme à un Père Noël capable d'exaucer mon vœu le plus cher.

– Bien sûr, répond-il avec onctuosité. Tu es un Arbus, après tout.

– Tu m'apprendrais ?

Je suppose qu'il hoche la tête. S'ensuit un silence, après quoi il répond :

– Oui, je t'apprendrais.

À cet instant, je peux tout effacer. Il suffit que je lui dise que j'y consens et il peut mettre fin à ce qui m'apparaissait comme une condamnation à perpétuité.

Mais si je dis oui, il peut me frapper d'un nouveau sortilège, différent de l'autre. Et l'énergie de l'ancien lui revenant, il sera encore plus puissant qu'avant.

Je ne peux prendre ce risque. Mais je ne peux pas non plus risquer qu'il sache que je veux sa perte.

– J'ai besoin de temps, dis-je. Car ça va tout changer. Et je veux m'y préparer.

– Ce n'est pas un sujet qui demande réflexion, me rétorque-t-il, agacé. Je t'offre ce que, j'imagine, tu as toujours souhaité. Je ne te le proposerai peut-être jamais plus. Je te conseille d'accepter.

– Je n'en suis pas arrivé là en prenant des décisions à la légère, répliqué-je, à mon tour agressif. Tu prétends vouloir me recruter dans l'entreprise familiale. Alors, est-ce un collaborateur impulsif que tu souhaites ou quelqu'un capable d'un jugement avisé ? Si tu cherches un imbécile, il existe dans cette ville des millions de gens qui feront l'affaire !

Cette fois, c'est lui qui se tait. *Je suis allé trop loin*, me dis-je.

– Je te donne vingt-quatre heures, conclut-il enfin. Ce qui, tu t'en apercevras, est très généreux de ma part. Tu as vu ce dont je suis capable envers n'importe qui. Ne prends pas la mauvaise décision ou ils seront nombreux à en pâtir.

La porte s'ouvre et se referme. Je présume qu'il est parti. Mais il n'est pas impossible qu'il soit encore là.

Il ne m'a pas dit comment il comptait me retrouver dans vingt-quatre heures.

Mais je ne pense pas que ce soit un problème.

Pas pour lui.

CHAPITRE 26

JE SUIS TELLEMENT HABITUÉE à voir Millie aller et venir dans le huis clos de son sortorium en prenant tout son temps que je suis estomaquée de la voir marcher si vite. Sa chevelure argentée étincelant par intermittence sous le soleil de l'après-midi, elle se faufile sans temps mort dans le grouillement des trottoirs de Manhattan, et j'ai fort à faire pour ne pas me laisser distancer.

Laurie l'a remarqué lui aussi.

– Mais qu'est-ce qu'elle peut bien mettre dans son thé ? me demande-t-il, le souffle court, en pressant le pas à mon côté tandis que nous redoublons d'efforts pour suivre son allure.

– Un seul sucre et du lait, lui dis-je en pestant car je viens de la perdre de vue dans la foule qui se dirige vers le muséum d'Histoire naturelle. Elle doit s'entraîner à la marche rapide dans les centres commerciaux avec d'autres seniors…

– Pour info, Josie, me répond Laurie, maintenant, on est à Manhattan. Ici, pas de centres commerciaux. Les centres commerciaux, c'était autrefois, dans le Minnesota.

Le prenant par la main, je l'entraîne derrière moi en apercevant la coiffure soigneusement apprêtée de Millie danser au-dessus de l'océan de touristes.

– Elle essaie de nous perdre ? demande Laurie en me broyant les doigts.

Il a l'air vexé – un peu – et apeuré – beaucoup.

Je le comprends. C'est aussi la sensation que j'ai.

Mais pas parce que Millie semble plus soucieuse d'arriver à destination que de veiller à ne pas semer son unique élève – et peut-être la seule autre chercheuse de sorts encore vivante. Car je ne peux m'empêcher d'observer que la distance entre nous augmente. Alors que la foule fait du surplace devant Laurie et moi et nous ralentit encore plus, elle adapte spontanément son flux aux foulées conquérantes de Millie.

Que celle-ci ne s'inquiète pas de me voir perdre du terrain, je ne peux pas tout à fait lui en vouloir. Je n'ai pas vraiment été une élève modèle. Au lieu d'ouvrir les bras aux personnes susceptibles de m'aider, je les ai repoussées. J'ai beau avoir présenté mes choix et ma chasse clandestine aux sortilèges comme des nécessités, comme des initiatives propres à résoudre l'énigme qu'est la malédiction de Stephen, j'ai conscience d'avoir menti. Une échappatoire comme une autre pour éviter certains sentiments, plus effrayants que la magie ou les malédictions, faire confiance à quelqu'un, aimer quelqu'un, avoir besoin de quelqu'un.

Les mensonges qu'on se fait à soi-même sont les pires.

Un essaim humain engorge à présent le trottoir de Central Park West. Autour de moi, tout le monde s'est arrêté, le regard tourné vers l'autre côté de la rue. Des téléphones sortent des poches pour déclencher un feu nourri de textos ou prendre des vidéos. L'inquiétude ambiante génère une charge électrique si palpable qu'elle en est presque visible. Du coup, je me demande s'il ne s'agit pas d'un envoûtement collectif.

– Garde un œil sur Millie, ordonné-je à Laurie. Ne la perds pas de vue.

Considérant qu'il m'a entendue, je me hisse sur la pointe des pieds pour surplomber la foule – à qui je pardonne volontiers quelques regards insistants.

Je dois me raidir sur mes jambes car Laurie me tire doucement par la main.

– Cible toujours en vue, je suis formel ! m'assure-t-il. Mais… que se passe-t-il ?

– Ils ferment le parc.

Je vois des voitures de patrouille se mettre en ligne, des lumières clignoter. La police installe des barrières pour interdire l'entrée de Central Park. Sur le goudron résonnent les sabots des montures des forces de l'ordre tandis que des agents arrivent en renfort pour endiguer les curieux qui s'approchent trop près.

Laurie pilote notre progression. Mes oreilles sont en alerte, ma poitrine se serre en entendant enfler la panique dans les voix qui nous entourent.

– Tout le parc ? Non ! C'est sûrement faux. Vraiment ? Tout ce périmètre ?

– Six personnes ? J'avais entendu vingt !

– Oh non, pas une autre attaque… Pas encore…

– Ils ont bien raison de fermer. On peut pas laisser sortir ces salauds-là. Ils se planquent sûrement dans les bois.

– Du bioterrorisme ? Mon Dieu ! Il faut quitter la ville ?

– C'est fini ? Ils ont évacué tout le monde ?

Tout près de moi, une autre voix m'extrait de ces commentaires :

– Ouf !

– Pourquoi « ouf » ? demandé-je à Laurie qui m'entraîne résolument vers la gauche.

– Millie a tourné, m'apprend-il. Je n'aurais pas tenu une seconde de plus sur ce trottoir.

Je ne sais s'il fait allusion à cette marée humaine qui nous empêche d'avancer ou à l'effroi contagieux qui imprègne la foule. Je sens un nid de frelons déchaînés me cribler l'estomac.

Stephen et moi. Moi et Stephen.

Depuis que je l'ai rencontré, avant même de savoir qu'il était invisible et envoûté, cet été était le nôtre. Rien d'autre ne comptait. Rien que nous deux. Comme si nous vivions en marge du reste du monde. Un été d'exception. Et enviable par l'espace qu'il nous offrait pour nous découvrir l'un l'autre.

Quand M. Swinton a révélé l'origine de la malédiction et que Millie m'a expliqué la signification de ce mot, ils m'ont ramenée à la réalité – enfin, à une réalité légèrement modifiée. Mais, au fond, l'équation de tout ce qui avait précédé demeurait « 1 + 1 = nous ». Le reste n'était que secondaire.

En quelques heures, Maxwell Arbus a remis le secondaire au centre de la scène, en embarquant dans l'aventure Manhattan – et le pays tout entier dès que l'info aura fait le tour des agences de presse. Il n'hésite pas à tourmenter des inconnus pour ses minables intérêts personnels. L'étiquette de terroriste lui irait plutôt bien.

Laurie réfléchit à la question lui aussi.

– C'est un malade. On ferme Central Park ! Et à cause de qui ?

– D'une ordure, dis-je entre mes dents.

Une fois que nous nous sommes extraits de la cohue grandissante de Central Park West, Laurie lâche ma main et nous nous mettons à courir. En suivant son regard, j'aperçois Millie qui s'apprête à retraverser Columbus Avenue.

Le feu vire au rouge et Millie se dépêche de passer. Laurie et moi accélérons pour la rejoindre.

Nous arrivons de l'autre côté de l'avenue avec, à notre passif, un seul coup de Klaxon de taxi – un exploit, à mes yeux. Millie marche à présent quelques mètres devant nous. Elle s'arrête et lève le regard vers un auvent bleu. Ses épaules montent et descendent, comme si elle venait de prendre une profonde inspiration. Puis elle se retourne et pénètre dans l'établissement surmonté dudit auvent.

– C'est un café, m'informe Laurie quand nous atteignons la porte.

– Je sais lire... répliqué-je sans toutefois réagir à la chiquenaude qu'il décoche sur mon front en guise de représailles. Pardon, lui dis-je, puisqu'il ne mérite pas que je m'énerve pour si peu.

– Tu es pardonnée.

J'entre la première. C'est un lieu que même le meilleur

des agents immobiliers aurait du mal à faire passer pour douillet, puisqu'il est encombré de quatre tables qui permettent à peine d'atteindre le comptoir. Pour corser le tout, l'une d'elles est occupée par un géant dont la masse se répartit sur deux chaises toutes frêles. Millie se tient à côté de Saul, lequel est assis et regarde droit devant lui. Ses grandes mains enveloppent un mug blanc empli à ras bord de café noir.

– On les aborde prudemment, murmure Laurie dans mon dos.

– Entendu.

En nous approchant, je note l'absence de vapeur au-dessus de la tasse de Saul. Je me demande depuis combien de temps il est là. Assis. À attendre. Et quoi, au juste ?

Millie s'emporte contre lui :

– Tu n'en sais rien, s'il va venir ici ! Arrête d'être aussi buté !

Au lieu de lui répondre, Saul regarde mon frère.

– Ah, c'est grâce à lui que vous êtes sortis...

Millie jette un regard vers nous, les lèvres pincées, et m'adresse un bref signe de tête.

– Ce n'est pas bien de nous avoir enfermés, Saul, reprend-elle en se retournant vers lui et en lui parlant comme si elle réprimandait un bambin. Tu nous dois des excuses, à Elizabeth et à moi.

– Je sais ce que j'ai à faire, lui rétorque Saul. C'est ici que tout va se passer. Et c'est le dernier endroit où vous devriez vous trouver.

– Pourquoi sommes-nous ici, d'ailleurs ? demandé-je à Millie.

– J'avais ici mon bureau et ma maison, explique Millie en se rengorgeant et en prenant un siège. Avant qu'Arbus ne me trouve et ne m'oblige à me terrer. Avant, le sortorium avait pignon sur rue.

– Vous aviez écrit quoi sur l'enseigne ? glousse Laurie.

– Nous n'avions pas d'enseigne, répond Millie. Ceux qui avaient besoin de moi savaient où me trouver.

Aplatissant quelques mèches argentées qui ont échappé à la vigilance de ses épingles, Millie soupire.

– Depuis, cet endroit a eu plusieurs vies. D'abord, ça a été une gargote. Puis une pâtisserie. Puis un bar à vin. Puis un bar un cran en dessous du bar à vin. Maintenant on y sert du café, et Internet.

Je parcours la salle du regard. Même dans cet espace minuscule, les rares occupants sont courbés au-dessus de leurs portables. Ou envoient des textos à jet continu. Le personnel est agglutiné près de la machine à espresso. Tous les visages sont livides de peur. Nul ne sait vraiment ce qui s'est passé.

– Et maintenant, à quoi peut-on s'attendre ? demandé-je.

– Il veut la tête de Millie, explique Saul.

Millie lui tend une main fripée comme une pêche oubliée. Il la recueille entre les siennes.

– Nous ne sommes sûrs de rien, rectifie-t-elle.

– Arbus n'est pas que rancunier ! glapit Saul. La rancune est pour lui une vraie raison de vivre. Ne te méprends pas là-dessus, Mildred !

Millie rougit en s'entendant appelée par son vrai prénom.

– Je ne pensais pas avoir encore autant d'importance. Ça fait tellement d'années…

– C'est pas pour dire du mal de votre, hum, version, mais je pense que vous faites fausse route, avance Laurie en toussotant.

– C'est-à-dire ? demandé-je.

Reculant maladroitement devant l'air goguenard de Saul, Laurie s'explique :

– Je ne dis pas que vous avez tort. Je comprends. Pour Arbus, la rancune est une vraie raison de vivre.

– Je n'ai pas besoin qu'on me répète ce que je viens de dire, petit.

Bien qu'unique, l'œil de Saul reste un puissant outil d'intimidation.

– Certes, cher ami. Euh, monsieur… Hum…

La gorge de Laurie se contracte, ses mains s'agitent comme s'il avait du mal à garder la tête hors de l'eau.

– Comment dire ça avec diplomatie ?

Saul commence à se lever, mais un claquement de langue de Millie le fait rasseoir.

Soudain, le souffle comme coupé, je plaque ma main sur ma bouche.

– Ah, merci ! lance Laurie, l'index pointé sur moi. Elle a pigé ! Viens à mon secours, sœurette !

– Oui, après tout, il est possible qu'il vous en veuille, expliqué-je en parlant lentement, en m'appliquant à bien respirer. Mais, pour lui, vous n'êtes pas la proie la plus difficile à attraper. Vous n'êtes pas sa priorité.

– Tu ne sais pas de quoi tu parles, ronchonne Saul à mon intention. Tu n'es qu'un bébé qui découvre ce monde-là sur ses petites jambes.

– Un bébé, il s'agit bien de ça, en effet... dit calmement Laurie.

– Oh ! sursaute Millie.

– Vous l'avez dit vous-même, expliqué-je en soutenant le regard hostile de Saul. Pour Arbus, la rancune est une vraie raison de vivre.

Je me détourne de lui pour croiser le regard de Millie.

– Et il en nourrit une qui dépasse toutes les autres.

– Envers sa famille, répond Millie.

– Envers Stephen...

La voix brisée, j'en suis réduite à regarder le plancher.

– Et nous venons de le laisser tout seul, termine Laurie à ma place.

Dans notre quatuor, nul ne souffle mot. Le café bourdonne toujours du cliquetis des claviers et des voix inquiètes des serveurs.

Je coule un regard vers Saul. Celui-ci secoue la tête, mais sa main est désormais moins ferme autour de sa tasse. Pas difficile de comprendre pourquoi il est parti tout seul, comme un mufle. Pourquoi il a atterri ici, lieu de sa dernière rencontre avec Maxwell Arbus. Cet endroit doit grouiller de souvenirs, doux et amers, glanés au fil d'une vie vouée à la protection de Millie.

Dans les moments de crise, seule compte l'idée de protéger ceux qu'on aime. Je ne pense pas que ce soit par éthique professionnelle que Saul, rendu borgne par une malédiction, veuille poursuivre le combat jusqu'à ce que Millie soit hors de danger.

Le mobile de Saul est le même que celui qui me fait fausser compagnie à notre petit groupe. Un instant plus tard, je franchis la porte du café à toutes jambes. Arrivée au milieu du pâté d'immeubles, j'entends Laurie crier mon prénom, mais sa voix s'éteint vite. Mes pieds frappent le macadam au rythme frénétique que je leur impose. Si la police de New York n'était pas déjà entièrement mobilisée par les attaques d'Arbus dans Central Park, un de ses représentants m'aurait à coup sûr déjà interceptée. Dans ma fuite désordonnée, je bouscule une demi-douzaine d'infortunés piétons et manque renverser une poussette. Je ne m'arrête pas pour m'excuser. Ne me retourne pas une seule fois. Je déclenche sur mon passage des bordées d'injures et quelques menaces explicites.

Quand, ayant enfin atteint notre immeuble, je passe en trombe devant le concierge, mes poumons sont en feu et mes cuisses en caoutchouc.

– Tout va bien, mademoiselle ? me demande ce brave homme en me suivant vers l'ascenseur.

Courbée, à la recherche de mon second souffle, je hoche malgré tout la tête en le saluant de la main. Il m'adresse un regard dubitatif, mais par bonheur, l'ascenseur arrive et je me jette à l'intérieur en pilonnant le bouton du troisième étage jusqu'à ce que les portes se ferment.

Malgré tous mes efforts pour retrouver une respiration normale, j'ai toujours des taches noires devant les yeux en atteignant la porte de Stephen. Je commence à tambouriner des deux poings contre le panneau de bois, consciente de danser un pas de deux un peu trop langoureux avec la folie.

Mes poings sont levés, prêts à s'abattre une nouvelle fois sur la porte, quand celle-ci s'ouvre, me faisant perdre l'équilibre. Je note la présence de Stephen – l'air aussi ahuri et exténué que je suis assoiffée de vengeance –, mais j'ignore s'il va me rattraper. Je sais qu'il doit faire un effort pour prendre consistance. Peu importe d'ailleurs puisque je me suis jetée en avant avec l'énergie du désespoir, et que ma chute est désormais inéluctable.

Je ferme les yeux. Pas question de regarder le sol quand je vais le toucher. Les bleus aux coudes et aux genoux, passe encore, mais l'idée de traverser Stephen en tombant, non ! Impossible de me voir passer à travers lui comme s'il était absent. J'ai besoin qu'il soit là. Qu'il existe.

Il existe.

Il me rattrape.

Et je peux à nouveau respirer.

Mais avec la respiration viennent les larmes. Des larmes retenues captives depuis des mois. Des larmes dont je m'étais persuadée qu'elles n'existaient pas.

À présent libres, elles inondent mes yeux. Elles coulent avec une telle abondance, et si longtemps, que je me vois presque m'y noyer.

Stephen ne dit rien. Il se contente de me tenir contre lui.

CHAPITRE 27

VINGT-QUATRE HEURES.

Même pas. Vingt-trois, maintenant. À peine.

On dit parfois que le temps file entre les doigts comme du sable. On oublie que des grains restent collés à la peau. Ce sont les souvenirs qu'on gardera, les souvenirs d'un temps où il nous restait encore du temps.

Trois minutes.

Je la retiens pendant trois minutes. J'ai assez de forces pour tenir trois minutes. Sans que nous ayons été vraiment séparés, j'ai l'impression de vivre des retrouvailles. Le mot « réunion » sous-entend que dès qu'on est à nouveau ensemble, on est unis. Qu'on ne fait plus qu'un. Serrer quelqu'un contre soi, c'est symbolique, mais ça ne dure pas. Respirer au même rythme que l'autre, ça, ça veut dire quelque chose.

En l'espace de trois minutes me viennent trente-sept pensées :

Tu es là.

Il s'est passé quelque chose.

Je n'ai rien souhaité d'autre que ta présence.

Il est venu ici.

Je suis terrifié.

Je suis terrifié d'être terrifié.

J'ai besoin de toi.

Ne pleure pas.

Je veux rester comme je suis, comme je suis, comme je suis.

Tu me vois.

Il va nous détruire.

Je n'aurais jamais dû t'entraîner là-dedans.

Tu te porterais infiniment mieux sans moi.

La cause de tes maux, c'est moi.

La cause des miens, c'est lui.

Serre-moi.

Serre.

Attends.

Que s'est-il passé ?

Il faut que je te raconte.

Il le faut, rien d'autre ne compte, rien d'autre, rien d'autre.

Faux ! Le monde ne se résume pas à deux personnes.

Je suis envoûté.

Ton envoûtement, c'est ton amour pour moi.

Je dois te laisser partir.

Attends.

Nous devons le tuer, mais s'il meurt, je resterai toujours comme je suis.

Si nous tentons de le tuer, c'est lui qui nous tuera.

Peu m'importe de mourir, tant que tu restes en vie.

Je ne devrais pas penser à tout ça.

Je devrais me contenter de te serrer contre moi.

Comme ça, comme ça.

C'est ça, le sable que je veux garder sur mes doigts.

C'est toi. Quand il ne restera plus rien, je veux me souvenir de toi.

Il faut que j'arrête de me dire que c'est fini.

Vingt-trois heures.

J'aimerais qu'on puisse rester comme ça tout ce temps-là.

Quatre coups rapides résonnent à la porte.

De l'autre côté, j'entends Laurie m'appeler. Je me relâche pour, à nouveau, me dissoudre dans la pièce. Elizabeth va ouvrir. Pas seulement à Laurie, mais à Millie et Saul aussi.

– Toute la bande est là, dis-je. Même notre déménageur de meubles préféré...

Elizabeth et Millie semblent avoir passé l'éponge, mais moi, je ne suis pas tout à fait prêt à pardonner à Saul de nous avoir barricadés dans le sortorium.

Celui-ci n'exprime aucun regret.

– Tu aurais mieux fait de rester là-bas, me dit-il.

– Es-tu en sécurité ? me demande Millie en regardant autour d'elle.

L'avantage de les avoir chez moi, c'est que si Arbus s'y trouvait encore, ils le verraient.

Je leur raconte ce qui s'est passé et tous les quatre passent l'appartement au peigne fin pour s'assurer que nous sommes seuls. Je suis comme un enfant qui charge ses parents de chasser un fantôme en pleine nuit – un fantôme invisible qui, il en est convaincu, rôde dans la sinistre pénombre où sont tapis spectres et monstres.

Quand ils sont certains qu'il est parti, nous nous rassemblons. Elizabeth et Laurie m'expliquent pourquoi Saul a agi ainsi, et je trouve presque amusant qu'Arbus puisse rendre autant de gens aussi vulnérables en même temps.

On peut dire ce qu'on veut de mon grand-père, mais au moins il laisse son empreinte là où il passe...

– Donc, commence Laurie en regardant l'heure sur son téléphone, on sait qu'il va revenir dans vingt-deux heures et quarante minutes. C'est suffisant pour lui tendre un piège, non ?

– Si c'était aussi facile, le rembarre Saul, je pense que ça aurait déjà été fait.

– Il faut qu'on réfléchisse, déclare Millie, comme si nous avions eu d'autres projets en tête.

– Nous devons *le tuer*, affirme Saul.

– Non ! le détrompe Elizabeth. Si nous le tuons, ses malédictions resteront actives partout.

– Jusqu'ici, dans cette pièce, ajoute Laurie.

– Les enfants, vous ne comprenez rien ! reprend Saul en secouant la tête. Vous ne convaincrez pas Arbus de retirer ses malédictions. Jamais. Le mieux qu'on puisse espérer, c'est qu'il en annule une pour la remplacer par une autre – et qu'on le tue dans l'intervalle. Et encore, il ne peut en annuler qu'une à la fois. On n'a donc droit qu'à un seul essai. Et tous les autres envoûtements demeureront. On ne le tue pas pour tuer les malédictions du passé. On le tue pour empêcher celles du futur.

Sachant Saul ferme sur ses positions, je me tourne vers Millie.

– Il n'y a pas d'autre solution ? lui demandé-je. Avant de le supprimer. Il n'existe pas un moyen de lui ponctionner son pouvoir, de faire de lui une personne ordinaire ?

Millie me fait signe que non.

– S'il en existe un, je ne le connais pas. J'ai cherché. Crois-moi, j'ai cherché ! Mais la mort semble être la seule façon d'arrêter un lanceur de malédictions. Dans le temps, il existait le bannissement ou l'incarcération. Mais aujourd'hui le monde ne fonctionne plus ainsi. Bannir quelqu'un ne sert plus à rien. Il réapparaîtrait ailleurs.

– Donc, en résumé, j'ai le choix entre tuer mon grand-père ou me rallier à lui ?

– Est-ce vraiment un choix ? me demande Millie, rongée d'angoisse.

Je lui réponds que non. Pourtant, je me dis qu'il doit bien exister une autre voie.

Saul ne tient plus en place. Il regarde sans cesse la porte en dansant d'un pied sur l'autre.

– Qu'y a-t-il ? finit par lui demander Millie.

– Puisque Arbus s'est introduit ici une fois, rien ne l'empêche de revenir, répond Saul. Il faut que je t'emmène loin d'ici.

Juste elle. Pas nous.

Le distinguo n'échappe pas à Millie.

– Ce n'est pas moi la première concernée, le gronde-t-elle gentiment. Nous devons penser à notre intérêt à tous.

– Eh bien, allons penser à notre intérêt à tous chez nous, conclut-il. Là-bas, nous pourrons nous protéger.

Je note que Millie s'apprête encore à protester, mais, en vérité, j'ai envie de me débarrasser d'elle et de Saul. Je ne compte pas réfléchir à la question devant eux, surtout en sachant que Saul est prêt à me jeter entre les griffes d'Arbus s'il s'agit d'épargner Millie.

– Pourquoi pas ? renchérit Elizabeth. Pourquoi ne retourneriez-vous pas tous les deux au sortorium dans l'immédiat ? Laurie et moi allons rester avec Stephen – nous pouvons même nous replier en douce dans notre appartement. Si Stephen est avec moi, je verrai Arbus arriver. Entre-temps, nous pouvons essayer de réfléchir à un plan pour demain. Car il nous faut un plan.

– Passez à 20 heures, propose Millie en hochant la tête. Il y a plusieurs points que j'aimerais approfondir. Ensuite, nous pourrons réfléchir à la conduite à tenir.

Nous entretenons l'illusion de former une équipe. Mais je pense que nous en sommes tous conscients : en une seconde, Arbus pourrait faire voler cette entente en éclats. Entre nous, certains liens sont moins solides que d'autres.

Quand nous nous retrouvons tous les trois, Elizabeth, Laurie et moi, je peux baisser un peu la garde. Nous n'avons peut-être aucune réponse, mais je n'ai plus Saul sur le dos pour me faire les gros yeux comme si j'étais celui qui avait laissé entrer le cheval de Troie.

– Comment se fait-il qu'en étant cinq, et lui tout seul, j'aie encore l'impression qu'on est moins nombreux ? demande Laurie.

– Parce qu'il a plus envie que nous, lui répond Elizabeth.

– Plus envie de quoi ?

– De nous détruire ! Il est là, le problème. Il est plus pressé d'en finir avec nous que nous avec lui. Parce que nous avons un code moral et lui non. Dans un monde de justice, nous aurions un avantage. Mais là... pas vraiment !

Elle n'assume pas sa propre colère et je me demande pourquoi.

– On peut pas laisser gagner les salauds, intervient Laurie. C'est vrai, quoi, ça revient à ça, non ? Ça revient toujours à ça. Cela dit, est-ce que j'ai envie de lui couper la tête et de la brandir au bout d'une pique ? Certainement pas. Pour autant, je ne tiens pas à le voir gagner. Il est impensable de le laisser gagner.

– Voilà ce que c'est que d'avoir un code moral, dis-je. On veut supprimer la part de saloperie des salauds, mais en préservant l'humain qui se trouve en dessous.

– Et tu crois que c'est possible ? demande Elizabeth. C'est un vieux monsieur. Il n'a que toi comme famille. Avons-nous la moindre chance de le convaincre de changer ?

J'aimerais y croire. Mais c'est impossible.

– Non, dis-je. Si je refuse sa proposition, c'est terminé. C'est fichu. Il ne reviendra pas sur ce qu'il a dit.

– Alors il doit mourir, conclut Laurie.

– Non, dis-je.

– Vivre, alors.

– Non.

Nous demeurons là un instant, en équilibre précaire entre ces deux « non ».

– Exactement. C'est *exactement* ma conclusion, dit alors Elizabeth.

Je m'éclipse dans l'autre pièce en leur disant que je reviens tout de suite. J'ai simplement besoin de m'isoler. De réfléchir à tout ça sans les avoir face à moi, sans m'interroger sur l'impact de cette histoire sur leurs existences respectives.

Je me retire dans ma chambre comme je me souviens l'avoir toujours fait. Entouré de tous mes trésors de jeunesse, je me demande si j'aurai la force de m'en détacher. Car c'est la question qui occupe mon esprit en ce moment : si je partais, Arbus me suivrait-il ? Que se passerait-il si le jeune homme invisible disparaissait ? Si je quittais le tout petit monde que j'ai bâti, celui-ci resterait-il intact ?

Je pense à mon père, à sa vie en Californie. Et si je partais là-bas ? Même s'il ne voulait pas de moi, je sais qu'il m'aiderait.

C'est une possibilité. Une possibilité réelle. Une possibilité irréaliste, aussi. Car même si je l'envisage, je sais que pour rien au monde je ne partirai. J'ai envie de fuir, c'est vrai. Mais pas vers cet avenir-là. Je veux prendre le chemin qui me ramène à nous, pas celui qui m'en éloigne. C'est égoïste, je sais, d'un égoïsme destructeur, peut-être. Mais impossible pour moi de m'oublier au point d'effacer tout ce que j'ai découvert ces dernières semaines.

Ma mère était restée. Si aujourd'hui elle est là avec moi, c'est parce qu'à l'époque elle est restée à mon côté. Je suis sûr qu'elle songeait à partir elle aussi. Un jour, elle l'a fait, alors qu'elle n'avait aucun but. Mais elle n'est pas revenue en arrière et ce but, elle l'a trouvé, et c'était moi.

– Que dois-je faire ? lui demandé-je à présent, conscient du silence que j'obtiendrai en retour.

Même si je sais qu'elle ne peut pas me répondre, j'aime encore à penser qu'elle m'écoute.

J'entends les pas d'Elizabeth approcher dans le couloir. Elle m'appelle pour me prévenir, me laisser le temps de lui demander de ne pas me déranger.

– Je suis là, lui dis-je.

Nous ne nous cachons rien de nos tracas. Je les lis sur son visage et je sais qu'elle doit les lire sur le mien.

Elle ne me demande pas comment je vais. Elle le sait.

– Puis-je faire quelque chose ? préfère-t-elle demander.

– Millie t'a-t-elle montré comment remonter le temps ?

Elizabeth secoue la tête.

– Ça, elle l'a gardé pour elle.

– Dommage, dis-je, car en ce moment, j'aimerais vraiment que nous puissions revenir cinq semaines en arrière. J'aimerais retrouver cette période-là, ces sensations-là.

Sans Arbus. Sans Millie. Rien que nous deux. Se rencontrer et savoir que le monde est à nous, rien qu'à nous.

– Tous les couples ont la nostalgie de leurs débuts, me dit Elizabeth en s'approchant. Il n'y a aucun mal à cela.

– Mais tous les couples ne connaissent pas le sort qui attend le nôtre demain...

Elle me prend dans ses bras et je me rends présent à son étreinte.

– Nous ne pouvons pas y aller chacun de son côté, me murmure-t-elle. Tu le sais, hein ? Nous devons être deux. Ensemble. Il n'y a pas d'autre solution.

Ce n'est pas vrai. Des solutions, il y en a beaucoup.

Mais elle n'a pas tort non plus, car ni elle ni moi ne pourrions prendre une autre décision.

Se protéger l'un l'autre. Pour tant d'autres couples, c'est une promesse abstraite. Une façon d'être présent dans l'urgence, un mécanisme de défense contre l'inattendu. Mais cette protection mutuelle, Elizabeth et moi l'avons intégrée à la trame que nous avons tissée ensemble. Inutile donc de tenter de la séparer de nous, ni de nous séparer. Je dois tout prendre ou tout laisser.

À notre retour dans le séjour, nous trouvons Laurie allongé sur le canapé, fixant le plafond.

– Des révélations ? lui demande Elizabeth.

– Non, dit-il. Mais tu ferais peut-être bien de rafraîchir la peinture.

En levant les yeux, je découvre en effet un plafond écaillé, fissuré.

– Dans l'immédiat, ce n'est pas une tâche prioritaire, répond Elizabeth.

– Alors ajoutons-la à la liste des choses à faire quand nous en aurons fini avec cette histoire, d'accord ? suggère Laurie sans se laisser décourager.

– Ça me paraît un bon projet, dis-je.

Se battre pour sa survie, c'est en fait se battre pour retrouver les préoccupations sans importance du quotidien. Je nous imagine déjà dans cette pièce : des draps qui recouvrent les meubles, la peinture qui dégouline des rouleaux, des éclaboussures plein nos vêtements... Cet avenir hypothétique nous rend heureux. Je m'y cramponne.

– Il faut vraiment qu'on rentre, annonce Laurie. Maman ne va pas tarder à s'inquiéter.

– Viens avec nous, me dit Elizabeth. Je n'ai pas menti à Millie : nous gardons un œil sur toi, et un autre sur Arbus. Je ne veux pas que tu restes seul ici, au cas où l'envie le prendrait de revenir plus tôt que prévu. Laurie et moi, nous trouverons une excuse pour sortir à 20 heures et tu nous accompagneras. Mais, d'ici là, tu vas pouvoir assister à un bon vieux dîner en famille.

Je m'en régale d'avance.

La mère d'Elizabeth et de Laurie doit nous entendre arriver dans le couloir, car elle ouvre la porte avant même que l'un ou l'autre ait sorti sa clé.

– Tu es en retard ! lance-t-elle à Laurie.

Puis, se tournant vers Elizabeth :

– Désolée pour cet accueil un peu brutal.

Elle lui tend alors la main.

– Tu es sans doute une camarade de classe de Laurie. Je suis sa maman. Veux-tu dîner avec nous ?

CHAPITRE 28

JE SAIS, MAMAN IGNORE que j'ai un petit ami invisible dont le grand-père est un psychopathe de la magie noire. Je sais, elle ignore aussi que ce détraqué se trouve à New York en ce moment, qu'il est venu dans notre immeuble et qu'il est à l'origine de la fermeture de Central Park. Mais là, je perds patience.

– Ha, ha ! m'esclaffé-je. Je sais que je ne suis pas souvent là, mais quand même !

– Pardon ? demande maman en fronçant les sourcils ; elle me regarde comme si elle tentait de comprendre quelque chose.

Laurie, en éternel médiateur, s'interpose.

– Alors, c'est quoi le menu ? Chinois ? Italien ? Ou peut-être le trop rare mais délicieux gratin de macaronis maison ?

Le visage de maman s'assombrit légèrement.

– Ah...

Elle me regarde avec une tête qui semble dire : « Je suis une mère et une maîtresse de maison pitoyable. »

– Si j'avais su que tu amenais une invitée, j'aurais... Mais le travail...

– Maman ! m'insurgé-je. Je t'en prie ! Tu sais qu'on ne t'en veut pas de ne pas faire la cuisine. Nous sommes au XXIe siècle. Tu élèves seule tes enfants à Manhattan. Alors oublie les macaronis !

– Hummm…

Maman me regarde comme si elle hésitait entre rire ou me réprimander. Elle tourne vers Laurie des yeux suppliants.

– Tu fais les présentations ? lui demande-t-elle avec un sourire forcé à mon intention.

Son regard s'attarde sur moi, à la fois curieux et perplexe. En attente.

Je ne me rends compte de ce qui se passe qu'en sentant les mains de Stephen sur mes épaules. Mes mains à moi sont prises de tremblements qui gagnent rapidement mes bras et mes jambes. Je réussis à leur barrer l'accès à mon visage, sachant qu'une lèvre tremblotante précède de deux secondes l'arrivée des larmes.

Maman ne sait plus qui je suis. Elle me regarde et voit une inconnue.

Pour que la mémoire de maman s'efface, il a fallu que quelqu'un s'en charge. Ici. Chez nous.

Maxwell Arbus n'a donc pas rendu visite qu'à son petit-fils. Il a pris le temps de faire un crochet par notre appartement pour nous laisser un cadeau de départ.

Je concentre mon regard sur ma mère, consciente que, pour elle, la situation doit être embarrassante et fâcheuse, mais je ne peux m'empêcher de croire qu'en la fixant assez longtemps, elle saura qui je suis. Car elle me connaît forcément.

S'il te plaît, maman, s'il te plaît !

Elle réussit à conserver son sourire, même si celui-ci

est vacillant. Comme je ne peux supporter sa vue plus longtemps, je regarde mes chaussures.

Laurie, lui, ne se laisse pas distraire.

– Bon, ça va, maman ! dit-il en forçant sa voix comme un animateur de jeu télévisé. On est juste entre nous !

– Ah, j'y suis ! s'exclame maman en adressant à Laurie un grand sourire complice. Vous jouez la comédie – c'est un exercice pour l'école, c'est ça ? Vous êtes frère et sœur dans une pièce de théâtre ?

L'index posé sur le nez, Laurie lui sourit à son tour. Il me lance un bref regard sous-titré : « Désolé, mais qu'est-ce qu'on peut faire ? » Derrière la blancheur éclatante de sa dentition, je sens percer l'affolement.

– Mais c'est formidable ! se réjouit maman en tapant de joie dans ses mains. Maintenant, j'ai un fils et une fille. Qui s'appelle…

– Elizabeth, se dévoue Laurie.

– Quel prénom charmant !

Je m'oblige à relever les yeux.

Maman m'adresse un sourire que j'ai du mal à lui retourner.

J'ai envie de m'écrier : « Mais c'est moi ! » De la prendre dans mes bras, de la secouer et de l'implorer jusqu'à ce qu'elle se rappelle que mon parfum de glace préféré est la menthe, que le seul endroit où je chante, c'est dans la voiture avec la radio, et que, professionnellement, j'ai choisi une voie qui l'obligera sans doute à subvenir à mes besoins jusqu'à la fin de mes jours.

Mais maman ne peut me considérer qu'avec la réserve aimable et polie qu'on adopte envers les nouveaux venus.

– Je suis juste là, me chuchote Stephen en se penchant vers moi. Je ne te quitte pas d'une semelle.

C'est alors que je comprends que je ne suis pas libre de mes mouvements. Je ne peux pas me sauver chez Millie en lui demandant de guérir ma mère, et ma vie. Me voilà coincée dans un appartement qui est le mien, à me faire servir comme une inconnue venue là répéter une scène de théâtre avec Laurie.

Quant à la malédiction, impossible d'en détourner mon regard. Dès que j'en ai pris conscience, je n'ai pas pu penser à autre chose. Des salves lumineuses jaillies à intervalles réguliers flottent devant les yeux de ma mère. Elles l'aveuglent comme un flash branché en continu. Ce sortilège, je sais que je pourrais l'absorber, mais je constate qu'il a été créé pour durer – ce qui signifie qu'il aurait sur moi de graves conséquences. Voire me tuerait. Or, sachant qu'un face-à-face avec Arbus peut survenir n'importe quand sans prévenir, je ne peux me permettre de me disperser pour rendre à l'esprit de ma mère sa liberté. Bientôt, je suis incapable de la regarder. Les éclairs me brûlent les yeux et me font mal à la tête.

Maman nous fait signe d'entrer. Laurie presse ma main pour me donner du courage. J'ai l'impression d'avoir des parpaings à la place des chaussures car je peine à mettre un pied devant l'autre pour franchir le seuil. Ses bras autour de ma taille, Stephen accomplit chaque pas avec moi. Je ne sais s'il a peur que je m'effondre ou s'il est juste aussi désarçonné que moi par ce nouveau coup du sort.

La vue de la table me fait grincer des dents. Des

barquettes de cuisine chinoise à emporter sont déjà ouvertes, offertes, fumantes. Deux couverts ont été dressés. Maman se dépêche d'en ajouter un pour moi, la fille qu'elle n'attendait pas.

Tel un robot, je m'installe sur la chaise placée devant l'assiette qu'elle vient d'apporter. Stephen reste à mon côté. Heureusement, Laurie possède des talents de comédien. Il mobilise l'attention de maman en la régalant d'anecdotes sur l'école et ses délires d'ados dans Manhattan. Je m'efforce d'endosser à mon tour le costume d'actrice. En multipliant hochements de tête et rires forcés, en enjolivant les récits de Laurie de brèves remarques, je me montre à la hauteur de cette comédie, le regard braqué sur Laurie, non sur maman.

Jusqu'à ce que celle-ci, rayonnante, s'adresse à moi :

– Désolée de te sortir de ton rôle, mais je dois te dire que je suis enchantée. Je m'étais toujours demandé l'effet que ça faisait d'avoir une fille.

Pétrifiée, je sens mon sang refluer de mon visage, et mes doigts se glacer. Laurie lui-même tressaille, étranglé par des mots qui ne veulent pas sortir. Stephen s'agenouille à côté de moi en prenant ma main entre les siennes. Il ne peut pas parler car ma mère l'entendrait, mais il pétrit mes doigts pour faire revenir la vie dans mes membres gelés.

– Comme si je ne te suffisais pas ! s'exclame enfin Laurie.

Maman, dont le front se plissait d'inquiétude à mesure qu'elle m'observait, se tourne vivement vers Laurie en riant.

– Mais, mon chéri, tu sais bien que ce n'est pas ce que je voulais dire !

Laurie fait semblant de bouder et maman le gratifie d'un gloussement affectueux.

– Puis-je utiliser votre salle de bains ? demandé-je avec un sourire tellement crispé que je crains que mon visage ne se fissure.

– Bien sûr, répond maman. C'est au fond du couloir à gauche.

Je hoche la tête comme si ce renseignement m'était précieux, et m'éclipse aussitôt. Mon intention est de filer dans la salle de bains pour m'asperger le visage d'eau et m'aérer la tête. Je laisse derrière moi la chambre de Laurie, mais, à hauteur de la mienne, je m'arrête. En jetant un coup d'œil à l'intérieur, je ne sais pas trop à quoi m'attendre, mais, en tout cas, pas à ce que j'y découvre. Car tout y est tel que je l'avais laissé : dans un désordre relatif, avec des échantillons de mes œuvres dispersés sur le lit et sur mon bureau, avec du linge qui attend d'être plié.

Des pas s'approchent dans mon dos et je sais que ce sont ceux de Stephen.

– Que crois-tu qu'elle voie ici ? lui demandé-je. Un débarras ? Son bureau ? Une chambre d'amis ?

Car je sais que la malédiction affecte tout ce que ma mère voit. Il y a encore des photos de moi, de Laurie et d'elle accrochées aux murs du couloir, posées dans des cadres sur les guéridons du séjour. Mais aux yeux de maman, elles passent inaperçues.

Je suis devenue invisible pour ma mère. Pour elle, tout ce qui faisait ma vie a disparu.

– Je suis vraiment désolé, me dit Stephen en me prenant par le coude pour m'éloigner de ma chambre.

– Tu n'y es pour rien ! répliqué-je comme par réflexe.

Il secoue la tête, sans renchérir. Mais je vois ses traits tirés par le poids de la culpabilité.

Je me mords la lèvre, la sentant à nouveau menacée de tremblement.

– Qu'allons-nous faire ? demandé-je.

Stephen tend la main et me saisit le menton ; de son pouce, il libère ma lèvre prisonnière. Il se baisse, m'embrasse doucement, m'offrant des excuses dont je ne veux pas, mais aussi la chaleur d'un contact que je réclame.

Au terme de ce baiser, il garde son front plaqué contre le mien.

– Je vais régler cette histoire moi-même, me dit-il.

– Nous. Nous allons régler cette histoire ensemble, rectifié-je en secouant la tête, sans me détacher de lui.

Stephen ne répond rien et je ne bouge plus un cil.

– Je ne veux pas te voir souffrir, murmure-t-il. C'est toi que mon grand-père punit à présent. Parce que tu m'aimes.

Je ne sais quoi dire. La colère et le chagrin m'obstruent la gorge.

– Ah, on ne s'ennuie pas dans les couloirs ! s'exclame Laurie qui vient d'apparaître derrière nous. C'est du beau ! Tu devrais revenir à table. Maman croit que tu fais une intoxication alimentaire. Elle suspecte les barquettes et a commencé à les inspecter.

Son regard glisse sur nous pour s'arrêter sur ma chambre.

– Ben quoi, c'est toujours comme avant...

– La malédiction ne touche que votre mère, explique Stephen en s'éloignant de moi.

Je perçois une soudaine distance dans sa voix, une résolution qui m'effraie.

Stephen se tourne à présent vers Laurie.

– Vous deux, vous restez ici, nous ordonne-t-il. Vous terminez le repas. Ensuite, Elizabeth pourra absorber l'envoûtement de votre mère.

– Tu l'as vu, cet envoûtement ? me demande mon frère, l'air soucieux.

– Oui. Mais si je tente quoi que ce soit, je me grille pour le reste de la partie. Ou pour plus longtemps.

– C'est sûrement ce qu'Arbus cherche, soupire Laurie. Putain, il est malin, ce salopard...

– Je vais aller chez Millie, poursuit Stephen. Mais d'abord, réglez ça !

Laurie s'apprête à acquiescer, mais je l'interromps.

– Je vous ai déjà expliqué que je ne pouvais pas absorber cette malédiction, leur dis-je avec un regard oblique vers Stephen.

Il essaie de nous éloigner, Laurie et moi, de ce qui promet d'être l'ultime confrontation avec son grand-père. Il cherche sans doute à nous protéger, certes, mais il y a autre chose derrière la froide détermination qui anime soudain ses yeux bleus. Et qui m'inquiète.

– Je vais trouver un prétexte pour pouvoir filer chez Millie avec Stephen, dis-je avant que celui-ci ait pu prononcer une parole. Laurie, aide maman à débarrasser et dis-lui que tu as prévu de voir des copains ce soir. Et retrouve-nous au sortorium.

Les épaules de Laurie s'affaissent. Il n'aime pas rester à la traîne.

– Je veux juste être sûre que maman ne souffre de rien d'autre, ajouté-je avec un faible sourire. Et fais-lui une pub d'enfer à mon sujet.

– C'est-à-dire ? demande Laurie, l'air incrédule.

– C'est-à-dire que si tout le reste échoue, expliqué-je, pince-sans-rire, tu vas devoir la convaincre de m'adopter…

Laurie pouffe, mais ses yeux sont un peu trop brillants.

– C'est ça ! Comme si j'avais envie de t'avoir dans mes jambes alors que je peux avoir la maison pour moi tout seul.

Il se jette alors sur moi et me serre dans ses bras à m'en couper le souffle. Ce qui n'est pas plus mal car si je pouvais respirer, j'éclaterais sûrement en sanglots.

Nous retournons dans la cuisine et, cette fois, Stephen ne me tient pas la main, ne touche pas mon épaule. Perdu dans ses pensées, il s'est retiré en lui-même d'une façon qui m'est insupportable, mais contre laquelle je ne peux rien.

– Tout va bien ? me demande maman.

– Oui. Merci pour cet excellent repas.

– Tu ne restes pas ? me demande-t-elle en désignant le séjour. En général, après les dîners en famille, nous nous faisons une soirée pop-corn-cinéma.

Je resterais bien, je ne le sais que trop, mais je décline.

– Merci. Une autre fois, peut-être…

Comme les coins de mes yeux commencent à me piquer, je lance « Salut, Laurie ! » et me précipite vers la porte.

Arrivée à l'ascenseur, je ralentis enfin pour marteler le bouton d'appel. La main de Stephen se referme sur mon poignet qu'il attire à lui. Je suis contente de sentir à nouveau son contact, mais je perçois encore la détermination qui l'a gagné.

L'ascenseur arrive, nous y entrons.

– J'ignore ce que tu comptes faire, mais renonces-y ! lui conseillé-je quand les portes se referment.

Il ne répond rien.

– Stephen, dis-je en lui faisant face. Nous avons dit « ensemble ». Nous nous le sommes promis. Tu t'en souviens ?

Si le temps ne travaillait pas contre nous, j'arrêterais l'ascenseur pour nous prendre en otages jusqu'à ce que Stephen m'avoue le projet secret qu'il a échafaudé depuis qu'il a croisé la malédiction de ma mère. Mais il se trouve que le temps presse. Je ne peux pas prendre le risque d'en perdre.

Nous n'échangeons pas un mot en traversant le Upper West Side pour nous rendre à la boutique de Millie, mais cette fois, ce n'est pas pour éviter les regards des autres piétons qui pourraient croire que je parle toute seule. Ce silence-là est nouveau, inconnu, empreint de réserve. Il ne me plaît pas.

Quand nous atteignons le vieil immeuble, un écriteau accroché à la porte du magasin indique FERMÉ. En tournant la poignée, je m'aperçois pourtant que la porte n'est pas verrouillée. À l'intérieur, il fait sombre.

– Saul ? demandé-je en scrutant la pénombre.

Pas de réponse.

Si les odeurs de moisi et d'encre me sont familières, en revanche ma peau me tire, me démange, comme si elle réagissait à un phénomène étrange et déplaisant frappant ce lieu.

– Elizabeth !

Je perçois la discrète mise en garde présente dans la voix de Stephen, mais je me retourne pour le faire taire. Quel autre choix avons-nous que de poursuivre jusqu'au sortorium ?

– Hééé !

Encore à demi tournée vers Stephen, je viens de trébucher sur quelque chose.

– Que se passe-t-il ? demande Stephen. Ça va ?

– Oui, dis-je en baissant les yeux pour voir ce qui encombre l'allée.

Ce n'est pas un objet. C'est un corps.

Saul est couché sur le ventre. Dans l'obscurité, je ne parviens pas à voir s'il est blessé. J'ignore s'il est mort ou seulement inconscient. Sans attendre de trouver la réponse, je me jette avec un cri d'effroi sur la porte qui mène au sortorium.

– Elizabeth, attends !

Sourde à l'appel de Stephen, je dévale l'escalier.

– Millie !

Je la trouve assise à sa table avec, devant elle, une tasse à thé et une soucoupe. Son visage crayeux reflète la peur, mais sa bouche en coup de rasoir exprime une fureur rentrée. À côté d'elle, un homme dégingandé lui verse du thé. Ce type, je l'ai déjà vu.

Sans un regard pour moi, Maxwell Arbus dit à Millie :

– Mais, Mildred, ne serait-ce pas votre protégée ? Comme c'est gentil à elle de se joindre à nous.

Maxwell incline légèrement la tête, comme pour tendre l'oreille.

– Et tu as amené mon petit-fils. Stephen, ton impatience me déçoit. Notre rendez-vous n'est programmé que demain. Comme tu peux le constater, d'autres affaires m'occupent. C'est idiot de perdre des heures précieuses dans cette ville qui ne dort jamais.

Je n'avais pas entendu Stephen descendre l'escalier, mais le voilà près de moi. Je prends sa main. Mes doigts se referment sur les siens, mais il reste immobile.

– Ensemble.

Je prononce le mot dans un souffle et je ne sais pas s'il l'entend.

– Rentre chez toi et attends-moi, intime Arbus à Stephen sans se retourner. Je viendrai te voir à l'heure dite.

– Non ! lui rétorque Stephen d'un ton calme mais ferme.

Je serre ses doigts à m'en faire blanchir les jointures. Mais Stephen fait un pas en avant et se dégage. J'essaie de rattraper sa main pour le ramener à moi, le retenir à mon côté. Mais il est bien décidé à se passer de moi car, quand mes doigts l'atteignent, ils ne font que le traverser.

CHAPITRE 29

SAUL EST MORT ET il ne fait aucun doute que si nous quittons cette pièce, ce sera au tour de Millie.

Je ne peux pas voir mon grand-père, mais je peux suivre le regard de Millie.

Et elle le sait.

Je me jette en avant. Arbus ne s'y attendait pas. Mais, m'ayant senti venir, il fait un léger écart et je le percute de côté. Je le renverse, sans toutefois pouvoir me saisir de lui.

– Maudis sois-tu ! s'exclame-t-il en me décochant des coups de pied.

Ce qu'il fait ensuite m'échappe, mais les réactions qu'il déclenche sont assez explicites. S'étant remis debout, il se dirige droit sur Millie. En une fraction de seconde, celle-ci oublie sa tristesse et, Arbus arrivé à bonne distance, elle saisit sa tasse et lui jette le thé brûlant au visage. Il hurle et recule en trébuchant. En me repérant à sa voix, je le plaque au sol. Millie accourt pour m'aider, mais, dans un sursaut d'énergie, Arbus se dégage – difficile pour moi de donner consistance à mon corps tout en en maintenant un autre à terre.

Arbus plonge la main dans sa poche et en sort un

couteau ensanglanté, celui-là même, j'en suis certain, qui a poignardé Saul.

Elizabeth et Millie s'écartent. J'essaie de calmer ma respiration, de me rendre aussi invisible que possible.

– Puisqu'il faut employer les grands moyens... déclare Arbus en tentant de me situer.

Je m'abstiens de lui répondre.

– Têtu comme ta mère et bête comme ton père. Tu es né pour souffrir comme eux et tu n'y échapperas pas.

Tous les maux de mon existence sont imputables à cet homme. Et à lui seul.

Il commence à reculer vers la porte. Un bruit se fait alors entendre dans l'escalier.

– Elizabeth ! lance Laurie. Stephen !

– Non, Laurie ! m'écrié-je. Sauve-toi !

Je me dis alors qu'Arbus va s'en prendre à moi, mais, se tournant vers l'escalier, il commence à murmurer un sortilège.

– Je vous l'interdis ! s'exclame Elizabeth.

Je sens Arbus puiser l'énergie de ma malédiction, m'attirer à lui. Dans le même temps, Elizabeth décrit un mouvement avec ses mains et, au moment où Arbus libère sa décharge – je l'ai senti faire –, Elizabeth la dévie vers elle et en absorbe une fraction suffisante pour la désamorcer.

De rage, Arbus tente de réorienter son envoûtement vers Elizabeth, mais sans succès.

Le couteau, lui, ne le trahira pas. Constatant qu'il ne peut compter sur la magie, il brandit l'arme. Je la vois s'élever en l'air. Sur les moyens de faire couler le sang, de nuire, il n'est pas regardant : à ses yeux, magie et violence se valent.

Le voyant approcher, Millie se penche par-dessus le bureau pour s'interposer. Quant à moi, j'avance la main pour l'arrêter.

Comme je ne discerne rien d'autre que le couteau, j'en fais ma cible.

Du coin de l'œil, je vois Elizabeth tituber – la malédiction qu'elle a absorbée ne l'a pas laissée indemne. Mais ce n'est pas ma préoccupation pour le moment. Ma préoccupation, c'est l'endroit où je pense que se trouve le bras d'Arbus. Je m'élance vers ce point et heurte un os. Arbus pousse un cri, oriente sa lame vers moi. Mais j'esquive. Il pivote, en déséquilibre, puis se rétablit.

Je m'attends qu'il fonce droit sur moi, mais il en profite pour bondir vers la porte. Je tente de l'en empêcher, mais trop tard.

Je sens qu'il quitte la pièce. Je sens ma malédiction se glisser dans son sillage, je sens son corps avide d'en soutirer l'énergie.

– Laurie ! hurle Elizabeth, le visage totalement paniqué.

Je voudrais me lancer à la poursuite d'Arbus, mais j'ai besoin pour me guider de quelqu'un qui le voie. Je me dis qu'il doit être à l'affût en haut de l'escalier, le couteau prêt à frapper.

Millie sonne la charge. Je l'exhorte à la prudence, mais elle s'en moque.

Je la suis avec sur mes talons une Elizabeth flageolante.

Au sommet des marches, pas d'Arbus en embuscade. En revanche, nous trouvons Saul à l'endroit même où je l'avais laissé, mais retourné sur le dos, la plaie apparente. Millie tombe à genoux à son côté, l'entoure de ses bras. Sachant qu'elle ne l'abandonnera pas, je ne peux que lui souffler :

– Je suis absolument désolé.

Car n'est-ce pas moi le responsable de ce qui lui arrive ? Ma malédiction est le signal qui a attiré Arbus vers cette ville.

Me voyant écrasé de culpabilité, Elizabeth reprend la situation en main.

– Ferme la porte à clé ! m'ordonne-t-elle. Au cas où il revendrait.

Millie semble ailleurs. Elle pousse un hurlement – un épanchement de chagrin, brut, guttural, un son d'une infinie douleur qui n'existe dans aucune langue. Je voudrais la consoler, mais quelle consolation puis-je lui apporter ? La seule qui vaille viendra avec la mort d'Arbus.

Je ne peux pourtant pas le tuer. Pas avant qu'il ait annulé toutes les malédictions, la mienne comprise.

Déjà, Elizabeth a franchi la porte. *Laurie !* Je repense soudain à lui. Son avance sur Arbus est peut-être de deux minutes. Ce n'est pas suffisant.

On peut supposer qu'il a voulu rentrer chez lui. Elizabeth tente de l'appeler sur son portable, mais il ne décroche pas. Espérons qu'il soit trop occupé à courir...

À présent, Arbus donne libre cours à sa méchanceté. L'adrénaline générée par notre confrontation a dû se muer en rancœur car il a laissé des traces de son passage. Des traces atroces.

Ces pauvres gens pensaient faire une balade par une belle soirée d'été. Peut-être rentraient-ils du restaurant ou d'une longue journée au bureau.

Et les voilà frappés par le malheur...

Un monsieur en costume couché sur le trottoir hurle :

– Où sont mes jambes ? Qu'a-t-on fait de mes jambes ?

Une fillette de onze ans déchire ses vêtements comme s'ils grouillaient de scorpions. À côté d'elle, un jeune garçon arrache ses cheveux par poignées, insensible au sang qui coule sur ses doigts.

Une rue plus loin, deux amoureux partis en promenade se rouent de coups. Un homme qui sortait son chien entreprend à présent de le pendre avec sa laisse. Sans hésiter un instant, Elizabeth se rue sur lui et le frappe à la poitrine ; interloqué, il laisse tomber la laisse, et le chien court se réfugier dans le parc.

Dilemme insoutenable : faut-il rester aider ces personnes ou passer notre chemin pour tenter d'arrêter Arbus ?

– Allons-y ! me lance Elizabeth en se mettant à courir.

Elle a ressorti son téléphone et appelle la police.

Laissons celle-ci opérer. Et nous, ne nous détournons pas de notre mission.

– Il dépense énormément d'énergie, constate Elizabeth dès qu'elle a raccroché.

– Il veut qu'on le trouve, dis-je. C'est ça. Il veut nous coincer.

En arrivant à notre immeuble, nous découvrons le concierge en train de pulvériser méthodiquement la vitre de la porte d'entrée à coups de tête. Je veux éviter de le toucher, à cause des multiples éclats plantés dans sa peau, mais comment l'arrêter autrement ? Elizabeth s'avance pour le bloquer et moi pour me saisir de lui, mais il se dégage, s'agenouille par terre et, ramassant des débris de verre, les porte à sa bouche. D'un coup de pied, Elizabeth les chasse de sa main ; il hurle.

Un autre locataire s'approche. C'est Alex, le capricieux du 7A.

– Que se passe-t-il ? demande-t-il, stupéfait.

– Tiens-le et ne le lâche pas avant l'arrivée de la police, lui ordonne Elizabeth.

Adoptant une pose de lutteur, Alex agrippe le concierge et nous adresse un signe de tête.

– Je l'ai ! nous assure-t-il d'un ton ferme.

Nous courons jusqu'à l'ascenseur.

– Chez moi ou chez toi ? m'interroge Elizabeth.

Je secoue la tête et désigne l'étage où la cabine s'est arrêtée : le dernier.

– Le toit, lui dis-je. Il est sûrement sur le toit.

CHAPITRE 30

JE ME PRÉCIPITE VERS l'escalier, que je grimpe quatre à quatre, volant de palier en palier. Sans un regard pour les numéros des étages. Sans penser à cette ascension, ni à ces marches qui me volent de précieuses minutes, ni à mes poumons qui me brûlent. Tout ce que je sais, c'est que je ne m'arrêterai qu'arrivée sur le toit.

Stephen me suit en silence. Pas question de perdre une seconde pour faire le point. Nous n'avons aucune stratégie. Aucun plan.

Soudain se dresse devant moi la porte d'accès. Un panneau de métal gris, épais et imposant. Je le pousse.

Notre immeuble trapu de neuf étages n'est pas de ceux qui possèdent en terrasse un jardin stylé comme c'est aujourd'hui la mode. L'espace où je débouche en clignant des yeux, surprise par la lumière crue, est un carré cimenté à ciel ouvert, cerné d'un muret de brique.

C'est mon frère que je vois en premier.

– Laurie !

Je me dirige vers lui, mais une voix d'un calme réfrigérant m'arrête à quelques mètres de lui.

– À ta place, je n'irais pas plus loin.

Maxwell Arbus se tient debout, les mains jointes dans

le dos. Son regard inquisiteur, exercé, évoque celui d'un commissaire-priseur.

Sans me quitter des yeux, Arbus incline la tête en direction de Laurie.

– Ton frère a de drôles d'idées en tête ces temps-ci...

Je prends le risque de me détourner de lui pour porter mon regard sur Laurie. Il a les yeux vitreux, une expression d'une extrême sérénité.

– Je n'ai pas encore décidé ce qui plairait le plus à Laurie, me déclare le grand-père de Stephen. Prendre son envol ou sauter sur l'immeuble d'à côté.

– Ne faites pas ça ! l'imploré-je d'une voix presque brisée.

Je ne veux pas craquer devant cet homme, mais je sais que je n'en suis pas loin.

– Sauter, ça aurait plus d'allure, tu ne trouve pas ? poursuit Arbus. Et c'est dans ses cordes.

– Je vous en prie, laissez-le partir, dis-je pour tenter de négocier. Mon frère n'a rien à voir là-dedans.

Le rire d'Arbus ressemble à un jappement bref.

– Il est ici, non ? En conséquence, ton frère me semble être un protagoniste à part entière de cette histoire.

– Et ma mère ?

Ça m'a échappé. Malgré les tourments qu'il m'inflige, impossible de me contenir. La rage et la peur gouvernent mes pensées, mes paroles.

– Une femme charmante, je n'en doute point, me répond Arbus. Mais quel dommage que les mères qui élèvent seules leurs enfants soient impuissantes à leur inculquer la discipline nécessaire. Si tu avais un père digne de ce nom, je suis certain que tu ne te serais pas retrouvée en si fâcheuse posture.

Sa cruauté me fait perdre mes moyens et il le sent. Un sourire relève d'un côté ses lèvres minces.

– D'ailleurs, ajoute-t-il en baissant la voix de manière inquiétante, je m'en voudrais de la priver de mes précieux principes éducatifs.

Après s'être campé sur ses jambes et avoir prononcé quelques mots inaudibles, Arbus déclare :

– La malédiction qui frappait ta mère est levée.

Je me garde d'éprouver le moindre soulagement. Sage décision, comme le confirme la suite de ses propos :

– Bientôt, elle mesurera pleinement son erreur d'avoir laissé ses enfants seuls pendant les longues heures où elle était au travail, avec toute latitude pour se mêler de la vie des autres. Rien ne vaut la manière forte pour retenir certaines leçons.

Son regard se déplace vers Laurie. Celui-ci, un sourire perplexe sur le visage, commence à marcher vers le bord du toit.

– Non !

Ce cri n'est pas le mien. Il provient de Stephen.

Laurie s'immobilise juste devant le rebord en brique d'une soixantaine de centimètres de haut qui borde le bâtiment.

Je comprends pourquoi, jusque-là, Stephen n'a pas parlé. Il lui est impossible de voir son grand-père, mais Arbus converse avec moi si librement que Stephen sait avec précision où il se trouve.

Les yeux plissés, Arbus fixe l'espace situé derrière moi.

– Je me demandais quand tu te joindrais à la conversation, Stephen.

Celui-ci ne répond pas. Arbus continue de regarder par-dessus mon épaule, mais en bordure de mon champ de vision j'aperçois Stephen effectuer un rapide pas de côté. J'évite de le suivre des yeux. Son grand-père ne s'inquiète pas de pouvoir être repéré à sa voix. Il pivote sur les talons, ravi de la tournure que prend cette réunion au sommet.

– J'ai décidé de te donner une nouvelle chance, déclare Arbus en direction de l'espace vide où se trouvait Stephen. Car voici ce que tu es...

Et, d'un geste, il nous désigne, Laurie et moi (pourquoi d'ailleurs ce mouvement de la main puisque Stephen ne peut pas le voir ? Je me rends compte alors que c'est à mon intention).

J'ignore où Arbus veut en venir, mais je parie qu'il a besoin de moi pour arriver à ses fins.

Mes soupçons se confirment quand il continue de s'adresser à Stephen tout en me fixant des yeux.

– Qu'as-tu à offrir aux autres ? lui demande Arbus. Un héritage de douleur. Que tu le veuilles ou non, la souffrance va se propager autour de toi comme une maladie. Ces derniers jours n'ont-ils pas assez démontré cette évidence ?

– C'était vous ! m'écrié-je. Stephen n'a rien à voir avec vos sortilèges !

Il fronce les yeux dans ma direction et je vois Laurie poser un pied sur le muret. Je ne peux prendre le risque d'en dire davantage. La tête et les épaules de mon frère sont entourées d'une nuée de créatures aux ailes d'argent et d'or qui emplissent l'air d'un joyeux carillon. Elles se déplacent si vite que je ne saurais dire s'il s'agit de fées ou d'oiseaux. Tandis qu'elles plongent et tourbillonnent autour de Laurie en une tornade miroitante, leur musique douce et leur lumière apaisante l'entraînent vers son funeste destin.

Je n'ai jamais éprouvé tant de haine que pour Maxwell Arbus à cet instant. Chacune de ses malédictions dépasse mes capacités. J'ai toujours été une battante. Intrépide. Rebelle. Obstinée, parfois. Mais l'ardeur dont je peux faire preuve ne pèse rien en regard des années d'expérience qu'Arbus m'oppose. Je suis encore une bleue, tandis que lui est au firmament. En envoûtant mon frère, Arbus m'a désarmée.

En un clin d'œil défile en moi toute une myriade d'émotions. Je me vois pleurer, crier, hurler, vomir, m'évanouir. Mais aucune de ces réactions ne peut m'aider, pas plus que Laurie ou Stephen.

L'horreur de ce scénario est encore avivée par le plaisir évident que prend Maxwell Arbus à nous voir souffrir.

– J'attends, Stephen.

Sur un signe d'Arbus, un geste du poignet, Laurie monte sur le rebord.

Me voilà à genoux. Muette et désespérée.

Malgré son sourire en coin, c'est moi qu'Arbus regarde et dans ses yeux, j'aperçois quelque chose. L'ombre d'une inquiétude. J'ai le souffle coupé, mais ce n'est pas de peur. Arbus est dans l'obligation de me priver de mes moyens, et pas seulement pour obtenir ce qu'il veut de Stephen.

Si Maxwell Arbus s'est attaqué à Millie, c'était pour soulager une vieille rancune, mais pas seulement. Car, en tant que chercheuse de sorts, Millie demeure une menace pour lui. Et moi aussi.

Je reste où je suis. À ses pieds. Soumise. Mais dans ma tête s'allument des étincelles qui rechargent mon corps jusqu'à rendre mon sang électrique. Je ne suis pas du genre à ramper. Sous sa façade de confiance inébranlable, Arbus a laissé percer la crainte que je lui inspire. Maintenant que je l'ai repérée, je m'accroche à l'espoir qu'elle représente. Le seul moyen de protéger Laurie est d'exploiter cette parcelle de vulnérabilité.

Je sais ce que j'ai à faire.

Je puise au fond de moi-même le courage de détourner mon regard de mon frère. Ainsi, je trahis la position de Stephen, mais je n'ai pas le choix. Je suis une chercheuse de sorts. Je suis capable de trancher les liens de douleur et de souffrance par lesquels des monstres comme Maxwell Arbus entravent l'existence des autres.

Les mains à plat pour me stabiliser sur le toit brûlant de soleil, je prends une profonde inspiration. Déjà la malédiction de Stephen danse autour de lui. Je vois ses noirs tentacules, évanescents comme la brume, se solidifier. Le bruit de succion de son envoûtement emplit mes oreilles.

Avant de passer à l'action, je me dis que c'est tout sauf un suicide. Je me suis entraînée. J'ai gagné en résistance. M'attaquer à ce chef-d'œuvre de malédiction ne va pas me tuer. Je suis assez à l'aise avec ce mensonge pour y croire. Pour l'amour de Laurie. Pour l'amour de Stephen. Je dois amputer Arbus du maximum de ses pouvoirs.

Stephen observe son grand-père tout en traversant le toit à prudents pas de côté. Soudain il s'arrête et, à l'instant où j'établis le contact avec sa malédiction, pivote vers moi comme si je l'avais touché physiquement. L'angoisse agrandit ses yeux. Il secoue la tête.

Qu'à cela ne tienne. Il faut continuer. La noirceur passe alors dans mes veines.

CHAPITRE 31

J'IGNORE CE QU'ELLE A entrepris, mais elle se surestime.

Dans un premier temps, elle présente l'image même de la concentration.

Je ne peux rien faire. Je ne peux pas l'arrêter.

Puis elle commence à fléchir.

C'est dans ses yeux que se manifeste d'abord le choc. Ensuite elle recule, comme poussée au milieu du corps. Elle peine à se tenir debout.

Son nez commence à saigner. Un simple filet au début. Qui enfle. Qui enfle. Un flot de sang coule à présent le long de son visage. Et le plus effrayant, c'est qu'elle ne semble pas s'en rendre compte.

Elle ne commande plus sa main. Depuis qu'elle a commencé à absorber mon sortilège, elle ne maîtrise plus rien d'elle-même.

L'image de mon grand-père commence à vaciller. Là, devant mes yeux, il apparaît puis disparaît. Je regarde mes mains. Pour la première fois, je les vois. D'abord, j'ai dû mal à y croire. Ce sont les mains d'un autre, me dis-je. Les voilà qui se matérialisent, et l'instant d'après, s'effacent.

Elizabeth s'effondre.

J'accours à son côté, je m'emploie à la ranimer par ma voix, mon contact, ma volonté. Elle convulse. Le sang continue de ruisseler de son nez. J'observe que j'en ai sur les mains, puis je cesse de les voir.

Il est en train de la tuer.

Il me voit comme je le vois, par intermittence. Je ne le sens pas puiser dans mon envoûtement comme il l'a déjà fait. Non, il s'agit d'autre chose.

Laurie appelle Elizabeth. Il est descendu du muret et se précipite vers nous.

Mon grand-père me regarde dans les yeux, puis disparaît.

De tout cela, je ne ressens rien.

C'est Elizabeth qui le ressent. C'est Elizabeth qui souffre.

C'est Elizabeth qui agonise.

Mon grand-père est en train de gagner la partie. Il le sait et, quand il redevient visible, je découvre sur ses lèvres un sourire. De satisfaction.

Je dois intervenir.

Laurie a posé la tête de sa sœur sur ses genoux. Il m'appelle à grands cris, me demande :

– Qu'est-ce qui se passe ? Qu'est-ce qui se passe ?

Il veut que j'intervienne pour que ça s'arrête.

Il faut que j'intervienne.

Un gargouillis monte de la gorge d'Elizabeth. Le sang ne cesse d'affluer. De se répandre.

Je ne peux pas demander à mon grand-père d'arrêter. Je sais qu'il ne le fera pas. Il ne le fera jamais. Il est impossible de le priver de ses pouvoirs. Je n'en ai pas la force. Aucun de nous ne l'a.

S'il ne meurt pas, c'est elle qui mourra.

J'aimerais le tuer dans un accès de fureur. J'aimerais tuer sans réfléchir.

Mais il ne faut pas y penser.

Je sais que j'ai un choix à faire.

Tandis que Laurie s'occupe de la seule fille que j'aimerai jamais, je mobilise toutes mes forces et me rue sur mon grand-père. Du fait de nos apparitions à éclipses, nous ne sommes pas tout à fait humains et pas tout à fait surnaturels. La seule chose de sûre, c'est notre lien familial. Il brandit son couteau, mais je l'attrape à la gorge. La secousse lui fait lâcher prise. Je lui tords le poignet et l'arme tombe.

– Stephen ! s'exclame-t-il, le souffle court.

Une seule idée m'occupe l'esprit, il n'a pas le droit de connaître mon nom.

De nouveau, nous voilà invisibles, mais je tiens bon. Je le fais reculer, mètre par mètre.

Les convulsions reprennent Elizabeth. Laurie ne cesse de hurler.

J'ai hâte d'en terminer.

Tandis que je pousse mon grand-père vers le rebord, je m'excuse auprès de ma mère. Elle me désapprouverait, mais, je l'espère, me comprendrait. Je m'excuse auprès d'Elizabeth car je n'aurais jamais dû la rencontrer, je n'aurais jamais dû la laisser m'aimer. Je m'excuse auprès de moi-même car si je vais au bout de mon geste, ma malédiction ne cessera jamais. Mais si je ne le fais pas, elle envahira Elizabeth jusqu'à la faire mourir.

Elle, je ne veux pas la perdre. Pour rien au monde.

Nous voici au bord du vide. Mon grand-père se débat, mais son pouvoir faiblit. Durant nos éclairs de réalité, j'entrevois la haine dans ses yeux. Son dégoût pour moi. Pour nous tous.

D'une main, je serre sa gorge.

De l'autre, je le pousse.

À cet instant, un regain d'énergie le parcourt. Avec une force que je ne lui soupçonnais pas, il me saisit à pleines mains. S'il chute, il m'entraînera avec lui dans la mort.

L'espace d'un instant s'instaure entre nous un curieux équilibre. Je me redresse, il me rattrape et nous demeurons suspendus au-dessus du vide, visibles et invisibles, à deux doigts de mourir et pourtant en vie, grand-père et petit-fils, lanceur de malédictions et envoûté.

Puis sa poigne se raffermit encore et je me sens partir dans sa direction.

Soudain, un cri. Le cri de mon grand-père. Et un bras qui m'enlace. Le bras de Laurie.

Mon grand-père a un couteau planté dans le flanc. Il n'a plus la force de se cramponner à moi.

Il tombe.

Et à mesure qu'il tombe, il s'efface.

Et à mesure qu'il tombe, je m'efface.

Laurie s'accroche à moi.

Laurie s'accroche.

Pour qu'il puisse me tenir, je dois reprendre consistance. Jusqu'à ce que je voie le couteau toucher le sol. Jusqu'à ce que je sache que tout est maintenant fini, que mon grand-père est mort.

Je suis sain et sauf, et je serai pour toujours invisible, et Elizabeth mourra malgré tout.

Laurie me lâche, court la retrouver. J'arrive sur ses talons. Elle a pris tous les risques pour me sauver. Tous. Et je ne crois pas assez en un monde de justice pour me dire qu'elle s'en sortira.

Tous deux, nous crions son prénom. Voyant sa poitrine monter et descendre imperceptiblement au rythme de sa respiration, nous sommes éperdus de soulagement. Mais il est difficile de dire si son sang s'est arrêté de couler. Car elle en a partout.

– Je veux l'emmener à l'hôpital, déclare Laurie.

Je me lève, comme si je pouvais me rendre utile.

Mais en quoi ? Personne, en dehors de ce toit, ne me verra jamais, ne me connaîtra ni ne saura même que j'existe.

De nouveau, je m'agenouille près d'elle.

C'est la sensation la plus épouvantable que je connaisse, vouloir tout donner et savoir que ce ne sera pas assez.

Saisissant sa main, je mets dans ce contact tout ce que j'ai. Le moindre désir perçu, la moindre once d'amour reçu. J'emprunte à l'avenir tout ce qu'il prépare et l'investis dans le présent, je le lui apporte pour qu'elle le sente, le touche, le découvre.

– Elizabeth, je t'en prie, la supplié-je. Je t'en prie, reviens à toi.

Soudain, comme par miracle, elle rouvre les yeux.

CHAPITRE 32

– ÇA A MARCHÉ !

Je lève les yeux vers Stephen, vers un Stephen visible, et bien qu'épuisée, tente un sourire sans toutefois comprendre pourquoi ces trois mots lui arrachent une grimace.

J'essaie de m'asseoir, mais mes bras et mes jambes sont en guimauve. En baissant les yeux, je découvre tout ce sang. Détrempé, écarlate, le coton de mon haut est tiède et lourd contre ma peau. Il me faut un moment, ainsi qu'un goût de sel et de cuivre sur mes lèvres, pour comprendre que ce sang est le mien. Avec précaution, Stephen commence à glisser ses bras sous mon corps, mais Laurie surgit à son côté.

– Tu ne pourras pas la porter ! s'exclame-t-il.

– Laurie !

Ce qui partait comme une joyeuse exclamation se solde par un coassement pitoyable.

Mon frère s'agenouille et prend ma main.

– Oui, Josie, je suis là. Tout va s'arranger.

Tandis qu'à contrecœur Stephen s'écarte, Laurie me recueille dans ses bras.

– Tu es sûr qu'on peut la déplacer ? demande Stephen,

semblant oublier qu'un instant plus tôt il s'apprêtait à faire de même...

Laurie hoche la tête.

– Ce n'est pas une fracture que je redoute. Elle a perdu beaucoup de sang.

À présent que Laurie me soulève, ces mots prennent vie en moi. À chacun de mes mouvements, des taches dérivent devant mes yeux et j'ai l'impression qu'on a bourré mon crâne de coton.

Tandis que mon frère m'emmène vers la porte, j'essaie de regarder autour de moi. Mais quand je bouge la tête, j'ai mal au cœur et ma vue se trouble de plus en plus. Fermant les yeux pour occulter les taches et la nausée, je demande :

– Arbus ?

– Parti, me répond Laurie.

Je garde les yeux clos.

– Parti ou mort ?

– Mort.

La voix de Stephen est toute proche.

– Tombé du toit.

Mes doigts engourdis parviennent à agripper la chemise de Laurie. Il s'en est fallu d'un cheveu pour qu'il ne bascule dans le vide à la place du grand-père de Stephen.

– Je crois que tu devrais essayer de ne pas parler, Elizabeth, me conseille Laurie.

Sa voix est douce et je sais qu'il ne blague pas.

En temps normal, je suis allergique à l'obéissance, mais là, je suis harassée, épuisée. Je laisse aller ma tête contre l'épaule de mon frère, et les taches, minuscules points d'obscurité, se dilatent en gros globules qui masquent toute la lumière.

Épisode 1 :

Mon frère et Stephen attendent l'ascenseur en tenant une conversation que je ne comprends pas.

– Ce n'est pas toi qui l'as tué, murmure Stephen.

Les bras de Laurie se resserrent autour de moi.

– Ne parle pas de ça. Je t'en prie.

Stephen me regarde, constate que je fronce les sourcils, mais détourne les yeux.

– Je suis obligé de le dire, tu m'as sauvé la vie. Il ne s'est rien passé d'autre.

– Je l'ai poignardé, réplique Laurie. On ne peut pas dire qu'il ne se soit rien passé, quand même !

Je fais un effort pour relever le menton afin de voir le visage de Laurie. Son air accablé le fait paraître bien plus vieux que son âge.

– Tu n'as pas eu le choix, dit calmement Stephen.

– Nous n'avons pas eu le choix ni l'un ni l'autre, répond Laurie.

Je vois les portes de l'ascenseur s'ouvrir, puis plus rien.

Épisode 2 :

Le hurlement des sirènes me fait revenir à moi. Résultat de l'équipée de Maxwell Arbus dans le quartier, le Upper West Side est envahi d'unités de triage des blessés. Le bon côté de cette scène dramatique, c'est que mon état n'attire pas la suspicion des urgentistes. Je ne suis qu'une victime parmi une bonne douzaine d'autres. Le mauvais côté, lui, est évident.

Tandis que Laurie me dépose sur une civière, je lève une main vers Stephen, resté en arrière.

– J'ai besoin de lui, dis-je à l'urgentiste chargé de pousser le brancard vers une ambulance toute proche qui m'éloigne encore plus de Stephen.

– Il est juste là, me répond l'homme en jetant un regard vers Laurie.

Celui-ci se penche et me chuchote :

– L'ambulance est bondée. Il ne peut pas y monter sans bousculer quelqu'un. C'est trop risqué.

Je secoue la tête et Laurie ajoute :

– Je lui ai donné le nom de l'hôpital. Il nous rejoindra là-bas.

Les portes du véhicule claquent et le gémissement de ses sirènes déclenche une nouvelle vague d'obscurité qui m'engloutit.

Épisode 3 :

La pièce est trop éclairée et je suis recouverte d'un drap qui me gratte horriblement. Les démangeaisons se concentrent toutefois dans le pli de mon bras droit, mais quand je tente de les atténuer en frottant l'endroit incriminé du tranchant de la main, je ne récolte qu'une violente douleur.

– Aïe !

L'aiguille qui relie ma veine à la perfusion me punit de l'avoir dérangée.

Mon cri fait accourir quelqu'un à mon chevet.

Maman pose sa main contre ma joue comme quand j'avais trois ans.

– Chérie, tu es réveillée.

– Tu sais qui je suis ? m'étonné-je tandis que des larmes me piquent soudain les yeux.

– Évidemment, Elizabeth ! confirme maman en jetant un regard à la perfusion.

Elle doit se dire que le produit me fait perdre la raison.

– Comment te sens-tu ? me demande-t-elle.

– Bizarre, dis-je.

C'est vague, je sais. Mais je n'ai pas trop envie de lui dire que mon corps ressemble à un gros paquet d'élastiques au bord de la rupture et que j'ai encore le goût du sang dans la bouche.

– Tu vas probablement te sentir bizarre pendant un moment.

Maman sourit et se retourne vers le côté opposé de la pièce. En suivant son regard, je découvre Laurie assis dans un des fauteuils de cette chambre d'hôpital. Dans le fauteuil voisin se trouve Stephen. Sans un regard pour Stephen, Laurie se lève et vient rejoindre maman.

– Coucou ! me lance-t-il.

Il conserve dans les yeux l'expression hagarde qu'il avait tout à l'heure.

– Tu vas bien ? lui demandé-je.

Je tends la main et il saisit dans la sienne mes doigts tremblants.

– Ne t'inquiète pas pour moi, me répond-il. Moi, je n'ai pas fait don de dix litres de mon sang au trottoir...

– Que s'est-il passé ? demandé-je à Laurie, sachant

qu'il comprendra que je veux dire : pour maman, que s'est-il passé ?

C'est elle, justement, qui me répond :

– Ils n'en savent rien, ma chérie. Énormément de gens ont été touchés. Et après les événements du parc, ils pensent à une sorte de neurotoxine.

Je pousse un gémissement. Même mort, Maxwell Arbus nous laisse un héritage de ses malédictions, une ville paranoïaque lancée aux trousses d'un coupable qu'elle ne trouvera jamais, mais craindra toujours. Ce serait tellement mieux si je pouvais dire à la Sécurité intérieure et à la police de la ville qu'elles peuvent cesser leurs recherches sur-le-champ. Que cette tragédie a pour auteur un lanceur de malédictions devenu fou, mais qu'il est parti et que chacun peut reprendre le cours de son existence. Mais c'est impossible. Je ne tiens pas à être transférée en psychiatrie.

Stephen attend toujours. Mobilisant toute l'audace dont je suis capable, je souris dans sa direction.

– Tu fais ton timide devant la famille ou quoi ? lancé-je.

– Tu sais que je ne suis jamais timide, intervient Laurie en toussotant. Mais maman a regardé les infos et elle en sait plus long que nous.

Je jette à mon frère un regard irrité tout en continuant de m'adresser à Stephen.

– Ravie que tu aies trouvé l'hôpital !

La main de maman passe de ma joue à mon front.

– Tu te sens bien, Elizabeth ?

– Qu'est-ce qu'ils t'injectent, d'ailleurs ? ajoute Laurie

en faisant mine de tripoter la perfusion, mais ses yeux me lancent un avertissement.

Je me tais. Que faire d'autre ? Stephen, toujours parfaitement immobile, me dévore des yeux. Il est ici. Avec moi. Et rien n'a changé.

Je suis la seule personne capable de le voir.

À force de retenir toutes les questions impossibles à poser devant ma mère, mon corps se crispe et la douleur irradie dans mes membres. Que s'est-il vraiment passé ? Si Stephen est toujours invisible, pourquoi étais-je couverte de sang et à demi-consciente ? Il est invisible et son grand-père est mort, qu'est-ce que ça signifie ?

– Elizabeth ? murmure maman, mais je perçois de l'inquiétude dans sa voix. Veux-tu que j'appelle l'infirmière ?

Je lui fais signe que non, tout en la remerciant du regard. On frappe alors à la porte, ce qui détourne son attention.

– Puis-je entrer ?

Je suis certaine d'avoir imaginé la voix de Millie, mais un instant plus tard, j'ai bien devant moi sa peau blanche et parcheminée, ainsi que son visage familier sillonné de rides qui semblent s'être encore creusées depuis notre dernière rencontre. Elle porte une robe et des gants noirs. Mon ventre se noue quand je me souviens pourquoi.

– Comment vas-tu, mon enfant ? me demande Millie avant même de saluer ma mère.

Je cherche en vain une explication à son arrivée, mais maman me devance.

– Je crois que les médicaments lui embrument un peu le cerveau, explique-t-elle à Millie. Mais d'après les médecins, elle ne souffre d'aucune lésion irréversible.

– Dieu soit loué ! soupire Millie en gratifiant ma mère d'un sourire rassurant.

– Vous vous connaissez ? demandé-je.

J'imagine une réunion clandestine organisée par Millie avec ma mère afin de mieux encadrer mes activités.

– C'est moi qui ai appelé Millie, intervient Laurie. Je me suis dit qu'elle aurait envie de venir ici.

– Et il a bien fait ! ajoute Millie en hochant la tête.

– Je suis heureuse que Laurie ait eu la bonne idée de nous présenter, dit maman avec un regard plein de sous-entendus dans ma direction. La prochaine fois que tu décrocheras un petit boulot, j'aimerais bien être consultée.

– Un petit boulot ? m'étonné-je en me tournant vers Laurie, qui reprend là où je m'étais arrêtée.

– À la librairie de B.D. ! explique celui-ci. C'est seulement un temps partiel, je sais, mais tu m'as tellement parlé de Millie que je me suis dit que je devais la mettre au courant.

Il a un petit rire forcé.

– Tu ne voudrais tout de même pas te faire virer pour absentéisme ?

– Laurie… le gronde maman.

– C'est trop tôt pour les blagues ? demande mon frère en se donnant une tape pour rire sur le dos de la main.

Maman soupire.

Stephen est toujours dans son fauteuil. Silencieux.

– Maman, pourrais-tu me donner du jus de fruits ? demandé-je.

– Il y a de l'eau, dit-elle en prenant un verre. Je ne sais pas si tu peux avoir autre chose pour l'instant.

– Peux-tu demander à l'infirmière, s'il te plaît ?

– D'accord, dit-elle après une hésitation.

J'attends qu'elle soit sortie de la pièce.

– Stephen, dis-je d'une voix brisée.

Il est venu se poster près de moi, en face de Laurie et Millie.

– Dis-moi la vérité, m'ordonne-t-il en caressant mes cheveux. Tu vas bien ?

Ma gorge se serre d'émotion, mais je réussis à articuler :

– Pourquoi ne te voient-ils pas ?

Stephen ne répond rien. Je sens toujours le contact de ses doigts sur mes tempes. Ma main vient recouvrir la sienne et mon regard se porte sur Millie et mon frère.

– Pourquoi ne pouvez-vous pas le voir ? demandé-je d'un ton accusateur, comme si l'invisibilité de Stephen était en quelque sort le fruit de leur complicité.

– Chère Elizabeth, dit doucement Millie. La malédiction est toujours là, évidemment. Comme avant.

Je secoue la tête.

– Mais je l'ai absorbée. Je l'ai sentie en moi.

Je ne peux m'empêcher de frissonner en prononçant ces mots. Mes membres se contractent à ce souvenir. Empoisonnement du sang. C'est la seule image qui me vienne pour décrire ce qui m'est arrivé. Un jour, j'ai vu un film situé quelque part dans le passé, à une époque où la médecine n'était pas très évoluée : un personnage y mourait d'empoisonnement du sang car sa blessure s'était infectée. Je me souviens de l'effroyable gros plan sur la lésion fatale. Pour bien montrer comment son corps s'était retourné contre lui-même, un grouillement de veines noircies jaillissait de la plaie.

C'est la sensation que m'a laissée la malédiction de Stephen quand je l'ai arrachée à son corps pour la couler dans le mien : de sombres vrilles de ressentiment et de méchanceté fourmillant dans mes veines, répugnantes et douloureuses.

– J'ai dû intervenir, finit par avouer Stephen. Elle était en train de te tuer.

– Mais je ne suis pas morte ! dis-je d'une voix éteinte.

– Tu n'avais aucune chance, insiste Stephen.

– C'est la malédiction la plus puissante que j'aie jamais vue, m'assure Millie. Tu n'y aurais pas survécu.

La colère qui martèle ma poitrine ne fait qu'accroître ma douleur.

– Vous n'en savez rien ! m'exclamé-je.

Son silence me donne raison.

– Josie, intervient Laurie en prenant ma main. Comment Stephen pouvait-il courir ce risque ?

– Je ne le pouvais pas, confirme Stephen en se penchant pour plaquer son front contre le mien.

– Tu ne le pouvais pas, murmurai-je en fermant les yeux pour ne sentir que la chaleur de sa peau.

J'essaie de me dire que finalement, tout va bien. Que je dois me contenter de ce que je sens, de ce que je vois.

– Du jus de pomme ! annonce maman depuis le seuil.

Au son de sa voix, Stephen recule. J'ouvre les yeux. D'un geste théâtral, maman me tend un gobelet.

– Alors, la superhéroïne, c'est qui maintenant ? demande-t-elle, rayonnante, avec un clin d'œil pour Millie comme pour créer une sorte de solidarité entre amateurs de B.D.

Je tente un sourire, mais je sens que mes lèvres tremblent. Laurie et Millie me regardent avec une compassion qui frise la pitié. J'ai envie de balancer le jus de pomme à travers la chambre.

CHAPITRE 33

JE VEILLE SUR ELLE. Les médecins et les infirmières défilent. La mère d'Elizabeth lui rend visite avec Laurie. Elizabeth se réveille, se rendort. Pendant ce temps, debout dans un coin, j'attends les moments où je me retrouve seul avec elle, où je peux lui tenir compagnie. Même durant son sommeil, j'essaie de garder sa main dans la mienne. Quand elle se sent suffisamment bien, elle me demande de la rejoindre dans son lit pour la prendre dans mes bras. Nous demeurons ainsi allongés pendant des heures, réduits à nos corps et à nos souffles, en nous demandant de quoi demain sera fait.

Tandis que je veille sur elle, la police, sur le trottoir situé devant mon immeuble, évacue le corps fracassé et ensanglanté de mon grand-père. C'est le seul décès de la journée et on dit que la victime, à ce point affectée par le mal mystérieux qui a frappé ce quartier de Manhattan, s'est poignardée elle-même avant de se jeter du haut du toit. Son corps restera de longues semaines à la morgue sans que personne ne vienne le réclamer. Il sera enterré dans une fosse commune, sans famille ni amis. Une mort anonyme.

Inutile de lire le rapport du coroner pour le savoir.

Le couteau a peut-être pris Arbus par surprise, mais c'est sa chute qui l'a tué.

Je sens que le remords va répandre en moi sa malédiction bien particulière. Mais pour l'instant, il ne s'est pas encore manifesté.

Mon père me laisse des messages.

Je ne m'en aperçois qu'en faisant halte à la maison, trois jours après l'admission d'Elizabeth à l'hôpital. Je suis peut-être invisible, mais j'ai quand même besoin de me doucher et de me changer.

Ça me fait drôle d'entendre la voix de mon père. C'est comme si le passé m'appelait sans se rendre compte que j'étais déjà dans le futur. Il s'efforce de prendre un ton désinvolte, comme si j'étais étudiant et qu'il m'appelait pour savoir comment se passent les cours. Il me demande même des nouvelles d'Elizabeth et me dit que, pour le peu de temps qu'ils ont passé ensemble, elle lui a fait bonne impression. La sincérité de sa démarche me déconcerte ; le poids de tout ce qu'il ne sait pas m'écrase. Assis par terre, je ferme les yeux pour reprendre mes esprits. J'écoute ses autres messages, de plus en plus inquiets du fait de mon silence.

Quand je le rappelle, je perçois bel et bien un soulagement dans sa voix. Il me demande où j'étais passé et je lui apprends la mort de Maxwell Arbus. Inutile, ai-je décidé, qu'il en sache plus. Aussitôt, il s'empresse de me demander si la malédiction a été brisée.

Je lui dis que non. En moi-même, j'espère qu'il trouvera malgré tout la force de m'aimer.

Je ne peux pas retourner voir Elizabeth pour l'instant. Ce n'est pas le moment de lui montrer combien mon besoin d'elle me rend vulnérable, combien mon manque est criant.

J'appelle Laurie et j'apprends qu'il est monté chez Sean. Je m'excuse de le déranger, mais il m'assure qu'il n'en est rien. Il me demande si tout se passe bien du côté d'Elizabeth. Je lui explique que je suis rentré chez moi. Il me dit qu'il descend tout de suite et je ne cherche pas à le convaincre de rester avec Sean. J'ai envie de parler, même si je ne sais pas vraiment de quoi.

Nous ne montons pas sur le toit. Nous n'y monterons peut-être plus jamais. Il préfère s'allonger par terre dans mon séjour, les yeux fixés au plafond. Je m'installe à son côté, le regard dans la même direction. Le tout en faisant du bruit pour qu'il sache précisément où je me trouve.

– Sean, je l'aime bien, dit-il. Mais mes sentiments envers lui ont un peu changé. Il est désormais impossible qu'il me connaisse – qu'il me connaisse *à fond*. Je préparais le terrain pour lui raconter mes problèmes dans le Minnesota. Mais ça ? Nous resterons les seuls à savoir ce qui s'est vraiment passé, tu ne crois pas ?

– Effectivement, lui dis-je. À tort ou à raison, cette histoire nous appartient.

Se tournant vers moi, il me dit alors :

– Promets-moi quelque chose.

– Quoi ?

– Promets-moi de ne pas couper les ponts avec moi.

La dernière épreuve que j'ai traversée, je l'ai traversée seul. Je ne veux plus jamais que ça se reproduise.

– Je ne couperai jamais les ponts, lui juré-je en le regardant droit dans les yeux.

Il ne peut pas me voir, et pourtant, il ne donne pas cette impression, on dirait qu'il me distingue parfaitement.

– Très bien, conclut-il.

Contrairement aux médecins, Millie sait de quoi souffre Elizabeth. Même si ce constat l'épouvante, elle perçoit en elle la présence d'Arbus, de ses œuvres obscures et de ses ultimes vrilles, logées ailleurs que dans le sang et les tissus, les muscles et les os.

– Ça va disparaître ? demandé-je.

Elizabeth dort paisiblement. Millie n'a donc pas à faire semblant d'être rassurante.

– Avec le temps, je crois, me dit-elle, mais je vois bien qu'elle n'en est pas sûre. C'est un miracle qu'elle ait survécu. Mais tout comme tu es resté invisible, le pouvoir qu'elle a absorbé ne s'est pas évaporé quand Arbus est mort. En fait, pour détruire ce qu'elle a absorbé, nous devons nous en remettre à son système immunitaire magique – en espérant qu'elle ait acquis assez de résistance pour se défendre. Mais elle est jeune et d'une nature vigoureuse. Plus que la moyenne.

– Existe-t-il des précédents ? demandé-je. Est-ce que vous ou un autre chercheur de sorts avez déjà eu à affronter quelque chose de cet ordre ?

– Pas que je sache, répond Millie en secouant la tête. Personne, à ma connaissance.

– Et vous ne pouvez rien faire ?

– À part visualiser la malédiction, non.

– Elle va donc vivre avec ?

– Oui. Son corps va s'en remettre. Mais la malédiction sera là. Jusqu'à ce qu'elle disparaisse. Quand cela se produira-t-il ? Je n'en sais rien.

Les médecins trouvent qu'elle se rétablit vite. Mais avec Millie, nous ne sommes pas dupes. Et je pense qu'Elizabeth non plus.

Je la regarde endormie dans son lit d'hôpital. Elle est couverte de bleus. Ses cheveux sont gras, plaqués. Elle a des cernes sous les yeux, des boutons sur le nez. Sa respiration est parfois saccadée. Un filet de bave glisse de sa bouche.

Je ne l'ai jamais autant aimée.

La voilà suffisamment rétablie pour quitter l'hôpital.

J'accompagne Laurie et sa mère quand ils la remmènent chez eux en chaise roulante. C'était son souhait : si elle devait rentrer en fauteuil (les médecins craignent qu'elle ne soit trop faible), elle ne voulait pas d'un taxi ni d'une ambulance. Elle veut retrouver l'air libre. Revoir la ville que nous avons sauvée. Elle veut que je sois à son côté, témoin invisible de son retour triomphal.

C'est une belle journée d'été. Même si l'inquiétude due à l'attaque d'Arbus plane encore sur la ville, le beau temps met du baume au cœur à tout le monde, car chacun est attaché à cette croyance innée que rien de mauvais ne peut arriver par une belle journée d'été.

Elizabeth sourit sous le soleil.

Bien qu'il soit difficile de convaincre la mère d'Elizabeth de quitter son chevet, Laurie réussit, quelques heures après son grand retour, à l'emmener en courses en nous laissant seuls tous les deux.

– Comment vas-tu ? lui demandé-je. As-tu besoin de quelque chose ?

Assise sur le canapé, elle tapote la place située à côté d'elle.

– Viens ici, me dit-elle.

Je donne consistance à mon épaule pour elle puisse s'appuyer dessus.

– Je ne me souviens toujours pas de grand-chose, m'avoue-t-elle. Je me demande si la mémoire va me revenir ou si tout est envolé.

– Il n'est pas utile que tu t'en souviennes.

– Mais j'en ai envie ! Ce trou dans mon passé, ça ne me plaît pas.

– Tu as été courageuse.

– La question n'est pas là.

– Tu as été incroyable.

– Arrête !

– Tu as été forte.

– Mais pas assez.

– Bien assez. Car il n'est plus là, non ? Tu as fait ce que tu avais à faire.

Elle ferme les yeux de fatigue.

– C'est fini, lui dis-je. Nous allons retrouver une vie normale.

– Tu as une conception très particulière de la normalité, me dit-elle en poussant un soupir mi-amusé, mi-soulagé.

– Tu vois bien ce que je veux dire. Dans une semaine, ce sera la rentrée pour Laurie et pour toi. Moi, je vais rester à la maison à attendre ton retour. Pour n'importe qui d'autre, ce ne serait pas une vie normale, mais pour nous, si. C'est l'essentiel.

Sa main trouve la mienne. La presse.

– Tu as raison, me dit-elle. Ce sera comme ça. Sauf que rien n'est fini. J'ai encore beaucoup, beaucoup de choses à apprendre.

– Comme nous tous. Et nous les apprendrons.

Elle hoche la tête et je comprends que je dois la laisser se reposer.

Je la quitte provisoirement sur un baiser.

– Nous sommes sains et saufs, lui rappelé-je. C'est l'essentiel.

– Oui. Nous sommes sains et saufs.

Et elle se laisse happer par les songes.

Je retrouve mon appartement. Ses bruits feutrés, familiers. Ses meubles familiers, son histoire familière.

Pendant un moment, je me sens à nouveau seul. Totalement seul. Je pourrais croire ma vie limitée à cet appartement. Comme ma vie d'avant. La vie que je pensais toujours mener.

Et puis j'imagine Laurie et sa mère rentrant chez eux. J'imagine Elizabeth sur son canapé. J'imagine même Millie, seule dans le sortorium, et j'espère qu'elle aussi nous imagine.

Voilà qui dépasse tous mes désirs. Voilà qui dépasse toutes mes espérances.

CHAPITRE 34

AU LENDEMAIN DE CES événements, me retrouvant mal en point, brisée, à plat, je comprends enfin que je ne suis pas une superhéroïne. J'ai découvert ma fragilité, mon humanité.

En rencontrant Stephen – en le voyant –, j'ai aussi décelé en moi des aptitudes sensorielles nouvelles. Millie a voulu faire de moi l'héritière de pouvoirs auxquels je n'ai pas encore compris grand-chose. Elle m'a nommée chercheuse de sorts.

Mais les chercher, c'est bien peu de choses.

Certes, je vois les maléfices. Je les repère. Pourtant, dès qu'il est question de vie et de mort, je n'existe plus.

Je pensais pouvoir aider Stephen, pouvoir assumer ces nouveaux talents surnaturels et changer le monde. Mais rien n'a changé pour Stephen depuis le jour où j'ai compris qu'il était invisible. Je reste la seule capable de le voir. On le remarque moins qu'une ombre.

Ce n'est pas juste.

Mais la vie n'est pas juste.

Cette leçon, on a vite fait de l'oublier, avant qu'elle ne se rappelle à nous.

Un jour prochain, je retournerai chez Millie, dans sa cave qui sent le thé et les livres moisis. Sous prétexte d'y travailler à mi-temps en lui faisant découvrir les B.D. que j'adore, je m'entraînerai avec elle. Je serai l'élève studieuse qu'elle mérite. J'essaierai de combler le vide laissé par Saul. Je deviendrai plus forte, plus réfléchie… plus mortelle.

Mais ce n'est pas pour tout de suite.

Je suis assez lucide pour savoir que je ne me remettrai pas du jour au lendemain de ce qui s'est passé sur ce toit. Aucun de nous, d'ailleurs. J'ai plus qu'une vague idée des événements survenus entre ma tentative d'absorber la malédiction de Stephen et le moment où, rouvrant les yeux, j'ai vu le ciel. Sauf que ce n'était pas le ciel, mais le bleu vif du regard de Stephen.

Je ne sais pas comment Maxwell Arbus est mort. Je sais bien sûr qu'il a perdu la vie en s'écrasant sur le trottoir après une chute de neuf étages. Mais je ne me souviens pas comment Arbus a pris la place de Laurie sur le muret. Ni ce qui l'a précipité en bas.

La façon dont Stephen et mon frère m'éloignent sans ménagement du sujet chaque fois que je m'en approche me laisse à penser que je n'ai sans doute pas envie de le savoir. Peut-être est-ce mieux ainsi – que chacun garde sa part d'ombre pour soi, dans les replis de son âme, à l'abri de son cœur.

Chacun s'occupe comme il peut.

Laurie compte inviter Sean à dîner pour le présenter à maman. Ce sera une première pour lui. Pour nous aussi. Nous attendons avec impatience d'ouvrir ce nouveau chapitre.

Stephen retisse lentement des liens avec son père. Ils

se parlent souvent et Stephen me rapporte leurs conversations. C'est son chantier à lui. Je vois l'espoir briller dans ses sourires spontanés, dans le réchauffement progressif de sa voix dès qu'il parle de son père.

Moi, je me console avec mon jardin secret. Je compense la laborieuse guérison de mon physique par l'acuité de mon mental et je me sers de la fièvre qui persiste dans mes veines pour enflammer mon esprit. Mes mains s'assagissent dès qu'elles tiennent un crayon, un pastel, un fusain. Je n'y vois jamais plus clair qu'avec une feuille vierge sous les yeux. J'ai une histoire à raconter qui me tient à cœur. J'ai cru qu'elle était à moi seule.

Mais je me trompais.

Il est minuit passé quand maman va enfin se coucher. Elle prend désormais deux jours dans la semaine pour travailler à la maison et pouvoir passer plus de temps avec moi. Ce qui signifie aussi qu'elle veille tard devant son bureau virtuel pour rattraper les longues parties de Scrabble que nous faisons ensemble. J'adore ces moments en sa compagnie ; je fais tout pour lui montrer que je vais bien – même si le mot « bien » doit être fortement nuancé. En revanche, trouver du temps pour Stephen devient plus compliqué. Quand je n'y parviens pas, je suis mal.

Je frappe chez lui, et presque aussitôt il vient m'ouvrir.

– Salut.

– Salut.

Nous échangeons un sourire. Il prend ma main libre tout en notant du coin de l'œil le portfolio que je tiens sous mon bras.

Stephen me conduit jusqu'à sa chambre. Il s'assied au bord du lit tandis que je sors mes dessins. Il est finalement obligé de se lever pour faire de la place à toutes ces feuilles. Je les ai disposées pour qu'il puisse les voir. Son couvre-pieds est tapissé de croquis. Certains dans des teintes vives. D'autres ne sont guère plus que des enchevêtrements d'ombres.

Je recule, regarde Stephen se pencher par-dessus. Ses yeux s'agrandissent, puis se plissent. Cette histoire, il la connaît, c'est la nôtre.

Des sacs bleu et jaune en désordre.

Une pièce pleine de cartons à ouvrir.

Deux verres de limonade.

Un ange qui nous couve du regard.

Une porte qu'on tient ouverte pour personne.

Une obscure boutique tendue de velours et un homme portant un bandeau sur l'œil.

Des mains ridées tenant une théière.

Une femme berçant dans ses bras un bébé. Un bébé qu'on ne voit pas.

La silhouette d'un petit garçon sur lequel s'abat, longue et cruelle, l'ombre d'un homme.

Un tourbillon de formes et de couleurs : ma collection de malédictions.

Une autre mère et un autre enfant. Un musée. La même ombre.

Ma chambre en plein jour.

La chambre de Stephen au clair de lune.

Un pâté d'immeubles schématisé de l'Upper West Side.

Le toit.

Le ciel.

Des yeux bleus et des cheveux noirs.

Un lit d'hôpital et ses deux occupants.

Un gros plan de doigts entrelacés.

L'ombre, longue et cruelle, réduite en cendres. Dispersée par le vent.

Stephen examine les dessins, longuement.

– Il y a un début et une fin, observe-t-il en touchant le bord de la dernière feuille.

– Oui.

Il se tourne vers moi.

– Et après la fin ? demande-t-il.

– Un nouveau début !

Je me mets sur la pointe des pieds et l'embrasse.

Je ne lui dis pas que je n'ai pas perdu espoir.

Je ne lui jure pas qu'un jour je le libérerai de sa malédiction.

Je me le suis déjà juré à moi-même.

J'ignore quand ce jour viendra, mais en attendant, n'oublions pas de savourer la beauté de cet instant. De chaque instant.

Je touche la joue de Stephen en scrutant ses yeux azur. Il me regarde à son tour. Sa main est le reflet de la mienne. Ses doigts sont chauds sur ma peau.

Nous nous voyons l'un l'autre, et cela nous suffit.

Pour aujourd'hui…

ANDREA CREMER ET DAVID LEVITHAN se sont rencontrés à Washington, même s'ils n'y vivent ni l'un ni l'autre. Andrea était presque sûre de ne pas être invisible, ce que David lui a confirmé en la présentant à d'autres auteurs : ils ont tous pu la voir.

Andrea a plusieurs romans à son actif : *Nightshade*, *Wolfsbane*, *Bloodrose*, *Rift* et *Rise*. On peut se rendre sur son site www.andreacremer.com et la suivre sur son compte Twitter @andreacremer. Elle habite New York, où elle est parfaitement visible.

Avant sa collaboration avec Andrea, David n'avait jamais écrit de roman portant un titre en un seul mot. Les siens s'intitulent *Every Day*, *Nick & Norah's Infinite Playlist* (coécrit avec Rachel Cohn) et *Will & Will* (coécrit avec John Green). On peut lui rendre visite sur www.davidlevithan.com et sur Twitter pour suivre son dictionnaire amoureux sous @loversdiction. Il vit tout près de New York.

Composition PCA
44400 – Rezé

Impression réalisée par
Corlet Imprimeur
14110 Condé-sur-Noireau
pour le compte des Éditions Michel Lafon

IMPRIM'VERT® PEFC™ 10-31-1510

Imprimé en France

Dépôt légal : juin 2015
N° d'imprimeur : 172730
ISBN : 978-2-7499-2631-5
LAF 2049